수지접합
전문가

SF단편집 **수지접합 전문가**

초판 인쇄 2019년 4월 5일
초판 발행 2019년 4월 10일

지은이 하시문
펴낸이 공홍
펴낸곳 케포이북스
　　　출판등록 제22-3210호
　　　주소 서울시 서초구 반포대로 14길 71, 303호
　　　전화 02-521-7840
　　　팩스 02-6442-7840
　　　전자우편 kephoibooks@naver.com

ⓒ 하시문, 2019
ISBN 979-11-88708-06-2 03810
값 16,000원

SF단편집

수지접합
전문가

하시문 지음

케포이북스
KEPHOI BOOKS

어릴 적부터 우주에 관심이 많았습니다. 은하수 너머 어딘가에 나와 같이 생각하는 존재가 있을지 모르겠다, 그런 생각이 재밌었습니다. 때로는 무섭기도 했습니다. 그곳에도 도덕과 사회가 있을 것입니다. 심지어는 바다 괴물로만 이루어진 행성도 은하단 어느 한 켠에 도사릴 겁니다. 목적은 응당 방랑자들을 물어 가는 것입니다.

살아남은 자들은 별의 비명이 된 동료들에 대해 설파하고 다닐 겁니다. 그 이야기는 끊임없이 재생산되다 급기야는 별들의 이야기가 될 것입니다. 자라면서 아이들은 우주를 두려워하는 겁쟁이가 되거나 우주를 정복하고자 하는 탐험가가 될 것이며, 또 다르게는 끊임없는 탐구와 사색을 하며 별자리를 두고 볼 것입니다.

밤하늘을 보시길 바랍니다. 무수히 많은 별들 중 가장 빛나는 별이 무엇인지요?

2019년 경북 칠곡에서

차례

나는 아직도 살아있다

1

"뭐라는 거죠?"

동군이 추운 나라에서 온 남자들을 힐긋 보며 말했다. 애써 미소를 짓고 있지만 솔직히 짜증이 났다.

"뭐하는 사람이냐는데요."

다혜가 첫 말을 삼키고 말했다. 말을 순화한 모양이다.

"조사관이라고 하세요."

그녀가 걱정스럽게 그를 한 번 쳐다보고 검은 양복을 입은 남자들 쪽으로 몸을 돌렸다. 짧게 깎은 머리에 각이 심하게 진 창백한 낯의 남자들은 거의 미동을 않고 옅은 청색의 눈만 움직였다. 그중 하나가 그녀의 어깨너머로 알아먹지 못할 소리를 했다.

동군은 시무룩한 얼굴로 그녀를 기다렸다가, 대리석 계단을 내려갔다.

"괜찮을까요?"

"신경 쓸 거 없어요. 저 사람들 일이니까."

그는 쥐색 소형차에 몸을 밀어 넣었다. 병원 건물이 자동차의 바깥 유리에서 멀어졌다. 사 차선을 몇 번 지나고 나자 바깥 유리를 힐끔거리던 행위도 멈췄다.

"조심하세요."

차에서 내린 다혜가 말했다.

그는 법원으로 차를 몰았다. 법원은 사람들로 인산인해를 이루고 있었다. 다국적 방송국 차량과 기자들 그리고 구경꾼들까지. 사람들 틈을 어떻게 파고들지 하는 생각에 벌써부터 머리가 지끈거렸다. 그는 그늘에서 기다리고 있다가 서둘러 사람들과 섞였다. 주인공이 등장했다.

기자들이 먼저 이만식에게 달려들었다. 뜨거운 6월의 공기를 가열차게 볶아대는 플래시. 카메라, 마이크, 스마트폰이 일제히 모여들었다. 마치 지구 궤도에서 날아다니는 수십만 개의 위성 파편들 같았다.

"이만식 씨!"

동군이 외쳤다. 사람들에게 떠밀렸다. 인간 파도. 이만식을 에워싸는 변호사와 가족. 상표만 다른 전자 기기들. 여기저기서 질문 세례가 쏟아졌고, 우주 비행사의 이름을 불렀다. 만식은 입꼬리를 살짝 올린 채 가끔 손을 흔들었다. 그때 그의 미소가 걷혔다.

"비행접시에 대해 이야기를 나누고 싶습니다!"

동군은 사람들에게 떠밀렸다. 하지만 쪽지를 건네는 데는 성공을 했다. 만식은 뒤를 짧게 돌아보았다. 그리고 그를 기다리고 있는 검은색 차에 올라탔다.

동군은 조심해서 주위를 살피며 호텔로 들어갔다. 작은 호텔이지만 썩 나쁘지는 않았다. 그는 맥주를 따고 테이블에 앉았다. 파일을 펼치고 국제우주정거장 '사랑Sarang'에 타고 있던 다섯 명의 우주인의 사진을 보았다.

미국의 우주왕복선이 25년이라는 영광의 역사와 함께 차례로 폐기가 되고, 후속 로켓 개발이 민간에 이전되며 자연스레 미측의 차세대 우주선 개발이 지연되었다. 그 때문에 사랑의 스물일곱 개의 골격 모듈을 대기권 밖으로 옮기는 데 러시아의 소유의 유인우주선과 유럽의 무인우주선이 사용되었다.

미국의 사정은 한국에도 기회로 작용했다. 13년에 나로 호의 성공적인 우주 안착 이후 한국도 우주로의 아침을 열었다. 그 어느 국가보다 빠른 속도였다. 한국은 다국적 소속 모듈에서 무중력을 이용한 과학기술실험 연구에 참여하는 것으로 우주 생활을 시작했다. 그렇게 해서 2010년대 후반에는 과거 미 항공우주국에 거절당했던 우주정거장 건설 사업에 참여하게 된다.

2017년에 본체 모듈이 러시아에서 발사된 것을 시작으로 2031년에 이르러 17개국이 지분을 양분하는 우주정거장이 완공되었다. 그것이 사랑이다.

동군은 녹음 파일을 틀었다. 먼저 세르게이가 말을 했다. 병실에서는 몰랐는데 육성만 따로 들으니 그는 무척 힘겹게 말을 이어가고 있었다. 그가 말을 마치면 다혜가 통역을 해주었다.

세르게이는 불시의 공격을 당했다고 한다. 강한 힘이었고 다분히 의도적이었다. 우주에서는 작은 도약으로도 멀리까지 유영을 한다. 마치 발돋움 한 번에 스케이트보드가 멀리까지 가듯이. 그는 내벽에 있는 몸 고정대에 머리를 찧고 기절을 했다. 일어나 보니 들것에 실린 채 헬기로 옮겨지고 있었다고 한다.

동군은 문서에 클립으로 끼워져 있는 캐서린의 사진을 매만졌다. 일본 국적의 키토 그리고 미국 국적의 피터. 모두 희생자였다. 일각에서는 피터가 범인이라는 설도 있었다. 비밀리에 미국의 우주선이 도킹해 있었고, 그것을 타고 탈출을 감행했다는 것이다. 어떤 음모론이 그렇듯 사건을 판타지로 만드는 것이다. 우주선이 도킹했다면 휴스턴의 관제탑에서 모를 리 없었다. 심지어 휴스턴을 제외하더라도 보는 눈만 16개가 더 있었다.

"당신은 유성 때문일 거야."

동군이 자신의 운명도 모른 채 생글생글 웃고 있는 피터의 사진을 손가락으로 두드렸다. 어쨌든 사건 발생 후 도착한 유인우주선이 아니었다면 우주정거장은 추락을 하고 말았을 것이다. 그랬다면 강력한 증인인 이만식도 살아남지 못했을 터다. 동군은 둘둘 말려있는 오늘 자 신문을 눈앞으로 끌어왔다. 우주복 차림으로 웃고 있는 이만식의 사진이 보였다.

"우주정거장 '사랑'에서 일어난 불미스런 사건으로 공판 중인 우주인 이만식 씨(29세)가……"로 시작하는 글은 이만식의 법정 공방에 관해 풀어놓고 있었다. 눈에 띄는 것이 있었다. 이만식이 언어장애를 일으켰다고 한다. 사람들은 그것을 연기라고 생각하는 모양이다. 검사 측은 그것을 들어 법정 모독을 넘어선 것이라 한다. 법정과 국민, 나아가 이번 사건에 집약된 세계인의 눈에 침을 뱉는 행위라고 하며, 그가 정말 결백하다면 그런 모습을 보여야 할 것이라고 경고 섞인 당부를 했다.

드드드드……

신문을 손날로 밀어내고 이번에는 세르게이의 증명사진이 집혀 있는 문서 다발을 들었다. 웃긴 건 사진 속에서도 무척 피곤해 보인다는 것이다. 피곤에 찌든 세르게이의 증언이 처음부터 반복되었다. 그리고 다혜의 친절한 음성이 뒤이었다. 재밌게도 이만식과 세르게이 모두 사건을 기억하지 못하고 있다. 사람들은 세르게이를 경계한다. 미국의 보급선이 아니었다면, 현재 지구에 있는 사랑의 우주인은 세르게이 혼자일 테니까.

세르게이에 이어 다혜가 말했다.

"UFO를 본 후로 만식이 이상해졌습니다."

그 말을 통역하면서 눈까지 휘둥그레 뜨는 그녀. 세르게이의 목소리가 점차 고조되었다. 성대에 가래가 들러붙어 있는 듯한 음성. 거친 콧소리로 쉭쉭거렸다.

동군은 테이블을 두들기며 시계를 보았다. 테이블 밑에 있는 예민한 플라스틱 장치가 느껴졌다.

'이만식이 나와야 할 텐데.'

많은 사람들을 물리치고 주인공의 눈에 띄는 게 중요했다. 그래서 동군은 UFO를 들먹인 것이다. 그래도 만식이 나와 줄지는 미지수였다. 어쨌든 관심을 끄는 것에는 성공을 했다.

물 잔을 내려놓은 동군은 젖은 입술을 혀로 쓸었다. 약속 시간이 지났지만 만식은 오지 않고 있었다. 그러다 문득 유리벽을 보았다. 모자를 눌러 쓴 남자에게 눈이 갔다. 아니나 다를까 카페로 들어왔다. 그리고 곧장 그의 테이블로 다가와 섰다.

"이만식 씨?"

만식은 말없이 테이블에 앉았다.

"목이 마르군요."

잠시 후 점원이 냉수 한 컵과 카페라테 두 잔을 내려놓고 갔다. 목이 마르다던 만식은 냉수를 반 컵 이상 마시지 않았다.

"기자는 아닌 거 같은데요?"

"아, 그렇죠. 소개가 늦었습니다. 조사관 화동군입니다."

"조사관? 무슨 조사관?"

"수상한가요?"

"아니요, 뭐 됐어요. UFO에 관해서나 좀 들어보죠."

"사과를 해야겠군요. 솔직히 말하면 사건 때문에 만나자고 한 겁니다."

"그거라면 뉴스만 봐도 알지 않나요?"

살짝 감정이 상해서 무슨 말을 더 하려던 만식은 이어진 동군의 말에 입을 닫았다.

"세르게이를 만났습니다."

"그는 좀 어때요?"

그렇게 말했지만 만식의 음성은 얼음처럼 차가웠다. 만식은 처음으로 고개를 들었다. 모자를 깊게 눌러 쓰고 있어서 보통 때보다 더 들어야 했다.

"괜찮더군요."

"세르게…… 드드드……!"

만식이 괴로운 듯 목을 부여잡았다.

"왜 그래요? 얼음을 삼킨 거예요?"

만식이 가만히 있으라는 듯 손을 휘휘 저었다. 좀 진정된 거 같자 동군이 입을 열었다.

"금방 무슨 소리를 냈는지 아세요?"

흡사 전자음 같은 소리였다.

만식은 잠시 가만히 있다가 물을 한 모금 마신 후 말문을 열었다.

"전 그 자식을 용서할 수 없어요."

동군은 만식의 목소리에 낮게 깔려 있는 이질적인 소리가 거슬렸다. 마치 유리창이 깨지는 소리를 멀리서 듣는 기분이었다.

"만식 씨는 사건 자체를 기억하지 못하는 걸로 되어 있는데요? 그러니까 매체나 기관, 대중들이 알기론 말입니다."

만식이 다시 고개를 들었다. 모자챙 아래서 날카로운 빛이 지나갔다.

"제가 아니면 그 아닌가요? 그러니 세르게이가 범인인 게 당연하잖아요? 제가 아니…… 제가……!"

"진정하세요."

만식의 입가가 떨렸다.

동군은 눈만 굴려 주위를 둘러보았다. 사람들은 알까? 지금 같은 장소에 있는 사람이 어쩌면 어제오늘 지구에서 가장 유명한 남자란 걸.

"저 시간 없어요."

"압니다."

"제 말은 시간 낭비하지 말란 소리예요. 조사관이라면서요? 사건 파일을 가지고 있을 것 아닌가요? 이럴 줄 알았으면 안 나왔을 드드……."

만식이 마치 독극물을 마신 사람처럼 목을 움켜쥐었다.

"괜찮아요?"

동군의 물음에 만식이 고개를 끄덕였다.

"우주정거장에는 다섯 명의 우주인이 있었습니다. 이만식 씨 당신과 알렉산드르 세르게이, 캐서린 앤, 키토 호시자키, 피터 윌리암스 이렇게 다섯 명이죠. 아시다시피 그중 세 명에겐 비극적인 일이 일어났어요. 캐서린은 교살을 당했습니다. 키토는 일상복 상태로 우주 밖으로 방출되었죠. 목을 당한 것입니다. 목을 부여잡은 그가 우주상에 떠내려가는 것을 피터가 목격했어요. 피터는 우주쓰레기를 제거하고 있었죠. 잠시 후 그도 미스터리한 실종을 맞습니다. 그리고 세르게이가 귀환선을 타고 지구로 향했고, 미국의 유인우주선이 우주정거장에 도킹을 합니다."

동군은 진지한 눈으로 상대방을 쳐다보았다.

잠시 후 만식이 말했다.

"나사의 우주선이 아니었다면 저도 여기 없었을 거예요."

"세르게이만 살아남았겠죠. 운이 좋았어요. 그런데……."

동군은 품에서 수첩을 꺼낸 뒤 남은 말을 이었다.

"좀 그래요. '그만둬!' 지구 시간으로 9시 7분경에 만식 씨가 말합니다. '제발!' 9시 46분, 또 만식 씨였죠. 그 말에서는 절박함마저 느껴지더군요."

"그래요? 그런데 좀 그렇다니요?"

만식이 몸을 뒤로 가져갔다. 냉수 컵 쪽으로 손을 뻗었다가 밤송이라도 만진 듯 움찔하더니 라테가 든 잔을 건들었다.

"시간이 문제입니다. 9시 7분경에 당신은 일본의 실험실 모듈에 있었습니다. 그런 다음 39분 후에 캐나다 모듈에 있었습니다. 양쪽 끝의 거대한 태양전지판 부분을 빼면 우주정거장 사랑의 큰 틀은 기다란 'ㅏ' 모양입니다. 더 듣겠습니까?"

"들어보죠."

"작은 'ㅡ' 자에 주거 모듈이나 실험실용 모듈이 집약되어 있죠. 마치 근채류처럼요. 다만, 몇몇 모듈은 긴 'ㅣ'에 있긴 합니다만 중요한 이야기는 아니죠. 아무튼, 가운데 두 개의 모듈을 이동하려면 네 개의 해치를 통과해야 합니다. 일본 모듈과 캐나다 모듈 사이의 거리만 따지면 30m가 조금 넘습니다."

"그래서요?"

만식이 감정을 실어 말했다.

"정말 39분이라는 시간이 나올까요? 무중력인 우주에서는 작은 움직임 한 번으로도 멀리 이동을 할 수 있지 않습니까?"

"세르게이에게 쫓기고 있었겠죠."

"그럴까요?"

"그는 탈출용 우주선을 타고 지구로 귀환을 했고 저는 우주에 남았어요. 그게 팩트예요. 만약 제가 범인이라면 우주에 남으려

했을까요? 아무리 나사의 우주선이 오기로 되어 있었다지만 당시 상황을 모르진 않겠죠? 사랑은 유성에 피해를 입은 상태였어요. 국제우주정거장이 우주 미아가 되거나 지구로 추락할 수도 있었다고요."

외부 우주선의 동력을 이용하지 못했다면 만식의 말처럼 되었을 것이다.

"유감스럽게도 세르게이는 당신을 범인이라고 생각을 합니다."

"구역질나는 놈이군."

"네?"

"그 자식 내 눈에 띄면 가만두지 않을 겁니다."

"참 슬픈 일이네요. 어찌 되었든 캐서린을 죽인 건 두 사람 중 한 사람일 테니까."

"세르게이예요!"

만식은 자리를 박차고 일어났다.

"9번."

12번은 동군을 부르곤 진득하니 쳐다보기만 했다.

"나눠 줄 게 있어."

"뭔데?"

"드드드드"

꿈이었다. 동군은 어두운 얼굴로 옷을 벗으며 샤워실로 갔다.

찬물이 머리 위에서 쏟아졌다. 그는 기분이 나아질 때까지 소리를 질렀다. 12번의 죽음은 그에게도 안 좋은 영향을 끼쳤다. 12번은 그의 손에 죽었다. 어쩔 수가 없었다. 12번은 오염이 되었고, 그에게도 전이시키려 들었으니. 탕탕! 총알이 자홍색의 몸을 비집고 들어갔고 또 헤집으며 둥지를 텄다. 그는 방아쇠를 당기고 있는 현실이 믿기지 않았다. 하지만 그날 저녁에는 안도의 한숨을 쉬었고 새로운 삶을 부여받은 듯했다.

그러나 시간이 흐를수록 괴로움에 시달렸다. 그것은 동료를 죽인 데 대한 죄책감이라기보다는 오염자가 자신이 아니라 12번이라는 엄혹한 행운에 대한 것이었다. 불온하고 약해진 감정에서 벗어나는 데 오랜 시간이 필요하진 않았다. 남들에겐 긴 시간이었지만 코마 상태에 빠진 그에겐 찰나였을 뿐이다. 그는 12번이 나오는 악몽을 꾸던 어느 날 깨지 않았고 이른 오후가 되어서야 호텔 직원에 의해 발견이 되었다.

어설픈 은둔을 시작하고 핸드폰 따위를 멀리한 것은 그 이후부터였다.

만식과 만나고 6일 뒤였다. 동시에 만식이 법원에 재출두하기 이틀 전이었다. 늦은 밤, TV에 그가 나오고 있었다.

"세르게이의 짓이었어요."

그는 세르게이가 범행을 저질렀다고 말하고 있었다. 세르게이에게 기습을 당해 기절을 했다고 한다. 그것이 이제야 기억난다고 했다. 그러면서 카메라를 지그시 응시했다. 슬픈 눈빛으로. 그가 사람들을 비집고 걸어갔다. 플래시가 펑펑 터졌다. 그리고 법원 건물의 전체 샷으로 바뀌었다.

동군은 채널을 돌렸다. 거기서도 만식이 나오고 있었다. 그는 브라운관을 통해 만식과 눈빛을 교환했다. 마치 그를 인식했다는 듯 시간과 공간의 제약 따위는 불요하다는 듯 만식의 입가가 조금 올라갔다.

"이만식은 다시 만날 수 없었어요."

동군이 병원의 로비에서 다혜에게 말했다.

다시 만난 세르게이는 예전보다 좋아져 있었다. 몸은 그대로였으나 표정이 다양했고 목소리는 한층 듣기 편했다.

"대기권에 진입할 때는 열차단장치를 지구 쪽으로 하고 일정 각도를 유지해야 돼요. 귀환 시 각도 유지는 무엇보다 중요하죠. 진입각의 특정 값은 양력을 이끌어내 추락 속도를 서서히 줄이고 우주선의 착륙 지점까지 결정하거든요. 불행히도 저는 진입각을 조정하지 못했어요. 대기권 밖으로 다시 튕겨 나가지 않은 것만 해도 천만다행인 거죠. 제가 응답을 않자 고국의 관제탑에서 귀환 캡슐을 분리해 주었어요. 감속용 낙하산 두 개와 주 낙하산이 펼쳐졌지만 착륙을 할 때는 엄청난 충격을 받았죠. 추락

하듯 떨어지는 바람에 다른 때의 두 배나 되는 중력 가속도를 몇 분간이나 견뎌야 했어요. 제 몸무게의 8배나 달하는 압력이 가해졌다는 얘기예요. 어쨌든 살아 있으니 대단한 축복을 받은 거네요. 보세요, 과연 이런 제가 범인일까요? 최소한의 안전 조치는 고사하고 귀환선 안에서 그냥 손을 놓고 있었다? 타의로 귀환선에 실렸다는 주장을 확고히 하고자…… 이런 기적 같은 경우를 기대하면서? 과연 그게 가능하리라 보세요? 정말로요?"

다혜의 통역이 끝나자 동군은 잠깐 말없이 있다가 입을 열었다.

"뉴스를 봐서 아시겠지만 이만식 씨는 당신을 범인으로 지목했습니다."

다혜는 깜짝 놀라 움찔했다. 갑자기 세르게이가 악을 써대며 거칠게 몸을 비틀어댔기 때문이다.

"거짓말이에요! 거짓말이라고요!"

뜸을 들인 후 다혜가 세르게이의 말을 통역했다. '좆같은'이라는 말은 빼는 게 당연했다.

"다혜 씨, 다시 한 번만 더 물어봐 주시겠어요? 새로이 생각나는 게 좀 없는지."

동군은 기다렸다. 물론 기대는 하지 않았다.

세르게이의 말은 변함이 없었다. 키토는 일본 모듈, 캐서린은 캐나다 모듈에 있었고 피터는 우주선 밖에서 우주 유영을 하고 있었으며 자신은 외부 적재 모듈 쪽 창을 통해 피터를 지켜보고 있었다고 했다.

"이만식 씨는 그때 어디에 있었는지 모르겠대요."

세르게이는 괴로운 듯 눈가를 찌푸리더니 벽에 기대고 있던 머리를 흔들어 입술이 불도그 개처럼 푸르르 거리게 했다.

동군은 우주정거장으로부터 교신된 녹음 파일을 떠올렸다.

9시 7분. "그만둬!"

9시 46분. "제발!"

39분의 차이. 일본 모듈에서 캐나다 모듈까지 걸리는 시간을 한참 초과하는 시간. 그 의문에 만식이 답했다. 추격전. 그럴 가능성도 있었다. 확실히 살인범과 엎치락뒤치락하며 추격전을 벌인다면. 하지만 일본 모듈에서 키토가, 캐나다 모듈에서 캐서린이 공격을 당했다. 두 사람이 공격을 당하는 순간과 추격전을 더해 보면 이건 말이 이상해진다.

세르게이의 불그스름한 눈썹이 주름을 만들며 급격하게 치켜 올라갔다. 그가 거친 소리로 쉭쉭거리는 소리를 내질렀다.

"그 녀석이, 아니…… 이만식 씨가 수상하지 않느냐고 하네요. 당연히 그래야 한다고, 당연히 그래야 한대요. 그가 지구에 귀환했을 당시를 떠올려 보래요."

그러면서 그녀는 세르게이의 말이 끝나길 기다렸다가 덧붙였다. "UFO와 관련이 있는 게 분명하다는……." 자기가 생각하기에도 이상했는지 그녀는 마치 잘못을 저지른 사람처럼 뒷말을 흘렸다.

수많은 경쟁자를 물리치고 이만식을 꼬드긴 화제도 다름이 아니라 UFO였다.

"암모니아 가스 유출 사고가 있었어요. 부품 교체를 위해 만식이 우주 유영을 했죠. 그런데 돌아온 그가 다른 사람처럼 행동하더라고요. UFO 어쩌고 할 때까지는 장난인 줄 알았는데, 그는 시간이 갈수록 이상해졌어요. 확실히 이상했어요. 우리를 관찰하듯 훑어보다가는 자꾸만 이것저것 만지려드는 거예요. 그게 뭐가 이상하냐고 할지 모르겠지만, 분명히 소름이 끼쳤어요. 보지 않고는 몰라요. 말할 수 없는 위화감이 존재했거든요."

세르게이의 말이 다시 시작되었다. 다혜는 잠시 기다렸다가 남은 말을 이었다.

"우주라는 특성상 선내는 무척 난잡할 수밖에 없어요. 작은 물방울마저 부유하기에 모든 것이 특정 장소에 고정되어 있어야 하죠. 여기저기 말려 있는 선이나 고정 바, 고정 끈 같은 것 때문에 더 혼잡해 보일 수밖에 없고요. 무중력 상태에 있으면 근육이 부유하는 듯한 기분이 들죠. 바로 그런 것들을 그는 일일이 지적하기 시작했어요. 마치 겉만 우리가 알던 사람이지 알맹이는 이만식이 아닌 것 같았죠. 그는 매일 두 시간 정도씩 하는 운동도 하지 않았어요. 운동은 우주인에게 꼭 필요한 거예요.

근육 위축이나 골밀도가 약해지는 것을 예방하기 위해서죠. 그런 그가 지구에 귀환해서 어떻게 했죠?"

동군은 매체를 통해 본 것을 떠올렸다. 무척 즐거워 보이는 만식은 다른 사람의 도움 없이 직접 걸어 다녔었다.

"아무렇지 않은 듯 혼자 걸어 다녔어요. 그건 불가능한 일이에요. 저는 그것을 나중에 TV로 보았죠. 그의 미소를 두고 CNN에서는 아름다운 미소 어쩌고 하던데 내 눈엔 악마가 따로 없더군요. 분명 그가 살인자예요! 사건 당일 그는 선내 우주복을 입고 있었어요. 마치 앞으로 있을 일에 대비하려는 사람처럼……!"

통역을 끝낸 다혜는 혼란스러운 듯 잠시간 세르게이를 응시했다.

세르게이는 몸을 뒤척이며 자리에 누웠다. 그리고 낮은 소리로 말했다. 으르렁거리는 소리 같기도 했다.

"가라는 건가요?"

동군의 물음에 다혜가 고개를 끄덕였다.

병실을 나온 두 사람은 조용히 복도를 따라 걸었다. 창문을 통해 밝은 햇빛이 쏟아져 들어오고 있었다. 문득 그는 고개를 들었다가 복도 끝에서 고개를 갸우뚱거리며 걸어오는 백인 남자를 보게 되었다. 두꺼운 몸에 국방색 상의는 꽉 끼고 하의는 조금 컸다. 혼자서 무슨 말을 하고 있었다. 귀에 리시버를 낀 것이다.

"그, 그때 그 러시아 요원인 거 같아요!"

다혜가 말했다. 겁먹은 빛이 역력했다.

러시아 남자가 두 사람을 향해 삿대질을 하며 큰소리로 뭐라고 말했다. '꼼짝 마!'거나 '거기서!' 정도일 것이다. 어쨌든 똑같은 말이지만.

"가, 가요, 빨리요……!"

그녀가 그의 옷깃을 잡아당겼다. 그는 얼떨결에 따라 뛰었다. 쫓아오니 도망간다는 말이 맞는 말일 것이다. 급하게 엘리베이터를 탄 뒤 그녀는 몇 번이나 숫자 1을 때렸다. 문이 닫히고 엘리베이터가 움직일 때 저 너머에서 욕을 하는 소리가 들렸다. 알아듣진 못해도 욕이란 건 본능적으로 안다.

"이젠 세르게이도 만나기 힘들겠어요."

그가 차에서 말했다.

그녀는 가슴에 손을 올린 채 고개를 끄덕였다. 아직도 진정이 안 되는 모양이었다. 덩치 때문이 아니라 많이 뛴 탓이다. 병원 건물을 보내고 처음 만난 신호등의 신호가 빨간불로 바뀌고 나서야 그녀도 괜찮은지 편안하게 머리를 뒤로 기댔다. 밥이라도 함께 먹을까 했지만 그녀가 거절을 했다. 그녀를 내려준 그는 보고를 위해 전화 부스가 있던 장소로 차를 몰았다. 그리고 수화기에 대고 필요한 것도 말했다.

그가 호텔로 돌아왔을 때는 일곱 시가 조금 못 되었을 때였다. 그는 여느 때처럼 아닌 척 주위를 경계하며 자신의 방으로 갔고, 콜라를 마시며 노트북을 폈다. 파란색의 바탕 화면에 기관을 상징하는 마크가 떴다. 아이디와 암호를 쳤다.

거기에서 세르게이가 말한 것을 확인할 수 있었다. 우주 유영을 마치고 돌아온 만식의 이상 행동과 우주인들의 생전 증언. 대단한 건수는 없었다. 다만, 만식이 극도의 감정 변화를 보인다는 말은 모두가 공통적으로 했다. 그중 캐서린의 증언이 눈에 띄었다.

그는 지구로 가고 싶어 해요. 마치 다섯 살 아이처럼 굴고요. 당연히 알아야 하는 지구적 생활 습관 같은 것도 잊은 것 같아요. 어떻게 설명하기가 어려운데…… 가령 밥을 먹을 때 왜 숟가락이나 나이프 같은 것을 써야 하느냐는 식이죠. 그러니까 다른 물건이 그것을 대체할 수 있는데 뭐 그런…… 마치 어중간한 신경쇠약에 시달리는 것 같아요. 아무래도 그에겐 많은 휴식이 필요한 거 같아요. 유감스럽게도 저 혼자만의 생각이 아니에요. 아무튼 그는 가끔 이치에 어긋나는 말들을 해요. 점점 심해져서 걱정이에요.

휠을 내리던 동군은 눈을 가늘게 떴다. 원자 알갱이처럼 모여 있는 검은 덩어리 탓이었다. 세상이 아무리 좋아져도 UFO의 사진은 변화가 없다. 그래서 미확인 미행물체라고 하는 거겠지만. 휠을 조금 더 내리자 '1급 비밀'이라는 빨간 도장이 찍혀 있는 문서가 나왔다. 눈에 띄는 문장이 있었다.

29년, 페가수스호 사건에서 목격된 UFO와 동일한 패턴을 보임.

페가수스호는 ISS(국제우주정거장)의 과학자 세 명을 태우고 화성의 1번 정착지 '뉴요커'로 향하던 미국의 유인 우주선이었다. 미확인 미행물체가 표제나 부제로 붙은 기사가 사골처럼 우려지던 때였다. 그러나 페가수스호 사건은 단순한 기계적 결함이 참사로 이어진 것으로 마무리되었었다.

'언제나 그렇지……'

그는 한 손으로 목제 테이블을 두드리며 다시 휠을 올렸다. 그리고 검은색 알갱이가 모여 만든 사진을 보았다.

똑똑똑. 그때 누군가 현관문을 노크했다.

그는 잠시 조용히 있었다. 문고리가 좌우로 돌아갔다. 호텔 관계자는 아니다. 사전에 단단히 주의를 주었고, 문에도 팻말을 걸어 놓았다. 충분한 팁을 주고 망보는 일을 시킨 벨보이도 아니었다. 약속한 노크 방법과 한참 거리가 멀었다. 방을 잘못 찾은 사람일까? 그는 아이디를 입력하여 프로그램을 삭제하고, 문서는 서류가방에 쑤셔 넣은 뒤 침대 밑에 밀어 넣었다. 그의 손에는 권총이 들려 있었다. 그는 문 쪽으로 조용히 걸어갔다. 밖을 볼 수 있는 구멍은 까맣게 보였다. 밖에서 조치를 취한 것이다.

복도에는 감시 카메라가 있으니 엉뚱한 짓을 하긴 힘들 것이다. 문고리를 돌리기만 하는 걸 보니 따로 만능열쇠나 그와 비슷한 장치가 있는 것도 아닌 것 같았다. 그는 생각에 잠겼다. 버텨볼까? 아니면 창문으로? 그는 조심스럽게 창가로 가서 커튼 틈으로 밖을 내다보았다. 순간 그는 몸을 확 낮췄다. 밝게 빛나는 것을 본 것 같았기 때문이다. 다시 생각해보니 반대편 건물의 유리창이었다. 바보 같게도 저격수의 스코프를 생각한 것이다.

그는 금방 가시는 미소를 지었다. 필요 이상으로 긴장했다는 것을 인정해야 했다. 순간 그런 생각이 들었다. 누군지는 모르겠지만 경찰로 위장하고 호텔 프런트에 가서 문을 열어 달라고 할지도 모를 일이다. 그는 침대로 가서 무릎을 꿇었다가 생각을 바꿨다. 노출되면 안 되는 중요한 것은 없었다. 서류 가방 안에 있는 거야 상대도 아는 것일 테니. 노트북은 챙겨야 했다. 해킹이라도 당하면 곤란하니까.

금속성의 소리를 들었다. 그의 생각대로였다. 프런트에서 사람을 데리고 온 것이다. 아무래도 저쪽의 차량이 가까운 데 있는 모양이었다. 거기서 경찰 신분증을 프린트했으리라.

'그녀가 어떤 타입인지는 몰라도 친절한 사람은 아닌 것 같군. 모르는 척 전화를 걸어줘도 되잖아!'

문이 열리길 기다리며 총을 겨눴다. 하지만 문이 열리자마자 그는 옆으로 몸을 굴려야 했다. 무슨 말이라도 할 차에 덩치 두 사람이 뛰어들어 왔기 때문이다. 그들의 손에는 소음기를 장착한 권총이 들려 있었다. 의도는 알지만 위협치고는 과했다. 동군이 몸을 날렸던 자리에서 도자기가 깨졌고 대리석 파편이 날렸다.

동군은 서둘러 노트북 자판을 두들겼다. 핑핑거리는 소리와 함께 머리 위에서 갖가지 조각이 떨어졌다. 그는 엔터를 탁 내리쳤다. 그러자 테이블 밑에 있던 플라스틱 장치가 비틀렸고, 이윽고 호텔 방 전체가 자욱한 연기로 가득 찼다. 그는 영어와 인기척을 피해 거기서 빠져나왔다. 그제야 얼빠진 얼굴로 복도에 있던 지배인도 사색이 되어 꽁무니를 뺐다.

차는 포기했다. 대신에 택시를 탔다. 전화 부스를 찾았다. 아까와 다른 것이다. 그는 다혜에게 전화를 걸었다.

"지금 어디예요?"

"볼일이 좀 있어서 시내에 있어요. 왜요?"

"내일 오후 한 시에 시 외곽에 있는 햄버거 레스토랑으로 나오세요. 뱃속은 비워두고요. 시간 괜찮죠?"

다음날, 동군은 열한 시부터 레스토랑에 있었다. 정확히 말하면 레스토랑 반대편에 있는 식물원이었다. 수상한 차는 없었다. 수상한 사람도 없었다. 슈퍼마켓에서 사온 휴대폰도 조용했다. 외국인이 예약을 하거나 오면 알려달라고 어젯밤에 따로 접촉을 해놓은 상태였다. 그렇게 약속 시간이 되었다. 그녀가 레스토랑에 들어가고서야 그도 움직였다.

레스토랑은 접시에서 잘 익은 바퀴벌레 반 토막이 나와도 이상하지 않을 만큼 무척 불청결해 보였다. 무척 덥기도 했다. 예상대로 그녀는 입고 있던 여름용 재킷을 개킨 뒤 의자에 올려두었다.

그녀는 좀처럼 일어날 생각을 하지 않았다. 안 그래도 후덥지근한 실내인데 마음까지 답답했다. 하는 수 없이 그가 선수를 쳤다.

"미안하지만 화장실에 가서 변기 물탱크에 있는 것 좀 꺼내주시겠어요?"

"화장실 물탱크예요?"

그녀가 의아해서 물었다.

"여자 화장실이라 제가 갈 수가 없어서 그래요. 부탁드릴게요."

그녀가 화장실에 간 사이 그는 자리를 바꿔 앉았다. 그리고 그녀의 재킷을 뒤졌다. 단추를 살폈고 옷 안감의 솔기를 살피며 뭐가 들었는지 꾹꾹 눌러보았다. 그냥 리넨 소재의 재킷일 뿐이었다. 문득 고개를 들었다가 저쪽 구석 테이블에 있는 백인 남성과 눈이 마주쳤다. 갑자기 목이 간지러웠고 땀이 났다. 언제부터 저기에 있었을까?

그가 자기 자리로 돌아가고 얼마 후 그녀가 왔다.

"아무것도 없는데요? 잘못 아신 거 아닌가요?"

"미안해요. 하지만 다혜 씨도 사과해야 될 것 같은 데요?"

그가 목소리를 낮춰 말했다.

"제 뒤통수 방향은 보지 마세요. 저를 보세요. 그리고 자연스럽게 행동을 해요. 전 권총을 가지고 있습니다. 한 번만 더 그쪽을 보면 제 뒤에 있는 남자에게 신호를 주는 거라고 여기고 당신을 쏘겠어요."

"그게 무슨 말이에요?"

"어제 전 피격을 당했습니다. 호텔에 총을 든 괴한이 침입했어요."

그녀는 적잖이 당황스러워했다.

"절 쏘지 않을 거란 거 알아요. 그런데 어떻게 아셨어요?"

"저를 믿는다고 생각해도 되는 건가요? 그렇게 알고 말하겠습니다. 저도 다혜 씨를 믿게 해주세요. 제 뒤에 있는 남자를 속일 수 있도록 해달라는 겁니다."

그녀는 걱정스런 눈으로 "알겠어요"라고 말했다.

"돈 때문이겠죠. 다혜 씨가 통역사로 저와 함께 해주는 것처럼. 하지만 그것이 전부예요, 다혜 씨는. 피격을 당했다는 말에 일언반구 없이 고분고분하잖아요. 저는 혹시나 몰라 세 개의 이름으로 각기 다른 호텔에 방을 예약했습니다. 어제 당신과 헤어지고 한 일이었죠. 일을 당한 밤에 호텔 세 곳을 다시 들렀지만 거기엔 누구도 침입하지 않았어요. 제가 묵고 있는 호텔에서처럼, 제 옷깃에 있는 것과 같은 옷핀을 문고리 안의 잘록한 부분에 붙여 놓았거든요. 이 옷핀은 소리에 예민하죠."

"그랬군요······."

그녀가 눈을 내리깔았다.

"어제 병원에서 우리가 쫓긴 건 다혜 씨 때문이었을 거예요. 그러므로 당신은 미국 쪽과 연관이 있는 거겠죠. 잠깐 들어보세요. 세르게이도 이만식도 사건에 대해 기억을 못 하는 게 당연합니다. 물론 다른 이유에서죠. 세르게이는 그의 말대로 정신을 잃었기 때문이고 이만식은 자기 파괴가 진행되고 있었기 때문입니다. 카메라에 대고 세르게이가 범인이라고 하고 있지만 그건 별개의 이야기예요."

"자기 파괴라니요? 파괴가 된다고요?"

"표현이 그렇다는 거예요. 그는 오래지 않아 지구인이 아닌 존재가 될 겁니다. 그는 결함이 있는 부품을 바꾸기 위해 우주 유영을 한 적이 있습니다. 세르게이의 말을 기억하시죠? 우주 유영을 마치고 돌아온 만식이 다른 사람처럼 보였다는 이야기. 그렇습니다. 저는 그를 외계인의 숙주로 보고 있어요. 아니, 사실입니다."

그녀는 눈만 깜빡거렸다.

"말해 볼까요? 피터가 공기차단실에서 우주로 나가며 사건은 시작됩니다. 제일 먼저 변을 당한 사람은 예상 외로 세르게이입니다. 하지만 그는 정신을 잃었을 뿐이죠. 그를 끝내려는 순간 키토가 나타났을 겁니다. 몸싸움 끝에 나이프로 키토의 목을 긋고 피터가 나갔던 공기차단실에 밀어 넣어 우주로 배출시킨 것입니다. 그러다 문득 좋은 아이디어가 떠올랐어요. 이 사건을 세르게이에게 덮어씌우고 자신은 유일한 생존자가 되는 겁니다. 그는 즉각 통신기를 켜고 말합니다. '그만둬!' 그때가 9시 7분이었죠. 그리고 39분 후 캐나다 모듈에서 캐서린을 살해하고 통신기에 대고 말을 합니다. '제발!'이라고. 그런 다음 세르게이를 귀환선에 실어 지구로 보낸 겁니다. 그에겐 두 개의 기억이 공존하고 있으니 미국에서 발사한 우주선이 오래지 않아 도킹할거란 걸 알고 있었거든요."

"이만식 씨가 범인이라고 생각하세요? 외계……."

황당했기 때문일까. 아니면 그럴지도 모른다고 생각한 일을 그가 말해서일까. 그녀는 망연자실한 것처럼 말을 멈췄다.

"네."

그가 짧게 말했다.

"지구에 도착한 이만식은 마치 지구인처럼 너무도 편안하게 걸어 다녔습니다. 아, 제 말은 우주 생활을 하지 않은 것처럼 말이에요. 약 1년간 우주에서 생활을 했다면 약해진 뼈와 근육 탓에 제대로 서기도 힘든데 말이죠. 그렇게 보면 정신에 비해 육체를 지배하는 건 쉬운 일인 것 같네요. 가끔 언어 장애 같은 걸 일으키기도 하지만. 페가수스호 사건 기억하세요? 기체 결함이 부른 참사라고 알고 있지만 사실이 아닙니다. 비슷한 사건이 페가수스호에서도 일어난 겁니다. 외계인과 접촉을 한 우주인이 평소 억누르고 있던 분노가 방출된 사건이죠. 외계인에게 정신 지배를 당하면서 인간의 관념은 함몰을 당하는 것 같습니다. 욕망은 돌연 커지죠. 그러니 생각으로만 멈췄던 것의 봉인이 해제가 되는 겁니다. 물론 완전히 두 정신이 일체화된다면 그런 일도 일어나지 않겠지만 말이에요. 또한, 피터의 실종은 외계 우주선의 소행일 겁니다. 우주선에 운석 조각이 딸려오면서 사랑에 구멍을 내기도 했고요. 아마 이만식은 UFO의 방문을 알고 있었을 겁니다. 그래서 마치 사건을 미리 계획이라도 한 듯 선내 우주복을 입고 있었던 겁니다. 외계인의 목적이 뭔지는 몰라도 지구를 침입하거나 다른 공격을 시도하지는 않았어요. 모르겠습니다만, 은하계 내에 존재할지도 모르죠. 영화 같은 우주법 같은 것이. 제 생각을 섞자면 외계인이 나타난 것은 감독관의 마음과 다르지 않을 것 같습니다. 일의 진행이 궁금한 것이죠. 그래서 우주정거장의 수천 킬로미터 상공을 떠돌고 있는 위성에 포착된 것이고요. 그렇게 보면 SF영화에서처럼 텔레파시를 하지는 않는 모양이네요."

그는 말을 한꺼번에 쏟아내고 테이블 위를 보았다. 그녀의 컵에 얼음이 녹은 물이 있었다.

"괜찮을까요?"

그가 손을 내밀어 컵을 잡았다. 그녀가 고개를 끄덕이자 그는 물을 마셨다. 벨을 눌러 물을 갖다달라고 해도 되지만 뒤가 신경 쓰여 그럴 수 없었다. 물을 마시고 나자 그녀가 손부채질을 하는 게 보였다. 미안한 생각이 들었지만 이미 물은 마시고 없다. 그녀는 에어컨이 고장 났다고 알고 있지만 사실이 아니었다. 지배인에게 에어컨을 틀지 말라고 그가 사전에 당부를 한 까닭이었다. 이런저런 사소한 부탁을 하면서 20만 원 정도를 썼다.

"아무리 그래도 사람을 죽일 필요는 없었는데……."

"죽은 캐서린에 의하면 이만식은 지구로 가고 싶어 했다고 합니다. 아마 극성을 부렸겠지만 그를 위해 캐서린이 적당한 선에서 말을 끊은 거겠죠. 그와 미묘한 감정을 주고받던 그녀지만 불안한 마음은 다른 사람과 크게 다르지 않았을 겁니다. 그가 다섯 살짜리 아이처럼 행동한다는 말을 한 것만 보더라도 말이죠. 혹시 '연가시'를 아세요? 숙주로 있는 곤충을 물로 끌어들여 자살을 하게 만드는 악질 중의 악질이죠. 곤충을 물로 이끈 이유는 또 다른, 더 강한 숙주를 찾기 위해서입니다. 어쩌면 외계인의 마음도 다르지 않을지도…… 삼각관계에 있는 사람의 마음은 어떨까요? 질투, 분노, 오해…… 이뤄 말할 수 없는 인간적 감정들이 외계인이 지향하는 그 무엇과 격렬하게 상충했을 겁니다. 그렇게 해서 인간적 시각으로 보면 황당한 결론이지만, 서로 다른 세계의 두 자아가 공평하게 반반씩 결과물을…… 이런,

공평하지는 않군요. 어쨌든 아까도 비슷한 말을 했지만, 인간이라면 누구나 욕망이나 망상 같은 걸 합니다. 우리는 그것을 억누르고 또는 상상으로만 만족하며 살죠. 문제는 두 개의 자아가 상충하며 서로의 것을 전달받을 때 생겼을 겁니다. 마음속 깊숙한 곳의 우물에 숨기고 있어야 할 것이 웃거나 말을 하는 것처럼 일상적인 것이 되어버린 겁니다. 그래서 살의가 봉인에서 해제된 것이죠."

말을 마친 그는 손목시계를 보았다.

"이런 걸 다 말해줘도 되는 건가요?"

"그럼요. 아무도 다혜 씨의 말을 믿지 않을 테니까요."

그가 미소와 함께 말했다.

"당신의 진짜 정체는 뭐죠?"

"다혜 씨도 아시잖아요. 조사관입니다. 그게 답니다. 제가 알고 있는 거라면 이미 국가 레벨에서도 알고 있는 겁니다. 물론 외계인을 말하는 겁니다. 다혜 씨는 이제 집으로 돌아가도록 해요."

그는 알고 있었다. 일방적인 것이긴 했지만 미국 측 요원과 총격전을 벌인 후였다. 이대로 곱게 끝나지 않을 것이다. 예상대로였다. 누군가 레스토랑에 들어왔다. 의자 밀리는 소리도 났다. 여러 개의 발소리였다. 그녀의 눈에 눈물이 고여 있었다.

"미안해요."

"괜찮아요. 별일 없을 거예요. 그래야겠죠. 안 그러면 다혜 씨의 주급은 어떡하고요. 그러고 보니 마침 오늘이 주급 날이네요. 늦을지도 모르니 마음 편히 먹고 기다려요."

그녀가 눈물 섞인 웃음을 터트렸다.

그는 세 명의 백인 남자와 함께 검은색 SUV 차에 올라탔다. 몸을 뒤졌지만 별다른 게 나오지 않자 자기네들끼리 속닥거렸다. 권총을 노트북과 함께 지하철 물품보관함에 둔 건 잘한 일이었다. 예상과는 달리 요원들이 거칠게 나오지 않았지만 앞으로가 막막한 건 마찬가지였다. 레스토랑에 있던 남자는 조수석에 앉았다. 시간이 걸린 걸 보니 혹시 모를 일에 대비해 다혜에게 주의를 준 모양이다. 그도 다른 남자들처럼 선글라스를 끼고 있었다.

동군은 레스토랑의 유리문 뒤에 서 있는 다혜를 발견했다. 기도라도 하는지 양손을 앞으로 모은 채 있다가 차가 출발을 하자 문을 열고 뛰쳐나왔다. 그리고 멀어진다.

"대체 뭐하는 작자요? 아는 걸 다 말하시오!"

요원들은 자꾸만 채근을 했다. 동군은 당신들과 비슷한 걸 안다고 말했다. 세 번째 같은 말이 되풀이되었을 때 팔꿈치 정도는 날아올 줄 알았다. 그런 일은 없었다. 대신에, 그의 정체를 물었다.

"조사관입니다."

러시아어는 힘들지만 영어라면 어렵지 않았다.

차는 도시의 반대 방향으로 달렸다. 어떤 식으로든 한국을 벗어나게 될 것이다. 미국으로 갈까? 아니면 미국의 몇몇 관계자만 아는 어느 사막의 지하 취조실일까? 생각이 상상으로 변하고 있는데 갑자기 차가 큰 충격과 함께 흔들렸다.

"러시아 놈들이야!"

조수석의 남자가 말했다.

사실이었다. 뒤에서 검은색 중형차 두 대가 따라붙고 있었다. 중형차는 SUV 차를 샌드위치처럼 포개더니 양쪽에서 밀어붙였다. 거듭되는 충격에 SUV 차 안은 추락하는 비행기와 다를 바 없었다. 동군의 몸이 오른쪽으로 거칠게 쏠렸다. 무중력을 경험한 적은 없지만 아마도 이런 기분일 거란 생각이 스쳐 지나갔다.

큰 충격이었다. 요란한 고무바퀴 미끄러지는 소리와 함께 스키드 마크가 도로를 할퀴었다. 반격에 성공한 모양이다. 커브길이 전방 50m 앞까지 가까워졌을 무렵이었다. 균형을 잃은 우측의 중형차가 삐끗하더니 오른쪽 바퀴로 뿌연 연기를 토해내며 회전해 굴렀고 덩달아 SUV 차가 뒤집히며 좌측의 중형차를 어깨로 쳤다. 두 바퀴 반을 구르고 멈춘 SUV 차와는 달리 중형차는 빙글빙글 돌아 미끄러지다가 휙 뒤집힌 뒤에도 불똥을 튀기며 열기로 익은 아스팔트 바닥을 쓸고 갔다.

동군은 불편한 자세로 몸을 움직였다. 뒤집힌 차 지붕으로 뒤통수부터 떨어졌을 때는 목이 부러지는 줄 알았다. 그는 힘겹게 차 문을 밀었다.

"멈춰!"

요원이 손을 뻗었다. 파르르. 대충 그런 소리였다. 작은 납덩어리가 바람을 가르는 소리에 땀까지 얼어붙는 듯했다.

"윽!" 총알 하나가 동군을 붙잡으려던 요원의 손등을 뚫고 지나갔다. 핑핑거리며 뒤 유리창에 구멍이 생겼다. 이런 기회를 마다할 수 없었다. 동군은 문을 여는 즉시 몸을 던졌다.

"그 녀석 잡아!"

조수석의 요원이 이마에서 피를 흘리며 말했다. 동군은 얼마 걷다가 무릎을 꿇었다. 한 번을 더 그러고 나자 무슨 마법에 걸린 것처럼 힘이 생겼다.

뒤에서 총을 쏘고 있는 러시아 남자 세 명이 보였다. 그중 하나가 총 쏘기를 멈추고 달려오려고 했다. 하지만 미국 측의 반격 탓에 자동차를 방어막 삼아 다시 몸을 낮췄다. 저기로 미끄러졌던 차에서는 먼저 한 명이 나와서 운전석을 향해 뭐라고 소리를 질러대고 있었다. 뒷좌석에서 또 한 명이 간신히 기어 나오고 있는 게 보였다. 병원에서 쫓아왔던 남자라는 것을 깨달을 무렵에 앞에서 천천히 다가오는 국산 소형차를 발견했다. 차는 바퀴를 한 번 털더니 그대로 쭈욱 썰매를 탔다. 바퀴가 터진 것이다.

동군은 도로가의 풀밭으로 들어갔다. 도시는 보이지 않았다. 도시에서 멀어진 만큼 나무와 풀이 많았다. 산도 있었고, 강이 흐르고 있었다. 몸을 낮추고 경사진 풀밭을 서둘러 내려가다가 앞으로 크게 넘어진 뒤에는 데굴데굴 굴렀다. 간신히 일어섰다가 헛발질을 한 번 하고서는 강물에 빠졌다.

강물은 충분히 빨랐고 도시의 반대 방향으로 흘렀다. 갈대밭이 나타나고부터는 그 위쪽이 보이지 않았다. 어느 정도 시간이 지나자 거친 배기음이 들렸다. 탱크 트럭이었다. 갈대밭이 끝났다. 얼마간 더 떠다니다가 그는 뭍으로 몸을 끄집어냈다. 아까는 아픈 줄 몰랐는데 지금은 몸이 아파 죽을 것 같았다.

그는 도로가로 올라갔다.

여기는 어딜까?

지갑이 있는 건 다행이었다. 그는 차가 보일 때마다 젖은 지폐를 꺼내 흔들었다. 얼마 안 있어 자동차 역사박물관이 제집인 듯한 낡은 중형차가 거친 기침을 하며 그의 앞을 지나쳐 섰다. 차 안에 소똥 냄새가 가득했다. 운전자는 빛바랜 청바지와 늘어진 티셔츠를 입고 있는 노인이었다. 하지만 돈은 받지 않았다.

"고맙습니다."

동군이 차에 타고 처음 한 말이었다. 노인의 첫 말은 "세상에 나!"였다.

동군은 힘겹게 미소를 지어 보였다. 그는 오른쪽 팔을 안은 자세로 잠시 상체를 웅크렸다. 아팠다. 노인의 이런저런 물음에는 대충 둘러댔다. 노인이 그런 말을 믿을 것 같지 않았지만, 속아 줄 사람처럼 보였다. 솔직히 말해 말을 하는 것도 힘겨웠다.

"목적지는 있어요?"

노인이 연신 힐끔거리며 근심 어린 표정으로 물었다.

동군이 고개를 여러 번 끄덕였다. 뿐만 아니라 할 일도 있었다. 우선 기관에 보고를 할 것이다. 다혜의 주급도 잊을 수 없다. 그다음에 할 일도 명확했다. 언제나처럼 먼지 속에서 조용히 기다리는 것이다.

"뭐하는 사람인지 여쭤 봐도 실례가 되지 않을까요?"

노인이 정중하게 말했다.

동군은 하마터면 큰 소리로 웃을 뻔했다. 어깨를 들썩이자 양쪽 어깨는 물론이고 흉곽께와 옆구리까지 아팠다.

"전부 그 소리군."

"네?"

"아니에요. 조사관이라고 했습니다."

2

창문 하나 없는 곳이었다. 동군은 널찍한 철제 테이블 위에 두 손을 가지런히 올려놓고 있었다. 삼십 분 정도는 그렇게 있었을 것이다. 6번이 문을 열고 들어왔다. 하얗게 센 머리에 큰 키, 50대라는 게 믿기지 않을 만큼 곱상한 얼굴. 그는 6번이 딱딱한 의자에 앉는 걸 지켜보았다.

6번이 파일을 내밀었다. 그것을 무성의하게 들춰본 동군은 6번을 물끄러미 쳐다보았다.

"아무래도 손님이 말썽이네."

6번이 시간을 두고 말했다.

"9번, 바로 자네의 손님이지."

그렇게 6번은 십 분 정도를 내리 말을 쏟아냈다.

"그건 그렇고 자네도 참 별난 인물일세. 왜 그렇게 불편하게 사나? 핸드폰 정도는 써도 되지 않아?"

"이런 게 좋아요."

"그런 게 좋다고?"

6번이 눈썹을 들어 올렸다.

"이런 게 좋습니다."

동군은 문제될 것이 있냐는 듯 6번의 시선을 피하지 않았다. 졌다는 듯 6번이 고개를 저으며 허탈하게 웃었다.

"한 번쯤은 우리 생각도 해달라고. 자네를 찾는 것도 일이야, 일. 쓸데없는 재원 낭비라고 생각은 안 하는 건가? 에이, 뭐야 그 얼굴은?"

"몇 달 전부터 절 따라다니는 여자는 어떡하고요? 하긴, 그녀가 뒷수습을 해주지 않았다면 호텔을 빠져나오는 것이 무척 힘들었겠네요. 호텔 밖에서 대기하고 있던 미 측의 밴은 그녀의 솜씨잖아요?"

"글쎄, 나는 그런 사람을 알지 못하네. 앞으로도 그럴 거야."

동군은 다시 서류를 펼쳤다. 클립으로 고정된 사진이 있는 첫 장의 내용은 찬찬히 읽었지만 다음 장부터는 넘기기만 했다. 그러다가 다시 첫 장으로 돌아왔다.

"41번? 그녀는 41번이군요. 그녀가 당한 건가요?"

"가능한 빨리 처리해 주게. 빠르면 빠를수록 좋아."

동군은 말없이 6번의 눈을 쳐다보다가 고개를 한 번 끄덕이곤 자리에서 일어났다.

"필요한 게 있으면 20번한테 말해서 가져가게. 어지간하면 가져가는 게 좋아. 자네에게 줄 장비가 있다던데, '르캐쳐'인가 하는 이름인데 아무튼 꼭 받아가라고 집 없는 사람처럼 돌아다니지 좀 말고. 알겠지, 9번? 자네를 지킬 수 있는 것을 가져가란 소리야. 스모그 볼 같은 거 말고. 대답 안 할 거야? 허, 또 그런다."

동군은 하얀 복도를 따라 걸었다. 문 앞. 얼굴을 갖다 댔다. 빨간 선이 위아래로 움직여 그의 눈을 스캔했다. 문이 열렸다. 안으로 들어갔다.

그는 캡슐을 내려다보고 있었다. 캡슐에는 튜브 몇 개가 연결되어 있었다. 얼마 전까지만 해도 튜브는 '그'의 생명을 유지하는 데 사용되었다. 그러나 지금은 서서히 그를 죽이고 있었다. 캡슐 안에는 삼십 대 가량의 성인 남성이 알몸으로 누워 있었다. 다만, 심볼은 없었다. 남자의 피부색이 이상하게 보이는 것은 유리 덮개 때문이 아니었다. 피부는 자홍색이었고 털이라고는 찾아볼 수 없었다. 키는 2m가 조금 넘고 근육질인 몸은 돌처럼 단단했다. 그래서 그와 같은 존재를 잡는 건 무척 고생스러운 일이다. 몇 명이 달라붙어도 육탄전은 소용이 없다. 그는 인간이 아니었다. 지금은 눈을 감고 있지만 눈은 전체가 초록색이었다.

그는 곧 분리될 것이다. 몇 부분은 계속 여기에 남을 테지만 나머지는 소각된다.

복도로 나온 동군은 바닥에 비친 자신의 모습을 보았다. 옷을 입고 눈, 코, 입을 가진 그림자. 그는 자신의 도플갱어와 눈을 마주치고 있다가 고개를 들었다. 검은 정장을 입은 남자가 벽에 붙어서 빳빳하게 걸어오고 있었다. 무표정한 얼굴로 고개를 살짝 숙이며 옆으로 지나갈 때는 목에서 플라스틱 부스러기라도 떨어질 것 같았다. 기관의 사람은 대게 그런 스타일이다. 어쩌면 동군, 그 역시도.

하던 대로 여러 장소를 들렀고 필요하다면 사진을 찍었다. 수상한 사람으로 보이지 않으려면 필요 이상으로 얼굴을 가리지 않아야 하지만 동시에 불필요한 노출은 삼가야 했다. 그래서 동군은 검은색 모자를 써 되도록 얼굴을 가렸고 한 번씩 땅에 펼쳐놓은 사진 관련 책자를 힐끔거리며 구도를 잡는 척했다.

집까지는 꽤 멀었다. 하지만 그는 좋았다. 나무와 산, 들, 가끔은 저수지 같은 것이 있는 아무도 없는 도로 위를 혼자서 달리는 건 굉장히 매력적인 일이었다.

한 남자가 나무 사이에서 나왔다. 그는 두꺼운 외투를 큰 몸에 칭칭 감고 있었다. 쓰레기더미에서 주워 입은 것처럼 더러웠다. 얼굴은 후드 모자와 목도리를 감고 있어 볼 수 없었다. 밤낮으로 쌀쌀하다지만 아직은 무더운 초가을의 날씨였다. 그럼에도 연신 몸을 벌벌 떨어대던 그는 급기야 철책에 몸을 집어 던졌다.

"어머, 저 사람 좀 봐!"

"저기요? 괜찮아요?"

도로를 따라 자전거로 산을 찾은 여대생들이었다.

남자는 심하게 몸을 떨며 벽을 잡고 한 걸음씩 움직였다. 불안해 보였다. 결국 벽을 타고 미끄러진 그는 흙바닥에서 오래된 흙먼지를 털어냈다. 여대생들이 비명을 질렀다.

"111! 111에 신고해야 해!"

머리를 뒤로 땋고 있는 여대생이 말했다. 당황한 탓이다.

"119야, 바보야."

오래지 않아 구급차가 와서 남자를 들것에 실었다.

"어떻게 되는 사이세요?"

구조대원이 말했다.

"모르는 사람이에요. 우리는 그냥……."

구급대원은 고개를 끄덕이곤 차에 올라탔다.

"얼굴 봤어? 병 있나 봐. 얼굴이 완전 이상했어. 외국인 노동자 같던데."

"어머, 어떡해! 나 저 아저씨 만졌단 말이야!"

구조대원은 산소호흡기를 쓰고 있는 남자에게서 눈을 떼지 못했다. 서양인인 환자는 머리털이 거의 없었고 검게 때가 진 얼굴에는 진드기에 물린 자국과 고름, 피딱지가 가득했다. 남자의 눈꺼풀이 파르르 떨렸다. 무슨 이유에선지 속눈썹이 없었다. 구조대원은 몸을 크게 들썩였다. 남자가 갑자기 건장한 몸을 들어 올렸기 때문이다. 하지만 금세 잠잠해졌다. 호흡기 안에서 입김이 퍼져 나갔다.

구조대원은 아직도 자신이 본 것이 믿기지 않았다. 손으로 벌린 눈꺼풀 속에 있는 눈은 전체가 초록색이었다. 마치 초록색의 유광 물질이 탁하게 흘러내리는 유리구슬 같았다. 솔직히 말해 소름이 끼쳤다. 말도 안 되는 생각이지만 남자의 복부에서 촉수를 채찍처럼 휘두르는 괴물의 머리라도 튀어나올 것 같았다. 그는 운전석이 보이는 내부 창을 보았다. 빨리 병원에 도착했으면 싶었다.

동군은 의사에게 자신의 신분증을 보여주었다. 의사는 신분증을 한동안 보기만 했다.

"처음 보는 기관이군요."

"그럴 겁니다."

"솔직히 말해 환자에 대해서 제가 아는 건 별로 없습니다. 피부색과 안구가 좀 특별하다는 것밖에는……."

"환자가 백인이라죠?"

"네, 하지만……."

"알고 있어요. 저도 단순히 개념적인 백인의 피부나 홍채의 색 같은 것을 말하는 게 아니니까요. 여기서 이럴 게 아니라 환자가 있던 병실에 가볼까요?"

"특별한 건 없을 거예요."

의사의 말처럼 눈에 띄는 건 없었다. 다른 병실과 마찬가지였다. 창문도 그대로 붙어 있었고 환자들도 별다른 관심을 보이지 않았다. 동군은 옷 안쪽에서 회중시계처럼 보이는 것을 꺼냈다. 르캐쳐의 버튼을 눌렀다. 방사능을 감지한 탓에 기계 속 꼬마의 얼굴이 일그러졌다. 20번의 위트가 엿보이는 재밌는 기계다.

"병원 내의 감시카메라 어디에도 231번 환자가 병원을 빠져나가는 모습은 찍히지 않았어요. 바로 이 병실 밖에도 카메라가 있는데도요. 여기에 다섯 사람이 더 있지만 새벽 시간 때라 그가 병실을 나가는 모습을 본 사람이 없어요. 그는 거의 혼수상태나 마찬가지였는데……!"

세계대전 환자 하나가 의사를 불렀다. 의사가 환자를 보는 사이 동군은 병실을 나왔다. 뒤에서 부르는 소리가 들렸지만 그는 무시했다. 그는 계단의 난간에 손을 올린 채 천천히 계단을 내려갔다.

아침의 일을 생각했다. 지난 하루까지 이만식의 행적을 캐고 다녔지만 이렇다 할 정보를 얻지 못한 그는 답답한 심경으로 비내리는 유리창을 바라보고 있었다. 그런데 문득 현관 쪽을 보니 문 밑에 종이쪽지가 있는 것이다. 당연히 긴장을 할 수밖에 없었지만 수상한 인기척은 없었다.

종이에는 아무것도 적혀 있지 않았다. 그러다 현관문을 열었을 때 환자용 암밴드를 발견했다. 누굴까? 햇빛이 드는 현관에

서서 넓게 펼쳐져 있는 초지를 보고 있으니 묘한 기분이 들었다. 공중전화로 기관에 전화를 넣었지만 확인되지 않은 일이었다. 전화를 끊으면서 그는 불안한 마음을 떨칠 수 없었다. 누군가 그가 사는 곳을 알고 있다.

불명의 암밴드는 병원에서 실종된 신원미상의 백인 남성의 것이었다. 그는 의사에게 그것을 건네며 병원 밖에서 주웠다고 둘러댔었다. 막 로비로 들어선 그는 걸음을 멈추고 뒤를 돌아보았다. 뭔가 야릇하면서도 위화감 같은 것을 느꼈기 때문이다. 기대감 같은 거라고 해도 좋았다.

선선한 오후의 가을바람을 맞으며 암밴드를 들고서 집 주위를 두리번거리고 있을 때 느꼈던 감정과 같았다. 그는 다시 걷기 시작했다. 눈을 움직였지만 고개는 움직이지 않았다. 누군가 쫓아오고 있었던 것이다. 어디서 많이 본 듯했다. 생각해보니 아까 로비에서도 비슷한 거리에 떨어져서 그를 쳐다보고 있었다. 단순한 응시가 아니라 주시였던 것이다.

하지만 병원 밖에서 방향이 갈라졌다. 널널한 후드 모자를 쓴 남자는 건널목을 통해 다른 블록으로 넘어갔다. 한 번도 돌아보지 않고.

"그 남자가 이만식이라고 보는 거야?"
20번이 물었다.

"모르겠어."

"뭔 대답이 그래?"

"사라졌으니까."

동군은 미행에 실패한 이야기를 하고 있었다. 그는 후드 모자를 쓴 남자를 쫓아 골목으로 들어갔었다. 하지만 웬걸. 남자가 감쪽같이 사라진 것이다.

"9번이 누군데! 감히 9번을 따돌린다? 내 그 녀석을 당장!"

20번이 장난스런 웃음을 거두고 계속했다.

"정말 장비 안 가져갈 거야? 캡슐건 정도는 가져가."

"됐어."

"캡슐 때문에 그래?"

캡슐건은 12연발의 레이저 총이다. 캡슐은 탄피와 비슷한 개념이다. 다른 게 있다면 탄피는 실시간으로 추적이 가능하다는 것이다.

동군은 대답 대신 고개를 살짝 젖히며 눈썹을 들어 올렸다.

"그건 그렇고 이제 어떻게 할 건데? '칸노인'이야. 정말 괜찮겠어? 방법은 있고? 어디서 찾으려고?"

20번은 마치 가슴 쪽 물건을 받쳐 들 듯 양쪽 손바닥을 보이며 말했다.

동군은 대답을 하지 않았다. 복잡하고 정교하며 크고 작은 기계들로 가득한 이곳에서 그와 함께 나갈 것은 침묵밖에 없었다.

"아참, 줄 게 있어. 디펜스 슈트라고, 아무튼 가져가. 르캐쳐 같은 거라고 생각해. 해 될 게 없다고, 너한테. 그건……."

동군은 가만히 20번의 설명을 들었다. 잠시 후 그는 작은 슈트케이스를 들게 되었다. 그 안에 든 것은 면을 섞은 스판덱스 같은 질감의 슈트였다.

"평원을 찾아가 봐. 알아. 아주 기본적인 거지만 그래도 이럴 때일수록 기본기가 중요하단 말씀! 어! 표정을 보니 어디 알 만한 데라도 있나 본데? 그래?"

동군은 말없이 돌아섰다.

"진짜 조심해야 돼. 완전한 인간화가 되었다면 정말 위험해. 어쩌면 르캐쳐도 도움이 안 될지 몰라. 최악의 경우 그들이 능력을 보이기 전까지는 어떻게 알 도리가 없을지도 모르고. 듣고 있어? 하긴, 네가 더 잘 알겠지."

그러나 동군은 눈길조차 주지 않았다. 20번은 그럴 줄 알았다는 듯 기분 나쁜 기색 없이 작업용 확대경을 쓰고 하던 일을 마저 끝내기 위해 투명한 부스로 들어갔다.

고통스런 비명 소리가 폐쇄된 공장단지 위로 울려 퍼졌다. 강한 힘으로 철문이 열리는 소리에 이어 계단 아래로 구르는 소리가 들렸다. 더러운 후드 재킷을 입은 남자는 고통에 몸부림치며 절규를 했다. 그는 바닥을 손톱으로 긁으며 기어가다가 또 비명을 지르며 몸을 심하게 뒤틀어 댔다. 우두둑 소리와 함께 뼈가 뒤틀렸다. 그의 입에서 침이 쏟아져 나왔다.

그는 눈물까지 흘리며 흙투성이가 된 양팔로 기어가다 각목에 박혀 있던 녹슨 못에 손바닥을 관통당했다. 그럼에도 기는 것을 멈추지 않았다. 마치 고통에 저항하는 방법은 이것뿐이라는 듯. 뼈가 늘어났다. 뼈가 오른쪽 왼쪽 저 혼자 스트레칭을 했다. 우두둑 우두둑. 그리고 천천히 제자리를 찾아갔다.

그는 거칠게 숨을 내뱉고 들이쉬다가 흙까지 먹었다. 왼손에 붙어 덜렁거리는 각목을 빼서 던지고 어두운 천장을 보며 대자로 뻗었다. 천장의 녹슨 못에 맺혀 있던 물방울이 떨어졌다. 그는 입을 벌려 그것을 받아마셨다. 인간의 입장에서 보면 끔찍한 맛이지만 그에겐 익숙한 맛이었다.

"난 아직도 살아있다."

그의 음성이 어둠 속에서 몸을 떨며 부유했다.

동군은 심각한 얼굴로 검은 구름이 끼고 있는 창밖을 보았다. 바람에 유리창이 흔들렸다. 하늘에서 번개가 갈라졌고 뒤이어 천둥소리가 울려 퍼졌다. 비가 내리기 시작했다.

그는 유리잔에 든 따뜻한 우유를 한 모금 마셨다. 기관에서의 일을 생각했다. 20번은 그의 갑작스런 방문에 놀란 얼굴이었다. 그는 나무나 바위 따위의 그림자처럼 사는 인간이었기 때문이다. 기관을 무턱대고 찾은 데에는 그만한 이유가 있었다. 칸노인의 마지막을 보고 싶었기 때문이다.

칸노인은 평원을 이상하리만치 좋아한다. 언젠가 20번이 말했던 것처럼 평원에서 보는 하늘이 좋아서일까? 그럴지도 모른다. 넓은 평원을 홀로 지배하며 밤하늘의 역사를 보고 있노라면 지금, 바로 현재는 무한정의 세계에 속해 있고 그 역시도 우주의 한 부분이라는 걸 느끼곤 하기 때문이다. 무척이나 경이로운 느낌이었다. 어쩌면 그래서 그도 평원에 있는 것일지도 모른다.

그는 차가운 유리창에 손을 갖다 댔다. 손가락을 떼자 하얀 불꽃같은 지문이 사그라졌다.

튜브로 빠져나가는 이방인의 검은색 피. 멀리서 온 자는 천천히 죽어간다. 왜 간편한 많은 방법을 두고 그런 식으로 끝을 내는지는 그도 알고 있었다. 칸노인에겐 순식간에 열을 증폭하여 자폭을 하는 능력이 있기 때문이다. 하지만 진짜인지는 모른다. 그건 페가수스호에서 처음 기록된 것이기 때문이다. 눈, 코, 입 그리고 귀에서 눈부신 빛을 내뿜는 우주인. 그리고 펑! 폭음, 또한 폭발.

칸노인이 보고된 경우는 단 열 건에 지나지 않는다. 그러나 조사는 거의 마쳤다고 봐도 무방했다. 배를 가르고 각종 실험도구로 난장을 쳐도 특별히 나오는 것은 없었다. 놀랍게도 인간의 장기와 거의 유사했던 것이다. 동양인과 서양인의 내부 장기 차이보다 조금 더 날 뿐이었다. 그러한 결과로 몇 가지 장기를 탈취한 뒤 남은 몸뚱어리는 소각한다.

빗물이 동군의 얼굴이 희미하게 남은 유리창을 쓸고 갔다. 그는 하늘을 올려다보았다.

밤안개가 낀 강변에 스산한 바람이 감돌았다. 텅 빈 다리에 자동차가 지나갔다. 어둠 속에서 후드 모자를 뒤집어쓴 남자가 안개를 털고 나왔다. 그는 천천히 대리석 건물 쪽으로 향했다. 그리고 말없이 5층 건물을 응시했다. 어두운 후드 안쪽에서 초록빛깔의 빛이 스쳤다.

르캐쳐가 방사능을 잡고 있다. 그런데 뭔가 이상하다. 혹시나 해서 동군은 자신이 한 번쯤은 방문한 적이 있는 곳을 다시 찾아 르캐쳐의 변화를 살피는 중이었다. 르캐쳐의 버튼을 누르자 판 형태의 입체 영상이 펼쳐져 올라왔다. 일정한 간격을 두고 동심원을 그리는 빨간 점이 흡사 별자리처럼 모양을 잡았다. 최근에 다녀간 장소일수록 폭이 컸다. 이만식은 그와 한 장소에 있다. 근처에.

그는 룸미러의 각도를 조정한 뒤 차를 몰았다. 미행은 없었다. 그가 패스트푸드점에서 나오고 얼마 지나지 않았을 때였다. 무심코 바깥 유리를 본 그의 눈에 낡은 밤색의 소형차가 들어왔다. 착각일지 모르지만 아침에도 본 것 같았다. 한쪽이 찌그러진 보닛과 앞뒤 문에 이벤트 대행업체의 홍보 문구가 적힌 물 빠진 스티커가 붙은.

그는 일부러 인적이 드문 곳까지 차를 몰았다. 굽이굽이 뻗어 나가는 도로 밑에는 개울이 흐르고, 들과 산이 다인 곳이었다. 밤색 소형차가 속도를 냈다. 그는 룸미러를 노려보았다. 르캐쳐를 꺼냈다. 기대감에 가까운 긴장감. 기계를 작동시켰다. 방사능을 과식한 탓에 수치가 요동쳤다.

그는 만약을 대비해 목깃에 있는 둥근 핀의 가장자리를 손가락으로 감았다. 그런 다음 업체명과 전화번호, 차량 번호 등을 소리 내어 읽었다.

'저기가 좋겠군.'

마을로 이어지는 길이 나타났다. 그는 룸미러와 바깥 유리를 번갈아 보며 핸들을 돌렸다. 밤색 소형차도 좌회전해 들어오는 것 같았다. 하지만 그게 다였다. 차선만 왼쪽으로 한 칸을 바꾼채 가버린 것이다. 그는 급하게 브레이크를 밟았다. 좁은 길이라 여유가 없어 커브를 돌 수가 없었다. 그래서 후진을 했다.

그는 손날로 핸들을 두드리며 소형차가 사라진 곳을 쳐다보았다. 닭 쫓던 개 신세라는 말이 실감 나는 순간이었다. 그는 차를 돌렸다. 위에서 신호등이 몇 번이나 지나갔다.

'어떻게 내가 있는 곳을 안 거지?'

그는 다소 충격을 받은 듯했다. 그는 사건의 첫날부터 돌아가 기억을 곱씹다가 문득 하늘을 보았다. 날씨가 터무니없이 좋았다.

"답답하군."

그는 아랫배를 내려다보았다. 숨쉬기가 힘이 들었다. 디펜스 슈트 탓이다. 평소에는 의복과 같으나 왼쪽이나 오른쪽 손가락 다섯 개로 몇 초 동안 그쪽 옆구리를 꾹 누르면 슈트가 작동을 시작한다. 일종에 시동 개념이다. 일정한 방향으로 문질러주면 이제 의복의 역할은 버리는 것이다.

슈트는 피부처럼 신체에 달라붙어 외부의 충격으로부터 사용자를 보호하고 근력을 상승시켜 준다. 다만 이십 분까지고, 한 시간 간격으로 두 번을 사용할 수 있다. 아직은 초기 단계라 아쉬운 점이 많았다. 일단 에너지가 바닥이 나면 스무 시간은 족히 충전을 해야 했다. 안전상의 문제로는 지금도 그가 겪고 있는 숨 막힘이다. 마네킹 실험 때는 가슴이 박살 난 일도 있었다고 했다.

이라도 아픈 듯 얼굴을 찌푸리고 있었지만 디펜스 슈트의 가동 시간이 끝나자 서서히 숨쉬기가 편해졌다. 그도 표정이 한결 밝아졌다. 한적한 공원에 차를 세우고 조수석을 이리저리 만졌다. 조수석을 살짝 젖히고 권총을 거기에 숨긴 뒤 노트북을 꺼냈다. 그리고 앞 유리창을 통해 보이는 공원의 풍경을 보았다.

옷깃의 핀을 만졌다. 새끼손톱 크기의 작은 핀에 들어 있는 그의 쌍둥이 난쟁이가 불러주는 대로 내비게이션에 입력을 했다. '상리이벤트.' 그는 내비게이션이 일러주는 데로 차를 몰았다. 하지만 그 자리는 다층 건물이 대신하고 있었다.

'하긴, 그 차도 폐차나 다름없었으니까.'

그는 차에서 내리려고 하다가 마음을 바꿨다. 프로그램이 든 이동디스크를 노트북에 삽입한 다음 밤색 소형차의 차량 번호를 조회했다.

"차? 어떤 차 말하는 거요?"

50대 중반쯤으로 보이는 배불뚝이 남자가 문가에 뚱뚱한 몸을 걸치고 같은 말을 반복했다. 술 냄새가 지독했다.

"#799#. 밤색 소형차를 말하는 겁니다."

"밤색 뭐? 아! 그거? 사업이 망한 뒤에 뭐라도 건져 볼까 하는 요량으로 팔았지 아마? 공장에 말야. 제1공장단지 모르쇼? 여기 사람이 아니신가? 지금은 거기 운영을 안 해. 내부포에 있는 개발 지역으로 옮겨갔거든. 몇 개 남은 것도 해외로 이전하거나 망해서 지금은 귀신만 살 텐데. 고맙다니? 어딜 가? 어이! 돈 준 담서!"

공장단지와 가까워질수록 스산한 기운이 감돌았다. 공장단지에 들어설 때쯤 그럴 것 같더니 하늘에서 비가 내리기 시작했다. 와이퍼가 물기를 쓸고 갔다. 오래된 건물들이 닳고 닳은 채 공동묘지의 쓰러진 비석처럼 늘어서 있었다. 자동차가 지나가는 길을 따라 풀이 누웠다. 안 그런 곳도 있었지만 대게 문에는 커다란 자물쇠가 채워져 있었다. 그때 그의 눈에 띄는 것이 있었다. 그는 비를 맞고 있는 붉은 고철들을 보며 차를 세웠다.

열려 있는 문. 피가 묻어 있었다. 그는 차에서 내리기 전에 조수석 밑에서 권총을 꺼냈다. 어깨에 떨어져 붙는 빗방울이 이질적으로 느껴졌다. 르캐쳐가 방사능을 잡아냈다. 그는 한 걸음씩 그러다가 건물 안으로 몸을 날렸다. 빗소리가 점점 멀어졌다. 순간 그는 허공을 배회했다. 그는 헉 소리까지 내며 지하로 이어진 계단 위를 굴렀다.

시들고 마른 풀이 잔물결을 일으켰다. 평원이었다. 모든 것이 눈부신 광채를 가지고 있었다. 땅에 있는 것도. 하늘도. 그는 길을 걷고 있었다. 구름이 빠르게 지나갔다. 밤이 되었다가 낮이 되었다. 별이 떴다가 눈부신 빛을 뿌리며 해로 바뀌었다. 그러나 지상은 하늘과 달리 시간에 종속되어 있었다. 먼 곳에 어떤 형체가 있었다. 마치 물감을 물컵 속에 녹인 것처럼 몸이 허공으로 흘러내리고 있었다. 하지만 몸이 줄지는 않았다. 어느 순간 그는 그 형체를 가까이서 바라보고 있었다. 사람이었다. 하지만 황인도 백인도 흑인도 아니었다. 그 형체가 끊임없이 색소가 텀

블링을 하는 손을 들어 하늘을 가리켰다. 그는 하늘을 올려다보기도 전에 눈을 가렸다. 눈을 멀게 할 정도로 강렬한 빛이 천체를 불태웠기 때문이다. 빛의 그림자가 세상을 뒤덮었다.

"으……!"

동군은 몸부림을 치며 눈을 떴다. 기절을 했었구나 하는 생각 다음에는 아무 생각도 들지 않았다. 팔다리가 뜯기는 듯했다. 그는 침을 흘리며 뻣뻣하게 젖혀진 몸으로 부들부들 떨었다. 너무 아파서 말도 나오지 않았다. 순간 주위가 너무 환하다는 생각이 들었다. 진한 녹색의 음감이 어둡고 차가운 지하의 바닥에 있는 그의 얼굴을 밝히고 있었다. 순간 그는 누군가의 다리를 보았다. 그리고 혼절했다.

9번. 나눠 줄 게 있어.

동군은 겨우 눈을 떴다. 하지만 눈꺼풀이 무거웠다. 시원한 바람이 느껴졌다. 누군가 대화를 나누고 있다. 저건 경찰차인가? 하지만 경찰은 그냥 차를 보냈다. 그의 눈도 감겼다. 그가 다시 눈을 떴을 때는 자신의 침대 위였다. 놀라지 않았다면 거짓말이겠지만 재채기 정도로 가볍게 끝났다. 그는 침대 밑에서 산탄총을 꺼냈다.

그는 문가에 귀를 댔다. 조용했다. 문을 열고 거실로 나갔다. 아무도 없었다. 그는 작은 소리에도 귀를 기울이며 천천히 움직였다. 소파에도 없었다. 그때 탁하고 문이 닫히는 소리가 났다. 그가 방금 나왔던 방이었다. 그는 그제야 자신이 식은땀을 흘리고 있음을 깨달았다. 볼을 타고 흐르는 땀이 시원하면서 한편으론 간지러웠다.

이만식이 문 앞에 서 있었다. 피부는 자신과 다르지 않았지만 머리카락도 눈썹도 없었다. 그리고 전에 만났을 때보다 20cm 이상 키가 커져 있었다. 이상하리만치 다리만 길어서 마치 말뚝 위에 올라선 광대를 보는 기분이었다. 만식이 슬픈 미소를 지었다. 그것이 신호라도 되는 듯 동군은 거의 무의식 상태에서 방아쇠를 당겼다. 산탄 총알이 방사 형태로 퍼져 나가는 동시에 사방에서 안개막이 터져 나왔다. 집안 곳곳에 설치해둔 플라스틱 장치였다. 호텔 기습에서 배운 교훈으로, 장치가 일정한 데시벨 이상의 소음에 반응하도록 미리 설정을 해놓았기 때문이다.

동군은 그가 총알을 피한 것을 알고 있었다. 동군의 마음을 읽기라도 한 듯 방아쇠를 당기기 직전에 그의 긴 다리에서 무릎이 흡사 톰슨가젤의 뿔처럼 솟아나더니 사정권 밖으로 뛰쳐나간 것이다. 동군은 안개 속에서 총 한 발을 더 쏘았다. 총신을 꺾자 총에서 나온 빈 총알 통이 골무처럼 퉁겼다. 새로 총알을 채워 넣은 그는 자세를 낮추고 가만히 기다렸다.

하지만 싸움은 시시하게 끝이 났다. 안개가 걷히기 전부터 그는 알고 있었다. 아련한 마음이 들었다. 현관 앞에 점점이 떨어진 핏방울을 보고나니 정체 모를 불안감으로 심장이 두근거렸다. 초원을 절뚝거리며 걷고 있는 이만식의 뒷모습을 보고 섰을 때는 보호받지 못한 어린아이를 봤을 때처럼 가슴이 아프기까지 했다.

그러나 모두 화동군, 그가 한 일이었다. 그는 총을 겨눴다.

"움직이지 않는 게 좋을걸!"

그는 빠르게 걸어갔다.

만식은 멈춘 그대로 고개만 살짝 돌려 자신의 눈 끝에 희미하게 어린 동군을 응시했다.

"네가 우리와 다르지 않다는 걸 알아!"

"그런데 당신은 절 쐈군요."

터무니없이 편안한 말투였다.

"뭐라고?"

"제가 당신과 다르지 않다는 걸 알면서도 총을 쐈어요."

부드러운 목소리였다. 마치 총을 맞은 건 자신이 아니라 눈에 보이지 않는 그 누군가라는 듯.

"네가 불사신 같은 게 아니란 걸 안다는 소리야!"

숨을 몰아쉰 동군은 산탄총을 단단히 부여잡은 채 걸어갔다. 파란 하늘이 눈썹 밑에 있는 두 개의 타원형의 구 속으로 들어왔다. 눈을 깜박일 때마다 세상이 종말을 맞았다. 그리고 태어난다.

만식이 옷을 벗기 시작했다. 더러운 셔츠가 근육질의 옆구리에 들러붙었다가 떨어졌다. 피가 땀으로 번들거리는 골반을 타고 줄줄 흘렀다.

"무슨 짓이야!"

"저를 보세요. 저는 당신과 같습니다."

만식이 뒤를 돌았다.

총구가 흔들림 없이 만식의 복부를 가리켰다. 동군은 변이하는 거한의 알몸을 보았다. 성기가 몸 안으로 녹아 들어갔다. 피부가 물렀다가 색이 진해졌다. 마치 연어색의 바다에서 산이 떠오르듯 마젠타색의 얼룩이 2m는 되는 근육질의 신체 위로 퍼져 올라왔다. 만식은 날개처럼 활짝 펼치고 있던 두 팔을 천천히 내리고 초록색으로 변한 눈동자로 동군을 응시했다. 바람에 잔잔히 흔들리는 강아지풀이 맨다리를 스쳤다.

"움직이면 쏜다!"

"저를 죽이려 하십니까? 생명체인 저를?"

"네가 할 소리가 아닌 거 같은데? 41번, 아니, 여자를 죽인 것도 바로 너잖아?"

"저는 그녀를 해치지 않았습니다."

한때는 이만식이었던 칸노인이 고개를 저었다.

"움직이지 마! 움직이지 말라고 했다!"

칸노인이 자신의 옆구리를 쓸었다. 기다란 손가락 다섯 개가 달린 손바닥에 엄청난 양의 혈액이 묻어나왔다. 그는 태연하게 그 손을 보여주었다. 햇빛에 반사된 손바닥이 잘 익은 붉은 과실처럼 반짝거렸다.

"상처는 언젠가 치유될 테지만 흉터는 남습니다. 못에 찔린 이 왼손처럼. 그래서 그것을 기억할 수밖에 없지요. 어쩌면 영원히."

"멈춰!"

전기 수갑이 없는 이상 반항을 하겠다면 쏠 수밖에 없었다. 하지만 동군은 그러고 싶지 않았다. 칸노인이 미소를 지었다. 마치 안다는 듯.

"저는 코스모스를 품고 있는 모체인 동시에 사랑을 갈구하는 아이입니다. 당신과 처음 인터뷰를 했을 때가 기억이 납니다. 그 당시 저는 인간의 의식에 완전히 매료된 상태였습니다. 특히나 이만식이 꿈을 꿀 때가 좋았습니다. 그 꿈이란 뭐든지 할 수 있는 환상의 세계였습니다. 거기선 캐서린이나 다른 사람도 죽지 않고 행복하게 지내고 있었습니다. 심지어 칸노 행성이 여전히 번성하고 있는 것까지 확인을 했지요."

"자기소개의 일종인가?"

비아냥거리는 듯한 말투였다. 하지만 동군은 그럴 생각이 없었고 지구의 칸노인도 아는 듯 보였다.

"인터뷰를 할 때 그때는 이만식이였지?"

"어느 정도는."

"무책임한 대답이군."

"죄송합니다."

자홍색 몸을 타고 흐르는 땀에 햇빛이 녹았다. 그 모습이 자홍색의 보석을 연상케 했다.

"처음에 저는 제가 위협을 받을 거라고는 생각지 못했습니다. 지구인은 그 어떤 생명체보다도 칸노인과 유사했으니까요. 어디까지나 육체적인 이야기입니다. 그래서 금세 하나의 유일한 존재가 되리라 믿었습니다. 그러나 그건 사랑이나 미움을 비롯한 '감정'이라는 것을 완전히 배격한 어리석은 결정론이었습니다. 저는 이만식이 되어가면서도 인간의 감정을 섣불리 정의내리지 못했습니다. 누군가를 증오하면서도 사랑을 한다는 것은 그 어떤 수식어를 붙여도 납득이 되지 않았으니까요. 칸노인은 천 년을 삽니다. 그러나 사랑이나 우정, 배신, 혐오, 염증 따위를 개별적 선택으로 또는 동시에 가지는 기재 앞에서는 호기심 많은 작은 생물과 다르지 않았습니다. 천 년과 비교하면 백 년이라는 시간은 너무도 짧습니다. 그러한 점이 인간 종에 중력만큼이나 대단한 영향을 끼치지 않았을까 생각합니다. 그래서 인간은 풍부하고 다변하는 감성을 지니게 된 게 아닐까요? 대단하지요, 인간이란. 어리석은 저는 인간에 대해서라면 모르는 것이 없다고 자부했습니다. 하지만 그런 매 순간이 제 자신에게 실망을 하게 되는 시간이었습니다. 인간의 복잡하고 깊은 감정은 아무리 발달한 기계로도 판독할 수 없으리라는 걸 지금은 알고 있습니다. 솔직히 처음에는 인간의 끊임없는 욕망을 보며 증오했고 분노를 한 게 사실입니다. 하지만 인간의 정신과 육체에 융화할수록 인간을 사랑하지 않을 수 없었습니다."

"사랑하지 않을 수 없었다라? 외계인의 의지에 제일 먼저 폭력적인 신경망을 구축해 잔혹한 자의식을 드러낸 이만식은 그렇다 치더라도 그의 가족은 어쩔 거지? 인간을 사랑하지 않고는 배길 수 없다는 칸노인이여, 아들을 잃은 부모의 심정은 어떻게 생각을 하지? 너희에게도 부모가 있나? 좋게 말해 정신 융화지만 결국에는 강제로 타인의 정신에 빌붙어 작은 의지마저도 지배해 버리는 기생충이여, 대답하라!"

동군이 소리쳤다.

"얼마 전에 이 육체의 주인이자 나이기도 한 이만식의 부모를 보고 왔습니다. 물론 만나지는 않았습니다. 그냥 밖에서 지켜보기만 한 게 다입니다."

칸노인이 슬픈 듯이 말했다.

"할 말은 겨우 그건 뿐인가?"

"……인간들은 자신의 목숨을 버리기도 합니다. 왜죠?"

"넌 운이 좋은 편이군. 더 늦기 전에 나를 만났으니까. 궁금해? 차라리 자살을 하고 말 걸 하고 후회를 하게……."

그게 아니라는 듯 칸노인이 고개를 저었다.

"페가수스호에 타고 있던 우주인을 말하는 겁니다. 당신들 표현대로 하자면 그는 우리에 의해 오염이 되었습니다. 숙주였죠. 계획대로라면 화성에 가서 우리의 종족을 하나씩 늘릴 수 있었겠죠. 거기에는 개념적인 수로 따지자면 많지 않지만 열 명 남짓한 칸노인에겐 충분할 만큼의 인간이 있었으니까요. 그런데 오염된 우주인은 화성에 닿기 전에 우주선을 폭파시켰습니다. 자신과 함께 죄 없는 동료도 죽게 한 것입니다."

"죄 없는! 그래! 그런 비극은 너희 칸노인이 만들고 있단 말이다!"

"충분히 그런 말이 나올 만합니다."

"뭐라고? 나올 만하다?"

"페가수스호는 아름답게 산화했습니다. 저도 그 우주인과 같은 심정입니다. 생명을 지키고 싶습니다. 그 방법이 인간의 관점에서 보면 추악하고 혐오스럽고 공포까지 자아내기 충분하지만 지켜내고 싶습니다. 페가수스호가 폭발한 직후에 일곱 명이던 저희 종족은 이제 세 명만이 남았습니다. 저 자신을 포함해서 단 셋이지요. 슬프게도 곧 두 명이 될 것입니다. 한 명의 생명 신호가 약해지고 있음을 지금도 느끼고 있습니다. 그는 곧 죽게되겠지요."

동군은 병원에 있던 서양인을 생각했다.

"걱정 마. 필요한 부분은 덜어내고 태워버릴 테니까."

"잔인한 말이군요. 하지만 마음에 없는 소리란 걸 압니다. 당신은 그렇게 잔인한 사람이 아닙니다."

"글쎄, 네 옆구리는 그렇게 생각을 안 할 것 같은데?"

"그건 농담 같은 건가요?"

입술 모양의 희미한 테에 미소가 깃들었다.

"동군 씨. 페가수스호의 폭발은…… 누가 했다고 생각하시죠?"

"누구라고 생각하지?"

동군이 되레 물었다.

"칸노인입니다. 페가수스호를 희생해서 다른 인간들을 지키고자 하는 우주인의 마음에 동화된 것이지요. 우리가 인간의 정신을 지배하는 데는 상당한 시간이 필요합니다. 물론 개개인의 융화력에 따라 시간차가 생기기도 합니다. 제가 오분의 일 정도로 시간을 단축했으니까요."

"아주 대단하시군."

"당신들 인간의 의지는 존경해 마지않습니다."

"그래, 아직 인간의 세계를 완전히 이해하지 못한 것 같군. 난 널 비웃고 있는 거지 칭찬을 하는 게 아니거든. 그건 그렇고 어떻게 내가 있는 곳을 알아낸 거지? 그리고 암밴드는? 물론 너의 짓일 테지?"

"틀리지 않습니다."

칸노인이 말했다. 그리고 고개를 갸웃했다.

"왜죠?"

동군은 눈을 가늘게 떴다.

"왜 절 붙잡지 않는 겁니까?"

동군이 혀를 움직이며 웃음을 터트렸다.

"난 또 무슨 말인가 했네. 잡을 거다. 잡을 것인데 궁금한 것이 좀 있었을 뿐이야. 기관에 가면 내 볼일은 끝난 거니까. 어쨌든 대답은 듣지 못했군. 어떻게 내가 있는 곳을 안 거지? 언제부터 야, 내 뒤를 쫓기 시작한 건?"

"며칠 되지 않은 최근의 일입니다."

"며칠? 말도 안 되는 소리! 그러면 내가 눈치를 못 챘을 리가 없어."

동군이 말을 하며 르캐쳐를 꺼냈다. 흥분한 탓에 르캐쳐를 떨 어트릴 뻔했다.

칸노인은 고개를 숙여 옆구리를 한 번 보고는 다시 동군을 보 았다. 붉었던 피가 이제야 석유처럼 검게 변하고 있었다.

"칸노인은 열린 세계를 볼 수 있습니다."

"좀 쉽게 하지 그래. 내가 말귀가 먹었다고 생각하지는 않아."

"그렇군요. 열린 세계란 투시를 말하는 것입니다."

"투시를 할 수 있다? 그래서 내가 차 안에 있든 건물에 있든 산 너머에 있든 간에 볼 수 있는 것이다?"

"틀리지 않습니다."

"어디 들어갔다 나오는 건 뭐가 되었든 잘하는 모양이군."

"감사합니다."

"칭찬이 아니야. 그런 능력을 가지고도 결국에는 붙잡힌 너희
……."

르캐쳐가 방아쇠 밑에서 대롱거렸다.

"미안하게 생각합니다. 모두 인간이었으니까."

"금방 배우는군. 지금 조롱하는 거지?"

"그렇지 않습니다. 슬프다고 생각을 합니다."

말을 끝낸 칸노인이 우울한 미소를 지었다.

"이 검은 피가 보이시나요?"

동군의 눈빛이 어두워졌다. 검은 피를 빼는 튜브가 생각이 났
다. 그가 의도치 않은 상념에 빠졌으므로 자연스레 둘 사이에
침묵이 흘렀다.

"당신을 이루고 있는 것은 원자입니다. 원자는 매우 작습니다.
원자 1억 개를 일렬로 늘어놓아봤자 한 쪽 끝에서 다른 쪽 끝까
지 겨우 새끼손톱 끝만 하니까요. 그럼에도 원자는 존재하고, 그
렇기에 당신도 존재하는 겁니다. 당신은 모래알갱이 하나하나
가 모여 쌓여진 모래성과 같지만, 동시에 다릅니다. 원자 알갱이
로 모여 있지만 아무리 흩으려 해보아도 형태는 변함이 없지요.
그 속에는 신비로운 감정의 세계가 있습니다. 당신처럼 제 속에
도 소중한 것이 있습니다."

칸노인이 옆구리를 만졌다. 손가락 사이로 식어가는 검은 피가 흘러내렸다.

"이 안에는 별들이 있습니다. 이 안에는 성간운과 중성자별이 있습니다. 이 안에는 블랙홀과 초신성이 있습니다. 이 안에는 광채, 팽창, 수축이 있습니다. 이 안에는 진화가 있습니다. 이 안에는 우주가 있습니다. 이 안에는 세계가 있습니다. 이 안에는 제가 있습니다. 이 안에는 당신이 있습니다."

"대체 무슨 말이 하고 싶은 거야?"

칸노인이 검은 피를 확인하고 계속했다.

"당신과 나 지구 그리고 저 하늘 너머에 있는 우주 전체가 한때는 어떤 물질과 에너지도 개입할 수 없는 어떤 하나의 점에 우그러져 있었습니다. 그것이 대폭발의 시작입니다. 지구에서는 빅뱅이라고 부르죠. 동군 씨도 아시다시피 우주는 그 대폭발에서 시작되었습니다."

동군은 입술을 핥았다. 인정하긴 싫지만 이 상황이 싫었다. 행동하는 것은 더.

"저는 초기 우주가 그랬듯 매우 강력한 우주 배경 복사를 할 것입니다. 아주 긴 파장의 빛이죠. 온 우주까지는 아니더라도 저 하늘만큼은 눈부시게 빛날 겁니다. 그리고 점차 깜깜해지겠죠. 이 피가 그렇듯 암흑이 되는 겁니다. 그럼 전 더 이상 존재하지 못할 겁니다. 그럼에도 저는 죽은 게 아닙니다. 은하가 생길 것이고 성간운에서는 별들이 태어날 테니까요"

"잠깐……?"

동군은 생각을 하느라 말끝을 흐렸다.

"백조 개 이상의 세포가 모여 인간을 이룹니다. 백조 개 중 일부는 죽습니다. 그 순간에도 새 세포가 태어납니다. 탄생과 죽음. 극 간의 대칭점은 끊임없이 순환합니다. 그러므로 안정을 찾고 일정한 상태, 즉 한 인간을 유지하는 것입니다. 은하도 마찬가지입니다. 당신 몸속에 있는 코스모스도"

동군은 이를 드러냈다. 순간 현기증이 났고 속이 울렁거렸다. 음모에 휘말렸다는 생각에 분노가 치솟았다.

"나한테 무슨 짓을 한 거지?"

"아무것도 하지 않았습니다. 당신은 처음부터 그랬습니다. 제가 말씀드렸지요. 우리 칸노인 중 몇몇은 융화의 빠른 길을 깨달았습니다. 제가 오 분의 일로 시간을 단축했듯 더 단기간에 인간과 하나의 개체가 된 칸노인도 있을 수 있습니다. 그것이 당신입니다. 당신이 어디서 칸노인과 정신 교감을 했는지는 저도 모릅니다. 동군 씨도 모르리라 생각을 합니다. 표정을 보니 틀린 것 같지는 않군요"

"뭐? 방금 정신 교감이라고 했어! 정신 교감? 멋대로 내 머릿속을 휘저어 놓……!"

동군은 총을 떨어트렸다. 하마터면 방아쇠를 당길 뻔했다. 만일 총을 쏘기 시작하면 총알이 있든 없든 다져진 고깃덩어리를 향해 방아쇠를 당기는 걸 결코 멈추지 못할 것이다. 그는 들꽃을 깔아뭉개고 있는 총을 향해 허리를 구부렸다.

총에 깔려 있는 르캐쳐를 빼내 스위치를 켰다. 몇 차례 버튼을 눌렀다. 입체 영상이 올라왔고 그가 지나온 곳에는 어김없이 마크가 새겨져 있었다. 그가 손가락을 놀리자 영상이 늘어지고 커졌다. 현재의 장소에서도 르캐쳐의 양식인 방사능이 널뛰기하고 있었다. 서양인이 실종된 병원에서부터 그가 사는 평원에 이르기까지.

그는 평원이 좋았다.

"나였어. 르캐쳐는 내게 반응한 거였어······."

그는 무릎을 꿇고 말았다. 르캐쳐가 그의 손에서 굴러떨어졌다.

"나였어······."

"일어나세요."

칸노인이 말했다.

"닥쳐······."

동군은 혹시나 해서 르캐쳐를 재작동시켰다. 그러나 기대했던 일은 머릿속에서만 일어났다. 그는 연거푸 큰 숨을 내쉬었다. 눈앞이 캄캄했다. 칸노인의 종말을 누구보다 잘 아는 그였다.

"젠장! 빌어먹을! 칸노라는 기생충아! 이렇게 멋대로 남의 몸을 탈취해도 되는 거야? 그래도 되는 거냐고!"

"죄송합니다."

그 말과 함께 칸노인은 뒤로 넘어졌다. 바람결에 초지가 부드럽게 흔들렸다. 동군은 무릎으로 간신히 일어나 그에게 다가갔다. 칸노인은 풀에 파묻혀 힘겹게 헐떡이고 있었다. 눈물이 맺혀 기묘한 빛을 내는 초록색 눈. 그 눈으로 동군을 올려다보았다.

"이제야 알 것 같군. 내 보호자라고 생각했지만 41번은 사실 감시자였던 거야. 이 경우는 희귀한 경우니 기관 측에서도 가까이서 관찰을 하고 싶었겠지. 칸노인의…… 제기랄, 칸노인…… 하지만 나는 머리칼도! 눈썹도 있단 말이야! 피부도 마찬가지고 키도 크지 않아! 눈도…… 이런 내가 칸노인이라고?"

"보여 드렸던 대롭니다."

칸노인이 작은 목소리로 말했다. 동군의 눈에는 무척 아슬아슬해 보였지만 놀랍게도 그는 평온해 보였다.

동군은 반박하지 않았다. 자신과 같은 피부색에 같은 색의 눈동자를 바로 눈앞에 있는 자에게서 보았다. 때마다 변이할 수도 있는 것이다. 그가 말했듯 융화 정도에 따라서.

그런 것을 20번도 걱정하지 않았는가.

"왜 하필 나지?"

"인간은 끊임없이 미지와 조우하고 싶어 했습니다. 적극적으로 말을 걸었고, 응답을 기다렸지요. 어느 날 우연히 받은 신호에서 지구 탐사선의 존재를 알게 되었습니다. 우리는 오래지 않아 태양계를 발견했고, 인간이 어디에 있는지 알게 되었습니다. 지구인과 칸노인은 거의 완벽한 매칭을 이룹니다. 지구인과의 매칭 정도는 아니지만 사실 몇몇 종족에게서도 근사치의 매칭이 발견되었습니다. 그런 종족은 행성 간 협력을 했습니다. 서로 싸우기만 하던 그들이 처음으로 평화를 약속한 것입니다. 우리를 없애기 위해서입니다. 우리 칸노인의 행성은 파괴되었고 살아남은 몇몇이 우주를 떠돌게 되었습니다. 그중에 저도 있었지요. 그러다가 지구를 비롯해 서너 개의 다른 행성을 발견했습니다. 그 과정에서 많은 칸노인이 죽었습니다. 지구를 제외한 세 개의 행성은 매우 원시적인 환경이었으므로 많은 위험으로부터 살아남지 못했습니다. 하지만 지구는 달랐지요. 이렇게 마지막 칸노인을 보고 있으니 성공을 한 겁니다. 저는 정말 기쁩니다."

칸노인이 미소를 지었다. 동군은 순간 소름이 돋았다. 칸노인은 정말이지 행복해 보였기 때문이다.

"당신의 몸에는 이제 수억 개의 행성이 있습니다. 이것은 빈말이 아닙니다. 우리 칸노인은 코스모스를 지닌 존재입니다. 생명은 소중하지요. 그간 우리가 다녀왔던 수많은 행성과 수많은 경이로운 생명체에게 미안할 따름입니다. 동시에 감사합니다. 제발 살아주세요. 당신은 마지막 칸노인이니까요."

자홍색의 손이 동군의 가슴에 살며시 올려졌다. 동군은 그 손을 잡아주지도 내치지도 않은 채 그냥 쳐다보기만 했다.

"보일 뿐 아니라 느껴집니다. 당신 속에 있는 코스모스가."

칸노인이 평화롭게 말했다. 동군은 어떻게 그처럼 죽음 앞에서 평온할 수 있는지 궁금했다.

"병원에 있던 서양인, 아니, 미 측의 요원도 칸노인이지? 그자가 세 번째 칸노인인가?"

"틀리지 않습니다."

"그랬었군. 느닷없이 웬 서양인이다 했지. 그럼 41번은 네 번째였나?"

"……틀리지 않습니다."

"캡슐에 있던 게 그녀였던 모양이야. 6번 이 빌어먹을 새끼!"

동군은 무슨 말을 더 하려다가 입을 다물었다. 검은색 차들이 들이닥치고 있었다. 그제야 생각이 났다. 어렴풋한 기억이지만 여기로 오면서 경찰의 검문이 있었다. 그때는 정신이 반쯤 나가 있었기에 수상쩍다는 생각을 할 여유가 없었다. 산이나 들뿐인 외진 일차선 도로에 경찰의 검문이 있을 리 만무했다.

"여기서 만나는 밤은 얼마나 아름다울까요? 많은 별을 보셨겠지요."

칸노인이 닫히고 있는 초록색의 눈으로 하늘을 응시했다. 가늘게 뜬 눈 위에도 구름이 있었다. 높은 창공을 가로지르는 새도 거기에 있었다.

동군은 다가오는 검은 옷의 사내들을 보았다. 그중에 아는 얼굴도 있었다. 기관의 복도를 지나면서 마주친 무표정의 남자였다. 그도 감시자였던 것이다. 어쩌면 41번의 후임일 지도 모를 일이다. 속았다는 생각에 분노를 느꼈다. 그러면서도 칸노인에게는 연민을 느꼈다. 농담 같은 일이다. 이젠 스스로도 인간이 아니라고 생각하는 것일 지도 모른다. 인큐베이터를 막 나온 것이다.

"작별 인사를 하고 싶군요."

그것이 칸노인의 마지막 말이었다. 자홍색 몸이 완벽한 구 형태의 크고 작은 물체가 되어 놀라운 속도로 공중으로 튀어 올랐고 곧이어 하늘이 눈부시게 빛났다. 지상의 그림자까지 집어삼키는 그 빛은 몇 분간이나 계속되었다.

"어리석은…… 생명체가 태어날 리 없잖아. 별들이 다 무슨 소리야. 나는 칸노인의 해부체를 직접 봤다고. 간이 있고 심장이 있고 폐가 있었어. 그 어디에도 코스모스 같은 건 없었다고. 죽지 않는다면서? 대체 무슨 말이 하고 싶었던 거야……?"

문득 동군은 심장의 고동을 느꼈다. 그는 자신의 가슴을 만질 수밖에 없었다. 절로 눈물이 나왔다.

"9번?"

"움직이지 마십시오, 9번. 총, 총!"

"총을 내려놔! 조심해! 녀석이 디펜스 슈트를 작동했다!"

동군은 바퀴 구르는 소리를 듣고 있었다. 캡슐 속은 생각보다 아늑했다. 몸은 편했다. 다만 폐쇄 공간에 대한 저항심과 두려움이 생각 저편에서 올라왔다. 일시적인 것이었다. 많은 생각이 단편적으로나마 그의 머릿속을 지배했다. 졸렸다. 움직이고자 한다면 손가락 한 마디 정도는 가능할 것이다. 아무것도 보이지 않았다. 아마 터널을 통과하고 있는 것일 테다.

칸노인의 말은 사실이었다. 그는 코스모스를 느꼈다. 뼈대와 심장과 폐와 간과 그 모든 것들에서. 억 단위의 은하와 억 단위의 별이었다. 그는 칸노인이다. 무궁무진한 우주를 지니고 있는 자였다.

'이거 열릴까?'

왠지 그럴 수 있을 것 같았다. 그래서 동군은 캡슐을 손으로 밀었다. 캡슐이 열렸고 그는 아무런 제재 없이 기관을 나왔다. 눈앞으로 드넓은 평야가 펼쳐져 있었는데 반딧불이가 빛을 발해 그를 인도해 주었다. 그는 기쁜 마음으로 달렸다. 반딧불이가 낸 빛들이 길게 늘어졌다가 하나의 거대한 초록빛이 되었다. 초록빛은 점점 물렁해졌고 딱딱해졌다. 그는 비행선을 채우는 재료 중 하나였다. 그렇게 우주를 여행했다. 하나의 육중한 초록색 덩어리였던 그는 살아 있는 기계에서 떨어져 나와 대기권을 돌파했다. 그가 떨어져 나간 자리는 생명을 잃고 파괴되었다. 결국 그 기계는 죽고 만다. 누군가의 기억에는 남을 한 조각이 되어.

동군은 자유를 느꼈다. 하늘을 날고 있었다. 파랗고 초록의 지상이 보였다.

그때 익숙한 음성이 들렸다. 하늘에서? 지상에서? 머릿속에서? 아니면 발가락에서?

"9번 내 목소리 들리나?"

6번이 말했다.

"당신은 날 속였어……."

"어쩔 수 없었네. 할 수 있는 말은 그것뿐이야. 부끄럽고, 자네에게 미안하네."

"날 어쩔 셈이지?"

"자네도 아는 것을."

동군은 배에 힘을 주었다. 이깟 캡슐 뚜껑 따위야 힘으로 열면 열릴 것 같았다. 하지만 몸이 움직이지 않았다. 손가락 하나를 움직인 게 다였다. 감각은 돌아오지 않았다. 겨우 목을 움직였을 때 그는 충격을 받았다. 양쪽 팔이 없었기 때문이다. 여전히 손가락의 움직임이 느껴짐에도…….

"12번을 기억하나? 오염원을 제거한 건 자네의 공이네만, 대신에 혹독한 훈장을 얻어야 했지. 자네는 몇 주간 깨어나지 못했네. 그런데 자네의 몸속에서 놀라운…… 놀라운 일이 벌어지고 있었네."

"우그러져 있는 단 하나의 점이 내 몸 안에서 폭파한 거야."

"무슨 말인지 모르겠군."

"그랬어. 모든 것은 12번으로부터 시작된 거야."

"뭐라고?"

동군은 이제야 알 것 같았다. 시작은 12번이었다. 동군은 몇 주 만에 칸노인과 완전한 융화가 되었다. 그는 자신이 칸노인인지 결코 알지 못했다. 그 기간 동안 산소호흡기에 의지한 채 깨어날 수 있을지 못할지 도박을 벌이고 있었기 때문이다. 그렇게 긴 잠에서 깨고부터는 하루하루 성실한 요원으로서 실험용 쥐로서 시간을 보냈다. 시험은 끝이 나고 이제 결과와 전시만 남았다.

"자네에게 있었던 일은 참 유감스럽게 생각을 하네. 걱정은 말게. 자네는 우리의 훌륭한 자원이야. 자랑스러운 요원이지. 자네가 걱정하는 일은 일어나지 않을 거야."

하지만 6번의 모습은 볼 수 없었다. 캡슐의 빛이 자체 차단된 탓이다.

"나는 인간으로 돌아갈 수 없어. 그래도……?"

잠시 후 캡슐 밖에서 20번이 말을 했다.

"아무 일 없을 거야."

"약속해?"

"그래."

"아니, 약속한다고 말해. 친구로서 약속을 한다고 말을 해."

"친구로서 약속할게. 일이 이렇게 되어서 유감이야. 난 정말 몰랐어."

잠시 후 캡슐이 제자리에 멈췄다. 문이 몇 차례 개폐하는 소리와 튜브가 장착되며 가스를 토해내는 소리도 들렸다. 동군의 눈가를 타고 눈물이 흘러내렸다. 그는 눈을 굴려 자홍색의 가슴을 보았다. 손이 있다면 얼굴이라도 만져보고 싶었다. 자신의 모습을 확인하고 싶었다.

그는 유일한 칸노인이다. 이제 전 우주에는 칸노인이 없다. 칸노인은 내면의 코스모스를 구하고자 타 생명체의 육체를 탈취하지만, 파괴자는 아니다. 그렇기에 스스로를 버릴 수 있었던 것이다. 페가수스호의 칸노인처럼. 이만식이라는 두 번째 이름의 칸노인처럼. 그들은 희생적인 순례자와 같았다. 자신의 몸으로 세계를 파괴할 수 있었음에도 그러지 않았으니까.

혹시 이만식이 우주에 남으려 한 이유도 죽음을 선택해서가 아닐까?

동군은 이유 있는 미소를 지었다. 칸노인의 말은 맞았다. 융화는 성공적이었다. 두 번째 칸노인이 오분의 일로 시간을 단축했지만 그는 그보다 훨씬 빨랐다. 혼수상태라는 특수 상황 탓에 그는 계속해서 인간이었을 뿐이다. 그러므로 다른 칸노인과는 다른 방향의 길을 모색할 수 있는 것이다. 누가 뭐래도 인간다운 방식이었다.

그래서 그는 폭발시키려고 한다. 몸속에 있는 수십억의 수조 개의 발아하는 존재를 느끼고 있는 지금, 그것과 함께 이 혐오스러운 인간들과 그들의 세계를 날려버릴 수 있다면 그래야 한다는 생각이 들었다. 어쩌면 페가수스호의 누군가가 그랬듯 자신을 포함한 그 내부의 존재만 없애는 방법도 있다.

딱 기관을 날려버릴 정도만.

동군은 눈물을 흘렸다. 그러나 절망이나 공포의 눈물과는 거리가 있었다. 환희라고 하면 비슷한 말이 될 것이다. 그는 유일한 칸노인이다. 그가 알기로는 그렇다. 그러나 혹시 모를 일이다. 너무나 융화가 잘 된 자가 지구에, 우주 어딘가에 살아 있을지. 기적은 이 세상이 시작되고 지금까지 어디서든 존재했으니까. 몸속의 우주가 그의 가슴을 흔들었다. 두 번째 칸노인도 이런 식으로 동류를 느끼지 않았을까? 정말 그럴지도…….

지금 그가 느끼는 고동은 어쩌면 뇌가 만든 일시적 화학작용이 원인일지도 모른다. 죽음에 이르는 과정에서 많은 사람들이 경험한다지 않는가. 다만 그는 빌어본다. 자신을 두 번째로 만드는 마지막 칸노인이 우주 어딘가에서 우주 안의 작은 우주를 행성에 속한 작은 행성에게 건네주는 외로운 방랑을 계속하기를. 우주와 우주를 연결하기를.

그의 눈, 코, 입에서 빛이 새어 나왔다. 그는 간다. 마지막 칸노인을 바란다. 그것이 유언이라면 유언이다. 세포가 죽어 없는 자리를 다시 메우는 것이 세포의 일이니까. 그것이 우주의 법칙이므로.

당신의 과오를 깨끗하게 씻겨 드립니다

<u>1</u>

탁.

문을 닫고 나온 수성은 벽에 등을 기대고 그대로 스르륵 주저
앉았다. 반지가 반짝였다. 문틈으로 새어나온 가느다란 빛 탓이
었다. 그는 꺾여 있던 머리를 들었다. 벽에 머리를 찍다시피 했
지만 상관없었다. 지쳤다. 눈꺼풀이 무거웠다. 하지만 이대로는
안 되었다. 주위를 둘러보며 눈을 비볐다. 눈 주위가 반죽처럼
감겨대는 기분이었다.

그저 평범한 집이었다.

그는 잠시간 어두운 거실을 노려보았다. 어둠에 눈이 익기 시
작했다. 어둠 속 물건들이 그 어느 때보다 느린 속도로 제자리

를 찾아갔다. 반쯤 감은 눈으로 반지를 돌리던 그가 부들부들
떨며 일어났다. 재가 묻고 심하게 뻗친 머리. 때가 진 더러운 얼
굴. 붉은 램프처럼 충혈된 두 눈. 그는 비틀거리며 부엌으로 향
했다. 그가 움직일 때마다 바지 안에 아무렇게 쑤셔 넣었던 셔
츠 자락이 찢어진 낙하산처럼 풀썩거렸다.

부엌. 불이 켜져 있었다.

그는 냉장고에서 차가운 콜라를 꺼냈다. 급하게 벌컥벌컥 마
시다가 그만 사레가 들려 기침을 심하게 했다. 식은 피자가 보
였다. 연신 깜빡이던 눈을 크게 뜨자 이마 위로 사다리 같은 주
름이 잡혔다. 문득 무슨 소리를 들은 듯했다. 그는 몸을 돌리며
일어나려다 쓰러졌다.

'아……, 안 돼.'

그는 식탁 의자를 팔꿈치로 짚으며 일어났다. 뭔가가 불시에
공격해 오지 않을까 했지만 그런 일은 없었다. 잘못 들은 걸까?
언젠가부터 깊어진 팔자 주름이 칼자국처럼 파였다. 식탁에 엉
덩이를 걸친 후에는 바보처럼 히죽 웃었다. 오래된 검은색 폴리
에스테르 재킷이 형광등에 반사되어 번들거리는 빛을 냈다.

그의 어깨가 들썩였다. 갑자기 그는 흐느끼기 시작했다. 딸기
주스에 손목까지 담갔다가 뺀 것처럼 그의 양손을 연홍색 얼룩
이 덮고 있었다. 마치 색이 빠지다 만 연홍색 장갑을 끼고 있는
것 같았다.

"내가 사람을 죽이다니…… 내가……!"

순간 그는 모래 탑처럼 무너지는 느낌이었다. 그제야 깨달았다. 생수 안에 수면제가 들어 있었던 것이다!

그럴 리가.

그는 의자를 손가락으로 넘어트리며 거실까지 비틀비틀 걸어가서 넘어졌다. 몸이 천근만근이었다. 지금 자면 다시는 깨지 못하리란 걸 알고 있다. 허나, 두려움을 느낄 수 없을 만큼 잠이 왔다. 어둠 속에서 뭔가가 움직였다. 다리였다. 가죽구두가 이를 가는지 빠드득 소리가 났다. 검은색 소가죽으로 된 신발 코가 그의 이마에 가볍게 부딪혔다.

"쏘, 쏘지…… 마, 제알……."

그는 잠결처럼 말을 흘려보냈다. 졸렸으니까.

뿜!

그리고 그의 머리가 수박처럼 깨졌다.

2

검은색 야구 모자를 쓴 남자가 엘리베이터에 올랐다. 로비를 지나면서도 그랬지만 엘리베이터 안에서도 사람들의 이목을 끌 수밖에 없었다. 그는 이 최첨단의 으리으리한 빌딩과는 어울리지 않는 남자였다. 멋쩍은 탓에 그는 괜히 끼고 있는 반지만 돌려댔다.

'눈빛 한번 부담스럽군.'

사람들은 마치 신기한 생물을 대하듯 그를 쳐다보았다. 로비 천장까지 뻗쳐 있는 케이블 뿌리들. 투명한 관을 통과하는 엘리베이터가 상승할수록 '머럴 컴퓨터'의 존재감도 크게 다가왔다. 머럴 컴퓨터에서 나온 케이블도 점점 두꺼워졌다.

98층. 거대한 문이 보였다. 지키는 사람은 없었다. 그와 대동했던 근육질의 경비원 둘도 물러났다. 천장에 붙어 있는 은백색 핸드볼 공처럼 생긴 카메라에 인사를 하는 것은 잊지 않은 채. 카메라의 움푹 들어간 자리마다 렌즈가 달려 있었다.

그는 혀처럼 나온 긴 신발 끈을 컨버스 하이 운동화 안에 쑤셔 넣었다. 막 고개를 드는데 회장실의 문이 양쪽으로 열려 있는 것을 발견했다. 그는 열린 문으로 들어갔다. 징그럽게 웃고 있는 배불뚝이가 막 노을이 지기 시작하는 하늘을 배경으로 널찍한 테이블에 앉아 있었다. 어깨를 가로지르는 멜빵이 살집에 파묻혀 있다시피 했다.

"안녕하십니까? 저는……."

김욱이 말했다.

"특별조사관이신 김욱 님이시죠? 소개는 됐어요."

백 회장이 말했다. 튀어나온 젖꼭지.

"의외군요. 아직도 우리 '머럴 컴퍼니'에 조사할 게 남았나요? 기업 비밀만 빼고 모든 서류 조치를 취한 걸로 아는데요. 아닌 가요?"

회장의 말에 김욱은 고개를 저었다.

"제 과오를 씻고 싶습니다."

회장은 의외라는 듯한 얼굴로 있다가 금방 웃음을 터트렸다. 북소리처럼 시끄러웠다. 테이블 위에 있던 와인을 굼벵이처럼 통통한 손가락 끝이 밀어냈다. 김욱이 사양의 표시로 고개를 저었다. 회장은 눈썹을 한 번 치켜든 뒤 시가의 끝을 잘라내고 입에 물었다.

그가 연기를 확 내뿜으며 말했다.

"당신은 머럴 프로그램에 극도의 혐오감을 내비친 걸로 아는데요?"

"그랬습니다."

"그랬다……? 무슨 심경의 변화라도 있는 건가요?"

"최근 경상계 도시의 강력 범죄가 폭발적으로 증가했습니다. 특히나 살인과 관련된 범죄가 그렇습니다. 게다가 도시별로 세분화해보면 우리 진주가 그 어느 도시보다 심각한 상황입니다. 해마다 20% 이상씩 증가하고 있으니까요."

"20%라. 꽤 쓸 만한 수치군요."

"예? 제가 잘못 들었나요?"

"진주에서 일 년간 일어나는 살인 사건이 몇 건이었죠? 내 말은 그 폭발적이고 뭐고 하던 시기 이전에 말이에요. 손가락 열 개로도 충분히 셀 수 있지 않을까요? 열 개가 뭐야, 손가락 다섯 개면 충분하고도 남지. 표정을 보니까 내 말이 틀리진 않았군요. 뭐 그런 식인 거예요. 잠깐만요! 교활한 사람 같으니! 머럴 프로그램이 의심스럽다?"

"예전부터 그랬고 앞으로도 그럴 겁니다."

회장은 양손을 앞으로 모아 깍지를 꼈다.

"뭐 좋습니다. 조사관님이 직접 머럴 프로그램을 체험하신다니, 음, 저희로서도 좋겠죠. 분명 안전할 테니까요. 그건 제가 보장을 하죠. 그런데 불법은 아니겠죠? 그러니까 내 말은……."

회장이 말을 할 때마다 입가에 물려 있는 시가가 고갯짓을 했다. 김욱은 회장의 말이 끝날 때까지 묵묵히 기다렸다가 고개를 끄덕였다.

2047년. 대한민국은 지역 도시권으로 분화했다. 2030년 이후 다문화 사회가 가속됨에 따라 인종, 종교, 문화, 산업 등을 기준으로 계열화된 것이다. 나아가 2040년에 이르러서는 도시별로 독단적인 계층을 이루게 되었다. 지역은 쪼개지고 도시는 합쳐졌다. 그렇게 해서 전국에 서른여 개의 도시만 남았다. 각 도시에는 서로 다른 이름으로 특수 임무를 수행하는 조사관이 있는데, 진주는 뜻 그대로 특수조사관이라는 명칭을 사용했다.

그들에겐 공통점인 제약이 있었다. 입체 섹스, 살인 게임, 다른 사람이 되어 보는 라이프 체험 같은 42개의 프로그램을 하면 안 되는 것이다. 그것들은 모두 철저한 안정성을 바탕으로 프로그래밍된 오락거리다. 하지만 스물아홉 살의 노르웨이 청년의 뇌가 씹다 뱉은 것처럼 녹은 사고 이후로 그런 프로그램의 위험성이 도마 위에 올랐다. 사실 프로그램을 난도질하고 싶어 안달이 난 사람들 탓에 언젠가는 뭐가 터져도 터질 사안이었다.

세계 곳곳에서 일어난 열기는 몇몇 나라에서는 성공적으로 프로그램 폐쇄까지 갔지만 대게는 그렇지 못했다. 이미 프로그램은 사회 전반에 막대한 영향력을 행사하고 있었기 때문이다. 마치 경제 지표 위를 힘차게 달리는 말처럼. 그래서 노르웨이 청년은 잊혀졌다. 과거 온라인 게임을 하다 죽은 사람이 있었던 것처럼, 운이 없는 경우라고 치부되었기 때문이다.

회장은 눈앞에 있는 남자를 의미심장하게 훑어보았다. 검은색 티셔츠와 같은 색 청바지를 입고 있는 사내를. 몸은 탄탄했고 다리는 힘이 넘쳐 보였다. 눈은 말이 없는 대신 배로 충직한 군인의 것처럼 믿음직스러웠다.

"건강하네요. 당장 프로그래밍을 해도 무리가 없겠는 걸요."

말을 끝낸 회장이 희뿌연 연기를 길게 내뿜었다.

"그럼 시작합시다."

김욱이 말했다.

김욱은 여자를 따라 엘리베이터에서 나왔다. 늘씬한 허리까지 내려와 찰랑거리는 와인색 머리카락에 눈이 갔다.

"최고층입니다."

줄리아가 말했다.

최고층, 99층. 다시 봐도 놀라웠다. 그 안에서 수호신의 얼굴이라도 튀어나올 듯 마천루를 압도하는 거대한 모니터. 99층에는 머럴 컴퓨터의 모니터가 있었다. 거대한 모니터 주위로 작은 모니터들이 가득했다. 흡사 장미꽃 한 송이를 에워싸고 있는 안개꽃들 같았다. 하지만 그 모니터들은 똑바로 쳐다보는 게 불가능할 정도로 강렬한 빛을 내뿜고 있었다.

계속 보고 있다간 눈이 멀 것 같았다. 그 아래 72층까지는 거대한 메인보드와 하드디스크 단자 따위로 꽉 차 있는 금속판이 갑옷처럼 들러붙어 있었다. 그리고 로비 천장까지 케이블이 신경줄처럼 늘어져 있었다. 그 안에서는 놀랍도록 강력한 전기 신호가 수신되고 있었다. 어찌 보면 머럴 컴퓨터는 99층 머럴 컴퍼니의 등뼈와 다름이 없었다.

그녀는 머럴 컴퓨터의 하나하나를 소개하기 시작했다. 물론 그의 머릿속에 온건히 들어오는 것은 없었다. 부동소수점, 연산, 노드, 파이프라이닝 따위의 설명을 더 듣고 있다간 둘 중 하나는 초상을 치르지 싶었다.

"세계 최대 슈퍼컴퓨터 단지……."

"제가 원하는 건 과오를 씻는 것입니다."

그가 그녀의 말을 자르고 말했다.

그녀는 친절한 미소를 지었다.

김욱은 다소 긴장이 되었다. 마치 엄마의 손에 이끌려 치과에 끌려가는 어린아이가 된 기분이었다. 엘리베이터. 압력이 느껴졌다. 복도. 그녀를 따라 걸어갔다. 눈앞에서 와인색 머리카락이 좌우로 왔다 갔다를 반복했다.

통일된 색의 벽과 복도, 문들, 끝 방. 그녀가 버튼을 누르자 문이 열렸다. 그의 눈에 기계가 보였다. 마치 대관람차 같은 모양새였다. 예전에 저 기계에 한 번 앉아 본 적이 있는데 무척 편했다. 아마 '베드'(침대)라는 이름일 것이다. 물론 거기까지였다. 앉아보기만 했다. 그때를 회상하며 그는 베드에 앉았다. 잠의 신이시여!

"준비되셨으면 말씀해주세요."

그녀가 친절하게 말했다.

그는 대답 대신 고개를 끄덕였다. 그리고 눈을 감았다.

그녀의 설명에도 그는 건성으로 들었다. 한 번도 프로그래밍을 해 본 적이 없지만 다 알고 있는 거였다. 연애 경험이 전무한 주제에 남의 연애사의 선생 노릇을 하는 인간이 있듯 세상은 이론가들이 점령하고 있다. 이젠 그가 이론가의 대표로서 실전에 참여할 때였다.

그는 사전에 과오를 서명과 함께 적어냈다. 과오는 다중 암호화되어 철저히 비밀이 보장된다.

그녀는 문을 닫고 나갔다. 이제 그는 혼자였다. 세상에서 가장 푹신푹신하고 아늑한데다 좋은 냄새까지 나는 대관람차 안에서. 거울처럼 보이던 전면부에서 빛을 내기 시작했다. 그 작은 모니터들처럼.

이십 분 후. 글라스 안으로 어둠이 밀고 들어왔다. 신기하게도 차갑다는 느낌마저 들었다. 글라스를 벗자 열리고 있는 문과 줄리아가 보였다.

"어떠셨나요? 과오를 씻으셨어요?"

줄리아가 눈웃음과 함께 말했다.

"예."

"축하드립니다."

"깨끗이 씻었습니다."

그는 다소 혼란스럽다는 듯 말했다. 그러나 곧 만족스러운 미소를 지었다.

바. 위스키를 단숨에 들이켠 김욱은 잔을 흔들어 그 안의 얼음 조각이 달그락거리게 했다. 문득 회장이 건넨 와인이 생각이 났

다. 그의 주급보다 비싼 와인이었다.

"가져올 걸 그랬나."

웨이터와 눈이 마주치자 그는 잔을 든 손에서 손가락 하나를 꺼냈다. 오른손은 왼쪽 겨드랑이 안에 들어가 있었다. 언제라도 쏠 수 있게 방아쇠에 손가락을 건 채. 웨이터가 다가와 술을 따를 때, 그는 아무렇지 않은 척 주위를 둘러보았다. 바바리코트를 입은 중년의 사내가 구석 쪽 테이블에 앉아 이쪽을 지켜보고 있었다.

아까 차에서 '서쳐'로 남자의 신원을 조회해 봤지만 별다른 기록 없이 깨끗했다. 언제부터 미행을 했는지 모르겠지만, 그가 머럴 컴퍼니를 나올 때도 사내는 있었다. 그가 슬쩍 사진을 찍는 데도 사내는 눈치를 채지 못하는 것이 합법이든 불법이든 남을 미행하는 데 소질이 없어보였다.

그는 태연하게 위스키를 마시고 그 밑에 지폐 몇 장을 깐 뒤 말했다.

"뒷문은 어디에 있습니까?"

"저쪽으로 가시면 있습니다, 손님."

그는 뒷문으로 걸어갔다. 주먹 안에는 접이식의 초소형 권총이 있었다. 혹 총격전이 벌어진다면 불리했다. 8연발의 권총으로 레이저 총을 무슨 수로 상대한단 말인가. 생각해보면 수사관 일을 하면서 한 번도 총격전 같은 것을 진지하게 생각해 본 일이 없었다. 아, 이거 어쩌면 최악의 하루가 될지도 모르겠다는 생각이 들었다. 철판으로 된 문을 열며 그는 생각해 보았다. 베이지색의 코트 안에 뭐가 있을지. 시한폭탄? 1km 안에 있는 건 뭐든 거뜬히 날려버릴 정도의?

그는 기다리고 있다가 건물 밖으로 따라 나오는 사내를 잡아 메쳤다. 그런 뒤에, 뒤에서 사내의 목을 팔꿈치 안쪽으로 껴안았다. 너무 쉬웠다. 그는 사내를 더듬던 것을 멈췄다. 시시하게도 코트 안에는 지갑이나 핸드폰 따위밖에 없었다.

"목을 부러트리는 수가 있습니다."

그가 목을 안고 있는 팔을 크게 흔들며 말했다. 사내는 흡사 닭 뼈가 목에 걸린 개처럼 켁켁거리며 그의 팔을 손바닥으로 탁 탁 때렸다. 그는 힘을 풀었다. 사내는 무슨 말을 하려는 듯하더니 거친 기침을 토해내는 데 입을 사용했다. 눈가에는 눈물이 맺혀 있었다. 형색을 보아 펜과 책상 타입이지 몸으로 구르는 쪽은 아니었다. 나이는 못해도 40대 중반은 된 듯 보였다.

그는 사내를 놓아주었지만 언제라도 총을 뽑을 수 있게 손목을 움켜쥐고 있었다. 무릎으로 엎드려 있던 사내는 남은 기침을 마저 하며 몸을 돌렸다. 빨갰던 얼굴이 원래대로 돌아오고 있었다. 사내는 자신의 목을 쓰다듬으며 잠시 눈치를 보았다.

"난폭한 사람이구먼. 꼭 그래야 했소?"

"소속을 밝히십시오."

그가 사내의 입가에 묻은 침을 힐끔 보며 말했다. 남자는 그제
야 침을 닦아냈다.

"나? 탐정."

"좋습니다, 위대한 탐정 나리. 저와 함께 가셔야겠습니다."

"가? 아니, 내가 잘못한 건 뭐요? 멍청하게 한 방에 나가떨어
진 거?"

탐정이 눈가를 손가락으로 훔쳐냈다.

"조사할 필요가 있어서 그렇습니다. 만일 제가 생각하는 그런
유사 전과가 당신에게 있다면 이야기는 심각해질 겁니다."

"아까 찍은 사진으로 조사를 해 보지 않았소? 왜? 내가 모를
줄 알았나?"

탐정이 경멸하는 듯한 미소를 지으며 말했다.

"당신 수사관이지? 어떻소? 살인 기계를 직접 보고 온 소감이?"

김욱은 잠자코 그를 내려다보고 있다가 천천히 손을 내밀
었다.

<u>3</u>

머럴 컴퍼니. 사람들의 웃음으로 끝나는 광고. 그 광고는 변함
없이 머럴 컴퍼니의 외벽을 장식했다. 광고의 끝에는 보기만 해

도 즐거워지는 글자들이 맴돌았다.

당신의 과오를 깨끗이 씻겨 드립니다.

사람들은 그 글자를 볼 때마다 광고에 나오는 사람들처럼 행복한 미소를 지었다.

<u>4</u>

수직선 4개가 서로 직교하는 공간.

켄돌은 천천히 계단을 내려갔다. 발밑에서 푹푹 눌리는 카펫의 느낌이 좋았다. 왼손으로 계단의 나무 손잡이를 쓸며 움직였다. 다른 손은 레이저 총으로 앞을 겨누고 있었다. 그의 양쪽 볼을 타고 투명한 물길이 지나갔다. 그는 비스듬히 열려 있는 방문 앞에 멈춰 섰다. 그의 왼손이 문틈을 쓸고 지나갔다. 문에서 쏟아져 나온 빛이 그의 손에 빛의 갈퀴를 만들었다.

갈까? 그는 문을 잡은 채 한동안 의미 없이 중얼거리기만 하며 가만히 서 있었다.

이윽고 들어갔다. 눈부신 빛이 그를 감쌌다. 문을 닫고 나오자 다시 어둠이었다. 거실 같았다. 그는 눈을 깜빡이며 벽에 붙어

섰다. 총을 잠시 반대쪽 손에 옮기고 땀이 흥건히 배어 나오는 오른손을 허벅지에 문질렀다. 그리고 다시 그 손으로 총을 잡았다. 무슨 소리가 났다. 부엌 쪽이었다. 그는 거실 한가운데서 걸음을 멈췄다.

냉장고를 뒤지다 말고 수성이 이쪽을 보았다. 눈이 마주쳤다. 켄돌은 뜨끔 놀라서 총을 들었다. 들켰나? 하지만 수성은 다시 냉장고를 뒤지기 시작했다. 그래, 저기서는 자신이 보이지 않을 것이다. 작정하고 보지 않은 이상에는. 퀭한 몰골을 보니 걱정할 필요는 없어 보였다. 켄돌은 가만 지켜보기만 했다.

그럴 것 같더니 수성이 쓰러졌다. 자신의 손을 쳐다본다. 그리고 웃는다.

'널 죽일 거야.'

켄돌은 다시 총을 겨눴다. 그렇게 한동안 있었다. 팔이 아팠다. 어서 끝을 내고 싶었다. 하지만 수성이 거실을 향해 비척비척 걸어 나올 때까지 그는 아무것도 하지 못했다. 수성은 미끄러운 얼음판 위라도 걷는 것처럼 몸을 거칠게 내던졌다. 켄돌이 움직였다. 단 몇 걸음일 뿐이다. 총을 겨눴다. 이번 경우는 좀 쉬웠다. 실수를 할 리도 없었다. 어두운 것도 좋았다. 그래서 망설이지 않은 것 같다. 뿜 소리와 함께 수성의 머리통이 파편이 되어 온 사방에 흩어졌다.

켄돌은 문을 닫고 나왔다. 그리고 남은 호텔 계단을 마저 내려왔다. 그를 따라 내려오던 붉은 발자국이 점점 희미해지더니 계단 몇 개를 남겨두고 스토킹을 포기했다. 문득 그는 궁금해졌다. 이제껏 자신이 죽인 사람이 몇 명일까? 못 해도 오십 명은 족히 될 것이다. 스물네 명 이후로는 세지 않아서 잘 모르겠지만…….

로비를 가로지르던 그는 빙글빙글 도는 회전문에 갈려 들어오는 백야를 보았다. 그는 어금니를 씹으며 아까 품에 넣었던 총을 꽉 잡았다.

칠십여 분 후. 그는 차에서 내린 남자를 따라갔다. 굳이 확인할 필요는 없었지만 만약이라는 게 있었다. 엘리베이터 문이 열렸을 때 목표물이 틀리지 않음을 깨달았다. 이 짓을 수십 번이나 반복했는데도 여전히 자신이 없었다. 품에서 총을 꺼내려던 그는 동작을 멈췄다.

"이봐요, 괜찮아요?"

남자가 걱정스런 어조로 물었다.

켄돌은 땀의 마스크를 쓴 얼굴로 고개를 짧게 끄덕였다. 깊숙이 눌러쓴 모자의 챙으로 얼굴을 가린 채. 긴 머리카락은 땀에 젖어 이마와 양쪽 관자놀이에 고리 모양으로 달라붙어 있었고 얼굴빛은 시체처럼 창백했다.

"주제넘은 말 같지만 안색이 너무 안 좋아요. 병원에라도 가셔야 하는 게……?"

켄돌은 눈 끝으로 남자를 훔쳐보았다. 정확한 이름은 뭘까?

나이는? 아이는 있을까? 그리고 고개를 느릿느릿 저었다. 남자가 다른 말을 더 했지만 그는 벽만 보았다. 미안하지만 산송장과는 친해질 생각이 없었다. 그것이 그로서도 좋았다. 곧 남자도 멋쩍은 미소를 지으며 입을 다물었다.

고맙군, 친구.

십여 분 후 704호의 문이 빛무리와 함께 열렸을 때 단발의 뿜 소리가 총부리에서 끊어졌다. 남자는 잘린 목구멍으로 머리칼 범벅이 된 고깃덩어리를 꾸역꾸역 토해냈다. 그리고서도 한동안 머리 없는 몸을 부르르 떨었다.

켄돌은 총구를 들여다보았다. 그리고 움직였다.

5

카페.

"그건 버릇이오?"

"무슨 뜻입니까?"

김욱은 반지를 돌리던 것을 멈췄다.

"반지를 돌리는 거 말이오. 고상한 버릇을 가지고 계시고만."

탐정이 같잖다는 듯 말했다. 그리고 웃는다.

"그럼."

김욱이 이야기를 재촉했다. 그의 무뚝뚝한 표정에 탐정은 졌다는 듯 혀를 차며 고개를 저었다.

"처음에는 어려울 것이 없다고 생각했소. 함수성이라는 이름이 어디 흔한 이름도 아니지 않소? 처음에는 그랬지."

탐정이 말했다.

"처음에는?"

"이상한 일이었소. 이상한 일이라고밖에 설명이 안 되는 그 뭔가가 내게 일어나기 시작했거든."

"자세히……."

"안 그래도 그럴 참이었소. 하지만 긴 이야기가 될 터이니 핵심만 말하겠소. 서사가 긴 건 체질상 질색이거든. 의뢰를 받고 보름도 안 되어 무슨 일이 일어났는지 아시오? 함수성의 가족이 참변을 당한 것이오. 내가 우습지도 않은 누명을 썼다 하는 이야기가 아니오. 범인은 그 자리에서 잡혔지. 식칼을 든 채 넋이 나가 있는 그 집의 둘째였거든. 녀석이 자신의 몸처럼 들고 있던 식칼 밑에서는 피 웅덩이가 인주처럼 굳고 있었소. 믿기시오? 경찰이 올 때까지 줄곧 한 자리를 지키고 있었던 거요. 죽은 부모를 내려다보면서 말이지. 이 말을 할 때면 사람들의 얼굴이 바뀌는데…… 어쨌든 비슷한 사건이 이 진주 바다에서 들쑥날쑥 일어났소. 아니, 일어나고 있다고 해야겠지. 사람마다 생김새가 다르고 성격이 다르듯 사건의 형태도 다양했소. 하지만 범인들이 공통적으로 한 말이 있지."

"도플갱어."

김욱은 왼손에 끼고 있는 반지를 오른손으로 돌려댔다.

"그렇소, 도플갱어였소"

탐정은 손을 내밀어 김욱의 말을 미리 차단한 뒤 이어 말했다.

"자신 혹은 누군가와 똑같은 사람을 봤다는 거 아니겠소. 그러면서 그러지. 아무도 믿을 수 없다고. 범인이 봤다고 하는 자들은 예외 없이 죽어버리니 재밌는 일 아닌가? 물론 말을 하는 본인만 빼고 말이오. 가족, 연인, 친구, 이웃, 그 정체성만 다를 뿐 같은 이름을 하고 있지."

탐정이 몸을 앞으로 숙이며 속삭였다.

"희생자."

탐정은 잠시 김욱의 눈을 들여다보았다. 그리고 식은 커피에 각설탕을 집어넣었다. 한 개. 두 개. 맛을 본 뒤 하나 더.

"요 근례 진주에서 일어나는 일들을 어떻게 생각하시오? 어떻소? 그쪽에 관해선 나보다 더 잘 아실 테지?"

"지금 조사를 하고 있는 것이 바로 그런 문제입니다."

탐정이 갈라지는 소리로 웃었다. 신경질적이고 비웃는 듯한 웃음이었다.

"프로그래밍을 경험해 본 적이 있습니까?"

김욱이 말했다. 그러면서 자신이 본 것을 떠올렸다. 아빠. 열

두 살의 김욱. 사냥총. 사냥감을 든 채 의기양양하게 산을 내려오는 부자. 따스한 봄 날씨. 시원한 콜라. 집으로 가는 길. 모든 것이 정상적인 일상의 궤도에 있는…….

"물론이오. 당신도? 물론 그러시겠지."

"100%라곤 할 수 없지만 신뢰 가능한 프로그램입니다."

김욱이 고개를 한 번 끄덕이며 말했다.

"그게 당신 생각인가?"

"아마 그럴 겁니다."

"보나마나 좋은 것만 봤겠지. 당신이 보고 싶어 하는 것을 봤을 거란 소리요. 솔직히 나는 머럴 프로그램을 의심하고 있소. 아니, 틀리지 않을 거요. 내 말은 범인은 나도 알고 당신도 아는 그것이란 말이오."

"그럴 리가요."

마음에 없는 소리였다. 아침까지만 해도 그는 머럴 프로그램에 부정적인 입장이었다. 하지만 베드에서 누웠다 일어나니 약간이지만 마음이 바뀌었다. 그만큼 대단한 마법이었다.

"당신도 곧 깨닫게 될 거요. 장담하지."

탐정이 의미심장한 미소와 함께 말했다. 그는 훗날을 기약하고 자리에서 일어났다. 개켜 놓았던 코트에 팔을 넣는 탐정을 향해 김욱이 말했다.

"끝내 이름은 가르쳐 주지 않는군요."

"탐정은 원래 친절한 사람이 못 되거든."

탐정을 보낸 뒤에도 김욱은 한동안 카페에 앉아 있었다. 막상 카페를 나서려고 하자 하늘에서 비가 내렸다. 그는 차에 앉아 와이퍼가 앞 유리창의 빗물을 벗겨 내는 모습을 가만히 지켜보았다. 운전을 하면서 그는 순탄치 않은 하루의 마무리라고 생각을 했다. 허기진 배를 립 스테이크로 채울 때는 괜찮았지만 취침 시간이 다가올수록 상념은 깊어졌다. 결국 그는 밤이 늦도록 잠을 이루지 못했다.

조사관 사무실.

틈만 나면 김욱은 생각에 잠겼다.

A기관.

김욱은 임원들이 나누는 대화를 듣고만 있었다. 휘발성 대화들.

상부.

심각한 표정의 상사. 그는 마치 그러지 않으면 죽음에 이르는 병이라도 걸릴 거라고 믿는 사람처럼 시종일관 죽을상을 하고 있었다. 김욱은 진지하게 고개를 끄덕이거나 "예" 하고 짤막하게 대응했다.

"어떻게 조사관이라는 사람이 프로그래밍을 할 수가 있나?

더군다나 자네 같은 사람이! 밖에 이 이야기가 새어 나가면……
염병할, 대체 왜 그런 거야?"

상사는 했던 말을 하고 또 했다. 괜찮은 것 같다가도 갑자기
히스테리를 부리며 또 시작하는 것이다. 하지만 김욱은 담담하
니 듣기만 했다. 어쨌든 그는 규율 중 하나를 어겼다. 가장 엄격
한 것을.

"면목이 없습니다."

"자네는 유능한 수사관이야."

돌연 부드러워진 상사의 음성.

갑자기 상사가 눈을 크게 떴다. 마치 김욱의 속마음을 엿보기
라도 한 듯. 사실 '당신의 과오를 깨끗이 씻겨 드립니다'라는 글
귀가 생각이 나 김욱은 자신도 모르게 픽하고 웃고 말았던 것이
다. 혼자만 오색찬란한 '깨끗이'.

"자네! 자네 지금 뭐하는 건가? 내가 지금 자네하고 장난을
하고 있는 건가? 아니면 내가 우습게 보여서 그래?"

"그런 게 아니라…… 죄송합니다."

김욱이 조아렸다.

상사가 뜸을 들인 후 말했다.

"좀 쉬어야겠네. 자네 말이야. 몸을 혹사한 탓이야. 그래서 그
런 거야."

김욱은 보름간의 휴가를 얻었다. 사실 말이 좋아 휴가지 근신

이나 다름이 없었다. 무급 휴가가 그 증거였다. 뭐, 당연한 일이지만. 처음 하루, 이틀은 믿을 수 없을 정도로 시간이 더디게 갔다. 하지만 어느새 일주일이 지났다. 그 시간은 그에게 많은 일을 겪게 하고도 충분했다.

아침. 그는 건물의 차양 아래서 주위를 불안하게 두리번거렸다. 순간 뭔가 본 듯했기 때문이다. 그는 팔목을 억세게 비틀었다. 쥐색의 고강도 플라스틱 팔찌가 돌아가더니 팔목에서 떨어져 나와 작은 권총이 되었다.

아니었다.

그는 안도하며 눈썹에 맺힌 땀을 닦았다. 그리고 부채처럼 만 권총으로 팔뚝을 때렸다. 그러자 감쪽같이 팔찌가 되었다.

그는, 수선을 떨며 저리로 가는 연인을 보았다.

"이젠 잊을 수 있어. 정말이야! 놀라워!"

"삼촌이 죽은 건 자기 잘못이 아니야. 당신은 어렸고, 물에 빠졌어. 그런 자기를 구하려다 돌아가신 거니까…… 어쨌든 프로그래밍 덕분에라도 당신이 좋아질 수 있어 정말 다행이야. 기뻐."

남자는 고맙다는 듯 고개를 끄덕였다.

"그래서? 만족해?"

"응, 홀가분해."

남자의 팔짱을 끼는 여자.

김욱은 외면하듯 고개를 돌렸다. 자신도 모르게 어금니를 깨물며 주먹을 쥐었다가 펴기를 반복했다. 그는 창백한 얼굴로 걸음을 재촉했다.

카페. 그는 탐정과 여기서 만나기로 했었다. 하지만 그로부터 사흘이 지난 상황이었다. 그래도 여기가 아니고서야 탐정을 만날 길이 없었다. 따로 연락처를 받은 것도 아니었으니. 혹시나 해서 또 서쳐로 검색을 했었다. 헌데 탐정이 죽은 사람이라지 않은가!

사망 시각 1 : 26pm. 문제는 시간이었다. 그때 두 사람은 카페에 있었다. 그리고 적어도 삼사십 분 후, 즉 두 시 이후에야 탐정은 자리를 떴다. 오, 세상에! 그땐 탐정의 말을 예사로 들었었다. 아니, 어느 정도는 진지하게 받아들였다. 그뿐이었다. 좀 더 경청했어야 했다.

하지만 죽은 사람이라니? 기계가 오류를 일으켰거나 그가 미치고 있는 것이리라.

"당신도 곧 깨닫게 될 거요."

탐정의 음성이 공명했다.

김욱은 황급히 고개를 돌렸다. 커피를 마시는 노신사. 손을 맞잡은 채 조용히 수다를 떠는 여성들. 노트북으로 주식 시장을 검색하는 남성. 그리고 사람들. 탐정은 없었다. 그는 자조적인 웃음을 흘렸다. 뇌의 속임수였던 것이다.

그는 탐정이 했던 말을 진지하게 곱씹었다. 최악이었다. 언제나 깨달음은 그럴 때 찾아온다. 보통 때는 어딘가에 가만히 처박혀 있다가 절체절명의 위기를 겪고 있을 때나.

때는 언제나 똑같을 것만 같던 자정의 밤이었다. 문을 열었는데 느닷없이 눈부신 빛이 덮쳐오는 것이었다. 당황한 그는 쾅 소리가 날 정도로 서둘러 문을 닫았다. 다시 문을 열자 눈앞에 있는 것은 그의 방이었다. 당연히.

3일 전부터다. 증상이 심해진 것은. 병원을 찾아갔지만 건강함만 확인하고 돌아서야 했다. 그렇다고 해서 그가 겪은 것을 그대로 의사에게 고할 수는 없었다. "가끔 눈이 부십니다." 그가 할 수 있는 말은 딱 그 정도였다. 그는 어금니를 깨물었다. 어제였다. 그는 보았다, 도플갱어를.

신기하게도 문을 열기 전부터 그렇게 되리라 예상했다. 문을 열자 역시나 빛이 뿜어져 나왔다. 일시에 밝혀진 수백 개의 형광등을 마주한 기분이었다. 그는 섬광이 쏟아지는 그 안으로 들어갔다.

그런 다음?

그는 고통스러운 듯 눈을 질끈 감았다. 하지만 잊히기는커녕 머릿속에서 더 생생해지기만 했다. 그는 양손으로 머리칼을 움켜쥐며 앓는 소리를 냈다.

"왜 약속 장소에 나오지 않았소?"

김욱은 고개를 번쩍 들었다.

"다, 당신은……?"

"살기 좋았소?"

탐정이 말했다. 표정으로 보아 김욱의 상황을 알고 있는 눈치였다.

"비가 자주 오는구려."

탐정이 차에 타고 처음 한 말이었다. 그는 먼저 엉덩이부터 완전히 조수석에 밀착한 뒤 차 문을 척 닫았다. 동시에 빗소리가 멀어졌다. 보닛을 두들기는 빗줄기가 제법 거셌다.

"이게 서쳐요?"

탐정이 센터페시아에 매립되어 있는 네모난 기계를 가리켰다. 김욱은 대답 대신 고개를 한 번 끄덕였다.

"함수성을 검색해 봤다고?"

탐정은 잠시 고민을 하는 것 같다가 서쳐의 버튼 하나를 눌렀다. 그러자 청록색의 실처럼 가느다란 빛줄기가 올라오더니 지붕처럼 퍼졌다. 그 누구라도 게임 캐릭터처럼 보이게 할 것 같은 화려한 디자인의 화면과 입체 버튼들. 탐정은 버튼을 눌러 '유'를 썼다. 그의 성이었다.

"말씀대롭니다."

"내 이름도 알겠지. 내 사진 이미지로 검색을 했을 때 이름도 봤을 거 아니오? 전에는 별거라 생각했는데 다시 생각해 보니까 이거 괘씸한 양반일세. 뻔히 알면서도 엄살을 떨었구면?"

"모릅니다. 처음 검색했을 때는 당신의 과거 이력을 보기 위함이었으니까요. 두 번째는 없습니다. 하지만⋯⋯."

하마터면 세 번째라고 할 뻔했다.

"말해 보시오."

"당신이 죽은 사람이라는 건⋯⋯ 거기에 대해서 언질할 것이 있습니까?"

"기계가 오작동을 한 것이구먼, 무슨."

탐정이 조수석의 좌석을 등으로 쳤다.

"그럴지도 모릅니다."

그렇게 말하며 김욱이 청록색 영상을 손으로 밀어냈다. 그러자 입체 영상이 쪼그라들더니 마치 야광 스파게티처럼 기계 속으로 잽싸게 빨려 들어갔다.

"에이, 그렇게 쉽게 넘어가기요?"

"제게 이상한 일이 일어나고 있습니다. 아마 아실 겁니다. 실은 도플갱어를 보았습니다."

"눈부신 빛도 봤겠지."

"예."

김욱은 무겁게 고개를 끄덕였다.

"그것과 상관이 있는 겁니까?"

"뭐가 말이요?"

"당신의 죽음과."

김욱이 반지를 돌리던 것을 멈추고 말했다.

순간 탐정의 눈이 빛났다. 탐정의 양쪽 입가가 찢어졌다. 그는 조밀한 치아를 드러내며 킥킥 웃었다. 잠시지만 지금까지와 다른 사람처럼 보였다.

"역시 특별 수사관 나리셨구먼. 내가 사람 하나는 기가 막히게 찾아낸 것 같소"

탐정이 연이어 말했다.

"그럼 하나만 물읍시다. 괜찮겠소?"

"물론입니다."

"죽였소?"

<u>6</u>

벌써 여덟 시간째였다. 켄돌은 넓은 정원이 내다보이는 발코니에 힘없이 앉아 있었다. 두 눈에서는 눈물이 쉴 새 없이 흘러내리고 있었다. 술병을 잡은 손이 한 번씩은 젖은 볼을 쓸었다. 그는 이 저주를 끝내고 싶었다. 저주받은 자들도.

그는 멀리까지 시선을 주었다. 바다를 끼고 있는 곡선 도로를 따라 차들이 꼬리를 물고 있었다. 하늘에서는 꽃물이 녹아내리고 있었다. 바다도 붉게 타오르고 있었다. 빌딩마다 빛의 핀을 꽂고 있었다.

그는 젖은 미간을 모으며 침으로 번들거리는 아랫입술을 혀로 쓸었다. 그리고 탁자에 올려두었던 손목시계를 힐끔 보았다. 한 손에는 시계를 다른 손으로는 푸른빛이 도는 샴페인을 든 채 난간으로 걸어갔다. 이제 축하를 할 때다. 12로 향하고 있는 분침. 시계는 난간 위에 두었다. 초침이 한 칸 한 칸 움직였다. 이윽고 초침과 분침이 12에서 겹쳐졌다.

"쾅."

그가 중얼거렸다.

그리고

쾅!

그는 폭소를 터트렸다. 먼지 폭풍과 함께 빌딩이 천천히 무릎을 꿇었다. 옆에 있는 빌딩들도 가라앉기 시작했다. 어느 것은 허리가 부러져 작은 건물들 위로 떨어졌다. 폭발음은 한 박자 늦었다. 바다를 지나는 도로도 아래로 쑥 꺼졌다. 자동차들이 빵빵거리며 바다 속으로 뛰어들었다. 어지간히 더웠던 모양이다.

그는 샴페인 병을 정원을 향해 던져버렸다. 연청색 병은 빙글빙글 돌며 7월의 풍성한 나뭇잎 속으로 사라졌다. 웃음을 참으려 해봤지만 그게 말처럼 쉽지 않았다. 다리에서 힘이 빠져나갔다. 배꼽 밑으로 아무것도 없는 기분이었다. 눈물이 나왔다. 분명 웃고 있는데도 눈물은 줄기차게 흘러댔다. 그는 손목시계를 난간에서 밀어냈다. 시계가 땅에 떨어지기까지 생각보다 오랜 시간이 걸렸다. 단 몇 초였지만 그는 이런저런 생각을 했다.

그는 난간 밖으로 몸을 던졌다.

7

"잠시만 기다리겠소?"

탐정이 그런 말을 하고 사라진 지 한 시간이 지났다. 그는 어딘지 후련한 듯이 돌아왔지만 힘이 없는지 조수석에 털썩 주저앉아 몸을 늘어뜨렸다.

"어디 갔다 왔습니까?"

"화장실에 갔다가 왔소만? 왜? 그게 그리 궁금했소?"

탐정이 젖은 손을 보여주며 음흉한 미소를 지었다.

"딱히 그런 건 아닙니다."

보름이 훌쩍 지났지만 김욱은 사무실에 가지 않았다. 하지만 그를 찾는 사람은 아무도 없었다. 단 한 명밖에. 그리고 그는 그 사람과 함께였다. 그 사이 느낀 것인데 탐정은 정상이 아니었다. 탐정이 말하기를 머럴 프로그램이 이상 현상을 부른다는 것이다. 도플갱어를 논하는 범인이나 용의자들에게는 머럴 프로그램 체험자라는 공통점이 있었다. 아무튼, 프로그램에 대한 그의 의심이 이상하게 보이는 것은 아니었다. 실은 김욱도 강하게 느끼고 있었기 때문이다. 다만 왜 그런지 설명을 할 수 없을 뿐이었다.

김욱은 핸들을 두들기며 잠깐 창밖에 시선을 주었다. 탐정은 금방도 누군가를 죽이고 왔을 것이다. 자기 자신을.

"이젠 그만두십시오."

"뭘 말이오?"

"무슨 말인지 아시잖습니까?"

"글쎄, 전혀 모르겠는데?"

탐정이 천연덕스럽게 말했다.

"그런 눈으로 봐도 상관없소. 따지고 보면 당신이 나를 그런 식으로 매도하는 건 옳지 않은 거 아니오? 음흉한 여우 같으니! 왜 이러시오? 당신도 살인을 했잖아? 정 마음에 안 들거든 어떻소? 같이 사이좋게 손을 잡고 경찰서에 가겠소? 가서 경찰에게 말하는 거요! 내가 나를 죽였소이다! 그게 요즘 유행하는 정신 병자 놀음 아니었나?"

말을 끝낸 탐정이 미친 듯이 웃어 재꼈다. 그는 하나를 빼먹었다. 본인이 이미 죽은 자라는 걸.

김욱은 앞 유리창을 넘어오는 도시의 정경을 노려보았다. 알고 싶었다. 기현상의 뿌리를 파헤치고 싶었다. 그렇기에 탐정과 함께하는 것이었다. 그는 어금니를 깨물었다. 머럴 컴퍼니는 현재 봉쇄되어 있다. 폭발사고가 있었기 때문이다. 폭발 물질을 실은 소형 트럭의 소행이었다. 이 세상은 이상해서 생명이 없는 것에 생명이 붙기도 한다. 그래서 낡은 쉐보레 트럭이 혼자 굴러가 머럴 컴퍼니를 공격한 것이다. 마찬가지로 좀비라고 하기에는 어색한, 살아 움직이는 시체도 있을 수 있었다.

김욱은 죽은 자를 보았다.

"아무도 안 죽었다더만." 노란색 접근 금지 센서가 감고 있는 머럴 컴퍼니를 보며 탐정이 한 말이었다. 미치광이 같은 웃음. 그의 테러 행위 덕분에 목적하는 바에 닿는 것이 한결 쉬워진 것은 사실이었다. 머럴 컴퍼니 역시 김욱처럼 원치 않은 휴가를 얻은 것이다. 그러니 빈집을 터는 것만큼이나 쉬운 일이었다. 물론 말이 그렇다는 것이다.

국도를 한참 달리던 차가 멈추고, 두 사람은 얼마간 숲 속을 걸었다. 얼마 후 그들은 나무와 판자로 지어진 낡은 오두막을 보고 있었다. 약한 바람에도 흐느끼는 오두막 안에는 녹이 잔뜩 슨 폴크스바겐 차 껍데기와 쇳덩이, 각종 부품을 모아 놓은 크고 작은 통들이 가득했다.

"멋지군요. 저건가요?"

김욱이 실망감을 숨기지 않고 말했다. 그는 주위를 둘러보았다. 솔직히 오래된 금속 덩어리에서 나는 기름 냄새와 쇠 냄새가 싫기도 했다.

두 사람은 어깨걸이가 달린 산소통 두 개를 이어 붙여 놓은 듯한 은백색의 기계를 바라보고 있었다. 아랫부분에는 꺾인 나팔 같은 것이 나란히 붙어 있었다. 분화구인 듯했다. 이걸로 머럴 컴퍼니를 침투할 생각인 것이다.

"장난감처럼 보이겠지만 우리 하나쯤은 충분히 날라줄 거요. 믿어 보시오. 이래 봬도 유능한 항공 엔지니어였거든."

"무척 믿음이 가는군요."

김욱이 조잡하게 용접되어 있는 부분을 가리키며 말했다.

탐정이 크게 웃었다.

"낙하산 장치 같은 건 없습니까?"

"농담이시지?"

"아뇨."

김욱의 진지한 표정에 탐정은 또 웃음보가 터졌다. 김욱도 웃었다. 잠깐이지만 김욱은 탐정이 싫지 않다는 생각이 들었다. 복잡한 의미였지만. 그리고 정확히 3시간 32분 후 그런 마음은 완전히 사라졌다.

그는 탐정의 뒤통수에 총을 겨눈 채 감정을 억누르며 재차 말했다.

"이만 돌아갑시다."

"먼저 가지. 나는 볼 일이 좀 있어서 말이오."

"방금 안전핀을 풀었습니다."

"그러시오? 우린 통하는 게 있군. 실은 나도 그랬거든."

두 사람은 급속도로 친밀해져 저녁 식사 때는 농담까지 주고받는 사이가 되어 있었다. 하지만 탐정은 뭔가에 놀란 사람처럼 갑자기 문을 노려보았다. 그가 문을 열 때까지 김욱은 숨죽이고 있었다. 문이 열리자 아니나 다를까 눈부신 광채가 쏟아졌다. 김욱은 그를 쫓아 그리로 들어갔다.

그리고 지금, 탐정은 이불을 인중까지 끌어 올린 채 곤히 자고 있는 아이의 얼굴에 총을 겨누고 있었다. 열 살은 되었을까.

"젠장! 대체 왜 이러는 거예요? 정신이 나갔습니까?"

"내가 이 아이를 쏘면 당신도 날 쏠 테지?"

"물론."

"좋아. 난 죽기 싫거든."

탐정은 항복의 표시로 두 손을 들며 돌아섰다. 김욱은 그때까지도 탐정에게 총을 겨누고 있었다. 그럼에도 퍽 소리와 함께 침대는 피로 떡이 졌다.

"유인아?"

아들을 찾는 엄마의 음성.

아이의 방문이 열렸다. 한 번은 이방인들의 짓이었고, 다른 한 번은 아이의 엄마였다. 그리고 영영 닫혔으리라······.

오두막.

"진짜가 아니오. 걱정 마시오."

탐정이 뭐라고 계속 지껄이려 했지만 김욱의 주먹이 더 빨랐다. 탐정은 피가 섞인 침을 뿌리며 털썩 주저앉았다. 발길질을 하려던 김욱은 순간 비행 기계를 보게 되었다. 그리고 입가의 피를 닦는 탐정과 눈이 마주쳤다. 어쩐지 때릴 수가 없었다.

"만족하시오?"

"모르겠습니다. 어디까지가 거짓인 겁니까? 어디까지가 진실입니까?"

"현실을 말하는 거요?"

김욱은 대답을 않고 비행 기계를 향해 걸어갔다. 기계를 지나치고 벽에 엉덩이를 걸치고 앉아 무릎에 얼굴을 파묻었다.

김욱은 초조한 얼굴로 밤하늘을 쳐다보았다. 일기예보대로였다. 거무칙칙한 곰팡이가 밤하늘의 벨벳에 박힌 큐빅들을 먹어치우고 있었다. 시간당 80mm 이상의 비가 될 것이다. 곧 보름달도 썩어갔다.

30분 정도 후부터 비가 내렸다. 쏴아아. 비는 미사일처럼 무섭게 쏟아졌다.

"혹시 겁먹은 거 아니오?"

탐정이 말했다.

김욱은 대답을 하지 않았다. 솔직히 속마음을 들킨 게 사실이었다. 무척 겁이 났다. 창밖이 밝아졌다. 곧이어 밤하늘이 으르렁거렸다. 괴물이라도 숨어 있는 모양이었다. 두 사람은 박스형의 기계를 어깨에 멨다. 김욱은 이를 갈았다. 코에서 자꾸만 나른한 숨이 나왔다. 실컷 토를 하고 난 사람의 입에서나 날 법한 냄새였다. 꼭 죽으러 가는 기분이었다. 벼랑 아래를 내려다보는 자살자의 심정이 이럴까.

차고라고 해야 마땅한 오두막의 문을 열고, 둘은 빗속을 바라보았다. 위험했다. 억수처럼 쏟아지는 비 탓에 앞도 제대로 보이지 않았으니. 하지만 그는 탐정에게 말을 붙이고 싶지 않았다. 그래서 아무 말 없이 있었다. 사건 이후 일곱 시간 내리 두 사람은 한 마디도 나누지 않은 것이다.

그는 탐정이 하는 대로 스위치를 올리고 양쪽 레버를 잡아당겼다. 분화구가 터지며 갑작스레 몸이 붕 뜨는 바람에 그는 자신도 모르게 얕은 신음 소리를 냈다. 곧 그들은 밤하늘을 가로질렀다. 거의 한 시간이 걸렸다. 예상 시간보다 20분이나 초과했지만, 한 치 앞도 보이지 않는 빗속에서 제 길을 찾은 것만 해도 다행이었다. 어쨌든 살아 있으니 본전은 뽑은 셈이다.

먼저 착지한 김욱은 옥상 끝의 상공을 보며 한 걸음씩 물러났다. 탐정은 마치 날개를 다친 새처럼 가라앉았다가 떴다가를 반복하고 있었다. 뭐가 잘못된 것인지 아까부터 그랬다. 금방은 그의 몸이 아래로 쑥 꺼졌다가 가까스로 올라왔다. 비 때문에 더 위태롭게 보였다. 탐정의 뒤에서 노란 번개가 갈라졌다. 찰나지만 김욱은 무척 당황하고 있는 탐정을 보았다.

'당신도 나와 다르지 않은 인간이었군.'

김욱이 생각했다.

다시금 탐정의 몸이 쑥 가라앉았다. 추락했다고 생각했다. 하지만 그는 간신히 손가락 힘만으로 난간을 잡고 버텼다. 김욱이 손을 내밀었다.

빌딩 내부로 통하는 문은 폭파 장치로 해결했다.

"그냥 내버려 둘 것 같더만. 나는 우리가 다시는 못 친해질 줄 알았지 뭐요."

탐정이 복도에서 말했다. 진지한 어투였다. 평소였다면 분명 재미있다는 듯 웃어 재꼈을 말이었다.

"내가 개차반에 인간쓰레기처럼 보일 거요. 하지만 당신도 알게 될 거야. 모두 엿 같은 농일 뿐이니까. 내가 죽은 사람이라는 것만 봐도 알잖소?"

탐정은 마치 남의 이야기를 하듯 말했다.

감시카메라가 있었지만 둘은 그냥 지나쳤다. 두 사람 다 고무로 된 마스크를 하고 있었기 때문이다. 그들은 마치 어느 날 물속에서 갑자기 정신을 차린 익사체처럼 물을 쉼 없이 떨어트리며 이동했다.

"좀 서두르는 게 좋겠소."

탐정은 어찌 된 영문인지 98층으로 향하고 있었다. 자연스레 김욱의 머리에 회장이 스쳐 지나갔다.

"프로그래밍을 하러 온 게 아니었습니까?"

하지만 탐정은 대답 대신 폭탄을 손으로 뭉쳤다. 회장실의 커다란 문이 보였다. 탐정은 폭탄을 볼링공처럼 굴러 보냈다. 공은 문에 걸리는 즉시 누런 연기와 유황내를 퍼트리며 아래서부터 위로 문을 갉아먹기 시작했다. 그리고 김욱은 회장을 보았다. 저번에 만났을 때처럼 널찍한 테이블에 앉아 있었다. 테이블 위에는 시가와 위스키가 있었다. 기시감? 비슷한 재회. 하지만 다른 것도 있었다. 능구렁이 같은 얼굴이었던 저번과는 달리 지금 회장은 늙은 오소리처럼 놀란 표정을 짓고 있었다.

"손님들이 오셨군."

회장이 말했다.

놀라기는 김욱과 탐정도 마찬가지였다. 그래서 잠시 총을 겨누는 것도 잊고 있었다. 탐정은 뒤늦게 정신을 차리고 레이저 총으로 회장을 겨눴지만 김욱은 그러지 못했다. 그는 왼쪽 소매를 끄집어내려 팔목을 가렸다.

"이미 늦었소. 저 멧돼지 같은 인간이 진작 눈치를 챈 거 같소만."

탐정이 낮은 어조로 말했다.

자기도 들었는지 김욱과 눈이 마주친 회장은 족발 같은 양손을 앞으로 모은 채 흥미롭다는 눈빛으로 고개를 끄덕였다. 이렇게 된 거 김욱은 마스크를 벗어 버렸다. 이제 좀 숨쉬기가 편하니 좋았다.

"조사관님 음, 이런 데서 다시 보는군요! 반기지 않아도 이해해 줄 거라고 믿어요. 그건 그렇고 테러는 당신들 짓인가?"

회장의 말에 탐정이 웃었다.

"맞다고 생각하지."

"테러는 하지 않습니다."

김욱이 말했다.

"그렇겠지. 그건 그렇고 원하는 걸 말씀해 보실까?"

회장이 어깨를 으쓱하며 말했다.

"'제로 게이트'를 원하오만."

"제로 게이트? 의외군. 그뿐인가? 그리고 다음엔 내 머리통에 총알을 박아 넣을 테지?"

회장이 역겹다는 듯 김욱을 쳐다보았다.

"누가 죽거나 하는 일은 없을 겁니다."

김욱이 말했다. 그리고 탐정을 본다.

"그게 어디 내 맘대로 되나? 봐야 알지."

탐정이 말했다.

"탐정?"

"이런, 염병할! 알겠소. 장난을 좀 쳐본 거지 내가 진짜로 그러려고."

회장은 시간을 끌지 않았다. 현명한 처사였다. 회장은 자리에서 일어나 한쪽 벽으로 걸어갔다. 그는 김욱이 생각했던 것보다 훨씬 작았다. 160은 되려나? 키는 모두 어깨와 가슴, 옆구리로 간 모양이다. 꼭 쳐다보는 듯한 젖꼭지란! 통통한 손바닥이 닿자 그 부분이 자갈색의 벽 안으로 움푹 꺼졌다. 그리고 한쪽 벽면 전체가 위아래 좌우로 확 물러갔다. 제로 게이트는 그 안에 있었다.

빛을 내는 케이블 선을 주렁주렁 매달고 있는 기계. 회장은 그 기계에 붙어 섰다. 그가 품에 있던 금색 키를 기계에 밀어 넣고 버튼 몇 개를 만지자 주위가 술렁거렸다. 수십 대의 27인치 모니터에 둘러싸여 있던 캡슐 형태의 프로그래밍 모선이 기계 다리를 이용해 공중에 떴다. 모니터의 케이블은 촘촘히 짜인 그물처럼 천장과 바닥까지 이어져 있었다.

회장은 제로 게이트의 사용법을 태연하게 설명했다. 말을 끝낸 그는 잔털이 심한 송충이 눈썹을 치켜들며 입가를 아래로 잡아당겼다.

"제가 먼저 하겠습니다."

김욱이 말했다.

"원하시는 대로. 그게 신사의 미덕이지. 자, 아가씨 어서. 회장

나리는 딴생각 말고."

탐정이 김욱과 회장을 번갈아 보며 말했다. 그가 총을 든 손을 깔짝대자 회장이 물러났다. 순간이지만 회장의 연갈색 눈에 뭔가가 스쳐 갔다.

김욱은 장갑을 끼고 글래스를 쓴 뒤 체험 모선에 앉았다. 그와 동시에 모니터들이 눈을 떴다. 눈부신 빛. 모선에 앉아 있으니 마치 치과에 있는 기분이었다. 위에서는 사이코 치과의사가 환자의 입천장을 뚫는 데 사용하는 드릴을 다시 들고.

모니터에서 설형 꼴의 코드가 빼곡하게 새겨졌다. 하지만 코드의 어떤 글자도 탐정의 눈에 잡히지 않았다. 모니터를 똑바로 보는 건 불가능했으니까. 한동안 김욱의 눈앞에 머럴 로고가 떠 있었다. 과오를 씻길 진심으로 바라는 듯한 친절한 여성의 음성이 끝나자 머럴 로고에 이어 나타나던 자연 경광들이 차례로 사라졌다. 그리고 패스워드 창이 떠올랐다.

id :   password :

그는 양손을 들었다. 그의 손가락이 움직이자 장갑에 부착된 센서가 깜빡이는 빛을 냈다.

id : kendoll   password : 17425

함수성의 것이었다.

부디 원하는 것을 이루시길 바라요. 즐거운 여행이 되기를. 여자가 친절하게 말했다. 그러나 기계음 특유의 차가움이 묻어 나왔다. 눈앞에서 카운트다운이 시작되었다. 5, 4, 3…….

그리고 카운트다운이 멈췄다.

뭔가 잘못되었다.

쿵쿵거리는 소리에 이어 뻠 하는 소리가 났다. 탐정이 또 일을 저지른 것이 분명했다. 김욱은 무심결에 글래스를 벗었다가 눈부신 섬광에 눈을 당해 악 하고 비명을 질렀다. 그는 눈을 부여잡은 채 캡슐 밖으로 몸을 던졌다. 눈이 시렸다. 눈물이 앞을 가렸다.

"구경만 하기요?"

탐정이 끙끙거리며 말했다.

이제 보니 탐정과 회장이 서로를 부둥켜안고 바닥을 구르고 있었다. 엎치락뒤치락하던 둘은 반 바퀴를 더 굴렀다. 그러자 회장이 탐정을 위에서 내리누르는 자세가 되었다. 그리고 뻠! 차갑기도 하고 축축하기도 한 소리였다. 탐정의 한쪽 얼굴이 날아갔다. 남은 얼굴은 피로 코팅이 되어 기괴한 빛을 냈다.

탕! 탕탕!

회장은 쿵 하며 쥐구멍이 생긴 머리를 바닥에 처박았다. 한동안 김욱은 그 자리에서 구토를 했다. 그는 빈 권총을 버리는 대신 탐정의 레이저 총을 들었다. 이젠 확실히 빼도 박도 못할 상황이었다. 총소리를 감지한 벽이 서서히 닫히고 있었다. 그는 이제 제로 게이트에 홀로 남게 되었다.

그는 잠시 반지를 돌리며 있다가 조작기를 향해 걸어갔다. 버튼은 어림잡아도 백 개는 넘었다. 그는 한 버튼 위에 손을 얹었다가 황급히 다시 가져왔다. 버튼 하나가 깜빡깜빡 빛을 내고 있었다. 혹시 경보기? 하지만 그는 버튼을 눌렀다. 아무런 변화가 없었다. 그는 모선을 향해 뛰었다. 황급히 장갑을 끼고 글래스를 썼다. 그러자 도도한 기계 여성이 못다 한 숫자를 읊었다.

8

"당신의 과오를 깨끗이 씻겨 드립니다."

수성이 중얼거렸다.

그는 전단지 광고에 있는 글을 천천히 읽어 내려갔다.

"끔찍한 기억을 잊게 해주겠다고?"

전단지는 손 글씨로 쓴 것을 복사한 것이었다. 세상에나! 글씨를 이만큼 못 쓰는 것도 능력은 능력이었다. 광고라고 부르기도 뭐했지만, 프로그램만큼은 엉터리가 아닌 모양이었다. 당장 친구 중에도 있었다. 과오를 씻은 체험자가. 그의 친구 복순은

평생 트라우마처럼 가지고 다녔던 교통사고를 잊게 되었다고
했다. 무턱대고 뛰어들었다고 해도 아이를 쳐 죽음에 이르게 한
것은 그녀에겐 무척 잊기 힘든 기억이었다. 그 아이의 부모마저
그녀에겐 잘못이 없다며 동정을 했음에도 말이다.

물론 머럴 프로그램을 사기라고 일괄한 사람도 없진 않았다.
그러나 확실한 것은 그에게도 씻고 싶은 과오가 있다는 것이다.

그 기억을 지울 수만 있다면…….

그래서 그는 찾아갔다. 그곳은 굉장히 낙후된 지역에 있었다.
진주의 할렘으로 통하는 곳이었다. 선술집과 투견 도박장 사이
55번 골목 뒤편. 낡고 허름한 콘크리트 더미 어딘가에 처박혀 있
는 녹이 심하게 슨 빨간 철문. 그리고 때 묻은 멜빵바지 안을 뱃
살로 가득 채우고 있는 남자.

"안녕하세요? 백돈식이라고 해요. 어떻게 알고 잘 찾아오셨
네? 오다가 삥을 뜯기거나 한 건 아니죠? 여기에 그런 쓰레기들
이 얼마나 많은지, 원. 아, 총이 있으셨네? 그거 이십 년대 접이
식 권총 맞죠? 팔목에 있는 그거요! 다른 사람은 몰라도 나는 알
지. 그거 제법 귀한 건데. 에? 그것밖에 안 해요?"

백돈식은 못해도 50대 초반 정도로 보였는데, 말투는 10대와
비슷했다. 그런 어투로 혼자서 십여 분을 지껄였다. 돼지우리 같
은 사무실. 산을 이루고 있는 고지서.

"시간이 느리게 혹은 빨리 흐르는 곳이 있어요. 그거 아세요?

우주의 시간은 지구보다 빠르다는 거? 시간 지연이 발생하는 곳이 따로 있다는 거예요! 대상이 무거울수록 더 많은 시간이 지연되죠. 그럼 뭐 생각나는 거 없어요? 그래요! 표정 보니까 알겠네. 블랙홀이 머릿속에 딩동 하고 떠오르죠? 방금 떠오르지 않으셨나? 좀 웃으셔. 이번 고객님은 너무 말수가 적어서…… 에이, 부끄러워하지 말고. 흠흠, 큰 블랙홀은 너무 무거워서 안에서부터 짓뭉개진단 말씀이죠! 자, 제 손을 보세요. 이게 블랙홀이에요. 입구죠. 그럼 생각해 봅시다. 출구는? 혹시 또 블랙홀을 생각하셨나요? 에이, 설마요. 블랙홀은 빨아 당기기만 하는 걸요. 화이트홀이라고 들어는 보셨을 거예요. 바로 그게 출구 역할을 하는 거죠. 빨대를 생각해 봐요. 근데 웜홀 안은 말이죠. 재미있는 곳이 못 된단 말씀이에요. 그 안엔 감마선이나 X선과 같은 방사선이 빵빵하게 채워져 있거든요. 아시죠, 빵빵? 73번 거리에 그런 계집들이 좀 많죠. 저도 쓸 만한 계집을 좀 아는데 혹시 생각 있…… 아이고, 내가 사람을 잘못 보고! 조선 선비를 눈앞에 모셔 놓고 뭐하는 짓인지. 아, 쏘리, 쏘리. 그런 표정을 보니까 민망하기까지 하네요. 웜홀 여행은 일반적인 방법으론 안 돼요. 방사선에 까맣게 타버리고 말 테니까 말이에요. 어때요, 무시무시하죠? 하지만 안심하세요. 다른 이야기지만 방사능이라는 것도 지금 당신이 마시는 공기 중에 포함되어 있어요. 그 위험하다는 것이요. 그런데 어때요? 죽지 않잖아요. 바로 그거예요! 웜홀도 안전할 수 있다 이거 아니에요! 저는 그런 기술을 알죠. 저는 그것을 일컬어 이렇게 부릅니다. 머럴 프로그램!"

수성은 모니터를 보면서 안마 의자에 앉았다. 앉아 있으면서도 믿기지 않았다. 안마 의자라니! 그것도 어딘가에서 주워 온 듯한 고물이었다. 몸을 조금만 움직였을 뿐인데도 안마 의자가 삐걱삐걱 구슬피 울었다. 높낮이 조절 레버가 고장이나 무거운 물건들로 받치고 있는 최첨단 안마 의자가. 질 수 없다는 듯 요란한 소리를 내는 컴퓨터. 작동이 되는 게 신기할 정도였다. 그는 모니터를 짧게 힐끔 보았다. 그리고 헝겊때기로 눈을 가렸다. 오, 헝겊때기!

"이제 여행을 떠나는 거예요. 릴렉스. 긴장 푸시고. 부디 과오를 떨쳐내시기를."

돈식이 말했다. 최소한 석 달은 씻지 않은 게 분명했다. 쥐새끼가 기어 다니는 시궁창 냄새를 입으로 토해내는 남자가 있는 이 세상은 과연 정상인 걸까?

"그래야죠."

못 미더운 게 당연했지만 여기까지 온 이상 진짜였으면 했다. 이젠 남자의 입 냄새에서 벗어나서 소문이 진짜일지 거짓일지 직접 시험해 보는 것이다. 그는 의자의 옆 부분을 움켜쥐었다. 뜨거운 섬광이 두 눈을 태울 듯 눈가리개 안쪽을 헤집고 들어왔기 때문이다.

<u>9</u>

"어서 오게나, 켄돌."

김복수에서 백은수로 바뀌더니 이제는 켄돌이다.

김욱은 어안이 벙벙했다. 또 뒤를 돌아보았지만 당연히 누가 더 있을 리 없었다.

노인. 감겨 있는 한쪽 눈. 곰보로 찌그러져 있는 반대쪽 볼. 주름살과 상처로 엉망인 얼굴. 그는 금속 손잡이가 달린 느티나무 지팡이를 짚은 채 다가왔다. 또각또각. 위아래는 검은 정장을 입고 있었다. 지팡이를 짚지 않은 쭈글쭈글한 손으로는 목을 쓰다듬었다. 그 손의 네 번째 손가락에 있는 커다란 에메랄드 반지가 눈에 들어왔다.

김욱은 커다란 별장 안에 있었다. 천장에서 여러 층으로 된 거대한 샹들리에가 내려와 있었다. 2층의 난간과 그리로 통하는 카펫 깔린 계단도 보였다. 눈을 뜨자 여기였다. 처음에는 파리라도 윙윙거리는 줄 알았는데 알고 보니 저 노인의 목소리였고.

"이번에는 조금 늦었네만. 무슨 일이 있었나?"

"죄송하지만 닮은 사람으로 착각하신 모양입니다. 저는 켄돌이라는 사람이 아니라 김욱이라고 합니다. 조사…… 회계사죠."

"그럴 필요 없다네."

노인이 고개를 저으며 말했다. 심하게 끌끌대고 쇳소리가 나

는 음성이었다. 마치 손 쓸 수도 없는 폐병에 걸린 환자나 낼 법
한 목소리였다. 이를테면 목에 뚫린 구멍으로 목소리를 내고 밥
을 먹는.

노인이 목에 있던 손을 치우자 늘어진 살갗에 박혀 있는 투명
한 호스 구멍이 엿보였다. 진짜로 그런 식으로 말을 하고 있었
던 것이다.

"자네의 짓이지."

부드러운 표정이었지만, 목소리 탓인지 아니면 험한 얼굴 때
문인지는 몰라도 위화감이 느껴졌다.

김욱은 한탄과 같은 낮은 소리를 내고 입을 다물었다. 도플갱
어. 똑같이 생긴 인간이 나타나 자신의 자리를 차지하려 한다.
진주에서 일어나는 유사 살인 사건. 살인자들의 공통적인 말. 그
리고 자신의 손에 아래턱이 날아간 남자…….

"저를 아십니까?"

김욱이 낮은 어조로 물었다.

"알다마다. 내 어찌 잊을 수 있겠나. 아직도 과오를 씻지 못한
불쌍한 사람 같으니."

"과오? 이제 남은 과오는 없습니다…….

그렇게 말을 하면서도 어쩐지 자신이 없었다. 순간 탐정의 말
이 떠올랐기 때문이다.

'보나 마나 좋은 것만 봤겠지. 당신이 보고 싶어 하는 것을 봤을 거란 소리요.'

과오는 없어졌다. 아빠와 함께 무사히 산길을 내려왔으니. 나뭇가지 사이마다 빛줄기가 쏟아졌고 가지고 간 적 없는 콜라를 마시고 있었다. 시원했다. 아빠는 검은 새를 들고 있었다. 둘은 걸었다. 평화를 향해. 집으로.

하지만 그건 과오를 씻는 게 아니었다. 탐정의 말처럼 보고 싶은 것을 본 것일 뿐이다.

"따라오게."

노인이 지팡이를 짚으며 왔던 곳으로 걸어갔다. 왼쪽 다리를 절뚝거리고 있었다. 그는 문고리가 벗겨진 낡은 나무문 앞에 섰다. 노인이 문을 열었다. 문에서 쏟아져 나오는 빛을 본 김욱은 순간 숨이 막히는 듯했다.

"노인네를 기다리게 할 셈인가. 봐주게. 늙은이에겐 남은 시간이 별로 없다네."

빛 속에서 노인의 목소리가 들렸다.

김욱은 눈을 감고 걸어갔다.

"눈을 뜨게."

노인이 예의 가래가 끓는 듯한 소리로 말했다.

김욱은 혼란스러운 듯 주위를 두리번거렸다. 산속이었다. 새소리, 자작나무의 가지 사이마다 녹아든 햇볕, 싱그러움이 묻어

나는 화초, 시원한 바람, 산뜻하고 깨끗한 공기, 볼을 간질이는 따스한 햇살.

"여긴 어딥니까? 설마 프로그래밍……? 제 과오를 씻는 것입니까?"

"나는 그런 일을 하지 않네. 여기는 무한의 수직선이 서로 직교하는 곳이지."

"예?"

"자넨 다차원을 믿나? 4차원 그 이상의 것 말이네."

"모르겠습니다."

김욱이 답했다. 하지만 노인이 아닌 다른 곳을 보았다. 정확하지는 않지만 총소리를 들은 것 같았기 때문이다.

"2차원 공간이 있다고 해보세. 어느 날 눈앞에서 물건이 사라졌어. 물건은 예고도 없이 전혀 엉뚱한 곳에서 나타났다네. 2차원의 사람에겐 그것이 유령의 짓인 양 괴상망측해 보이겠지만, 실은 범인은 따로 있네. 바로 3차원을 느낄 수 있는 인간이지. 1차원 공간을 수직선 하나로 이루어진 공간이라고 정의하면, 2차원 공간은 전후좌우로 움직일 수 있는 평면 위의 공간일세. 그렇다면 3차원은 2차원의 확장으로 보면 될 테지. 4차원도 같은 식이라네. 그렇기에 4차원에서 가능한 것은 3차원에서는 불가능하지. 4차원 공간을 넘나드는 것이 가능하다면 마법 같은 일도 불가능은 아니라네. 2차원에서 일어난 불가사의한 일이 3차원 여행자의 소행이듯 말일세. 예를 들어 4차원 방향으로 움직임으로써 상처 하나 없이 생선의 뼈만 발라낼 수 있는 것이지. 그럼 5차원은 어떨 거 같나? 10차원은? 그 이상의 시공간은?"

노인은 지팡이를 잡은 손에 다른 손을 보탰다.

"다차원은 우리가 상상을 할 수 없는 곳이야. 그래서 말도 안 되는 일이 벌어지곤 하지. 내 꼬락서니 어떤가? 마음에 드나?"

김욱이 잠시 후 말했다.

"안 좋아 보이십니다."

"이젠 걱정해주는 건가? 이 다리? 자네의 솜씨라네. 이목은 몇 달도 안 된 작품이지. 아무리 젊은 사람이라고 해도 자넨 생각보다 힘이 세더군. 이 눈은 좀 오래된 거라네. 하지만 이것도 나쁘지 않아. 이젠 내 것 같거든. 이 볼은 관두지."

노인이 감긴 눈을 뜨자 죽은 생명체의 것인 듯한 빛바랜 하늘색의 눈이 나타났다. 그 눈은 다시 나무껍질처럼 쭈글쭈글한 눈꺼풀에 가려졌다.

"저와 같은 인물. 도플갱어의 짓인가요?"

"아니, 자네였어."

노인이 온화하게 말했다. 마치 화면을 잃고 지지직 소음만 남발하는 TV처럼 심하게 거친 음성이었지만, 신기하게도 온화함이 느껴졌다. 귀로 듣는 것과 머릿속에 남는 음성이 다르다고 하는 게 맞는 말일 것이다.

김욱은 자신의 발만 쳐다보았다.

"자네는 누군가? 김욱인가?"

"……이제는 저도 모르겠습니다."

노인이 환한 미소를 지었다. 저번에도 같은 말을 같은 곳에서 물었었다. 그때 노인은 목을 당했다. 전기수라는 이름의 자동차 정비사였을 것이다.

김욱이 바람결에 고개를 휙 돌렸다. 아무래도 총소리였다. 노인도 같이 고개를 움직였다. 하지만 시선은 김욱을 잡고 늘어졌다. 마른 나뭇잎이 바스러지는 소리에 김욱은 고개를 들었다. 노인이 산 깊숙이 걸어 들어가고 있었다. 그도 걸음을 재촉했다. 그만큼 넓게 펼쳐져 있는 갈대밭이 멀어졌다.

"다차원의 공간은 우주와 같다네. 계속해서 확장해나갈 뿐이지. 자넨 시간 여행을 어떻게 생각하나?"

"글쎄요."

"시간여행은 4차원의 공간을 여행하는 거라네. 모든 사물에는 미세한 틈과 주름이 있지. 아주 매끄럽게 보이는 물체라도 마찬가지일세. 시간에도 그런 주름과 틈이 있다네. 분자나 원자보다 작은 어느 것, 바로 양자 거품이 들끓는 공간이지. 웜홀이 존재하는 곳이기도 해."

노인이 말을 멈추고 목에 있는 플라스틱 관을 손가락으로 건들었다.

"웜홀은 양자 거품에서 형성되고 사라지기를 반복하지. 문도 마찬가지라네."

"눈부신 빛을 내뿜는 그 문 말입니까? 그건 대체 뭐죠?"

"차원 코드."

"코드요?"

"웜홀을 이용하면 시간여행이 가능하다네. 웜홀의 시작 전으로도 말일세. 웜홀의 시작 전? 어감이 좀 이상하지 않은가? 그렇다네. 웜홀에는 패러독스가 존재하지. 과거를 여행할 수 있다면, 과거를 조작할 수 있는 것일 테니. 하나 가정해 보세. 만약 과거의 조작으로 자네 부모가 결혼을 하지 않고 현재가 되었다면 어떻게 되겠나? 그걸 자네가 직접 했다고 해보세. 어쨌든 그렇게 시간이 흐른다면, 원칙적으로 현재의 자네는 없어야겠지. 헌데, 과거를 여행하고 있는 자네는 어떻게 될까? 손수 과거를 조작한 자네 말일세. 그것이 바로 패러독스라네. 즉 불가능한 일이지. 하지만 다차원의 공간은 패러독스! 패러독스! 온통 패러독스라네. 문과 문은 이어져 있지. 문에서 나오면 또 다른 세계가 벌어지는 걸세. 마치 4차원에서 5차원으로 넘어가듯. 왜 그런지는 묻지 말게나. 나는 말하기 좋아하는 천박한 노인네일 뿐이니까. 내가 할 수 있는 답은 여기가 4차원 공간이라는 것뿐 일세."

"또 다른 저만의 세계라는 말씀은?"

김욱은 문득 탐정의 말들이 떠올랐다. 그는 외면하듯 눈을 질끈 감았다.

"나는 이 세계에서 거의 사십 년을 살았다네. 말을 돌려 보면 사십 년 동안 이 세계에 갇혀 있었던 셈이지. 나는 포기했네. 솔직히 다 늙은 마당에……."

노인이 잠시 말을 멈춘 뒤 말했다.

"내가 왜 이런 이야기를 구구절절이 늘어놓는지 아나? 내 업이라고 생각하기 때문일세. 내가 죽을 때까지 그럴 거야. 운이 좋으면 생각보다 일찍 끝이 날지도 모르지. 솔직히 나도 그러길 바란다네. 이젠 쉴 때가 되었거든. 사십 년 동안 부지런히 일을 했으면 된 거지, 안 그런가? 4차원의 세계에도 시간이 존재한다는 건 참 안타까운 일이야. 그렇지 않았다면 평생을 젊은이로 사는 건데. 젊다는 건 좋을 일일세. 이런, 말이 딴 길로 샜군. 늙은이는 다 이렇다네. 자네가 이해하게."

"저는 괜찮습니다."

김욱이 진지하게 말했다.

노인이 온화한 미소를 지어 보이며 고개를 끄덕였다.

"처음에는 모두 똑같은 사람이라고 생각했네. 그러니까 성격적인 면까지 완벽히 동일한 인물일 거라고 생각했지. 하지만 달랐네. 한 사람에게서 분화되어 나왔을 뿐 전부 다른 사람이었다 이 말일세. 그렇게 보면 시간이 있다는 게 다행이야. 그러지 않았다면 이 4차원의 세상은 혈전 덩어리에 막힌 혈관처럼 함수성이 들어찬 곳이 될 테니까. 물론 그렇게까지 될 리는 없겠지만 말일세."

그 말을 끝내고 노인은 메마른 웃음을 터트렸다. 두꺼운 칼을 숫돌에 가는 듯한 소리였다. 살덩어리들이 목구멍 속에서 벌떡거리는 것이 보였다.

"가끔은 자네처럼 망각하는 부류도 있지. 새롭지는 않지만 솔직히 안쓰러운 생각이 드는 건 사실이야. 여기서 자네 같은 타입은 한정 없이 약자거든. 이런 몸을 한 주제에 남을 가엽게 생각하는 걸 보고 우습다 여길지 모르겠네만 어차피 이 4차원의 공간에서는 나나 자네나 다를 게 없지 않은가. 궁금증이 조금은 풀렸나, 함수성?"

"무슨 말씀이십니까? 함수성이라니요?"

김욱의 눈이 커졌다. 하지만 반론은 하지 않았다. 문득 그럴 수도 있겠다 싶었던 것이다. 단지 그런 이유에서였다.

"좋습니다. 제가 함수성이라고 해두죠. 그럼 왜 이런 일들이 일어나는 겁니까?"

"과오 때문이라네."

노인은 마치 그가 그 말을 해주길 바랐다는 듯 밝은 얼굴로 말했다. 험한 얼굴이 그런 식으로 변할 때마다 김욱은 기묘함을 느꼈다.

"과오를 잊고자 망각하게 되는 거라네. 괴롭기 때문이야. 하지만 그건 도저히 잊을 수가 없는 기억이었지. 자네는 모르겠지만 이 대화만 이미 수십 번을 했다네. 그중에 한 번은 자네가 내 목을 잡고 뜯어버렸지. 그래서 이젠 말하는 게 수월하지 않아. 어쨌든 그렇게 되었네. 이름은 달랐지만 함수성은 함수성이지. 원망은 않는다네. 내가 나를 어떻게 원망을 하겠나."

"어르신도 함수성이라는 말입니까?"

김욱이 숨 막히는 소리로 말했다.

노인이 고개를 끄덕였다.

"솔직히 얼마나 많은 함수성이 이 세계에 나타났는지는 나도 모른다네. 그래서 이런 대화를 나누는 함수성만을 세고 있지. 그렇게 해서 자네가 서른세 번째인 걸세. 나도 자네도, 켄돌도, 다른 서른한 명의 함수성도, 그리고 어쩌면 앞으로도 계속 나타나겠지."

"그럼 탐정도 함수성입니까? 아니야, 그건 말이 안 되는데……."

"유비완을 말하는 거군? 그래, 그 친구가 이번엔 밖에서 죽었지? 조심하게. 믿을 만한 인물은 못 돼. 자네를 스물한 번이나 배신을 했으니까. 내가 아는 것만 그 정도라네."

노인이 말했다. 그는 김욱이 이 세계에서 살아남기 위해 고군분투할 거라고 믿는 사람처럼 경고까지 한 마당이지만, 김욱이라면 이 세계를 벗어날 수 있을지 모른다는 생각을 했다. 그래

쳤으면 하고 바랐다는 게 맞는 말일지도……

"그런데 그의 죽음에 관해서는 어떻게 안 겁니까?"

"그럴 거라고 생각했네. 어쨌든 여기에 있는 건 자네뿐이니까."

노인이 온화하게 말했다.

김욱은 말없이 노인을 바라보았다. 노인은 무슨 말이든 다 들어주겠다는 듯 기다리고 있었다.

"갑자기 궁금해졌습니다."

김욱이 주저하는 기색으로 말했다.

그리고 탕!

당황한 김욱은 고개를 휙 돌렸다. 바람결에 화약 냄새를 느꼈다. 노인은 언제나처럼 온화한 기조였다.

"가보세."

하지만 아무것도 없었다. 흩어져 있는 나무. 잡초가 우거져 있었고 마른 낙엽이 날렸다. 바람이 불자 노인은 손으로 목을 가렸다. 작은 회오리바람이 자잘한 돌멩이를 뿌리며 사라졌다.

김욱은 소매로 볼을 쓸었다.

"여기 말고, 바로 그 전 세계는 어떻습니까? 제가 살던 곳 말입니다."

그가 눈을 내린 깐 채 말했다.

"다른 차원이라네."

노인이 말했다.

"역시 그렇군요."

그래서 말도 안 되는 일이 벌어진 것이다. 자연발생적으로 생긴 복제품들.

"자네는 머럴 프로그램을 통해 이곳에 있네. 하지만 자네가 아는 머럴 프로그램은 진짜가 아니야. 진짜는 잡동사니로 만든 고물이지."

"아마 어느 위험하고 더러운 골목 사이에 있겠죠. 시가와 값비싼 술을 좋아하던 백돈식 회장은 동굴에서 막 나온 이발사 같은 모습을 하고 있을 테고."

김욱이 노인의 말을 받았다.

노인이 지팡이를 두 손으로 짚은 채 작은 동작으로 고개를 끄덕였다. 김욱의 눈에 다시금 에메랄드 반지가 들어왔다.

"잃어버렸다네."

노인이 말했다.

김욱은 외면했다. 이유는 모르겠지만 몸에서 힘이 빠졌다.

"괜찮나?"

"괜찮습니다."

"4차원 이상의 다차원 공간은 함축된 에너지 덩어리라네. 머럴 프로그램으로 4차원 공간을 여행하는 문은 하나지만 나가는 문은 여러 개지. 하지만 막상 4차원 공간에 있으면 이야기가 달라지는 걸세. 정반대의 상황에 처한 셈이니까. 4차원 공간 안에

있는 문은 여러 개지만 나가는 문은 오로지 하나라네. 패러독스
가 작용하는 거지."

순간 김욱의 머릿속을 스치는 문장.

당신의 과오를 깨끗이 씻겨 드립니다.

"당신의 과오를 깨끗이 씻겨 드립니다."

그가 낮게 속삭였다.

"머럴 프로그램은 좋은 프로그램이지. 과오를 씻는다. 음, 좋
아. 얼마나 좋은가. 하지만 아무리 좋은 약도 부작용이 있기 마
련이라네. 하물며 컴퓨터 프로그램은 오죽하겠나. 하지만 이번
의 경우는 일시적 두통, 붉은 반점, 어지럼증 따위처럼 단순하
지 않지. 그건 심해 봐야 위궤양 정도거든. 하지만 프로그래밍
의 부작용은 농담거리가 못 되지. 영영 차원의 미아가 될 수도
있는 문제니까. 아까도 말했다시피 다차원 세계에는 또 다른 차
원이 존재하기 때문일세. 거미줄처럼 엉켜 있는 그 차원의 연결
점에는 끝이란 게 존재하지 않아. 머럴 프로그램의 시작은 범죄
자 프로그래머의 사기성 돈벌이였지. 말도 안 되는 일이었어. 4
차원 코드의 발견은. 하늘을 보는데 갑자기 새가 물고 가던 보
석이 떨어진 거나 다름없었지. 그 후부터는 장난 이상의 장난이
된 거야. 차원 코드? 그것에 대해서는 나도 모른다네. 기대하진

말게. 그건 백돈식 본인도 모를 테니까."

"당신도 살인을 한 적이 있습니까?"

자신의 발끝만 보고 있던 김욱이 망설이듯 말문을 열었다.

노인의 입가에 창살 같은 주름이 잡혔다.

"어느 순간부터 함수성은 함수성을 죽이기 시작했다네. 자신을 닮은 미지의 인간에 대한 공포감 때문이라고 생각되네. 내가 그랬으니까…… 그땐 살기 위해, 자신을 지키기 위해 어쩔 수 없었어. 하지만 살인은 살인이지. 사실 그건 비단 함수성만의 문제가 아니었네. 유비완도 마찬가지였어. 유비완은 살인에 재미가 들린 쓰레기지. 내 장담컨대 함수성들은 적어도 살인을 즐기지는 않았네. 한두 명은 빼고 말일세."

노인은 마치 재밌는 농담이라도 된다는 듯 구슬처럼 묘한 빛을 내는 왼쪽 눈을 잠시 내보이기까지 하며 짧게 웃었다.

"우린 모두 껍데기만 똑같은 것이라네. 인간이라는 상위 개념 아래 분포되고 있지. 그러니 결국은 같을 수밖에 없는 걸까? 어쩌면 자네도……."

"살인을 했습니다. 저는…… 예, 사람을 죽였습니다."

김욱이 우울하게 말했다.

"살인은 어떤 수식어를 갖다 붙이더라도 정당화되지 않는 죄악이네. 다만, 다차원에 있는 이상은 그럴 수도 있다고 말하고 싶네. 자네 편을 들고자 함이 아니야. 문을 통과할 때면, 마치 안과 밖이 똑같은 방을 들어갔다 나왔다 하는 기분이 들지 않은 가? 섬광을 봤다면 그건 죽음을 의미하는 걸세. 비록 지금은 상대를 죽인 게 자네지만, 자네가 죽었을 수도 있었다는 말이네. 그럼, 지금 나와 대화를 나누는 사람은 김욱이 아니라 다른 사람이었겠지. 그럴 가능성은 앞으로도 있다네. 끊임없이 자네를 노리는 눈들이 있는 이상은……."

말의 끝으로 갈수록 노인의 눈빛이 애달프게 변했다.

가늠쇠로 목표물을 확인한 뒤 이렇게 방아쇠를 당기는 거야. 알겠니?

김욱은 놀라서 주위를 두리번거렸다.

"자네가 끼고 있는 그 반지는 소중한 물건인가?"

"예, 무척이나."

김욱은 슬픈 눈으로 반지를 돌렸다.

노인은 그가 반지를 돌리는 것을 보며 고개를 끄덕였다.

"반지를 돌리는 버릇은 오래된 거겠지. 그럴 때마다 생각이 나는 사람이 있는 건가? 그렇다면 아주 소중한 사람이겠군."

김욱은 시선을 깔았다. 눈꺼풀이 뜨거웠다.

"차원 속에 있는 머럴 프로그램 사용자는 자네와 유비완 말고도 넷이 더 있네. 차원은 계속해서 열리고 있네. 누군가는 엉뚱한 곳에서 영영 갇히고 말았지. 자네가 굳이 여기까지 온 이유는 이 세계의 거대한 여섯 분포 중 하나인 함수성을 찾고자 함이겠지. 처음 4차원 세계에 도달한 바로 자네 자신을 말이야. 혹시 '마트료시카'라는 인형을 알고 있나? 그건 인형 속에 더 작은 인형이 들어 있는 상자 구조로 된 여러 개의 목각 인형이라네. 그 속에 자네가 있는 거라고 해둠세. 자네가 자네를 포함하고 있고, 차원이 차원을 포괄하고 있는 셈이지. 다른 차원마다 다른 자네가 있다네. 공간만 다를 뿐 같은 사람이지."

태초의 우주는 원자핵보다 작은 양자의 세계에서 만들어진 양자 거품에서 태어났다. 작고 보이지 않는 끈으로 되어 있는 우주. 우리는 출렁이는 공간 속의 미개한 데이터에 불과했다. 하지만 우리가 사는 지구 역시 우주 속에서는 백사장의 모래알에 지나지 않았다. 그래서 영원히 갇혀, 나가지 못하는 불쌍한 사람도 있었다. 김욱은 바로 자신이 그런 사람임을 깨달았다.

"이제 내가 아는 것은 다 말했다네. 정말일세."

노인은 김욱을 물끄러미 응시했다.

"그 반지는 자네에게 소중한 물건인가?"

김욱은 대답 대신 반지를 보았다. 반지를 돌리는 손.

"아니면 과오인가?"

김욱은 반지를 돌리던 것을 멈췄다. 뭔가를 고민하는 듯하던 그는 등을 돌렸다.

"감사했습니다. 가까운 마을이 어디죠?"

노인은 대답을 하지 않았고, 김욱도 기대하지 않았던 것처럼 걸어갔다.

"과오를 씻게나."

등 뒤에서 말했다.

김욱의 걸음이 느려지다가 이윽고 멈췄다.

"당신은, 당신의 과오는…… 지금은 어떻습니까?"

김욱이 선 그대로 앞만 보며 말했다. 하지만 그 답은 자신도 알고 있는 것이었다.

"과오를, 부디 과오를 씻게나."

김욱은 다시 걷기 시작했다.

"그렇게 하게나."

"이제 그만 문을…… 마음의 문을 열란 말이야!" 엄마가 말했다. 김욱은 흐느끼듯 낮게 웃었다. 아빠가 죽고 5년이 지나서야 엄마는 그런 말을 했었다.

"문을 여세요. 그리고 과오를 씻으세요." 이번에는 줄리아의 목소리였다. 별로 친하지도 않으면서.

"빈둥거릴 시간 있으면 과오나 씻으시오." 탐정이 말했다. 살인자 주제에.

"그깟 거라면 벌써 씻은 지 오래야."

김욱이 말했다. 하지만 그의 마음속에서는 수백만 명의 고동이 있었다.

그리고 낯선 음성.

"김욱 씨."

김욱은 이 목소리의 주인이 함수성이라고 생각했다.

"문을 여세요."

"문을?"

"눈을 뜨시란 말입니다."

그는 걸음을 멈췄다. 문득 주위의 공기가 달라진 것 같은 느낌이 들었던 것이다. 그리고 그는 아직도 별장 안에 있었다. 문이 몇 개나 될까? 눈에 보이는 것만 대충 사십 개가 넘었다. 화려하게 치장한 것도 있었다. 그는 문을 선택했다. 노인과 함께했던 곳이었다. 문고리의 금색 옷이 벗겨지고 결이 갈라진 낡은 나무문. 문고리를 잡고 천천히 비틀었다. 문틀에 들어가 있던 금속 혀가 달칵하고 맞물린 것을 풀고 문 안으로 쑥 들어갔다. 환한 빛이 문가를 타고 번져왔다. 태양이라도 있는지 눈이 부셔 도저히 앞을 볼 수가 없었다. 그의 그림자까지 삼켜버리는 무시무시한 백야였다. 그는 천천히 걸어 들어갔다.

좋은 여행이 되기를.

10

김욱은 손으로 갈대를 꺾은 그대로 얼어붙었다. 갈대에 가려서 보이지 않았지만 지금 들리는 목소리는 분명 그가 아는 사람들의 것이었다. 그는 침을 삼키며 땅에서 발을 뗐다. 하지만 얼마 못 가 갈대에 몸을 숨겼다.

열두 살쯤 되는 사내아이가 보였다. 갈대는 아이가 지나갈 수 있도록 양쪽으로 누워 있었다. 멀지 않은 곳에서 누군가 갈대를 발로 부러트리며 길을 만들고 있었다. 바람이 불자 갈대 씨앗이 날렸다. 황금빛의 갈대가 부딪치며 뜻 모를 소리로 속삭였다.

다리가 찌릿했다. 그는 일어나 그들에게 걸어갔다. 거의 무의식에 가까웠다. 그러나 머지않아 자신이 투명인간과 다르지 않음을 깨달았다.

"무섭니? 그냥 하지 말까?"

아빠가 말했다. 많은 포켓이 달린 조끼 밑에는 팔을 걷은 체크셔츠를 입었고, 카키색의 바지는 왼쪽 호주머니 부분이 살짝 찢어진 상태였다. 벌 소리에 놀란 아빠가 팔을 휘저으며 말한다.

"조심하거라."

어찌 잊을 수 있을까.

깊은 주름살마다 맺힌 땀이 햇빛이 닿을 때마다 반짝거렸다.

"아빠! 아빠!"

수성이 작은 팔로 하늘을 가리켰다. 가지 위에서 나뭇잎을 둥지처럼 깔아뭉개고 있는 검은 새가 보였다. 생태계를 교란시키는 외래종.

아빠가 뒤에서 수성의 자세를 잡아주었다. 총구가 새를 향했다. 아빠가 총에서 조심스럽게 손을 뗐다. 그리고 몇십 번은 반복했을 그 말을 속삭였다.

"가늠쇠로 목표물을 확인한 뒤 이렇게 방아쇠를 당기는 거야. 알겠니?"

수성이 고개를 끄덕였다.

탕! 하지만 공허한 메아리 소리로 끝이 났다.

아빠는 어린 아들에게 잘했다고 칭찬을 한다. 거의 두 시간만에 처음으로 한 시도가 어이없이 끝난 것에 아이는 뽀로통해 했지만 아빠는 즐겁기만 했다. 그러나 두 번째 기회는 생각보다 일찍 찾아왔다. 아이는 총을 겨눴다. 아빠에게는 말하지 않았다. 새를 잡아서 아빠를 놀라게 해 줄 생각이었다. 아빠는 바위 위에 앉아서 죽은 할아버지에게 받은 반지를 돌리고 있었다. 생각에 잠길 때면 버릇처럼 하는 행동이었다.

수성을 총을 겨눴다. 하지만 생각지도 못한 곳에서 고라니가 튀어나오는 바람에 깜짝 놀라 몸을 크게 들썩였다. 탕! 그리고 먼가가 풀밭에 떨어졌다.

아빠였다.

아빠는 풀밭에 누워 숨을 헐떡거리고 있었다. 눈물이 고인 눈을 크게 뜨고 입을 한껏 벌린 채 고통스럽게 숨을 들이켜고 있었다. 아빠의 그런 얼굴은 태어나 처음 보는 것이었다. 그 모습이 너무도 비현실적이고 무섭게 보였다.

"아빠! 아빠!"

아빠는 총을 쏜 이유를 묻지 않았다. 하지만 수성은 말해야 했다. 새를 봤다고. 사냥에 성공해서 아빠를 기쁘게 해주고 싶었다고. 그랬다고 울면서 숨 가쁘게 말했다. 아빠는 우는 아들을 달래며 힘겹게, 간신히 미소를 지었다.

"우리가 왔던 길 기억하니? 그리로 가서 사람을 좀 데리고 와줄래? 괜찮아. 아빠는 괜찮단다. 전쟁터에서도 살아남은 사람이야. 이런 걸로 어떻게 되지 않아. 괜찮아, 수성아."

30분 후 수성은 다시 돌아왔다. 도저히 어디가 어딘지 구별이 가지 않았다. 그가 간 곳은 풀밭이 넓게 펼쳐져 있고 온통 우거진 나무밖에 없는 곳이었다. 하마터면 다시 돌아오지 못할 뻔했을 정도였다.

얼마나 시간이 흘렀는지 모르겠지만, 그 사이 아빠는 다른 사람이 되어 있었다. 마치 창백한 마네킹 같았다. 눈 밑이 눈물로 번들거렸고 양쪽 입가에는 땀에 섞인 침이 한가득 고여 있었다. 배를 움켜쥔 손가락에는 젖은 흙과 붉게 물든 지푸라기가 뭉쳐져 있었다. 주위에는 피가 실개울을 이루고 있었고 손톱으로 땅을 긁은 여러 개의 자국이 새로 생겨 있었다. 거기서 헤엄치는 햇빛. 아빠는 두 다리를 처음 그대로 아무렇게나 뻗은 채였다. 개미들이 아빠의 다리를 타고 돌아다녔다.

"아빠 미안해요. 길을 못 찾겠어요."

그가 울음을 터트리며 말했다.

"그렇구나. 산이니까……. 울지 마. 하나도 안 아프니까. 아빤 괜찮아. 괜찮단다."

아빠가 가느다란 소리로 말했다. 말을 하는 게 무척이나 힘들어 보였다. 하지만 아빠는 고집스럽게 입을 움직였다. 언젠가부터 눈을 깜박이기 시작하면서. 배를 움켜쥔 왼손이 간헐적으로 떨리고 있었다.

아빠는 오른손을 입으로 옮겨 앞니로 반지를 뺐다. 너무도 고통스런 동작 같아서 수성은 도와주고 싶었지만 아무리 해도 몸이 움직이지 않았다. 아빠의 입술이 핏기 하나 없이 창백했다. 하얀 물감보다 더 하얬다. 아빠가 고개를 끄덕였다. 땀으로 반짝이고 움푹 들어간 목에서 목젖이 오르락내리락했다.

수성은 반지를 건네받았다.

"그건 이제 네 거야. 남자가 되었다는 증거란다. 그 반지는 ……."

수성도 알고 있었다. 그 반지는 수성 나이의 아빠가 사냥에 성공하고 할아버지에게 받은 것이다. 수성도 반지가 가지고 싶었다. 아빠에게 인정을 받고 싶었다. 그래서 여기에 있는 것이었다.

"수성아, 마지막으로 한 번만 더 갔다가 올래? 사람이 있나 없나?"

그 말을 완전히 끝내지 못하고 아빠의 숨이 가빠졌다. 하지만 신기하게도 수성은 알아들었다.

"어서."

아빠가 작게 말했다. 너무도 미약한 소리였다.

"아빠?"

하지만 아빠는 대답을 하지 않았다. 갑자기 몸을 크게 들썩이더니 고개를 저리 젖혔다. 그리고 조용했다.

수성은 풀을 헤치고 걸어갔다. 아빠가 어디에 있는지 뻔히 알면서도 아빠를 찾으며 산을 헤맸다. 해가 산자락에 누울 때쯤 논문 준비로 산을 찾았다가 막 하산하는 대학생들과 만났다.

"아빠가……! 아빠가……!"

김욱은 어린 수성이 대학생에게 울며 매달리는 것을 보고 두 손으로 눈을 감쌌다. 아빠가 어떻게 죽었는지 이제는 완전히 알게 되었다. 시간이란 건 교만해서 어린아이들은 곧잘 무시를 당한다. 그렇기에 지금은 그때 그 산에서 보지 못했던 것을 빠짐없이 가져가게 되었다.

아빠가 원망하는 줄 알았다. 자신에게 총을 쏜 것을 원망해서 다른 데로 가버리라고 그런 말을 한 것인지 알았다. 그 눈빛. 그러나 그 눈빛은 아들을 사랑하고 있었다. 열두 살 그때는 몰랐다. 이제는 아빠가 왜 그랬는지 안다. 편치 않은 마지막 모습을 어린 아들에게 보이고 싶지 않았기 때문이다.

11

함수성은 정확히 49일 만에 눈을 떴다. 그 습하고 불결한 건물 지하의 캡슐에 갇혀 있던 여섯 명 중 유일한 사람이었다. 그 사이 머럴 프로그램은 영원히 폐쇄되었고 백돈식은 감옥에 갔다. 아무튼, 함수성은 눈을 떴다. 모두가 가망이 없다고 생각했을 때 마치 기적처럼.

그를 말한다

1

치윤은 걸음을 멈췄다. 엽총을 들고 있었지만 습관적인 이유에서였다. 신고 있는 낡은 등산화의 입이 벌어지고 지지 않는 풀물이 들었지만 싫지 않았다. 하늘은 높고 푸르렀고 지상은 초록이었다. 언젠가 교과서에서 배운 표현대로.

그는 한참을 두리번거리다가 문득 한쪽 무릎을 꿇었다. 이건 사람의 발자국일까? 그는 땅이 팬 자국 위에 손을 갖다 댔다. 딱 그 정도 크기였다. 그는 천천히 일어났다.

2026년 여름

석유의 고갈은 범국가적인 문제였다. 대중매체는 날마다 한목소리로 떠들어댔다. 「충격! 화석 연료 고갈까지 ××년도 안 남았다!」 그렇게 에너지 위기를 극복하는 방안으로 시작한 기술 개발이 조금씩 활로를 틀 무렵이었다.

사건의 시작은 경상도에 있는 소박한 도시 고성이었다. 그 작은 도시의 외곽에 있는 작고 허름한 집, 그 집의 슬레이트 지붕 위를 뿌연 연기가 뒤덮었다. 닫힌 창문 안에서는 연신 광채가 번쩍거렸고 더러운 추리닝을 입은 중년 남자가 미치광이처럼 킥킥거리며 연기 속을 뛰어다녔다. 그는 수염이 지저분하게 자란 입으로 기침을 콜록거리며 입고 있는 셔츠를 쥐어짜서 코를 움켜쥐었다.

"됐다! 세상에! 성, 성공이야!"

그는 마당에 있는 수돗가에서 물을 뒤집어쓰며 혹여 남이 들을라 숨죽여 외쳤다. 마당에도 사고 훔치고 주워서 덕지덕지 붙여 놓은 기계가 내뱉은 메스꺼운 스모그가 낮게 깔려 있었다. 어쩐지 어둡더라니. 곧 8월의 대기 중으로 약품내가 나는 묽은 연기가 녹아들었다. 하늘이 서서히 맑아진다. 언제고 작업이 성공하면 기쁨과 서러움에 울음부터 터트릴 줄 알았는데 너무 기쁘면 눈물샘도 마르는 법일까. 방에서 무슨 소리가 났다. 기대감을 주체할 수 없었지만 은연중에 두려움도 있었다. 방문을 열었을 때 과연 그를 맞이할 것은 무엇일까?

2

치윤은 수풀을 헤치고 들어갔다. 발자국은 계곡에서 끝이 났다. 하지만 아무리 봐도 다른 발자국은 없었다.

'동물이었을까?'

시간이 지나도 마음이 통 진정되지 않았다. 계곡물은 맑았다. 계곡물을 따라가지 않았다는 소리다. 그는 한쪽 무릎을 꿇고 두 손을 모아 계곡물을 퍼마셨다. 물에 녹아 있는 햇빛이 마치 살아 있는 생물체 무리처럼 흔들렸다. 그는 바람 소리에 귀를 기울였다. 잠시나마 나뭇가지끼리 부딪치는 소리를 발소리로 착각했다.

그는 한동안 거기를 떠나지 못했다. 커다란 참나무의 그림자들 속에서 마른 낙엽이 조각난 햇볕을 쬐며 바스락거렸다. 간간이 물 위로 잎사귀가 떠내려왔다. 순간 노루를 발견했다. 노루는 가만 그를 쳐다보다가 조심스럽게 계곡물을 먹기 시작했다.

'너였구나.'

하지만 노루의 발자국이 아니란 건 굳이 확인할 필요도 없었다.

2027년 가을

손이 떨리던 것이 이제 좀 진정되고 있었다. 새벽 2시. 왕사돈은 부지런히 핸들을 돌렸다. 마지막 인가의 불빛이 사이드미러에서 너울거렸다. 비가 올 것 같다. 방수포로 적재함을 꼼꼼히 덮어 놓았지만 그것만으로는 안심이 되지 않았다. 그는 조수석을 힐끗 보았다. 거기에는 열네댓 가량의 소녀가 곤히 잠들어 있었다.

이런 시기, 이런 상황에서 그녀가 힘이 되는 것이 사실이었다. 그는 팔을 뻗어 딸아이의 검은 머리칼을 쓸었다. 아직도 이 감촉이 믿기지 않았다. 자욱한 연기 속에서 자그마한 그림자가 서서히 형체를 갖추며 "아빠?" 하고 부를 때 얼마나 놀랐는지 모른다. 그때를 떠올릴 때마다 5월의 바람이 이는 따스한 햇살 아래서 얕고 만족스러운 잠에 빠진 듯한 기분에 젖곤 했다.

그들의 보금자리는 산자락에 있었다. 순전히 운에 기댄 거지만, 버려진 비닐하우스는 3년 전 그 자리에 아직 있었다. 세월에 의해 옆구리가 찢어지고 겨우 문틀에 걸치고 있는 출입구로 들여다본 안은, 덥고, 퀴퀴하고, 별의별 생물이 다 들끓었지만, 손을 좀 보고나니 그런대로 괜찮았다. 바닥을 긁어내고, 앞뒤로 문을 새로 달고, 창문은 양쪽으로 여러 개를 달았다.

'머신'이 들어설 곳은 따로 방을 만들었다. 그는 확대경을 끼고 부지런히 머신의 가슴 덮개를 열어 조밀한 부품들을 붙이고 전선을 잇고 회로를 연결하는 작업을 하였다. 하지만 좀처럼 진척이 없었다. 그럴 때마다 손 가는 대로 팔로 쓸어버리고 발로 차서 고꾸라트리고 망치로 두들겨 패서 산산조각이라도 내고 싶지만, 발이 닿지 않을 정도로 높은 의자에 앉아 호기심 어린 눈으로 작업을 지켜보는 딸아이를 보면 또 없던 열정이 생기곤 했다.

그래, 시간은 많다. 서두를 필요가 없었다. 애초에 만일을 대비한 작업이 아니었던가. 모든 것은 상리를 위해서. 이 기계는 상리의 몸 일부를 만드는 데 사용될 것이다. 금속은 물론이고 실리콘도 충분히 있다.

"아빠, 놀러 안 가?"

"우리 그네 타러 갈까?"

사돈은 느티나무 가지에 달아놓은 나무 그네를 향해 키득거리며 달려가는 상리의 뒷모습을 바라보았다. 검고 윤기 나는 머리칼이 등과 작은 어깨 위로 나부끼는 것을. 그네에 앉아 마치 재간을 부리듯 작은 발을 한쪽씩 번갈아 흔들며 환히 웃는 상리. 그도 덩달아 행복해진다.

"아빠, 나 밀어줘!"

3

치윤은 중력이 더 강한 곳에 있었다. 100층 높이의 탑이 있다 치면 지면과 가까운 곳일수록 중력이 미미하게 강해진다. 모래사장으로 나온 그는 자신을 붙들고 있는 땅을 발로 탁탁 다졌다.

중력은 시간에 영향을 준다. 그렇기에 중력을 이용하면, 시공간을 넘나들 수 있다. 지구에서는 어디까지나 '상대성 이론'의 친구에 불과한 것이었지만, 그는 직접 경험을 했다. 블랙홀. 빛마저 빨아들이는 엄청난 식성의 천체. 지구보다 수백만 배에서 수십억 배 이상 강력한 공포의 중력장 안으로 에너지를 뿌리며 뛰어드는 아드리아나의 우주선.

한동안 바다를 노려보던 그는 손으로 손차양을 만들고 몸을 돌려가며 하늘을 두리번거렸다. 권적운이 박힌 하늘이 토해내는 불구덩이가 보이는 듯했다. 검은 연기로 들끓는 금속성의 유성은 바로 저 바다에 뛰어들어 불타는 몸뚱어리를 씻어냈다. 은백색의 특수 금속으로 만들어진 거대한 비행체는 바다에 떨어진 이튿날에 잠수정처럼 반쯤 수면 밖으로 나왔다가 일주일만에 영원히 가라앉았다.

가끔은 궁금했다. 여기는 대체 어딜까? 하나 분명한 것은 적어도 그가 생각하는 장소는 아니란 것이다. 그러나 어느 정도 윤곽은 있었다. 여기는 지구 같았다. 그래서 그는 슬프면서도 한편으론 희망을 가지고 있는 것이다.

"정말 아무도 없는 거야?"

똑같은 말이 메아리가 되어 돌아왔다. 아무리 간절하게 외쳐도, 입에서 피 맛이 날 만큼 불러 봐도 소용이 없었다. 그는 털썩 주저앉아 멀리 수평선을 보았다. 부드러운 모래를 쓸었던 손으로 무릎을 안았다. 어깨에서 흘러내린 엽총 끈이 팔꿈치 안에 걸렸다.

2031년

세계가 늙고 있다.

매 세기가 지날 때마다 인구는 놀라울 정도로 폭증을 했다. 과학과 의학의 발달로 인간은 편리하고 풍족한 삶을 살게 되었다. 어제까지만 해도 경제와 사회는 발달을 하고, 법도 더 나은 쪽으로 수정되었다.

한때는 불만 꺼지면 아기가 들어서는 일도 있었다. 그때는 요람에서 자장가가 끊이질 않던 때였다. 그 시기 '출산 억제'란 지금에 와서 보면 참 배부른 소리가 아닌가. 인구를 줄이는 요지는 다양했다. 교통사고, 자살, 암, 범죄 등으로 해마다 엄청난 수의 사람이 사라져갔다. 자장자장 부드럽고 감미롭던 노랫소리 역시 작아졌다. 세계가 늙어가고 있었다. 군 단위의 소도시부터.

국가에서는 출산 장려 정책을 현실화하는 대신에 ○○년도부터 열을 올린 '다문화' 정책을 강화했다. 그런 국가는 공통적으로 젊은 인구, 즉 노동 인구가 늘었다. 그리고 공통적으로 극복하기 힘든 사회 문제에 부딪혔다. 시간의 문제였다. 중소도시, 대도시, 지역과 지역으로 젊은 A시민은 줄어들었지만, 이국 출신의 AB시민이 그 자리를 채워갔다. 그래서 장시간의 고노동, 저임금은 유지되었다. 하지만 부자는 살쪘다.

다문화였지만, 다문화가 아니었다. 뿌리가 썩었기 때문이다. 그 어떤 AB시민도 A국가의 문화를 받아들이지 않았다. 대신에 자신이 떠나왔던 B국의 문화를 인정해달라고 투쟁을 했다. 그래서 그러자고 했다. 대중매체는 세뇌를 시작했고 A시민은 최면에 걸렸다.

전쟁은 한 국가 안에서 시작되었다. 예를 들어 종교와 같은 신념 차이에서였다. 말 그대로 하나의 예일 뿐 이유를 대자면 끝이 없었다. 곪았던 곳에서 삭지 않은 고름이 일시에 터져 나온 것이다. 그것이 미사일이 되어 수천 킬로미터를 날아갔다. 그렇게 제3차 세계대전이 시작되었다. 시작이 누구든 결과는 마찬가지였다. 평화롭던 그 시기 21세기 초까지도 얼마나 많은 이가 핵무기의 빨간 버튼에 손가락을 올려두고 망설였을까 생각을 하면 소름이 끼친다.

어쨌든 세계는 과거로 회귀했다.

한참을.

4

"여기예요!"

메아리가 되돌아왔다.

"아무도 없나요? 아무도…….."

산에 따라쟁이가 사는 게 분명했다.

치윤은 마치 절구처럼 안으로 움푹 들어간 돌덩이에 채워 넣은 자잘한 돌멩이를 물끄러미 쳐다보았다. 마치 그러고 있으면 없던 것이 짠 하고 다시 나타날 거라고 믿는 사람처럼. 갑자기 소나기가 내린 탓에 땅은 아직 젖어 있었다. 그는 질척이는 땅에 찍힌 발자국을 눈으로 좇았다. 작았다. 단언컨대 짐승의 발자국은 아니었다. 그때 무슨 소리가 났다.

"겁먹지 마세요! 전 나쁜 사람이 아니에요! 저는……!"

목이 쉬어라 외쳤다. 그런 그에게 괴로운 기침과 사레, 따라쟁이의 짓궂은 장난이 뒤따랐다. 분명 수풀에서 본 발자국이었다.

"전 혼자예요……!"

그의 음성이 떨렸다. 뛰면서 말을 하는 까닭이다. 햇빛이 먹구름을 녹이며 쏟아져 내렸다. 땅에 새겨진 발자국마다 고인 빗물이 녹인 은처럼 빛났다. 발자국은 숲 한가운데서 끊겼다. 그는 침통하게 주위를 두리번거리며 아무렇게나 흘러내린 긴 머리칼을 손톱으로 빗어 흩트렸다. 잡초 위에 넓게 쓸린 자국이 있었다. 어떻게 보이냐면 무거운 것이 담긴 자루를 끌고 간 듯한 형체였다. 바다로 이어져 있었다.

아까의 발자국 크기로 보아 넉넉히 잡아도 백육십 초반대였다. 넉넉히 잡아도 백육십 중반을 넘지 않을 것이다. 여러모로 여자일 가능성이 높았다. 그는 긴장한 얼굴이 되어 뒤로 물러섰다. 아닐 거라고 생각을 하면서도 '그녀'라고 짐작되는 누군가가 사냥을 당했을지 모른다는 생각이 든 것이다.

그건 지옥 같은 시대를 경험했던 그가 아니더라도 도달 가능한 생각이었다. 더욱이 이 세상에서는……. 사춘기 소년의 여드름 마냥 따개비를 실컷 붙이고 있는 거무튀튀하고 굴곡진 바위 뒤에 숨어서야 '그렇다면 왜 바다로 온 거지?' 같은 의문을 하나둘 되새겨 볼 수 있었다.

'손질을 하기 위해서?'

그는 파도가 쓸고 가는 모래사장을 보았다. 쓸린 자국은 끊기지 않고 쭉 바다로 이어져 있었다. 다른 어떤 발자국 없이.

쥐가 내린 왼쪽 다리를 주무르던 그의 눈에 순간 들어오는 것이 있었다. 수평선을 향해 소리 없이 내리꽂히고 있는 노란색 번개 끝에 흐릿한 것 같으면서도 한편으론 선명한 물체가 있었기 때문이다. 배 같았다.

"맙소사!"

얼굴이 뜨거웠고 심장에도 피가 세차게 맴돌았지만 머릿속은 탈색된 듯 하얗기만 했다. 분명 배였다. 그는 다시 끌린 자국을 볼 수밖에 없었다. 바다를 주시할 이유가 생겼다. 끌린 자국의 정체가 뭐고 간에 발자국 주인의 신변만 확보되면 만사 오케이였다. 그렇다면 그를 떨게 했던 그 야만의 역사에 관한 일도 잊을 수 있으리라.

우주선이 불시착한 이후 이 며칠만큼 많은 생각을 한 적도 아마 없을 것이다. 하지만 결론이라고 믿었던 생각은 오래지 않아 바뀌게 되었다. 아주 기분 나쁘고 오싹한 방법으로.

2031년 9월

잠이 확 깼다. 꿈인 줄 알았는데 실제로 공습경보 사이렌이 울리고 있었다. 갑자기 건물이 흔들렸을 때는 오줌을 지릴 뻔했다. 창을 통해 밖을 본 그는 실성할 것 같았다. 도시 여기저기 유령 같은 연기가 올라오고 있었다. 빌딩 몇 채가 보이지 않았다. 하늘에서는 재가 날리고 있었고 거리는 자동차로 빽빽이 들어차 있었다. 눈을 돌리는 곳마다 뜀박질을 하고 있는 사람들이 있었다. 그들은 차를 타고 넘었다. 건물 유리 벽을 야구배트로 깨는 사람도 있었다. 그러면 어디서 나타났는지 모를 사람들이 전리품을 찾아 달려든다.

그는 창문에서 덜덜 떨리는 손을 뗐다. 그와는 다른 이유로 유리창이 몸을 떨었다. 커튼 끝이 흔들리며 벽에 끌렸다. 그때 꿩

음과 함께 날아가는 물체를 보게 되었다. 믿기지 않았지만 어디로 보나 미사일이었다.

"……말도 안 돼!"

그는 자신의 토사물을 밟고 심하게 미끄러졌다. 불에 탄 시체에서 역겨운 단내가 진동을 했다. 뒤집힌 자동차의 조수석 창에 박혀 있는 더러운 손이 바람이 불 때마다 손짓을 해왔다. 그는 엉금엉금 바닥을 짚고 일어나 검댕이 묻은 얼굴로 불구덩이를 돌아 나왔다.

은행 안에 몸을 숨긴 그는 스마트폰을 잠시 내려다보았다. 비벼 끈 담배처럼 뒤로 목을 꺾은 자세로 부서진 아래턱을 씹고 있던 여자에게서 얻은 것이었다. 순간 전화번호가 생각이 나지 않았다. 신호음은 가지만 받지 않았다. 그와 가까운 모든 사람이 그랬다. 그들은 모두 경기도에 살고 있었다.

'북한 짓이야……! 그 빌어먹을 새끼들이 기어코……!'

그는 한동안 그 자리에 주저앉아 있었다. 부산까지 미사일이 날아다닌다는 말은……. 만약 북한과 현대전을 벌인다면, 전쟁 개시 얼마 만에 서울 시민 얼마가 죽는다는 이야기를 들은 기억이 있었다. 규모가 엄청나서 놀랐었다. 하지만 휴전을 한 지 반세기하고도 한 세기를 걸치고 있고 여러 세대가 바뀌었다. 북한 침공에 대한 경고성 소문은 잠시간 한국의 현실을 환기해 줄 뿐이었다. 그는 양손으로 각각 반대쪽 팔을 움켜쥐었다.

그는 벽을 의지해서 가까스로 일어났다. 아까는 몰랐는데 창구에서 시작된 마른 핏자국이 보였다. 이런 때야말로 숨기고 있던 본성을 드러내기에 안성맞춤인 것이다. 폭음이 아득하게 들려왔다. 발밑의 진동이 섬뜩했다. 건물 밖을 나서자 사이렌 소리가 송곳처럼 달팽이관을 찌르고 들어왔다. 그는 길가에 처박힌 두 대의 트럭을 보았다. 하나는 탱크 트럭이었다. 오일이 새고 있었다. 하늘에서는 흙가루가 떨어졌다.

그는 가방으로 머리를 가린 채 뛰고 있는 빨간색 카라 티셔츠의 대학생을 따라가려다가 그만두었다. 다리에 힘이 들어가지 않았으니까. 대신에 그는 부지런히 걸었다. 은행 안에서 갈 곳을 정했다. 그리고 그는 대형 마트에 있었다. 건물 가득 들어찬 식료품을 본 순간 발걸음이 빨라졌다. 두건을 목에 두르고 있는 서른 가량의 사내가 맥주를 따고 있었다. 그 말고도 많은 사람이 있었다. 모두 그와 같은 생각으로 모인 사람들이었다.

음식의 유통기한이나, 축적, 계획 같은 건 애초에 없었다. 그런 생각을 가지고 있는 사람이 없진 않았다. 다만, 그런 이들은 대개 조용하고 분쟁을 두려워하는 성미라 혼자 걱정만 했다. 얄팍한 친구 관계가 된 그들은 돈 한 푼 들이지 않고 갖게 된 것들을 마음껏 취했다.

그러지 말았어야 했다.

5

치윤은 하얀 거품을 일으키며 저리 물러가는 파도를 보았다. 저 바다에서 나온 건 혼자였다. 그 오랜 옛날 바다에서 나온 물고기는 파충류가 되었지만 그는 유일한 생존자라는 메달을 쥐게 된 것이다. 뭍으로 나온 물고기 역시도 자연에 적응을 해야 하는 돌연변이로서 꽤나 힘들었겠지만 적어도 외롭지는 않았을 것이다. 아담과 이브, 즉 짝이 있는 최초의 존재로서 새로운 종의 시작이 되었을 테니.

하지만 그는 혼자였다. 있는 거라고는 네발짐승과 새, 물고기와 곤충 같은 것뿐이었다. 오직 인간만 없었다. 그는 과일과 열매를 따 먹고 파도에 떠밀려온 물고기를 구워먹는 것으로 굶주린 배를 달랬다. 21세기의 지구에서 문명과 인류를 지우고 나면 지금과 같을 것이다. 이는 놀라운 일이었다. 자연의 회복력은 인간의 상상을 초월할 정도다. 그는 모르겠지만, 대지가 아스팔트와 콘크리트길을 숨기는 데는 백 년도 걸리지 않았다.

지금은 모든 것이 풍족했다. 협곡과 산맥은 등선의 윤곽이 확실했고 파릇파릇한 들은 황혼이 오면 뜨뜻한 화롯불처럼 은은하게 타올랐다. 녹음과 바다는 해의 기울기에 따라 탄생석들의 신비로운 빛을 자아냈고, 나뭇잎과 돌맹이, 빗방울, 꽃술, 바람, 메아리가 말을 걸어올 때도 있었다.

그래, 너무 풍족해서 탈이다. 하지만 그는 우울하기만 했다. 살아 있는 것만으로도 다행이라고 생각을 하면서도 적막 속에서 숨죽이며 걸어오는 슬픔을 떨쳐낼 수 없었다. 언젠가 외로움에 백기를 들게 될지도 모른다는 생각에 풀벌레가 우는 달빛 아래서 비를 맞은 것처럼 몸을 떤 적도 있었다.

영혼의 친구나 여자까지는 바라지도 않는다. 하다못해 함께 있어주는 개나 고양이라도 있었으면. 하얀 러닝셔츠를 입은 겨드랑이로 풍성한 털을 드러내고 웃는 꼬락서니가 징그럽기 짝이 없는 늙은 남자라도 말동무가 되어준다면 하고 바란 적도 있었다. 그러니 무엇이든 좋았다.

하지만 저기 바다에 사는 '그것'은 아니었다. 그런 것을 받아들일 바에야 평생을 고독 속에서 썩는 편이 나았다. 처음에는 사람인 줄 알았다. 그는 "여기예요! 이봐요!" 하는 자신의 음성을 지금도 선명하게 듣고 있었다. 그때의 격정적이고 감당하지 못할 정도로 벅차올랐던 감정을 생각하자 또 가슴이 저미었다. 바다에 뭔가가 떠 있었고 사람 같았다. 그러니 어떻게 가만히 있겠는가. 그는 주의나 침착, 앞이니 뒤니 하는 소리를 물살과 함께 힘차게 걷어내며 무작정 바다로 뛰어들었다.

그런 상황이었지만 저기에 있는 것이 막연히 어떤 형태로든 (맙소사!) 살아 있을 거라는 생각이 들었다.

"이봐요!"

그는 잠시 물에 떠서 입안의 소금물을 뱉어냈다.

그러나 사람이 아님을 깨닫는 데는 긴 시간이 필요치 않았다. 옛 바다 사람들이 바위에서 쉬는 듀공을 보고 인어를 생각해낸 것처럼 그도 자신에게 속았다. 듀공 이야기는 술 한 잔에 웃고 마는 재미있는 에피소드지만 그의 경우는 달랐다. 이런 식으로 얼마나 많은 사람이 바다에 속았을까? 얼마나 많은 사람이 저 끝없는 미지로 끌려 들어갔을까?

전방 약 100m 앞의 저것! 보면서도 믿기지 않았다. 일찍이 영화에서도 본 적이 없는 괴생물체였다. 흡사 마구잡이로 회반죽을 주물거려 놓은 듯한 괴생명체가 아무렇게나 찢어진 아가미로 바닷물을 토해내며, 그 인간처럼 보이는 등지느러미를 가볍게 푸드덕거리면서 물 위로 돛처럼 펼쳤다(복부의 주름이 거짓 왕자를 만들 듯 인간의 형체를 닮은 무늬가 있었다!). 둥그런 거울 방패처럼 투명한 동체는 마치 눈물을 흘리는 것처럼 보였다. 옆구리의 지느러미는 마치 꽃다발처럼 만든 익사체들의 창백한 팔 묶음 같았고, 꼬리로는 발목을 묶어 놓은 시체를 끌고 다니는 것 같았다.

팔이 아팠다. 소금물을 먹는데 이골이 난 그는 지푸라기처럼 나풀대는 두 팔을 저으며 다리를 죽어라 흔들었다. 평소라면 이쯤에서 꼼짝도 못 하고 숨만 골랐을 것이다. 폐가 말라가는 것이 느껴졌다. 신음을 하며 팔을 휘둘렀다. 발밑이 서늘했다. 가까운 물밑에서 올라와 뽀글거리는 기포에 뒤섞여 순식간에 넓게 퍼지는 선혈을 금방에라도 보게 될 것 같았다.

아무리 해도 같은 자리에서 벗어나지 못했지만, 그것은 공포가 만든 일시적인 착각이었다. 얼마나 무서웠든지 모래사장에 엎어지고 났을 때까지의 기억이 나지 않을 정도였다. 곧 죽을 사람처럼 헐떡거리던 그는 문득 바다를 보게 되었다. 자신도 모르게 비명을 지르고 말았다.

괴물이 그를 지켜보고 있었다. 마치 물개를 쫓아 육지까지 헤엄쳐 온 범고래처럼 육지 가까운 곳에서 조용히. 괴물은 돌고래보다는 훨씬 컸고 범고래보다는 작았다. 전체적으로 은빛이 돌았다. 그 은빛을 내는 조개껍데기 모양의 비늘은 흡사 축축한 바위 밑에 한 데 모여 있는 벌레들처럼 일사불란하다가는 자유자재로 움직였다. 기괴한 형태의 등지느러미를 햇빛이 투과하자 그 갑옷 같은 은판 위에 인간의 그림자가 그려졌다.

이이이하!

뾰족한 바늘처럼 귀를 휘젓고 들어오는 날카로운 소음이었다. 오싹했다. 오래 생각할 것 없이 괴물이 낸 소리였다. 하지만 그 소리는 하나가 아니었다. 적어도 셋이었다. 하나는 비교적 뚜렷했지만(어찌 모를까!) 다른 두 개의 기괴한 소리는 공명을 했는데, 흡사 물속에서 연주하는 유령선의 바이올린 소리처럼 들렸다.

이이이하!

마치 말을 걸듯.

치윤은 뒤도 돌아보지 않고 달아났다.

2031년 겨울

진눈깨비가 내렸다. 길가에 나뒹구는 시체는 이제 익숙해졌다. 사지가 없든 머리가 없든 간에 시간을 뺏기지 않고 지나갈수 있었다. 치윤은 살을 에는 칼 같은 바람을 피하기 위해 콘크리트 더미 깊숙이 들어갔다. 붉게 변한 철근이 머리 위에서 삐걱거렸다. 찢어지고 낡은 셔츠 자락이 볼트 사이에 껴서 마지막남은 살가죽처럼 휘날리고 있었다.

그는 무릎은 껴안고 그 위에 얼굴을 보탰다. 그는 머물 곳을찾아다니고 있었다. 몇 차례 자리 잡은 곳들은 하나같이 폭탄을맞았다. 아니면 주위에 떨어지거나. 어쨌거나 함께 있던 사람들은 죽었고, 죽이거나, 도망을 쳤다. 전쟁이 터지고 이쯤 되니 사람들은 슬슬 본성을 드러냈다. 작은 일에도 죽일 듯이 으르렁거리는데, 잇몸에 박힌 그 누런 치열을 드러냈을 때는 정말이지짐승처럼 보였다.

"컥! 큭……!"

그는 입을 틀어막고 심하게 기침을 했다. 사족을 다 써도 기침소리를 없앨 수 없었다. 발이 아팠다. 발가락과 뒤꿈치의 물집은터지고 짓물러서 피를 흘리고 있었다. 새로 구한 신발이 발에 맞지 않았던 것이다.

"좋은 곳을 찾자. 아냐, 우선 신발을 바꾸고 그 다음에는……"

그는 다짐을 하듯 살아남기 위한 계획들을 일일이 거론했다. 그러면서 스스로를 다독거렸다. 하지만 지금도 잔지진이 느껴졌다. 희미한 땅 울림이 유령 도시에 가볍게 쌓이기 시작한 눈을 두들겼다. 그는 배낭가방을 풀고 작은 꾸러미를 꺼냈다. 구깃구깃한 유산지를 펼치자 비스킷처럼 딱딱해진 카스텔라 빵이 나왔다.

부스러기를 먼저 입에 털어 넣고 침으로 녹였다. 그러면서 어디로 갈지 결정했다. 음식과 잘 곳이 있는 곳. 아직까지는 있었다. 거기가 어디든. 분명히.

막 카스텔라의 귀퉁이를 부수려고 할 때였다. 누군가 있었다. 조심하고 있겠지만 기척을 완전히 숨길 수는 없었다. 눈을 밟을 때 나는 소리는 어쩔 수 없는 것이다. 언 쇳덩어리 위에 팔이라도 대고 있는지 끼익 소리까지 났다.

치윤은 공황 상태에 빠졌다. 목까지 뜨거워졌고 떨리는 양다리는 멈출 재간이 없었다. 입에 있는 것을 꿀꺽 삼키고 총알 다섯 발이 들어 있는 권총을 꺼냈다. 오면서 얻은 전리품이었다. 두 팔로 하트 표시를 만들다 만 시체의 뒤 허리춤에 꽂혀 있던 거였다.

그는 사정없이 이리 왔다가 저리 갔다 하는 손으로 총을 겨누

며 기다렸다. 이윽고 귀신이라고 해도 믿을만한 몰골을 한 남자
가 나타났다.

"머, 먹을 것 좀……!"

군청색 잉크가 찬 듯한 눈. 파랗게 질린 얼굴. 털이라고는 찾
아볼 수 없었고 수척한 얼굴의 반은 반쯤 녹아내린 상태였다.
그는 간신히 버티고 있는 것처럼 보였다. 치윤이 다리를 떠는
것만큼이나 두 손을 파닥거리고 있었다. 그러나 보이는 그대로
의 이유였다. 두려워서가 아니라 아파서가 맞았다.

"가까이 오지 마세요! 아니, 거기예요! 거기서 움, 움직이지
……!"

그가 씨를 뿌리듯 종이 꾸러미에 든 것을 던졌다. 남자는 미친
듯이 바닥을 더듬으며 종이째 입에 쑤셔 넣었다.

"더! 제발 조금만 더……!"

탕! 탕!

결국 방아쇠를 당기고 말았다. 다섯 발을 다. 남자는 동유럽의
신식 방사능 무기에 당한 것이다(조종사의 실수로 통영에 한 발이 떨
어졌었다). 어쩌면 그 자리서 즉사를 하는 편이 나을지도 모른다.
이 남자처럼 만개하는 푸른색 방사능 구름에서 걸어 나온 자는
육십일을 넘기지 못하며 죽을 때까지 끔찍한 고통을 겪게 된다.
무서운 것은 전염을 시키는 게 가능하다는 것이다. 체액과 더불
어 신체접촉의 방법으로. 눈과 코, 입 그리고 양쪽 귀에까지 피

를 쏟아내는 것이 그 전조이다. 하지만 그건 루머에 불과했다.

소문일 뿐이란 걸 깨달은 건 그로부터 수년이 지나서다.

인간이 더는 인간이라고 불리기 힘들게 된 시절에.

6

치윤은 옆에 기대놓은 엽총을 힐끔거리는 걸 관두고 그것을 가져와 총신을 꺾어 보았다. 그는 물끄러미 빈 약실을 들여다보았다. 그러다 신경질적으로 총열을 맞추고 개머리판 부분으로 검은 개미가 지나간 낙엽 위를 세게 내리찍었다.

총알이 없으니 언제나 빈 총일 수밖에. 총이 명목상이듯 쓸쓸함도 형식뿐이었으면.

그는 한동안 멍하니 쓰러진 전나무를 깔아뭉갠 채 어디라도 멀리, 가끔은 코발트색의 하늘을 바라보았다. 그 이후 세 시간 가량은 말 그대로 고기를 수집했다. 언젠가는 직접 낚시를 해볼 생각이었다. 반면에 게는 손으로 제법 잡을 수 있었다. 돌멩이를 쓰는 노동 강도에 비해 살이 얼마 되지 않는 고둥은 무시하고 소라만 챙겨왔다.

그의 집은 원래 천장이 내려앉고 한 쪽 벽이 허물어진 벽돌집이었다. 그것을 수리한 결과가 지금의 아늑하고 안전한 보금자리였다. 싱크대가 있었지만 물은 나오지 않았다. 하지만 손을 약간 보고 난 뒤에는 물도(흙탕물이지만) 나오고 몇 시간 정도에 불과하지만 불도 켤 수 있었다(기쁨을 잘못된 방식으로 표현하는 바람에 발목을 삐었다). 발전기를 돌려야 하는 수고를 해야 하지만 그거야 당연한 것이다. 깨진 유리창 대신 나무를 박아 놓았다. 약한 바람에도 엄살을 떠는 현관문에도 나무를 대고 못질을 했다.

그렇게 하여 그는 세상에서 가장 부자인 인간이 되었다. 어쩌면……

그는 집 밖에서, 직접 만든 아궁이로 불을 피웠다. 마른 잎사귀와 지푸라기가 몸을 비틀며 작아지면서 고소한 연기를 토해냈다. 내장을 바른 생선과 게가 익어가는 중이었다. 바람을 맞을 때마다 그의 마음이 설렜다. 생선이 익어가는 냄새가 바람을 타고 날아가 닿았으면.

그는 자신과 유사한 처지에 있는 누군가를(어떤 사람일까!) 상상해 보았다. 예상외로 제일 먼저 또래의 남성이 떠올랐고 그 다음이 젊은 여성이었다. 그렇게 얼굴과 신장, 머리 모양과 복장, 피부색 등이 수십 장의 카드를 손으로 퉁기듯 빠르게 바뀌어갔다. 하지만 무엇보다 그때의 발자국이 머릿속에 남아 있었다. 마치 커피라는 단어만으로도 그 맛을 느끼듯, 비슷한 상황이었다. 그는 새카맣게 변한 손으로 고기를 잡고 이로 뜯었다. 너무 뜨거워서 깜짝 놀랐다.

결국 아무도 나타나지 않았다.

2038년 가을

놀라운 일이었다.

시종일관 찌푸리고 있는 쓰레기장(지구……)의 하늘에 금속 물체가 나타났다. 하나. 둘. 한꺼번에 열 기 이상이 나타나기도 했다. 그 모습은 정말이지 장관이었다. 밤에는 파랗거나 보랏빛으로 하늘이 물드는데 셀 수 없이 많은 색감이 거기서 온통 꽃을 피우고 있었다.

처음에 인간들은 두려워했고 자신의 땅에서 눈치를 봐야 했다. 하지만 이방인들에게 악의가 없다고 확신한 다음부터는 각기 제 길을 갔다. 분명 변화는 있었다. 공격적이고 예민한 기질로 되돌아와 먹을 것을 찾아다니는 부류가 대부분이었지만 수천 기의 우주선보다 많은 사람들이 창공을 향해 소리를 질렀다. "나를 데리고 가줘!" 그런 식이었다. 실제로 그들의 소망은 이루어졌다. 비슷비슷한 우주선에서 비슷비슷한 이동 광선이 쏘아졌고, 삐쩍 마른 야수들이 하늘을 향해 솟구쳐 오르거나 잔영만 남기고 사라졌다.

그중에는 치윤도 있었다. 그는 절박한 상황에 처해 있었다. 다운타운의 식인종들에게 막 벗어난 상태였다. 간신히 더러운 골목에 버려져 있는 대형 냉동고 뒤에 숨어 있지만 발각되는 건 시간 문제였다. 그 증거로 여러 개의 발소리가 들려왔다. 속닥거리는 소리와 크게 숨을 헐떡이는 소리, 긴 쇠꼬챙이가 콘크리트나 철책을 긁고 가는 소리가 소름 끼쳤다.

그 순간 하늘에서 아득한 뱃고동 소리 같은 것이 났고 쪼개지는 소리도 들렸다. 뭐지 하는데 뜨거운 돌풍이 확 밀어닥치더니 두꺼운 조가비처럼 생긴 금속 비행체가 추락하는 것이 보였다. 그리고 폭발했다. 비슷한 소리가 또 지축을 울렸다. 그때 떨어진 파편이 도시의 식인종들을 발목만 남기고 공중분해시켰다. 그러고도 저리로 한참을 더 미끄러져 굴러가 폭파했다.

하늘에 처음 보는 우주선이 있었다. 무수한 우주선 중에서도 눈에 확 띌 수밖에 없는 이유는 다른 우주선보다 최소한 열 배는 거대했기 때문이다. 아드리아나에서 온 슈퍼 우주선이었다. 마치 미친 운전사가 모는 바퀴 열여덟 개짜리 대형 트레일러트럭이 신호 대기 중이던 경차들을 그대로 밀어버리듯, 그 거대한 우주선은 다른 우주선들을 몽땅 박살내었다.

거대한 비행체 밑에는 불덩이들이 뒹굴고 있었다. 마치 불붙은 나방들 같았다. 슈퍼 우주선 탓에 질서정연했던 대열이 흐트러졌다. 큰 공간이 생긴 그 주위, 거기서 조금 낮은 곳에도, 우주선들이 아지랑이 같은 열기에 휩싸인 채 위태하게 떠 있었다. 그 순간에도 파편들이 부유하고 있었다. 우주선 하나가 곤두박질쳤다. 어느 것은 화염에 뒤덮였다.

하늘에서의 상황이 어떻든 그는 물병자리에서 천만 광년 거리에 있는 아드리아나 은하에서 온 우주선을 사랑했다. 아무렴, 그가 살아 있는 이유는 거기에 있었으니까. 그도 다른 사람들과 같은 방법으로 합석하게 되었다. 우주선 바닥에 있는 오목한 부분(딱딱한 젤리처럼 맛있어 보였다!)에서 쏟아진 옅은 연두색 광선이 그를 끌어올렸다.

우주선에서 그를 맞아들인 건 도마뱀 인간이었다. 눈두덩에 뿔이 달렸거나 두개골에 벼슬이 달렸고 또 카멜레온처럼 안구가 심하게 튀어나온 게 있는가 하면 악어처럼 주둥이가 긴 것도 있었다. 어느 것은 입고 있는 우주복의 등짝이 울퉁불퉁 솟은 걸로 보아 돌기가 있는 모양이었다. 키는 그와 대략 비슷했고 덩치도 마찬가지였다. 인류가 그러는 것처럼 덩치나 키가 천차만별이었고 딱딱한 피부색이나 껍질의 모양도 조금씩은 달랐다.

"어서 오세요, 지구의 손님이여. 우리는 인간을 환영합니다."

기분이 묘했다. 성대에 들러붙은 가래가 들썩거리는 듯하면서 차갑게 울리고 간드러지는 음성이었다. 이것이 바로 이족 보행을 하는 파충류의 음성이었다.

"안녕하세요?"

그가 말했다. 엉겁결에 말이 튀어나왔다.

외계인들은 같은 동작으로 목에 있는 작은 장치를 만지작거렸다. 아무래도 지구 언어로 통역을 해주는 기계 같았다. 그들의 음성도 제각기 달랐다. 부드럽거나, 날카롭거나, 아둔하게 느껴지는 이도 있었다.

"어서 오세요, 지구의 손님이여. 우리는 인간을 환영합니다."

"어서 오세요, 지구의 손님이여. 우리는 인간을 환영합니다."

그들이 어떻게 생겼건 간에 첫인상은 그리 나쁘지 않았다. 그는 환영을 받았고 대접도 훌륭했다.

음모가 있었기 때문이다.

7

걸을 때마다 비린내가 빠지지 않은 호주머니에서 원통의 플라스틱이 서로 딱딱 부딪치며 뒹굴었다. 치윤은 손으로 그것을 쥐었다가 놓기를 반복했다. 엽총에 총알을 심는 대신. 모르긴 몰라도 지금은 그러고 싶지 않았다.

열역학 법칙에 따르면 자연은 엔트로피가 증가하는 방향으로 계속 나아간다. 그것을 본래의 상태로 되돌리려면 시간 그리고 에너지가 필요하다. 이를테면 아이스크림은 가만두면 녹는다. 녹아서 콘에 쩍쩍 달라붙는 것을 다시 차가운 아이스크림으로 환원하려면 당연히 에너지가 필요하다.

무질서. 엔트로피는 그렇다. 어디에나 존재하고 언제나 일어난다. 고립된 자의 엔트로피는 시간이 흘러도 결코 감소하지 않는다. 그가 아이와 만난 건 결코 우연이 아니었다. 이른 새벽부터 눈이 뜨였었다. 그는 잠시간 앉아서 빗소리를 들었다. 다시 잠을 자려고 누웠지만 어쩐지 정신이 맑기만 했다. 이럴 때면 흡사 고질병처럼 지난날이 떠오른다. 그러려고 하는 게 아니라 절로 그렇게 되는 것이다. 과거에 대한 기억이라면 좀 복잡하다. 그러니까 추억에 관한 것은. 어릴 적은 좋은 날이 많았다. 가족과 친구, 이웃이 여전히 가족과 친구, 이웃이었던 당시는.

하지만 제3차 세계대전이 터지고부터 인류에겐 많은 변화가 있었다. 20세기 때와는 완전히 달랐다. 국가 간의 협약이 하나둘 파기되고 있었다. 아무도 물러서지 않았다. 마치 전쟁을 목마르게 기다리고 있었다는 듯 이제껏 수집한 무기들을 닥치는 대로 쏟아 부었다.

기아만 있는 어느 아프리카 국가에까지 B-29가 히로시마에 투하한 핵폭탄 '리틀보이'보다 몇천 배나 강력한 수소폭탄이 투하되는 지경이었다. 발달한 도시는 삽시간에 폐허로 변했다. 안전한 곳은 없었다. 몇천 년간 쌓아왔던 문명 속에서, 인간은 잃어버린 몇만 년 전의 본능을 찾아갔다.

숱한 과학자들이 우려한 일이 현실이 되고 있었다. 제3차 세계대전이 발발하고 채 보름이 되지 않은 즈음에 사상자는 이미

제1·2차 세계대전을 합한 것과 맞먹는 수준이었다. 원자폭탄이 터져 만든 충격파가 지구를 내달렸고, 수십, 수백 킬로미터 밖에서도 불기둥이 목격되었다. 감마선은 연일 3cm 이하의 두께를 가진 벽과 벽을 통과했다. 의복이나 그 안의 살갗을 통과하는 건 일도 아니었다. 화력이 약한 약소국들은 최후의 발악으로 화학무기가 가득한 화약고를 풀었다. 세상은 지옥으로 변했다.

왠지 모르겠지만 그는 비를 맞고 싶었다. 그렇게 아이를 만난 것이다.

"따뜻한 우유라도 대접하고 싶지만 보다시피……."

그는 몹시 아쉬웠고 미안했다.

짐작했던 대로 소녀는 작고 왜소했다. 깨끗하고 하얀 피부는 계속 보고 있으면 안이 보일 듯이 투명했다. 홍채가 또렷한 두 눈은 침착하고 어른스러워 보였다. 마른 허리 위까지 레이스가 늘어진 상의와 같은 색 면 반바지, 아이보리색 컨버스 신발 차림이었다. 등까지 내려간 윤기 있는 까만색 생머리는 양쪽 어깨를 타고 조금씩 흘러내리고 있었다.

아이는 벽난로의 불꽃을 쳐다보고 있었다. 그전에는 딱 두 번 사용했다. 이 집을 발견한 날 한 번, 집을 수리하고 난 뒤 한 번이었다.

"내가 나쁜 사람처럼 보였니?"

주위를 배회한 일을 둘러말하는 거였다.

"아니요."

소녀가 고개를 저으며 말했다. 몇 살일까? 열다섯? 열여섯? 열다섯보다 어려 보이기도 했고 더 많아 보이기도 했다. 아마도 눈 때문이었다. 때 묻지 않은 눈이건만 거기에서 다른 것도 발견을 한 탓이다. 믿을 수 없게도 회한이었다.

"진짜 안 먹을 거니? 고기 말이야. 사양하지 말……."

"괜찮아요. 배 안 고파요."

"그럼 나중에라도 배고프면 말해. 구워줄게."

그는 말을 아꼈다. 사실 그녀를 위한 자제였다. 불안한 장면을 바닷가에서 목격을 했음에도 은연중에는 기대감이 있었다. 어쩌면 '근육 기억'이라는 말을 이럴 때 써먹을 수 있을지 모르겠다.

설령 뇌를 다치더라도, 몸에 배어 있는 습관적인 동작을(잃어버린 기억) 해내는 것이다. 공장의 기계처럼 근육이 자신의 일을 기억하고 있음이다. 머리를 다친 테니스 선수에게 라켓을 쥐어주면 처음에는 멀뚱멀뚱하다가 나중에 가서는 멋진 서브를 먹이고 가르쳐 준 적도 없는 강력한 커브 공을 치듯이. 비슷한 만남들이 있어 왔기에 새 만남에 대응하는 체내 네트워크가 반응한 것일지도 모른다. 뭐, 쓸데없는 소리다.

"총알이 어디서 났는지 물어봐도 되니?"

"아직 많아요."

"그런 곳이 있다는 거야?"

빗발이 다시 거세지고 있었다. 창문의 나무 틈새로 빗방울이 사방으로 톡톡 튀며 들어왔다. 소녀가 쓰고 온 우산은 현관문 옆에서 물방울을 뚝뚝 떨어트리고 있었다.

그는 바지 주머니에서 손을 뺐다. 그리고 마네킹처럼 하얗고 작은 손을 응시했다. 어린 손 가득 움켜쥔 총탄. 연약한 손가락 사이로 삐져나온 원통형의 빨간 플라스틱 껍데기. 잠시간 그의 머릿속에 총을 맞은 복부를 부여잡고 쓰러지는, 녹아내린 얼굴의 중년 남자가 스쳐 갔다. 하얀 셔츠가 순식간에 빨갛게 물들었다. 그는 무슨 박사 같은 걸로 불렸다.

"아저씨?"

"아, 미안. 잠시 딴생각을 좀 하느라. 뭐라고 했니?"

그는 오해를 했음을 깨달았다. 소녀는 겁을 먹었던 것이 아니었다. 기다리고 있었다. 왠지 그런 생각이 들었다. 소녀의 두 눈이 어떤 확신에 차서 그를 똑바로 쳐다보고 있었다. 벽난로의 장작개비에서 구르는 불꽃만큼이나 뜨거웠다. 그래서 그는 괜히 팔을 쓸어내리며 집과 함께 발견한 녹슨 철제 상자만 쳐다보았다. 두 통 중 하나에는 못이 가득 들어 있었다. 잠시 후 그는 자기로 된 주전자에서 은반지를 꺼내왔다.

"가질래?"

"고마워요."

"잘 어울리는구나."

"고마워요."

"근데 뭐라고 했는지 정말 안 가르쳐 줄 거니?"

"이제 아저씨에게 보여줄 수 있을 거 같아요."

"응?"

"때가 됐거든요."

"때?"

갑자기 고등어를 구워 먹고 싶어졌다. 벽난로에다가. 배가 고팠다.

2038년 그리고

태양계는 은하계의 중심으로부터 약 2만여 광년 떨어진 외딴 섬이라고 할 수 있다. 우리 은하의 번화가에는 태양 질량의 260만 배에 이르는 블랙홀이 존재한다. 만약 유머를 가미한 성인 소설을 쓰고자 한다면 그 엄청난 흡입력을 가진 거대한 터널은 충분히 이용할 가치가 있다. 물론 숱한 여성들을 적으로 돌릴 각오는 해야 하리라.

어쨌든 우리 은하의 중심핵 부근은 매일이 불금이다. 수많은 별이 신호위반으로 생기고 있고, 많은 별이 초신성 폭발로 초로의 마지막 열정을 펑펑 터트리고 있다. 블랙홀. 일반상대성이론에서 나온 위대한 결과물. 그 막강한 천체를 발견한 치윤이 할 수 있는 건 그저 턱을 덜그럭거리는 것이 다였다. 이 미친 도마뱀들은 미련 없이 생을 마감하기 위한 수단으로 블랙홀을 택했다. 블랙홀의 엄청난 중력을 떨쳐내는 데는 그만큼 엄청난 탈출 속도가 필요할 텐데.

입을 벌리고 있음에도 그의 어금니가 계속 딱딱 부딪쳤다. 바보 같은 소리지만 요실금 환자의 기분을 알 것 같았다. 힘없이 쏟아낸 오줌이 사타구니를 타고 왼쪽 허벅지 쪽으로 흐르고 있었다. 잠시간 그를 환상 속에 살게 했던 십만 년 역사의 고도의 기술력도 저 위력적이고 가공할 천체 앞에서는 한낱 먼지에 불과했다.

어쨌거나 블랙홀은 계속해서 커져갔다. 죽음의 입김이 느껴졌다. 하지만 그는 현수막처럼 공중에 걸려 있는 반투명한 스크린에서 눈을 떼지 못했다. 당연히 무서웠다. 그럼에도 궁금한 건 사실이다. 어쨌든 막다른 골목에 있는 상황이 아니었던가. 당시에는 가장 올바른 선택이었다. 그러니까 우주선을 타기로 한 것은 말이다.

그러나 도마뱀들에겐 간교한 계획이 있었다. 그들의 세계에서 인간은 몹시 희귀하다. 그래서 희귀 지성체인 그는 채집을 당했고, 그것은 우주법에 어긋나지 않았다.

우주 채집법 252. 굶주림, 부상, 질병 등으로 죽음에 직면한 지성체는 채집 가능.

썩은 시체들이 기계체조를 하다만 자세로 여기저기 널브러져서는 특유의 체취를 펄펄 날리는 것이 아득한 어제가 된 지금도 지구는 죽어가고 있었고, 무엇보다 그는 오랫동안 굶주린 상태였다. 죽은 자의 뼈에 붙은 살점을 이로 물어뜯으며 혹시나 이 맛있는 걸 뺏기지 않을까 광인처럼 희번덕거리는 눈알을 휙휙 움직이는, 인간 종이라고 불리는 귀신들이 도처에 깔려 있던 곳이 지구였다.

특수상대성이론에 따르면 빛보다 빠른 물체는 없다. 그러나 만약 빛보다 빠른 물질이 있다면 시간을 거스를 수도 있다고 한다. 그런데 2011년 9월에 유럽입자물리학연구소^{CERN}에서 빛보다 0.0025% 빠른, 한 마디로 초광속으로 비행을 하는 물질이 있음을 발표했다. 중성미자^{neutrino}였다. '시간 여행'이라는 말이 나오는 수순이었지만, 의외로 인터넷은 잠잠했다. 아마도 숱한 예언자의 거짓말에 이골이 난 탓이다. 그리고 중성미자에 관한 것도 해프닝으로 끝이 났다. 빛보다 빠른 건 없었다.

빛보다 빠른 물질이 주목을 받는 것은, 과학적 발견이나 부차적인 것을 치고도 '시간지연 효과'와 관련이 있다. 개체 본연이 매우 빠르게 이동하거나, 아주 거대한 중력을 이용한다면 반대로 시간은 천천히 흐른다. 그 말인즉슨 시간을 제재할 수 있다는 것이다. 그것이 시간 여행이다. 그렇다면, 강력한 중력을 얻을 수 있는 곳은?

다시 그를 전율케 하는 것으로 돌아온다. 블랙홀. 웜홀이란 블랙홀에서 화이트홀로 이어져 있는 시공간의 터널이다. 이방인들은 태양계에 이렇게 왔을 것이다. 그날 지구의 하늘을 가득 채웠던 우주선들 모두.

아무튼 우주선은 블랙홀로 들어갔다. 잘 맞은 골프공처럼 나름대로 깔끔한 퍼팅이었다. 우주선이 약간 떨렸다는 것 말고는 평화로웠다. 예상을 벗어난 평화로움이었기에 얼떨떨함은 배가 되었다. 치윤은 몸을 의지하고 있던 홀로그램 바에서 손을 뗐다. 그 위에 둥실둥실 떠서 쉴 새 없이 재잘거리던 약간의 녹색과 연청색으로 이루어져 있던 도마뱀 두상이 찌그러져 사라졌다. 동시에 그도 바에 달라붙었다. 자의는 아니었다. 우주선이 쿵쾅거렸던 것이다. 그렇게 표현할 수밖에 없었다. 지구에는 존재하지 않는 금속과 장비로 빽빽이 얼룩진 내부에 있는 것들이 분홍색 새장에 쑤셔 넣은 날짐승처럼 온 벽에 부딪히며 날아다녔다.

블랙홀의 안쪽은 전기를 훑어내는 검은 물질들이 서로 반대 방향으로 소용돌이치고 있었다. 그 맹렬함이 시간지연을 일으켰으리라.

그는 그제야 악 소리를 내며 고개를 숙였다. 경고음이 고막을 찢을 듯 울어 대고 있었다. 귀에서 피가 나올 것 같았다. 선채 안은 선혈처럼 붉게 깜박거렸다. 겁에 질린 도마뱀들은 복도를 다급하게 오갔고(놀라운 균형 감각!) 여기저기 산재한 홀로그램들은 촛불처럼 심하게 일렁거리며 겨우 맥만 유지하고 있었다. 솔직

히 그는 블랙홀을 통과하지 못하리라, 여기서 죽고 말리라 생각
을 했다.

그러나 마그마 굄에 있던 용암을 화구가 토해내듯 우주선은
장엄한 시간의 터널을 빠져나왔다. 화이트홀에서 우주로 날아
나왔을 때 모든 시간이 일제히 느려지는 듯한 느낌을 받았다.
들릴 리 없는 초침 소리를 들었고 기계 장치의 전자 회로 속을
질주하는 미세 전기의 속삭임도 들을 수 있었다. 그러다가 갑자
기 귀가 열리며, 악몽이 아직 끝나지 않았음을 인지했다.

우주선의 광물질 엔진의 화구를 비롯하여 후미 부분의 수평
분사구, 8번에서 11번 기계실이 통째로 우주쓰레기가 되었고 우
주선 전체를 관통하는 광물질 역시 뜯겨나간 구멍을 통해 빠르
게 우주상으로 날아가는 중이었다. 선채 전체가 이리저리 요동
치며 급속도로 식어갔다. 자리에 없거나 선채에 몸을 고정시키
지 않은 도마뱀은 벽에 날아가거나 자기 키를 훌쩍 넘을 만큼
펄쩍 뛰어올라 제 몸을 부러트리기도 했다. 운이 좋은 경우가
그랬다. 대게는 우주선 밖으로 배출되었고, 불이 붙은 채 사정없
이 쿵쿵 찧어대는 것도 있었다.

치윤은 파란색 피를 얼굴에 뒤집어썼다. 여기저기서 외계인
의 몸통이 팍팍 터졌다. 찢겨져서 돌아다니는 아드리아나 은하
산 팔다리에도 괘념치 않게 돼서 뚜렷이 기억에 남는 것은 없었
다. 다만, 태양 같은 것을 본 기억은 있었다. 그리고 파란 행성을

보았다. 곧이어 밖을 볼 수 없었는데 유리창이 검게 그을렸기 때문이다. 엉덩이를 잃은 반쪽짜리 최첨단 비행체 안에 산재해 있는 수천 개의 스크린도 끓어오르는 화염만 화면 가득 보여주었다.

그는 기체가 가장 심하게 흔들렸을 때 한 번 빼고는 작은 비명조차(경고음 때문은 제외하고) 지르지 않았다. 공포심이 시도하는 액살을 버티는 것만으로도 버거웠기 때문이다.

어느 순간 창에 달라붙어 있던 불꽃이 떨어져 나갔고 햇빛에 반짝이는 수면을 볼 수 있었다. 마지막 불꽃마저 깃털처럼 날아갔을 때 너덜거리던 우주선의 옆구리가 폭발을 했다. 우현으로 급격히 기울어지던 우주선은 빙글빙글 돌아서 바다로 추락했다. 거대한 물기둥이 폭음과 함께 솟구쳐 올랐고 큰 파도를 따라 파도와 파도가 겹겹이 주위를 휩쓸고 지나갔다. 우주선에서 쪼개져 나온 금속체들이 흡사 포식을 끝내고 흩어지는 상어떼의 등지느러미처럼 수면을 가르다가 곧 침몰했다.

<u>8</u>

"근사하죠?"

"그렇구나."

188

소녀가 그를 쳐다보았다.

"근사하다고."

스트레스 호르몬인 '코티졸'과 '카테콜라민'은 스트레스 요인에 빠르게 대응할 수 있도록 돕는다. 적절할 때는 이로우나, 그런 호르몬들의 활동 시간이 길어질수록 자극에 예민해진다. 신경세포의 생리적 기능이 떨어지는 것은 물론이거니와 심하면 조직 손상까지 진행되는 것이다. 뿐만 아니라 스트레스 호르몬에 의해 전두피질 기능이 손상되면 작화 증상이 일어난다.

지금 치윤이 그런 상태였다. 그는 마음을 안정시키려 사력을 다했다. 발가락이 못 견딜 정도로 가려웠다.

"이름이 뭐라고?"

"왕상리요."

"아니, 아빠 이름말이야."

그가 뜸을 들인 후 말했다. 의도치 않게 아이의 기분을 상하게 만들 수도 있다고 생각한 것이다.

"왕사돈이요."

"그러니까 너희 아빠가 이 사람이니? 왕사돈이라고?"

"네. 아주 좋은 분이셨어요."

소녀가 환하게 웃으며 말했다. 거기서 슬픔과 애환이 느껴졌다. 그리운 사람을 추억해서일 수도 있다. 그러나 그녀는 처음부터 어딘지 회한을 담은 눈을 하고 있었다. 흡사 아무도 없는 빈

방 문을 열고, 먼지 쌓인 액자를 물기 어린 눈으로 쓰다듬어 보는 초로의 여인처럼.

그는 사진에서 눈을 떼지 못했다. 낯이 익었던 것이다. 그는 혀 위에서 웅얼거리는 소리를 삼켰다.

"네?"

"아니, 그냥."

그는 입을 꾹 다물었다. 불안했던 것이다. 마음속으로는 보지 말자고 하는 데도 자꾸만 사진에 눈이 갔다.

"어떻게 잘 보관하고 있었구나?"

소녀가 모르겠다는 얼굴로 그를 올려다보았다. 비가 오기는 왔냐는 듯 따가운 햇살이 진갈색으로 타서 번들거리는 그의 팔꿈치를 솔처럼 찔러댔다. 그녀의 시선을 피하기 위해 일부러 손으로 그늘을 만들며 멀리 언덕 너머를 보았다. 바다였다. 아주 멀리까지. 먼 옛날 지구가 평평하다고 믿은 건 이상한 일이 아니었다. 물을 많이 탄 청색 물감처럼 하늘과 바다로 조금씩 번져 있는 수평선을 통과할 수 있겠다는 생각이 도무지 들지 않았다. 저기로 배를 몰고 간다는 발상 자체가 무모하고 원대하며 위험해 보였고 엄중하게 느껴졌다. 누가 뭐라든 세상의 끝처럼 보였다.

조각나고 있는 먹구름을 뚫고 세상을 세우는 빛의 기둥이 하나둘 쏟아져 내렸다. 모래사장으로 떨어진 파도가 하얀 거품을 내뱉었다. 수면 위로 빛이 들기 시작했다. 염분기가 섞인 물이 보석처럼 반짝였고 구름도 갓을 씌운 램프처럼 빛을 냈다.

"그런데 어디에 가는 거니? 보여주고 싶다는 게……?"

그는 잠시 생각했다. 사진은 아닐 것이다. 그래서 좀 편안해진 마음으로 덧붙였다.

"다른 사람들이 더 있는 거니? 집은? 뭘 먹고 지내는 거야? 미안해. 하지만 궁금한 게 너무 많아."

"이해해요."

그녀가 미소를 지었다. 그래, 바로 이런 미소였다. 이제 좀 제 나이처럼 보였다. 그는 충전되는 듯한 느낌을 받았다. 감정을 공유할 수 있는 누군가를 만난 것이 아직도 믿기지 않았다. 너무 갑작스레 일어난 일이라 더 그랬다.

다행이었다. 그 '누군가'가 이토록 선한 눈을 가진 아이라서.

"아저씨가 놀랄지도 몰라요. 그래서 걱정이에요."

"아까부터 그 소리구나. 놀라지 않으마. 약속할 게. 창피해서라도 안 그래."

"저도 그러길 바라요. 너무 늦으면 좋지 않을 것 같아서요. 만난 적도 있으니까."

"만난 적이 있다고?"

그녀는 이미 알고 있었다. 그렇기에 그를 지탄하기 위해 여기로 데리고 온 것이다. 과거의 세상이었다면 그녀가 절대로 실현

할 수 없었을 그것을 하기 위해. 어쩌면 이 절벽에서……. 하지만 그럴 리가 없었다. 이 순백 같은 아이라면.

"저기 오고 있어요."

그녀가 가리키는 곳에 허여멀건 한 형체가 있었다. 문득 가녀리고 하얀 검지에서 반짝이는 링반지에 대한 기억을 몇십 년이 지나도 생생하게 기억하게 되리라는 생각이 들었다. 설령 그녀를 잊게 될지라도.

배처럼 보였다. 돛도 있었다. 색은 은백이었다. 그는 바다에서 눈을 떼고 그녀를 내려다보았다. 막 그녀도 그를 쳐다보았다.

"그 사진……."

"네?"

그녀는 알아듣지 못했다. 말을 한 그에게도 들리지 않을 정도로 작은 소리였으니까. 파도 소리가 커졌다. 침묵 속의 초침 소리만큼이나 컸다.

배가 맞았다. 굳이 그렇게 부르고 싶다면야. 멀리서 봤듯이 돛이 있었고 탈 만한 곳도 있었다. 처음에는 당황하고 놀랐지만 점차 안정이 되었다. 일전에 봤던 그 바다 괴수였다. 인간 형체의 무늬가 새겨진 등지느러미를 꼿꼿이 세우고, 꼬리가 고장 난 외날 프로펠러처럼 삐거덕대며.

"잠깐만."

어떻게 해서든 그녀의 눈을 보려고 했지만 그게 말처럼 쉽지 않았다. 이미 기암석의 갈라진 틈에서 자라는 잡초를 쳐다보고 있는 그였다. 고백하지 못할 것 같았다.

"총을 쐈어."

"총이요?"

"나는 몹시 겁을 먹고 있었어. 숨어 지낼 곳을 찾고 있었는데 …… 하늘에서는 눈이 내리고 있었고 추웠지. 바람은 날카로웠어. 정말이지 면도칼에 베이는 듯한 기분까지 들었으니까. 빵이 있었는데 그 부드러운 식감은 다 어디 가고 딱딱하게 변해 있어서 바싹 말린 스펀지를 씹는 기분이었어. 그때 무슨 소리를 들었지. 배가 그렇게 아팠어. 사람들이 어떻게 그렇게까지 야만적으로 변할 수 있는지…… 약탈, 강간, 폭행, 심지어 살인까지도 눈만 돌리면 늘 있는 것이었지. 그렇게 움츠리고 있는데 눈앞에서 괴물이 나타났어! 그래, 그건 괴물이라고 생각할 수밖에 없었어. 녹아내린 피부와 파란 잉크를 먹인 것 같은 눈을 하고 손은 딱딱한 고름으로 뒤덮여 있었어. 내게 먹을 것을 요구하더라고. 혀로 경구개를 톡톡거려서 목소리를 내는 듯했어. 마치 입이 아닌 다른 걸 이용해 말을 하는 거 같았는데, 그래도 알아듣지 못할 정도는 아니더라고. 나는 그의 요구에 응했어. 어쩌면 내 말에서 네가 인정을 느꼈을지도 모르겠다만 그건 사실이 아니야. 야생동물을 쫓아내기 위해 음식물을 던져 주는 것과 비슷한 거였어. 그게 진짜지. 그는 빵조각에 만족하지 못했어. 나한테

다가오지는 말았어야 했어. 푸른 방사능이 몸에 묻은 사람은 무서운 전염체가 된다는 이야기가 떠돌던 때가 아니었더라도 나는 총을 쐈을 거야. 그만큼 겁에 질려 있었으니까."

순간 그는 움찔거리기까지 하며 화들짝 놀랐다. 그녀가 그의 손을 잡았던 것이다. 생각지도 못한 일이었다.

"솔직히 말해줘서 고마워요."

"미안하다. 너를 고아로 만들었구나."

소녀가 희미한 미소를 지었다. 미소의 뜻을 알지 못하는 그 역시도 가슴이 저미었다.

"어서 가요."

"그래."

그녀를 따라 언덕의 비탈을 내려간 그는 떠밀린 듯 모래사장으로 뛰어내렸다. 괴물은 작고 동그란 손거울 같은 눈으로 그를 응시하고 있었다. 이런 순간인 탓인지 괴물에게는 전혀 악의가 없어 보였다. 그도 서서히 경계를 풀기 시작했다. 그때는 왜 그렇게 무서웠는지. 아니면 그녀와 함께 있어서 괜찮은 것일 지도 모른다.

놀랍게도 괴물의 머리 위에 앉으니 그 부분이 (앉기 좋게) 밑으로 푹 꺼졌다. 그녀는 이상한 촉감에 저도 모르게 몸을 푸르르 떨며 매끈한 자리에서 일어난 그를 재밌어하는 표정으로 쳐다보았다.

"내가 촌놈이거든."

그가 멋쩍은 얼굴로 말했다. 그녀가 처음으로 소리 내어 웃었다. 그도 기분이 좋았다. 그래서 웃었다. 또 그녀에게 웃음을 주었다. 작은 손이 고무 질감의 번지르르한 몸통을 살짝 툭툭 건드리자 돛처럼 펄럭거리던 등지느러미가 그들의 머리 위로 돔 형태로 둥글게 말렸다. 괴물이 입수했다. 잠시지만 그의 얼굴이 일그러졌다.

"무서워요?"

그는 "아니"라고 한 다음 바로 "약간" 하고 번복했다. 어렵지 않게 숨을 쉴 수 있었다.

지느러미의 살 탓에 각도에 따라 모자이크처럼 보이는 곳도 있었지만, 그 희미한 광경만으로도 물속은 충분히 경이로웠다. 크고 작고, 갖가지 색채와 귀엽거나 개성적인 물고기들이 가득했다. 어디를 봐도 풍족했다. 밑에서는 화려한 산호초 밭이 멀리까지 펼쳐져 있었고 살이 적당히 오른 여러 종의 고기 떼가 경쟁을 벌이듯 카드섹션을 하며 지나갔다.

그는 무의식적으로 등받이처럼 뭉툭한 부분을 움켜쥐었다가 힘을 풀었다. 온몸 가득 따개비를 붙이고 있는 검은 형체가 공기를 들이마시기 위해 물갈퀴를 흔들며 올라가는 것이 보였다. 해파리처럼 보이는 것도 있었다. 뜯겨 나온 미역처럼 물살을 타고 다녔다. 커다란 집게다리 한 짝을 가진 것도 있었다. 발판이 달린 두 다리로 걸어 다니는 것도 있었다. 청바지를 입고 있었다. 아니, 청바지를 닮은 다리였다. 모두 인간과 비슷한 모습을 하고 있었다. 그리고 그가 타고 있는 괴물과 같았다.

물 밖으로 나갔을 때, 바닷물이 돔 위로 흘러내리고, 돔이 물기를 뿌리치며 지느러미로 풀렸을 때도, 그는 멍하니 눈앞의 배를 쳐다보기만 했다. 본 적이 있었다. 전에 번개가 쳤을 때. 틀림없이 그 배였다.

배의 크기에 대해서 생각해 본 적은 없지만, 지금 눈앞에 있는 건 꽤 컸다. 강에서 볼 수 있는 유람선 정도의 크기였다. 상리를 생각하면 더 커 보였다. 보이는 곳마다 칠이 심하게 벗겨졌고 녹이 슨 곳도 상당했다. 그럼에도 근사하게 느껴졌다. 자연만 남은 곳에서 본 인공 구조물 중 가장 웅장하기 때문도 있었다. 이렇게 놀랍고 경이로울 수가! 감격스럽기까지 했다. 예전에는 한 번도 느껴본 적이 없는 감정이었다.

아이의 말에 그는 다시 한번 놀랐다.

"절 만든 기계가 저기에 있어요."

치윤은 다시 상리를 쳐다보았다. 그는 두려움과 놀라움이 뒤섞인 애매모호한 표정을 짓고 있었다.

"이 기계가 아까 그 괴물(미안하구나)을 만들었다는 이야기니?"

"네."

아이가 고개를 끄덕였다.

"널 만든 것도……?"

그가 한쪽 머리칼을 쓸어 올리며 말했다.

"네, 맞아요. 아빠가 만들었어요. 그의 죽은 딸이 모델이었죠."

"하지만……."

"그 이후로 줄곧 실패했어요. 인간처럼 보이는 건 제가 유일해요. 아빠에겐 만들고 싶은 사람이 더 있었나 봐요. 하지만 실패만 거듭하다가 쫓기는 몸이 되었어요. 아빠……."

그녀는 중간에서 말을 끊었다. 그리고 변압기나 잡다한 레버, 버튼, 와이어 등이 부착되어 있는 조잡한 기계를 보았다. 원통형의 철제 쓰레기통처럼 생긴 금속 상자 이십 개 정도와 거의 같은 수의 드럼통 같은 금속 상자가 기계의 전체적인 윤곽이었다.

그런 금속 상자는 각각 좌우에 색깔별로 놓여 있었는데, 투명한 덮개가 달린 캡슐을 기점으로였다. 캡슐 주위로는 모니터 몇 개와 폐차나 전자기기 등에서 떼어낸 전자부품들이 산만하게 자리 잡고 있었다. 왼쪽의 상자들 위에는 실린더가 밝은 녹색을 띠는 액체를 흔들어대며 펌프질을 하고 있었고, 오른쪽 상자들 앞뒤와 위에서는 강력한 전류가 공회전하고 있었다. 그쪽에서 비스듬히 중앙을 보고 있는 21인치 크기의 모니터에 그래프나 트랙을 도는 화살표 그림들이 나타나 있었다.

"원망스럽겠지……."

"뭐가요?"

순간 그는 설렜다. 문득 박사가 자신의 딸을 얼마나 소중하게 생각했을까 하는 생각이 들었다. 공감했고, 투사했고, 슬펐다.

"내가 원망스럽니?"

그의 볼이 살짝 붉어졌다.

소녀가 고개를 저었다.

"전혀요. 많은 시간이 지난걸요."

"그럼 여기가 지구가 맞는 거지?"

"네. 2340년 지구예요. 300년 동안 많은 게 바뀌었어요. 강을 낀 저지대 도시는 물에 잠겼고, 철골 구조물은 삭아 무너졌어요. 인도나 도로 같은 것은 찾기 힘들 거예요. 도시도 초록과 하나가 되었어요. 깨진 창문틀 같은 곳에 고여 있던 물에서도 식물이 자랐죠. 온통 덩굴에 감겼고요. 굳이 찾고자 한다면 도시는 찾을 수 있을 거예요. 여기서 어디로 가든. 하지만 너무 멀어요."

"그렇구나…… 그렇게 되었어."

그가 조용히 말했다. 그러면서 그녀의 의젓함과 어른스러운 말투에 새삼 놀랐다.

"놀라지 않네요?"

"이미 다 놀라고 없어. 이런, 내가 말을 하고도 무슨 말인지 모르겠네. 놀라서 그런가 보다. 그런데 기계는 지금도 작동을 하고 있구나. 어떻게……?"

"아니에요. 아빠는 없어요. 제가 한 거예요. 밖에 있는 애들도요. 아저씨는 모를 테지만 하늘을 날 수 있는 애도 있어요. 무거운 걸 들거나 힘든 일은 그 애들이 도와줘요. 지금은 모두 멀리 멀리 떠나고 없어요. 불쌍한 아이들이에요. 아저씨와는 다르게 오래 살지 못하거든요. 십오 년이 최고였어요."

"나도 불쌍해 보이니? 몇백 년을 살고 있는 너니까?"

"글쎄요."

"알 것 같구나. 그래, 그러고 보니 들은 적이 있는 이야기야. 왕사돈 박사에 관한 거 말이야. 그의 기계가 국방부에 넘어갔지. 기계는 한국과 미국이 공동으로 관리를 했고, 거기에 왕사돈 박사의 자리는 없었어. 그 기계로 괴물을 찍어냈었다지? 솔직히 루머에 불과하다고 생각했어. 동유럽의 파란 방사능처럼. 기가 막히는구나. 그게 사실이었다니."

"하지만 이제 모두 죽고 없어요. 기계도 거기서 파괴가 되었죠. 그들 중에 적국에서 보낸 스파이가 섞여 있었으니까요. 의도를 했든 아니든 자살폭탄이었죠. 하지만 사실이 아닐 거예요. 기계에서 기체 생명체가 나왔다는 말이 있는데 그게 맞을 거예요. 전 알 수 있어요."

배는 온통 기계로 가득 차 있었다. 캡슐이 가장 많은 방은 무려 스물한 개나 되었다. 먼지를 가득 먹은 두꺼운 케이블은 어지럽게 방안을 가로지르며 질서 있게 엉켜 있었다. 캡슐마다 색색의 연기가 가득 차서 뭉클거리고 있었다.

"이게 기체 생명체니?"

"아니요. 기체 생명체는 이제 없어요. 전 제어를 할 수 있거든요. 아까 아저씨가 본 애들이 여기서 나와요. 문명은 다시 시작될 거예요. 많은 시간이 걸리겠지만요. 괜찮아요?"

"뭐가 걱정이니?"

"아저씨가요."

"괜찮아. 아무도 없이 적적한 것보단 그게 낫겠지."

그가 뇌까리듯 말했다. 마치 누군가 자기 대신 말을 한 것 같은 기분이었다. 자신의 음성이 양쪽 귀와 두개골 중간 그 어디쯤에서 맴도는 듯했다.

그는 상리를 보았다. 부성을 죽게 한 남자를 용서한 소녀를. 솔직히 그가 죽인 남자가 왕사돈이 아닐지도 모른다. 사진을 보자 불현듯 죽인 남자가 생각이 났다. 그녀에게 박사에 관한 이야기를 듣자, 그도 박사와 관련된 사건이 생각났다. 일은 그렇게 되는 것이다. 그러나 변함없는 사실은 사람을 죽였다는 것이다. 그게 누가 되었든. 그리고 소녀는 그를 용서해 주었다.

냉정한 시각, 현실적인 사고로 보자면 그녀는 인간이 아니다. 이 세상의 유일한 인간은 그 혼자다. 분명한 한 가지는 이제 새로운 세대의 시작이라는 것이다. 한때 지구는 거대한 파충류가 지배를 했다. 그들에 비하면 인간은 아주 짧은 생을 살다 갔다. 어쩔 수 없는 일이다. 모든 건 순환한다. 지구는 지금도 돌고, 그

옛날 갈릴레오도 말을 했지 않은가. 그래도 지구는 돈다고. 원하건 원치 않건 믿든 말든 일어날 일은 반드시 일어난다.

2390년

노인은 동이 트기 시작하는 창밖을 보았다. 멀리서 굉음이 들렸다. 파괴의 소리지만, 전과는 달리 탄생의 예고이기도 하다. 건물이 무너지자 먼지 폭풍이 밀어닥쳤다. 그 여파가 다른 건물도 쓰러트렸지만, 해는 가리지 못했다. 해는 힘차게 산등성이에서 태어난다. 황혼기에서 다시 요람으로.

서른 중반에 온 지구에서, 막 유아기를 지나던 '지구인'의 몇 배를 살았다. 그들이 태어나고 죽는 것을 수도 없이 지켜보았다. 바다에서 하늘에서 지상으로 방향을 돌리는 것을 보았다. 길과 다리가 생겼고, 투박한 손길로 만든 거푸집 같은 건물이 지어졌다. 그들처럼 모두 지구에서 나온 재료였다. 예전이라면 버렸을 물건도 지금은 유용하게 쓰인다. 시작이란 것은 그런 것이다.

"치윤 아저씨 아침 가져왔어요."

상리가 쟁반을 들고 다가왔다. 여전히 열다섯인 그녀가. 그리고 쿠션을 댄 나무 의자에 앉아 창가를 바라보고 있는 그의 뒷모습을 바라보았다. 센 머리가 흩날렸다. 미세하게 창문이 열려 있었다. 굳은살이 박이고 짙은 갈색으로 주름진 손가락 하나가 창턱에 걸려 있었다.

그녀는 죽이 담긴 쟁반을 조용히 침대 위에 내려놓았다. 결국 그날이 오고 말았다. 그녀는 창가로 걸어가 그의 양어깨에 손을 얹었다. 그러자 노인이 고개를 떨궜다. 그녀는 햇살에 물든 도시에서 눈을 뗐다. 그리고 그의 정수리에 입을 맞추었다.

"좋은 아침이에요."

내 사랑, 편히 주무셔요

1

스미스. 주인님이 붙여준 이름이다. 대체 무슨 취향인지 모르 겠다. 이래 봬도 난 여잔데. 40년형 구식 메이드 로봇. 그게 바로 나다. 방아쇠를 당겨 적수의 머리통에 구멍을 뚫은 로봇이 바로 나란 소리다. 적수의 맨들맨들한 머리가 뒤로 젖혀지면서 핏방 울이 튀었다. 어렴풋이 미소를 짓는 듯했다.

나는 걸어갔다. 은색 관이 있는 곳으로. 관의 잠금장치를 풀자 뚜껑이 자동으로 열렸다. 하얀 김이 모락모락 올라왔다. 한 남자 가 성에가 낀 얼굴로 창백하게 누워 있었다. 와, 주인님이다. 만 져 보니 입술이 찼다. 살짝 구부리고 있는 양손은 얌전하게 가 슴 위에 포개고 있었다. 손등의 말라붙은 구멍에서 눈을 떼지 못하겠다. 얼마나 아팠을까.

"다 끝났어요. 제가 끝냈어요."

하지만 주인님은 말이 없다. 당연히. 그는 죽었으니까.

2

주인님을 처음 만난 건 백화점에서였다. 나는 전시용품이었다. 내 생김새로 말하자면 앞쪽 면 전체가 유리처럼 된 강철이다. 이목구비가 없다. 그래서 기분 나쁘다는 평판이다. 당연히 인기도 없었다. 철 지난 이월 상품과 같은 신세였는데 폐기되어 새로운 시리즈의 부속이 되기 직전에 그에게 구원을 받았다. 그가 날 선택한 이유는 간단하다. 가난뱅이였기 때문이다. 무명 소설가에 홀아비.

나는 트럭으로 옮겨졌다. 그의 집은 시골에 있었고, 이 역시 돈이 없기 때문이었다. 가옥의 전 주인은 음독자살을 했다고 한다. 그가 나를 택한 또 한 가지 이유다. 세 번째 이유는 집안일을 해줄 사람이 필요해서였다. 요약하자면 가난하고 겁이 많으며 게을러터진 인간이란 거다. 한 번씩 술에 취해 변기를 막아 놓을 때면 몇 대 쥐어 패고 싶었다. 먹는 것은 얼마 안 되지만 몇십 일 만에 싸재끼니 난리도 그런 난리가 없었다. 참! 오바이트는 따로 거론 안 할 생각이다. 대단한 사람.

인간이 가진 500만 개의 냄새 수용세포는 무용했다. 그는 자기 똥냄새를 모르는 것 같았으니까. 오바이트는 역시 생략할 생각이다. 그런 그지만 가끔 손님을 초대했다. 매니지먼트, 출판사, 동료 작가 등 생계에 도움이 될 만한 인물들이었다. 그럴 때면 그는 항문을 조절해 방귀를 참는다. 아무래도 심한 변비라 잦은 독방귀가 있을 수밖에 없다. 그런 방귀는 대장으로 흡수돼 혈액에 들어간다. 일부는 소변이 되겠지만 입을 통해 숨이 되어 나가기도 한다. 체내를 한 바퀴 돈 것이기에 방귀라고 까놓고 부를 순 없지만 입 냄새가 안 나지는 않았다. 손님들이 당황하는 순간이다.

그는 글 이야기를 하며 손님과 술을 마신다. 간에서 분해된 알코올은 소변과 함께 배출되는데, 과음을 할 때가 많아서 간에 과부하가 걸리기 때문에 알코올과 아세트알데히드가 전신을 순환한 뒤 뇌로 간다. 뇌의 알코올 탈수소 효소가 급하게 그것을 부수지만, 속도가 음주 속도를 따라잡지 못하기에 고주망태가 될 수밖에 없었다.

지난밤에 그리 귀한 손님 대접하던 사람과 멱살잡이를 한 것도 기억을 못하게 되는 것이다. 번번이 기회비용을 까먹는 그였다. 돌이켜 보건대 무명인데도 그렇게 많은 기회의 순간이 왔다는 건 그도 충분히 잘나갔을 수 있었다는 것이다. 바보 멍청이.

하지만 나는 그를 사랑했다.

"스미스, 커피."

그가 웃으며 말했다.

나는 곧장 커피를 대령했다. 그가 마시는 모습을 보고 있지만, 그는 내가 그러는지 알 수 없다. 얼굴 전체가 거울과 같았기 때문이다. 이따금 그는 내 밋밋한 얼굴을 거울 대용으로 사용하기도 했다. 홀딱 벗고 있을 때도 있었는데 그땐 조금 부끄러웠다. 그의 개조 욕심은 오래지 않아 일어났다. 그는 컴퓨터 책상에 앉아 도를 닦는 듯한 행동을 취할 때가 있다. 그럴 때면 찝찝하니 잠깐 나가 있으라고 했다. 책상 위에는 휴지와 헤드셋이 있었다. 모니터 화면에는 여덟 개의 성인 영화 제목이 나열된 다운로드 창이 작업률 90%를 웃돌고 있었다.

그는 거의 하루를 거르지 않고 자위행위를 했다. 정관에서 잠시 쉬고 있던 1억에서 4억 개의 배출 정자는, 우주 유영을 할 수 있는 최대 수명인 48시간에서 한참 못 미친 시간에 휴지와 샤워기의 물로 인해 살인을 당하기 일쑤였다.

그래서 내가 개조되었다. 질이라는 이름을 가진 밑구멍을 만드는 거였다. 익숙지 않아서 몇 번 손가락으로 훑어보았지만 딱히 좋은 건 느끼지 못했다. 그는 좋아했다. 엎드리라고 해놓고선 위에서 나를 덮쳐 안아 들썩댄다. 그러다 죽어가는 소리를 내더니 옆으로 쓰러지는 것이다. 현자타임이라고 했다. 그는 께름칙해 보일 텐데도 내 얼굴을 대수롭지 않게 여겼고 나도 내 몸속에 들어간 정자가 상관없었다.

내 일은 하녀의 일과 아내의 일을 동시에 수행하는 것이었다. 옛 유럽의 메이드와 마찬가지로. 그녀들이 하나도 부럽지 않았지만, 주인님의 그런 것에는 기분이 좋았다. 절정에 이를 때마다 주인님은 내 귀를 향해 30dB 크기의 소리로 소곤거렸다.

"미안해. 미안해."

"미안해하지 마세요."

"미안해."

내 아래를 닦아주며 내 머리를 쓰다듬는 주인님. 인자하고 다정한 주인님. 그는 죽었다.

의문의 전화가 걸려온 건 늦은 밤이었다. 주인님이 현관문을 열었을 때 나뭇가지가 세차게 흔들리는 소리가 들렸다. 주인님은 다음 날, 그다음 날에도 오지 않았다. 나는 경찰에 신고했다. 그들은 조사했다. 내 메모리 카드를 검사하려 했다. 내 매끄러운 얼굴을 통해 주인님의 마지막이 나타났다. 물론 전화 내용도 있었다. 나는 다 들었다. 주인님은 바닷가 마을로 갔다. 경찰들도.

나는 메모리에 저장되어 있는 주인님의 목소리를 들었다. 그는 이 목소리가 낯설고 재밌다고 했다. 평소 자신의 목소리는 두개골을 통해 전달된다. 그러나 녹음된 것은 공기 전도를 통해 들리기 때문이었다.

"재밌다, 스미스."

"저도요, 주인님."

어둑어둑한 밤. 나는 창밖을 바라보았다. 주인님이 걱정되었다. 그는 내가 만들어준 작은 차고에 있던 차를 타고 떠났다. 450만 원짜리 똥차. 450만 원도 사기를 당한 가격이었다. 잘 쳐줘도 350만은 넘지 않을 똥차. 그는 그 차에 나를 태웠다. 그때 내 얼굴에는 립스틱으로 그린 얼굴이 있었다. 그가 그려주었다. 립스틱은 전 여자 친구 것이었다. 여자는 죽었다.

"스미스? 밖에 나오니까 좋지 않아? 오랜만이잖아."

"좋아요, 주인님. 정말 그래요."

"저 하늘 좀 봐! 우와!"

나는 그렇게 했다. 별것 없는 하늘이었다. 도착한 곳은 시골 마을이었다. 물을 댄 논에는 농업용 로봇들이 긴 팔다리를 가지고 게아재비처럼 움직이고 있었다. 모가 뽕뽕뽕 심어졌다. 야산이 두르고 있는 콘크리트 길에는 경운기와 한 몸인 로봇이 사람들을 태우고 탈탈탈 움직이고 있었다. 검게 탄 농부가 밀짚모자를 부채 삼아 흔들며 담배를 피웠다.

"여긴 어딘가요?"

"내 고향."

"고향?"

"너도 고향이 있잖아. 공장 말이야. 아, 미안."

"글쎄요, 재미가 없네요."

"미안, 미안."

차는 공터에 세워졌다. 마을을 지나서 있는 공터였다. 산이 반쯤 깎여 있었다. 옥수숫대가 보였다. 토끼 한 쌍이 그 사이를 비집고 들어갔다. 공중에서 나비가 꽃잎처럼 날아다녔다.

"여긴 왜 온 거죠?"

"한번쯤 와 보고 싶었어. 딱히 이유랄 건 없어."

하지만 나는 이유가 있음을 알게 되었다. 그는 폐가가 된 집을 향해 걸었다. 도로가에 있었다. 양어장의 새빨갛게 녹슨 문에는 녹으로 점박이가 된 쇠사슬이 감겨 있었다. 축사도 포함한 폐가는 그 옆에 위치했다. 문과 창문이 없었다. 그는 안으로 들어갔다. 몇 가지 집기와 부서진 벽돌들이 바닥에 널브러져 있었다. 그는 맨 좌측 방에 들어갔다. 그는 뭔가를 필사적으로 주워들었는데 사진이었다. 하지만 얼룩이 져서 형상만 겨우 갖추고 있었다.

"로아야……."

나는 그의 어깨너머로 사진을 보았다. 저 사람이 로아인가 싶었다. 어렸을 적 사진은 처음이었다. 물론 형체만 겨우 남아 있는 사진이었지만. 이 세상에서의 그녀처럼 사진에서도 모습이 지워지다 말아 있었다.

나는 그를 따라 다락방까지 조사했다. 조사라고 부를 수밖에. 마치 폐지 무더기 속에서 성인잡지라도 찾는 듯한 기색이었다.

"뭐하는 거예요?"

"나쁜 버릇이 나오려고 하는걸."

"그게 뭐죠? 도둑질인가요?"

그가 고개를 돌렸다.

"그런 건 아니고."

다시 그녀의 방으로 갔다.

"여기서 첫 키스를 했어."

"그렇겠네요."

"어, 사실 다른 것도 했거든."

그가 장난꾸러기 같은 얼굴을 했다.

"몇 살에요?"

"열아홉 살."

"제 나이랑 비슷하네요."

"너 그렇게 구식이었냐?"

"아뇨, 실은 아홉 살이에요."

그가 웃었다.

"로봇식 유먼가?"

"그럴 리가요."

그가 나를 힐끔 보고는 고개를 절레절레 저으며 먼저 집을 나섰다. 순간 그는 척수반사의 도움으로 걸음을 멈췄다. 밑에 깔린 32.1×39.6cm 크기의 나무판대기 2개에는 녹슨 대못이 잔뜩 박혀 있었다. 못을 밟는 자극이 뇌에 전해지기 전에 척수가 재빨리 반응해서 근육을 수축시킨 덕분에 위기에서 모면한 것이다. 아무리 책상 앞에 앉아서 사는 소설가라지만 기본적인 반응 능력은 소유하고 있었던 거다.

범인은 셋이었다. 오래된 외제차 주위에서 쳐다보고 있었다. 둘은 말라빠진 장대 같았고 하나는 머리를 빡빡 민 일본원숭이 비슷했다. 나무판대기에는 줄이 연결되어 있었지만 그들이 끌어당겨도 쉽게 움직이지 않았다. 자기네들끼리 욕을 하고 웃기도 하면서 투덜거렸다.

"이게 무슨 짓이죠?"

주인님이 말했다. 겁쟁이라고 생각했는데 할 때는 하는 모양이었다.

"씨—바—로—마!"

나쁜 놈 셋이 리듬을 타며 말했다.

혈압이 오른 주인님의 얼굴이 빨개졌다. 교감 신경이 작동한 것이다. 아드레날린이 솟구쳐 오르면서 심장이 징을 울렸다. 말초혈관이 수축해 전신의 혈압이 올라 몸이 뜨거웠다. 호흡도 가빴다. 왜냐면 그는 나쁜 놈들을 알아보았기 때문이다. 중학교 후배들이었다. 그래서 그는 아는데, 아주 나쁜 놈들이었다.

"컴!"

원숭이가 말했다. 백병득이라고 했다. 장대 둘은 김성우와 박광식이었다.

주인님은 금방의 기세는 오간 데 없는 사람이 되어 있었다. 오라고 할 때는 언제고 그들이 왔다. 그러면서 무슨 말인가 속닥거렸다. 자기네들 생업이 납치라는 설명이었다. 그 말에 주인님이 동요했다. 그는 차에 탔다. 앞서가는 낡은 외제차를 쫓았다.

"무슨 일인데요?"

"소아를 데리고 있대."

그의 말이었다. 그게 전부였다.

차가 멈춘 곳은 그리 멀지 않은 곳이었다. 멀리 수녀원도 있었다. 수녀가 가래를 뱉고 있었다.

주인님과 나는 나쁜 놈들을 따라 커다란 곡식 창고로 들어갔다. 밖에서와는 달리 안은 꾸며져 있었다. 천장은 형광등까지 거미줄투성이였다. 벽면에는 이상한 그림들이 그려져 있었다. 테이블 몇 개가 놓여 있었고 잡동사니도 많이 보였다. 자동차 엔진이 골동품처럼 한자리했다. 낡은 소파 옆의 등받이 없는 나무 의자에는 한 남자가 앉아 있었다. 생년 씻지 않은 꼬락서니였다. 침을 흘리고 있었다. 대신에 눈에서는 총기가 느껴지는 기묘한 청년이었다. 청년도 주인님도 서로를 알아보았지만 선뜻 나서지는 않았다.

"저리로 가지."

박광식이 향하는 곳은 창고 내의 회색 컨테이너였다. 컨테이너 문이 열리자 주인님은 경악을 금치 못했다. 머리를 산발한 여자가 홀딱 벗은 몸으로 있었다. 양쪽 팔은 벽에서 나온 밧줄에 꽁꽁 묶여 있었고 삐쩍 마른 다리는 파리가 잔뜩 꼬인 똥 무더기 위에 있었다. 창백한 팔에는 온통 주삿바늘 자국이었다. 그리고 그녀의 앞쪽에는 카메라가 설치되어 있었다.

"남자 배우 할래?"

김성우가 킬킬거렸다.

"멈추지 못해?"

주인님이 말했다. 다른 말을 생각했으나 그 말이 나온 것이다.

"그녀를 풀어 줘! 이게 무슨 짓들이야? 풀어줘! 당장! 아니면 경찰에……."

주인님은 말을 멈췄다. 목에 닿은 차가운 감촉 때문이었다. 병득이 꺼낸 든 건 과도였다. 주인님은 체념했다. 그들을 따라 밖으로 나갔고 양쪽에서 거는 어깨동무에 짓눌려 소파에 앉았다.

"네가 해줄 일이 좀 있어. 연놈들 풀어 주고 싶지? 왜 안 그러겠어. 네 죽은 여친 가족들인데. 안 그래? 참고로 경찰의 경 소리만 나도 쟤들 대가리, 목에 안 붙어 있다? 알겠냐?"

병득이 자신의 대머리를 쓰다듬었다.

"그렇지, 공짜는 없지."

광식이 말했다.

"똑디 들어라, 응?"

성우가 말했다.

"나한테 하고 싶은 말이 뭐야?"

"별건 아니고."

병득이 살짝 쪼갰다.

"우리 대신에 장터에 나갔다 와라. 병신 새끼야, 장터가 그런 장터가 아니고. 약 말이야, 약. 돈을 주고 약을 사 오란 말이다."

"미쳤어?"

"미치기는. 이렇게 멀쩡한데. 싫으면 말고."

"소아하고 초아 여기서 얼마나 있었어?"

"한두 달 있었지. 소아 년이 말이야. 많은 나그네의 외로움을 풀어 주었지. 얘들아 안 그러냐? 그게 아니라 새꺄, 비디오 말이야, 비디오. 야동 몰라? 소아 없었으면⋯⋯, 아, 근데, 남자 새끼 이름이 초아가 뭐냐. 할 거지?"

병득이 게슴츠레한 눈을 하고 담배를 물었다. 불을 붙이지 않았다. 입술이 거무스름했다.

주인님이 고개를 끄덕였다. 나쁜 놈들이 나를 보았다. 기분 나쁘게 생겼단다. 지들은 어떻고 나쁜 놈들이 다음에 다시 오라고 하고 나가라고 했다. 일주일 뒤란다. 펑크 내면 뒤진다고 으르렁거렸다.

"말조심해. 내가 너희보다 나이 많아."

"지랄하고 있네."

병득이 콧구멍을 키우며 말했다.

214

밖으로 나가다 말고 주인님이 소리쳤다.

"저 애들……!"

문을 열었다. 몸을 걸쳤다.

"……불쌍한 애들이야."

그가 밖으로 나가자, 나쁜 놈들은 자지러지게 웃었다.

나뭇잎이 흔들리는 소리 20dB. 나뭇잎이 오늘도 땅에 차곡차곡 쌓였다. 실내는 43dB이다. 분위기만 보자면 평화롭다. 하지만 주인님을 보니 아니다. 그는 좀처럼 마음을 추스르지 못하고 있었다. 목 늘어난 티셔츠를 짜증스럽게 잡아당긴다. 소아와 초아의 상태를 보고 났으니 그럴 수밖에 없다. 첫사랑인 로아의 동생들. 당시 로아는 주인님보다 두 살 어렸다. 회사원이었고 납치를 당했다. 얼마 지나지 않아 싸늘하게 식어 발견되었는데 사인은 경부압박질식사였다.

범인은 몇 년이 지난 후에야 잡혔다. 조현병이 있는 40대였다. 그는 정신병원으로 보내졌고 거기서도 한 사람을 죽인 후 자살했다. 창자를 다 파헤쳐 놓았다고 한다. 끔찍해라.

주인님은 커피를 마실 때도 안절부절못했다. 내일이었다. 그리고 내일이 오늘이 되었다. 그는 옷을 입고 나섰다. 내가 동행하려고 했지만 그는 거절했다. 그가 돌아왔을 때는 거의 자정이 다 되었을 때였다. 예행연습을 했다고 했다. 그 말을 하면서 손까지 부들부들 떨었다. 범행을 목전에 두고 긴장감 때문도 있었으나 소아와 초아 때문이라고 변명했다. 기실 맞을 것이다.

그리고 범행 당일 날. 그는 몇 번이나 화장실을 들락날락 했다. 250에서 300ml 정도가 방광에 차야지 소변이 마려울 텐데 그는 부지런했다. 물까지 계속 마셔대니 더 심했다. 주위는 40dB. 가장 좋은 환경. 그는 칼자루를 품에 지녔다. 총은 나쁜 놈들이 안 된다고 했단다. 아무래도 미덥지 못했던 것이다. 나도 주인님을 믿지 못했다. 그 믿음은 현실이 되었다. 그는 돌아오지 못했으니까.

아무도 없는 집을 지킨 지 2주일 되는 날이었다. 경찰들도 더는 찾아오지 않았다. 나는 먼지를 털고 물걸레질을 하고 세제를 풀었다. 더럽히는 사람이 없으니 집은 날로 깨끗해졌다. 냉장고와 화장실, 베란다를 청소했다. 같은 데를 닦고 또 닦았다. 변기에서 빛이 났다. 거울은 내 얼굴만큼이나 자질구레한 은색이었다. 내가 하나 더 있는 듯 너무도 선명했다.

나는 문단속을 시작했다. 더는 참지 못하게 된 것이다. 밖에서 문을 잠그고 길가로 나섰다. 택시가 있는 도로까지는 멀었다. 택시 기사들은 나를 무시했다. 로봇이니까. 나는 걸어서 가기로 마음먹었다. 차량 내비게이션 시스템처럼 위성 전파를 이용해 휴대전화를 쫓았다. 오차 범위는 몇 미터밖에 되지 않았다.

창고 건물에 도착했을 때는 세상이 으슥해졌을 무렵이었다. 전에 봤던 싸구려 외제차가 보였다. 무거운 창고 문을 열고 들어갔다. 초아라는 아이가 침을 흘리면서 넋 나간 시선으로 라디오를 듣고 있었다. 내가 말을 건네자 검지로 컨테이너를 가리켰다. 무슨 소리가 들렸다. 문은 살짝 열려 있었다. 그 안은 참담했다.

나는 빨가벗고 있는 나쁜 놈들과 싸워야 했다. 나는 메이드로봇. 의학, 법률, 시사, 정치 상식 같은 것을 어느 정도 가지고 있었다. 싸움 기술도 마찬가지다. 싸움 기술 같은 경우는 모델마다 적용이 되었다가 말았다가 하는데 그건 법 때문도 있었고 기업의 시스템, 사회 문제 때문도 있었다. 어쨌건 나는 약간의 싸움 기술을 익히고 있었다. 나 같은 경우는 크라브마가였다.

"저거, 얼굴 기분 나빠!"

김성우가 말했다. 그는 내 발길질 한 번에 바다거북처럼 눈으로 염분을 배출했다. 정강이를 걷어찼기 때문이다. 근육과 피하지방이 적은 정강이는 공격하기 좋은 급소다. 뼈 주변을 둘러싼 골막에는 신경이 뻗어 있다. 그래서 고통이 뼈에서 골막의 신경에 내려앉는 것이다. 광식은 외부 장기인 고환을 발끝으로 걷어차 끝냈다. 병득은 달랐다. 그는 먼저 공격해 왔다. 기습공격이었다. 효과적이었다. 내 왼쪽 눈에 비친 것들이 지지직거렸으니까.

나는 몸을 돌려 그를 잡아채서 내다 꽂았다. 소아를 구했고, 옷을 입혔다. 바닥에서 버둥거리는 나쁜 놈들을 뒤로하고 컨테이너를 나왔다.

"이제 가도 좋아요."

그녀를 향해 말했다. 그녀는 초아처럼 혼이 나가 있었다. 약을 강제주입당한 것이다. 초아는 다른 경우였지만. 주인님의 핸드폰은 잡동사니 틈에서 찾았다. 많은 사람이 나쁜 놈들의 손에 놀아났음을 증명하는 세간들. 나는 다시 컨테이너로 들어갔다. 고문할 작정이었다. 하지만 그런 기술은 모른다.

"주인님은 어디에 있지? 말해!"

내 말에 나쁜 놈들이 웃었다. 광식만은 아직 사경을 헤맸지만.

"네가 그걸 알아서 뭐하게? 왜? 가서 구하시게? 넌 그냥 로봇이잖아?"

병득이 말했다.

"그것도 메이드로봇."

"구식."

성우와 병득이 주고받았다. 몸에는 오물이 묻어 있었다. 소아의 것인. 한쪽에는 안 비운 지 오래된 오물통이 있었다. 음식이라고 내놓은 것에는 구더기가 기어 다녔다. 천장에는 거미집이 솜사탕 뭉치처럼 산재해 있었다. 벽에서는 퀴퀴한 내가 났고 바닥에서는 썩고 곪은 악취가 났다.

내가 할 수 있는 걸 찾았다.

"난 너희를 고문할 거야."

"들었냐? 광식아? 성우야?"

"너희들 사람 죽여봤어?"

"아직 거기까지는."

성우가 킬킬거렸다.

"주인님이 어디에 있는지 진짜 말 안 해?"

"메이드 주제에."

광식이 갑자기 정신을 차리고 말했다.

먼저 100dB이었다. 경적소리나 고가도로 아래서 들을 수 있을 법한 소음이었다. 심장이 두근거리기 시작할 것이다.

"말 안 할 거지?"

"그냥 꺼져."

"좆나!"

"아가리!"

나쁜 놈들이 한마디씩 했다.

주인님이 마약을 가져와야 여자와 동생을 보내준다는 조건. 나는 조건을 생각했다. 가서 컨테이너의 문을 닫고 돌아왔다.

"마약은 없어. 돈은 다시 가져올 거야. 소아와 초아도 우리가 데리고 가."

"누구 맘대로?"

병득이 덤비려고 하다가 멈췄다. 마치 백반증을 앓는 것처럼 왼쪽 허벅지가 그렇듯 성기가 얼룩덜룩했다.

나는 좀 더 힘을 썼다. 120dB. 비행기 프로펠러 정도의 소음이었다. 귀가 아프고 전신에 고통이 뒤따를 것이다. 나는 봐주지 않았다. 140dB. 제트 엔진과 같은 소음이었다. 셋 다 무릎을 꿇고 비명을 질렀다. 청각 기능에 이상이 생겼을 것이다. 내가 말을 해도 못 알아듣는다. 나는 눈, 코, 귀가 없다. 그러니 입도 없는 게 당연하다. 입 모양으로 무슨 말인지 확인할 수 없는 것이다. 그럴 여력도 없을 테지만.

150dB. 여섯 개의 고막이 터졌다. 피가 또르르 흘렀다.

"그만! 그만!"

"제발!"

"씨발!"

나쁜 놈들이 울면서 저마다 한마디씩 했다.

결국 나는 정보를 캐냈다. 컨테이너를 나와 밖에서 봉인해 버렸다. 막 뒤돌아서려는데 못 보던 트렁크를 발견했다. 알록달록해서 모를 수가 없었는데 여러 가지 장애물 탓에 건너뛰었던 모양이다. 다가가서 보니 사람 한 명이 넉넉히 들어갈 정도의 크기였다. 윗부분에는 투명하게 되어 있었다. 사람의 얼굴이 보였다. 구해줘야겠다는 생각이 들어서 뚜껑을 열었다. 순간 말문이 막혔다. 사지가 기계로 되어 있었다. 알몸인 배에는 기운 자국이 가득했다. 손을 대봤는데 숨을 쉬고 있었다. 인조인간이었다.

나는 다시 돌아가 컨테이너 문을 열었다. 인조인간에 대해 물었다.

"우리 형님이야. 보스라고 뭐, 어때! 이미 죽은 사람이었는데! 우리가 살렸어. 개조한 거야. 숨은 쉬는데 움직이지는 않아. 뇌사상태? 식물인간 같은 게 된 거 같은데 우리는 모르지!"

광식이 자신의 불알을 움켜쥔 손을 놓지 않고 말했다.

3

나는 싸구려 외제차에서 내렸다. 문짝은 내장재가 제대로 남아 있지 않아서 발로 차도 박살날 것 같았다. 나쁜 놈들의 경우는 카폰으로 경찰에 신고했다. 여기도 신고를 하긴 마찬가지였으나 조용했다. 순찰차 한 대가 비딱하니 서 있었다. 가보니 운전석 문만 열려 있고 아무도 없었다. 핏자국이 보였다.

총격전? 나도 총을 가지고 있었다. 나쁜 놈들에게서 뺏어온 거였다. 나처럼 구식이었다. 한물가도 한참 전에 간 총이었다. 탄환이 자그마치 납덩이였으니까. 이런 총은 옛날 것을 좋아하는 점잖은 이들의 장식장에나 들어 있어야 하거늘. 총알은 네 개였다. 충분하다는 생각은 들지 않았지만 어쩔 수 없는 일이다.

적진은 교회에 딸린 지하실이었다. 철문을 열고 계단을 통해 살금살금 내려갔다. 어둠 속이지만 비전 장치를 통해 앞을 볼 수 있었다. 아래 계단 끝에서 환한 빛이 새어 나오고 있었다. 그리로 들어갔다. 바깥보다는 아니지만 싸늘한 공기였다. 입김이 보였다. 남자가 있었다. 내게 총을 겨누기에 나도 발사했다. 100%의 적중률이다. 내가 아니라 상대가 말이다. 나는 가슴에 맞았다. 총알은 가시처럼 박혔다. 내 총알도 상대를 맞추긴 했지만 하체 쪽이었다. 나는 메이드지 군인이 아니기 때문이다.

상대는 넘어졌다. 나는 로봇이지만 그는 인간이기 때문이다.

"너 뭐야?"

상대가 말했다.

"주인님은 어딨지?"

"그게 뭔데?"

상대가 꿈틀대며 말했다. 큰 코에 식은땀을 흘리고 있었다.

"주인님은 어딨어?"

"그 애송이 말하는 거라면 저기야. 저리로 가."

나는 한 발을 더 쐈다. 손에다가. 상대는 아파 죽으려고 했다. 욕질을 하도록 내버려 두고 상대의 총까지 들어 쌍권총을 만들었다. 그리고 연결된 문으로 들어갔다. 다른 방이 나왔다. 주방이었다. 냄비가 펄펄 끓고 있었다. 상대는 요리사였나 보다. 나는 복도로 나갔다. 음악 소리가 쿵쿵 들려왔다. 수백 명의 사람이 일시에 뛰어올랐다 착지하는 듯 시끄러워졌다. 거기엔 온통 어지러운 불빛들이었다. 나는 번쩍거리며 돌아다니는 조명장치를 쏴서 박살냈다. 유리 파편이 쏟아졌다. 아무도 없었다. 취해서 가죽 바지를 입은 다리를 쩍 벌리고 있는 여자가 있었지만, 아무도 없는 거였다.

커다란 문이 보였다. 이 건물은 겉만 교회로 치장되어 있었을 뿐이었다. 아니면 교회였거나. 내가 들어선 곳은 벨벳 가죽으로 도배된 방이었다. 벽에는 여러 가지 무기들이 걸려 있었다. 정중앙에는 마호가니 테이블이 그 건너편에는 쌍둥이처럼 보이는 남자 둘이 눈을 크게 뜨고 있었다. 마치 장난을 거는 것처럼 그중 한 명이 씩 웃으면서 흡사 미리부터 준비하고 있었던 것처럼 머신건을 꺼내 들었다. 두두두두! 120dB의 천둥소리가 스쳐 지나가는 듯했다.

나는 세 발을 쐈다. 두 발을 각각 왼쪽 어깨와 오른쪽 어깨에 맞췄다. 나머지 한 발은 둘 사이를 비껴가서 천장 벽에 박혔다. 거기엔 카메라가 있었다. 카메라 불이 꺼지고 위에서 지켜보던 이도 김이 빠졌을 것이다.

무릎을 꿇었던 대머리 중 하나가 오두방정을 떨었다. 일시적인 혈액순환 장애 때문이었다. 체중 탓에 혈관이 압박되면서 신경과 근육에 산소 결핍이 생겨 다리에 잠깐의 마비가 온 것이다. 실크 소재의 옷을 입은 그들의 팔이 금방 피에 젖었다.

"주인님은 어디에 있지?"

"주인님?"

"그게 뭔데?"

"우리 주인님 말이야."

내가 생김새를 설명했다.

"아, 그 녀석?"

"그 녀석은 말이야."

"꼭대기 층에 있어."

"꼭대기 층에 말이야."

"꼭대기라고 해봤자."

"3층이지만."

둘은 번갈아 가면서 말했지만 마치 한 사람이 말을 하고 있는 것처럼 호흡이 완벽했다. 나는 총알을 한 방씩 더 먹여 주었다. 주인님이 즐겨 보던 영화에서 그랬으니까. 악당에겐 악당에 걸맞은 대우가 있는 법이니까.

4

주인님은 유치한 사람이다. 나한테 종종 숨바꼭질 제의를 했다. 그의 패턴은 늘 비슷했다. 그게 아니더라도 열 감지 정도는 나도 할 수 있었다. 그를 나무에서 찾은 적이 있다. 마치 고양이처럼 빠짝 오른 기세 덕택에 나무를 기어올랐으나 내려오지는 못하는 상황이었다. 그는 외줄타기를 하듯 나뭇가지에 아슬아슬하게 서 있었다.

"미안한데 나 좀 구해줄래?"

그가 어쩔 수 없다는 듯 말했다. 나는 나무를 가만히 올려다보다가 나한테 그런 기능도 갖추어져 있음을 알았다. 제 기능을 제대로 파악하지 못하는 건 주인이나 로봇이나 마찬가지인가. 구식은 구식이다. 그러던 와중인데 그가 나뭇가지에서 발을 헛디뎠다. 가만히 있으면 중간은 가는데 멋을 부리려고 한 것이다.

나는 그를 받아냈다. 그는 등이 아프다고 했다. 나는 의료 기능이 있긴 했으나 초급 정도였다. 구조 로봇이 아니었기 때문이다. 내가 모든 기능을 다 수행할 줄 알았으면 정치부터 했을 텐데. 그래서 법안을 뜯어고치고, 그처럼 가난한 문인을 도왔을 텐데. 그가 첫사랑을 잊을 수 있게 법률을 정했을 텐데. 그런 법률도 만들 수 있지 않을까?

"여기서 한번 할까?"

나는 무릎에 팔을 짚고 엎드렸다.

"그러지 말고 나무를 잡아 봐."

나는 그를 사랑했다. 그가 나한테 그러는 것처럼.

5

계단이 끝나자 입구였다. 3층으로 들어갔다. 먼저 안쪽에 쇠 그물 달린 유리 창문이 박혀 있는 붉고 길쭉한 문이 눈길을 끌 었다. 유리를 통해 안을 엿보는 즉시 심문실이란 걸 알았다. 벽 은 온통 옅은 회색이었다. 천장 조명은 줄에 매달려 있었다. 벽 에는 전화기가 있었다. 다른 건 일절 없었다. 창문도 없었다.

이 안에서 심문이 있었을 것이다. 이름, 주소, 직업, 나이를 묻 고, 심문의 의도를 설명했을 것이다. 의도는 주인님을 겁에 질리 게 만들기 충분했을 것이다. 심문의 의도를 이해하는지 확인받 을 때 주인님은 오줌을 싸지 않으려고 발버둥 쳤을 것이다. 심 문이 시작되고 저기 은색 테이블 위에 떨어져 있는 핏방울의 원 인인 무자비한 가격들이 이어졌겠지.

복도를 따라 걸었다. 몇 개의 문을 지나쳤다. 드디어 인기척이 들리는 문을 발견했다. 여기에 주인님이 있을 것이다. 확신이 들 었다. 그런데 문을 열어도 주인님은 없었다. 내 눈에 띈 건 세 명 의 남자였다. 둘은 중간 머리 길이에 키도 딱히 크지 않았다. 대 머리는 키가 매우 컸고 덩치도 무지막지했다. 거의 같은 폼을 하고 있는 병득은 저 남자에 비하면 꼬마였다. 드러낸 팔에는 어린 시절에 그려 넣은 것처럼 보이는 숙달되지 않은 솜씨의 문 신이 꼬리를 내보이고 있었다. 방 온도는 높았다. 그들이 찬 시계와 금목걸이가 번쩍였다. 총구가 들리자 그것도 반짝거렸다.

셋 중 하나가 재채기를 했다. 그 소리가 시작이었다. 재채기는 시속 300km 정도로 날아간다. 감기 바이러스 보균자라면 한 번의 재채기에 2,000만 개의 바이러스를 3m 거리에 퍼트린다. 총알이 빗발쳤다.

권총의 사거리는 보통 50m 정도로 알려져 있는데, 실전에서는 권총의 유효사정 거리가 불과 7m 정도에 지나지 않는다. 총을 고정시키는 개머리판이나 명중 정밀도를 높여주는 긴 총열도 없는 개싸움이었다.

나는 섬광을 뿌렸다. 동시에 소음을 터트렸다. 모두 기본으로 탑재된 시스템이었다. 메이드 로봇이지만 위급 상황 대처 기능이 있는 것이다. 날마다 여러 국제 기업들이 새로운 시스템을 장착한 로봇을 개발한다. 그중 메이드의 인기가 제일이다. 나처럼 싸구려 성 기구를 장착하지 않고, 실제 성행위에 도움을 주는 기능을 가진 로봇도 있다. 걔들은 섹시하다. 나는 실험작에다 기분 나쁘게 생겼지만.

눈부신 빛으로 인해 적들은 아무것도 볼 수 없었다. 약 30초에서 1분 정도. 인간의 망막에는 빛을 느끼는 시세포가 있다. 이것의 색소체가 화학변화를 일으켜 빛을 느끼지 못하는 것이다.

거기다 내가 발한 150dB 이상의 소음은 그들의 고막을 터트리기에 충분했다. 나는 소음을 없애는 대신에 열 감지로 주위를 확인했다. 다음으로 비전 기능이 발휘되었지만 열 감지만 한 효용이 현재로썬 없었다.

총이 팡팡 터지고 있는데 나는 끄떡없었다. 몸이 꿰뚫린 건 사실이지만 움직이는 데는 아무 문제없었다. 나는 원샷 원킬. 메이드로봇이지만, 개발이 덜 된 인간의 신경체계보다 정확한 컴퓨터 기능을 장착하고 있으니까 발전도 빠른 법. 대머리는 무척 터프한 남자였다. 그는 언제 꺼냈는지 발목에서 단도를 꺼내 휘둘렀다. 총에 맞았기에 다리를 절뚝거릴 수밖에 없었지만. 나는 총을 썼다. 주인님이 즐겨 보는 영화에서 봤기 때문에.

서서히 걷히는 섬광의 안개 속에서 나는 은색 관을 발견했다. 이끌렸다. 왠지 저기에. 나의. 사랑스런. 주인님. 관의 잠금장치를 풀자 뚜껑이 자동으로 열렸다. 주인님이 있었다. 얼굴은 그의 타고난 성격처럼 온화해 보였지만 양 손등에 뚫린 못 자국은 그에게 어떤 일이 있었는지 상상하도록 만들었다. 성에가 달라붙은 입술은 터져 있었고 귀는 살짝 찢어진 상태였다. 목에는 피멍이 들어 있었다. 나는 그의 손을 잡았다. 입을 맞추고 싶었지만 내겐 입술이 없었다.

"내 사랑. 내 사랑."

6

주인님은 소설을 쓰고 있었다. 나는 그런 게 좋아서 구경을 하고 있었다. 소설은 사랑 이야기였다. 평소엔 사람을 찢고 자르고 피 흐르는 것만 쓰던 사람이 이런 걸 쓰다니 뭔가 낯설고 생소한 느낌이었다.

내 생각을 알았는지, 그가 말했다.

"로아가 여주인공이야. 물론 가명을 사용했지."

"첫사랑 말이군요?"

"응, 너랑 닮은 사람. 이렇게 보니까 정말 닮았는걸."

"왜 저랑 닮았죠?"

"무슨 뜻이야?"

"전 얼굴이 없는 걸요."

"그래서 널 닮았다는 거야."

"그녀의 얼굴에 문제가 있었나요? 사고가 났어요? 기형이에요?"

"그런 게 아니야."

"그럼요?"

"그런 게 있어."

"말해주세요."

"나중에. 나중에 말해 줄게."

방. 그와 나. 평온한 39dB의 소리.

7

나는 냉동관을 차에 실었다. 검은색 영구차였다. 나쁜 놈들. 좋은 위장이다. 덕분에 나도 수월하게 관을 옮길 수 있었다. 또 다른 나쁜 놈들이 사는 곳의 경로를 기억하고 있었다. 그리로 차를 몰았다. 이렇게 와서 보니 창고의 나쁜 놈들을 신고한 게 후회됐다. 그들은 알고 있었다. 인조인간 개조에 대해서. 그리고 그 기술자를. 내가 필요로 하는 건 그 기술력이다.

설계 도면만 있다면 나 역시 못 하라는 법이 없다. 나는 로봇 이다. 메이드고 사람을 보좌하는 데 필요한 기술은 다 있다. 약 간의 의학 상식도 발전시킬 수 있을지 모른다. 왜냐면 나는 뛰 어난 인공지능 로봇이기 때문이다. 많은 로봇을 만나봤지만 나 처럼 자유로운 영혼은 없었다. 주인님이 나를 아끼는 이유도 그 런 것이었다. 그는 나를 비밀로 했다. 비밀은 더 있었다. 내 가랑 이에 달린…….

날이 저물기 시작했을 무렵에 창고에 도착했다. 놀라웠다. 내 가 신고를 했던 나쁜 놈 셋이 약해 취해서 소파에 드러누워 있 었던 것이다. 소아와 초아도 있었다. 소아는 컨테이너 안에서 약 에 절은 채 예수처럼 결박되어 있었다. 초아는 알 수 없는 소리 만 중얼거리며 침만 흘릴 뿐이었다.

"어떻게 된 거니?"

초아에게 물었다. 대답은 하지 않고 손가락으로 컨테이너를 가리켰다.

"누나가 걱정돼?"

"경찰이 왔어. 구경만 하다가 그냥 갔어. 누나가 있는 거 몰라. 내가 있는 것도 몰라. 누나하고 나하고 숨어 있었어. 병득이 형이 숨어 있으라고 했어."

그렇게 된 거였다.

"어떻게 그럴 수 있지?"

"그럴 수 있어. 그럴 수 있어서 이렇게 됐어. 경찰은 구경하는 거 좋아해. 누나도 좋아해?"

"걱정 마. 내가 구해줄게. ……누나?"

"누나."

"내가 여자로 보이니?"

"누나?"

"네 눈엔?"

"누나."

"알았어. 잠깐만 딴 데 보고 있을래?"

나는 병득의 코를 비틀었다. 그러려고 한 게 아닌데 코뼈가 동강 났고 그 바람에 지저분한 코피가 새어 나왔다. 병득이 화들짝 놀라 일어나더니 소파 뒤로 굴러 넘어졌다. 그의 발에 밟힌 성우가 정신이 들었다가 다시 새록새록 수렁으로 빠져들었다.

광식의 입에서는 초아처럼 침이 흘렀다.

"따라 나와."

병득을 데리고 영구차로 갔다. 그는 냉동관 안의 얼굴을 유심히 살폈다. 마치 처음 보는 사람을 대하듯 아리송해 했다.

"어떻게 된 거야?"

"보면 몰라?"

"이 녀석은 어딜 보나 그놈들과 다른데?"

"무슨 뜻인데?"

"이렇게 해놓은 건 자기들을 대신하는 마네킹으로 사용하기 위해서야. 민머리 봤어? 놈이 그쪽 보슨데, 아마 그놈 대신에 경찰에 납품하려던 거겠지. 그놈 지금 수배 중이거든. 계획대로만 되면 민머리는 공식적으로 죽은 인물이 되는 거고. 마음대로 활개치고 다녀도 된다는 얘기야."

"나쁜 놈들."

"잠깐만. 너 설마?"

"그래, 인조인간으로 개조해 줘. 기술자를 불러."

"돈은 있고?"

그는 부러진 코가 아픈지 얼굴을 찡그렸다.

"있어."

대머리의 아지트에서 가져온 것이었다.

병득은 야비한 눈짓을 하더니 내 팔을 쓰다듬었다.

"내 돈도? 돌려받을 수 있을까?"

"만지지 마."

"알았어. 알았다고."

기술자를 만나는 데는 꼬박 하루가 걸렸다. 키가 작았고 곱슬머리에 까맸다. 그는 안에는 아무것도 입지 않고 조끼만 입고 있었다. 반바지 밑으로는 털이 시커멓게 나 있었다.

"하면 되는 거지?"

기술자가 말했다.

"어서 해줘."

내가 말했다.

나쁜 놈들은 컨테이너에 있었다. 그 문은 봉인된 상태였다. 경찰이 오기 전까지는. 소아와 초아는 소파에 있었다. 한 사람은 약물에 의해 정신을 잃은 상황이었고 한 사람은 잠에 빠져 있었다. 약물은 내가 주었다. 그녀가 못 견뎌 했기 때문이다.

기술자의 손에서 수술용 톱날이 맹렬히 돌아갔다. 팔다리를 자를 거라고 했다. 문득 나쁜 놈들의 인조인간이 생각났다. 톱날이 어깻죽지에 파고들었다. 조심성 없고 배려나 고심 없고 융통성 없는 손놀림이었다.

"그만해."

톱날이 어깨뼈를 도려냈다. 살덩이가 붙은 뼈마디가 드러났다. 주인님은 그 손으로 나를 어루만졌었다.

"그만해."

반대쪽 어깨에 톱날이 파고들었다. 언 살점 안으로 톱날 바퀴가 파고 파고 파 들어갔다. 어깨뼈에 걸리다가 쑥 내려갔다. 주인님은 그 팔로 나를 안았다. 내가 첫사랑을 닮았다고 했다. 내 어디가 김로아와 닮은 건지는 나도 모른다. 주인님에게 끝내 들을 수 없었다.

"그만두라고!"

나는 기술자의 뒷덜미를 잡고 메쳤다. 전동 톱이 날아올라 바닥에 떨어져 굴렀다. 성질이 나빠서 불똥을 튀기며 퉁퉁대는 게 위험하기 짝이 없는 물건이었다. 발로 바스러트린 뒤에도 몇 번 더 밟아주었다.

"꺼져."

"왜 이래?"

"꺼지라고."

"한 번 뱉은 말 후회하지 마. 돈은 내 거야. 나, 간다?"

기술자가 장비를 카트에 담는 걸 무시한 채 나는 사랑스런 팔들을 제자리에 두었다. 주인님의 얼굴은 평온하기만 했다. 밖에서는 부릉부릉하고 차가 빠지는 소리가 들렸다. 경찰에 연락을 해야겠다. 주인님을 다시 관에 넣고, 뚜껑을 닫았다. 모락모락 올라오던 김이 사라졌다. 유리에 비친 내 얼굴. 이목구비 없이 매끈하고 둥근 얼굴. 마치 펜싱 선수의 투구 같은 얼굴이었다.

이 얼굴의 어디가 첫사랑을 닮았을까?

"내 사랑……."

내 얼굴은 매직미러와 같았다. 한쪽에서는 반대쪽의 사람을 볼 수 있으나 반대쪽에서는 다른 쪽을 볼 수 없는 거울 말이다. 이때까지 내가 일방적으로 그를 바라본다고 생각했다. 하지만 상대를 똑바로 보고 있는 것은 주인님이었다.

순간 눈물이 났다. 누구도 이 거울 안에 뭐가 있는지 모르겠지만. 눈물을 흘리고 있는 줄 모를 테지만. 로봇도 눈물을 흘릴 수 있다고 믿지 않겠지만.

나는 끝끝내 김로아와 닮은 점을 듣지 못했다. 그는 나를 스미스라고 했다. 특별한 이유가 있는 것도 아니고 스미스에 특별한 의미가 있는 것도 아니었다. 별난 취향의 발로로 스미스는 스미스였다. 거꾸로 해도 스미스. 바로 읽더라도 스미스다. 나는 스미스다. 듣기 좋은 41dB의 소리. 스미스.

말하는 넌 내 총이다

앞발에 채인 대오는 요란하게 뒷걸음을 치더니 만세 자세로 넘어졌다. 문짝 만한 스티로폼이 그의 몸 위로 와르르 쏟아졌다. 그는 오바이트를 할 것처럼 얼굴을 찡그리고 배를 잡았다가 흠칫거리며 일어났다.

"뭐 어쩌겠다고?"

경호가 말했다. 택배 상자 같은 얼굴에 키와 덩치가 컸다. 술, 담배에 절어 살고 유독 뱃살만 뒤룩뒤룩한 몸뚱어리에는 그가 입고 있는 값비싼 양복이 어울리지 않았다. 풍성하고 긴 바짓단이 구두 발목 위에 쌓여 있었다. 그가 걸어와서 60kg밖에 안 되는 대오의 멱살을 잡고 거꾸러트렸다.

"죄송합니다. 제가 실언을 한 것 같습니다."

대오는 도게자*를 하듯 엎드려서 말했다.

---

* 땅 위에 무릎을 꿇고 앉아 이마를 바닥에 대고 엎드리는 행위로, 크게 사죄하거나 간청할 때 하는 일본식 풍습이다. 흔히 수치감이 동반되며 상대에게 도게자를 시키는 행위는 모욕으로 여겨진다.

그의 머리 위에서 한숨을 쉬는 소리가 났다.

"형 좀 가만 내버려 둬라. 응? 너 아니라도 신경 쓸 데가 많은 사람이야. 이빠이라고!"

경호가 뛰어올라서 대오의 등을 한쪽 발로 짓밟았다. 280밀리가 넘는 발로 내리찍는 위력에 대오는 윽윽 소리만 내며 완전히 엎어졌다.

"한 번만 더 좆같이 굴어 봐라. 그때는, 응? 어?"

경호는 에이 씨 하며 창고 밖으로 나갔다. 대오는 기진맥진해서 일어나다가 부상 정도를 진단하기 위해 그대로 있었다. 다행히 어디 부러진 데는 없었다. 그랬다간 맞은 그만 손해였다.

대오는 불만 가득한 얼굴로 땅을 쳐다보았다. 경호가 사업에 쓸 중고차 구입 대금을 지불하고 오는 길이었다. 그 사업이란 게 참 엿 같고 지랄 맞은 것이었다. 문득 손이 무거워져서 보니 손가락에 방아쇠가 걸려 있었다.

"총이잖아?"

그는 놀라서 두리번거렸다. 누가 쥐여 준 것도 아니라면 하늘에서 뚝 떨어졌단 말인가? 총은 검은색이었고 구식 자동권총으로 보였다. 그는 빨리 걸어가면서 무릎을 구부려 살포시 총을 내려놓았다. 한 다섯 걸음 갔을까, "이봐?" 하고 부르는 소리에 찔려서 쳐다보았다. 아무도 없었다.

"나야, 나."

총이 말했다. 그것을 대오는 분명히 인지했다. 슬그머니 비가 내리기 시작했다. 그는 권총을 얼른 주워왔다.

대오는 당분간 운전만 했다. 탄약 냄새가 희미해지는 만큼 심장 박동도 정상 궤도를 되찾고 있었다. 총 쏘는 기분이 알고 싶어 창밖을 향해 방아쇠를 당겼던 것이다. 주위를 확인하고 발사한 것이었는데 사각에서 소형트럭이 튀어나왔다가 옆으로 쑥 지나갔다. 그렇게 가면서 뭘 알고 그러는지 클랙슨을 두 번 때렸다.

"뭐야? 총 한 번도 안 쏴봤어?"

"한국은 총기가 불법이야. 군대도 면제라서……."

"군대? 군인이 되고 싶었어?"

"그럴 리가."

"군인만큼 명예로운 직업이 어딨다고!"

"너 군용 권총이랬지?"

"그래."

"한국은 병역의 의무가 있어서 너도나도 당연히 다 가는 거라 그런지 그렇게 대접을 받는다거나 하지 않아. 사실 푸대접도 그런 푸대접이 없지."

권총은 자신이 미제라고 했었다.

"약해빠져서 면제받은 주제에 말은 잘하는군."

"생계문제였어."

"그게 그거지 뭐."

순간 대오는 깨달았다. 이 괴상한 권총과 자신은 성격적인 부분이 맞지 않았다. 결혼을 한 상대라면 필시 1년을 못 넘기고 헤어질 운명이었다. 어찌 되었건 권총을 버리진 못하겠고 그러는 이상 친해져야 하는 데, 시간이 필요했다.

허름한 단독 주택에 들어서자마자 그는 엄청난 잔소리를 들어야 했다. 권총은 집이 더러워 죽겠다고 했고 썩히고 있는 시체라도 있는지 물으며 냄새가 더럽기 그지없다고 꾸중했다. 화장실로 안내해달라는 말에 그는 따랐고 변기만 하얗게 반짝이고 있는 모습에 권총은 웃겨 죽으려고 했다.

그는 권총을 눈높이에 맞춰 이리저리 돌려 보았다. 대체 눈이 어디에 있고 코는 어디에 있는 것인지?

"얼굴 좀 치워줄래?"

권총이 말했다.

대오는 그렇게 했다.

대오는 젓가락을 들었다. 밥상에 있는 건 라면 두 봉지가 들어간 냄비와 김치 그리고 물 한잔뿐이었다. 언제나처럼 초라한 식탁이었다. 권총은 반대쪽 밥상 끝머리에 마치 조카가 잊고 간

물총처럼 놓여 있었다.

그는 면발을 후루룩 빨아들인 다음 어금니로 억세게 씹었다.

"근데 아까는 왜 그렇게 죽을상이었어?"

권총이 말했다.

순간 대오는 풀이 죽었다. 미스터리하기 짝이 없는 놀라운 만남으로 인해 빌어먹을 원경호 자식을 잠시 잊고 있었던 것이다. 원경호, 이성균, 강기영. 그들은 악의 원흉이었다. 그들에게 더 종속되다 보면 언젠가 제삿밥을 먹게 될지도 모른다. 그도 모르지 않았으나 원치 않게 가담한 일들이 있었다.

"생돈 2,500만 원을 날렸거든. 중고 외제차를 샀는데 내 것도 아니었어."

"근데 왜 가격을 지불했지?"

대오는 괴로워하며 양손으로 얼굴을 쓸었다.

경호 일행은 사기꾼들이었다. 특기는 보험사기류였다.

1. 가벼운 질병으로 병원에 간다. 적어도 20군데였다. 입원, 퇴원을 반복하는 수법으로 장기간에 걸쳐 보험금을 받는 것이다. 일당을 중복 보장하는 상품에 집중 가입하는 것이 핵심인데, 100개가 넘는 보장성 보험에 가입해서 입원이 불필요한, 무릎 연골 이상이나 고혈압 같은 것으로 입원치료를 받다가 동일질병 보장 한도일이 도래하면 병명을 바꾸는 식으로 재입원하는 수법이었다.

2. 단종된 외제차를 이용한다. 유흥가 주변 음주운전, 일방통행 도로 역주행, 실선구간 진로 변경과 같은 교통법규를 위반하는 차량을 일부러 노려 교통사고를 내는 것이다. 단종된 외제차가 필요한 이유는 부품을 구하기 어려운 연유에서였다.

3. 서로 가해자와 피해자 역할을 정해 고의로 사고를 낸다. 주로 연식이 된 차량을 이용한다. 그런 차는 부품을 구하기 어려워 보험사로부터 수리비에 해당하는 금액을 받을 수 있다는 이점이 있기 때문이다.

4. 실제 사고가 없었음에도 사고가 난 것처럼 꾸미는 방법이다.

그리하여 외제차가 필요했고 구입 대금으로 대오가 피 같은 돈을 지불했다. 줄곧 경호에게 가당치도 않은 요구를 받아왔지만 이번만큼 큰 건은 처음이었다. 하도 당하고 산지라 대오는 눈물도 나오지 않았다. 거의 반쯤 인생을 포기하며 살고 있었다. 의지와는 상관없이 그는 너무도 많은 범죄에 휘말려 있었다.

그의 이야기를 들은 권총이 말했다.

"이쯤에서 그냥 자수를 하지 그래?"

"그럴까?"

대오가 너무도 순순히 말했다.

"아니."

"왜?"

"그럼 난 어떡하고? 기껏 세상에 나왔는데 말이야. 너무 무책임하다고 생각하지 않아?"

"너 뭐야, 대체?"

"뭐긴 뭐야, 권총이지."

대오가 병실로 들어섰다. 느긋하게 드러누워서 코를 파고 있는 성균과 눈이 마주쳤다. 대오는 넙죽 묵례를 하고 등 뒤로 문을 닫았다.

"너 새끼, 이번 빠따는 너인 거 알지?"

"네? 그게 무슨 말씀인지……?"

"기영이한테 못 들었냐? 너희 집에 불 지를 거야. 태워버릴 거라고."

대오는 너무 놀라 말문이 막혔다.

멍청아, 나쁜 짓 그만둬.

"뭐? 이 개새끼야?"

"저, 제가 아니에요."

성균이 손짓을 했다. 짝 소리와 함께 대오의 얼굴이 돌아갔다. 몇 소리를 더 귓등으로 듣던 대오는 통증과 모멸감으로 달아오른 얼굴로 병실에서 나왔다.

"그딴 소리는 왜 했어?"

그가 셔츠를 들어 올렸다. 벨트에 비스듬히 걸려 있는 권총이 얄궂었다.

"으, 지린내."

권총이 얄밉게 말했다.

먼저 전화를 걸 여력이 없었는데 때마침 기영의 전화가 와서, 곧 둘은 차 안에서 만났다. 경호 패거리가 보험 범죄로 벌어들인 수익은 10억이 넘었다. 물론 그렇게 버는 데 오랜 시간이 걸렸다. 몇 번 감옥에 간 적도 있었다. 그 몇 번에 대오도 있었다. 그렇게 전과자가 되었다.

기영은 성균과 같은 말을 했고 경호에게 못 들었냐고 물었다.

멍청아, 나쁜 짓 그만둬.

이어진 권총의 반응에 기영도 어김없이 따귀를 올렸다.

"이 새끼가!"

기영이 천둥처럼 말했다.

"저, 아니에요⋯⋯."

경호에게 전화를 받은 건 늦은 오후 때였다. 경호는 회색 양복으로 빼입은 채 창고에서 기다리고 있었다. 대오는 창고 밖에 있는 경호의 벤츠에서 멀찌감치 자신의 차를 댔다.

"왔냐?"

경호가 말했다.

대오는 크게 허리를 숙이며 인사를 했다.

"무슨 일이십니까?"

그는 알면서 물었다.

아니나 다를까 경호 입에서 찬물 한 바가지를 끼얹고 싶은 말이 똥내를 풍기며 나왔다. 대오의 입장에서는 어떻게 남의 집을 태울 생각을 할 수 있는지 이해가 되지 않았다. 원룸을 전세로 얻어주겠단다. 이 미친 새끼가……

"그 집은 저의 유일한 재산입니다. 거기서 제 어머니와 남동생이 죽었다고요!"

"그래서 너도 거기서 죽을래?"

"네?"

"네 가족이 어떻게 죽었는데?"

대오는 아무런 대꾸도 하지 못하고 그저 부르르 떨 뿐이었다. 공포인가 아니면 분노인가. 그의 모습에 경호는 조밀한 이를 드러내며 히죽거렸다.

멍청아, 나쁜 짓 그만둬.

"뭐? 방금 뭐라 그랬냐?"

경호의 얼굴이 마치 자동차를 쫓는 호랑이처럼 일그러졌다.

"저, 저 아닙니다."

대오가 양손을 흔들며 물러섰다.

"이 새끼 보게."

경호의 태도에 대오는 절로 우거지상이 되었다. 경호가 빤히 그를 쳐다보면서 발목을 걷어 올렸다. 다리털이 수북한 발목의

갈색 칼집에서 나이프를 뽑아 들며 왔다.

어쭈?

탕!

대오는 왕방울만 해진 눈으로 경악하며 권총을 보았다. 탄약 가루가 덮친 듯 양쪽 볼이 뜨끈했고 다리는 엇박자로 후들거렸다. 오른쪽 어깨를 부여잡은 경호의 얼굴이 창백했다. 길쭉한 이마가 기름기로 번들거렸다.

"너 이 새끼……"

경호가 죽일 듯 노려보았다. 대오는 "그게, 그게" 하고 넙죽넙죽 인사를 하며 부리나케 도망쳤다. 나무가 우거진 도로. 그는 핸들을 팍팍 내리쳤다. 주먹으로 핸들 가운데를 치자 빵하고 소음이 나가다가 차에 치여 사라졌다.

"이게 다 너 때문이야! 난 이제 끝장이야. 날 죽이려 들 거야. 죽은 목숨이야. 진짜 그래…… 젠장! 제기랄!"

"침착해. 착한 일 해놓고선 왜 그리 야단이냐?"

"착한 일? 너 따위 거 분해해서……!"

"날 해부하겠다고? 생체실험이냐? 이 잔인한 놈아!"

대오는 권총의 횡포에 기가 찼다. 이어지는 권총의 말 때문에 더 분했다. 권총이 말하기를 경호 일행은 이 세상 사람이 아니라는 것이다. 그게 무슨 개똥 같은 소리냐고 물으니 한다는 말이 그들의 정체는 군인이라고 했다. 그것도 1950년대 미국의.

갑자기 대오는 허리춤에서 권총을 날름 뽑아서 조수석에 휙 던졌다.

"무슨 짓이야?"

"네가 겨누고 있었던 곳은 내 중요 부위가 있는 데잖아!"

"에이, 쏴 버릴걸."

"그럴 수도 있어?"

"큭큭."

"아까 네 짓이었지? 네가 쏜 거야!"

"떠넘기지 마. 우리가 같이 쏜 거니까. 난 방아쇠를 당기지 못해. 그저 네가 총을 잘 쏠 수 있도록 거들어 준 것뿐이지."

"거짓말하고 있네. 그런데 미군 어쩌고 그거나 이야기해 봐. 미친 소리처럼 들리기는 하지만, 그렇긴 해. 말하는 권총이라니!"

대오는 룸미러와 바깥 유리를 번갈아 가며 힐끔거렸다. 뒤에서 차 한 대가 오고 있었지만 벤츠는 아니었다.

"미 해군은 1943년 7월에 필라델피아 선착장에서 구축함 'USS 엘드리지USS Eldridge, DE-173'를 상대로 한 가지 실험을 했어. 초강력 자기장을 거는 실험이었는데 레이더에 발견되지 않는 스텔스 모드를 만들 목적이었지. 변압 장치인 테슬라 코일을 이용해 선체에 막대한 전류를 흘려보내 특수 자기장을 형성시켜서 레이더가 감지를 못하게 하려는 것이었어. 181명의 해군이 탑승한 채 시작되었지. '필라델피아 실험'이라고 알려져 있고

'레인보우 프로젝트'라고 부르기도 해."

대오가 코를 재빨리 긁었다. 바깥 유리를 신경 썼다.

권총이 계속했다.

"스위치를 켜자 1,500억 볼트의 고압 전류가 발전기를 통해 흘렀어. 그러자 엘드리지호 주변이 일시에 어두워졌는데 온통 녹색 안개였어. 엘드리지호는 안개 속에서 사라졌지. 발전기를 끄자, 엘드리지호가 다시 모습을 드러냈어. 지옥 그 자체였지. 181명의 탑승객 중에 21명만이 남아 있었어. 불이 난 구축함에서 40명 정도가 방사능에 타 죽었고 120여 명은 완전히 증발했어. 그로테스크 그 자체였지. 신체 몇 부분만이 남아 벽, 기둥, 바닥 등과 융합해 고무처럼 녹아내리고 있었고 배 안의 방사능 수치는 엄청났지. 하지만 실험은 한 번으로 끝나지 않았어. 필라델피아 실험은 총 세 차례로 진행되었는데 그 중 한 번은 강력한 자기장에 휩싸인 엘드리지호가 400km나 떨어진 버지니아 주의 노포크 항에 나타났지. 그 뒤에 자기장의 가동을 중단시키자 엘드리지호는 다시 필라델피아 해군 항으로 돌아왔어."

"그럼 넌? 네 정체는 뭐야?"

"너를 괴롭히는 악당들과 같아. 나도 군인이었고, 증발한 사람 중의 한 명이었지. 내 몸은 선체와 융합되었던 사람들과 비슷한 경우야. 기형적인 반응을 보이면서 원자로 분해된 내가, 내가 소지하고 있던 권총과 완전히 합이 되었지. 경호, 나머지는 이름이 뭐였지? 아무튼 그 셋은 워프가 된 거야. 원자 워프였지. 나도 그랬고."

"워프라고? 그거 시간이동? 순간이동 뭐 그런 거 아닌가? 웜홀?"

"필라델피아 실험은 아인슈타인, 니콜라 테슬라, 폰노이만처럼 당대 최고의 과학자들이 참여한 실험이었어. 사람들이 알기에는 스텔스 모드, 즉 독일 U보트의 자성추적 어뢰를 전류를 이용하여 피함을 목표로 하는 실험이었지. 사실은 달라. 이건 '텔레포테이션'이었어. 원격 순간이동에 관한 연구 프로젝트를 극비리에 진행했던 거지."

"그게 끝이야?"

"그래."

"네가 해군이었다고?"

"맞아. 놀랐어?"

"아니, 경호가? 성균이가? 기영이까지 해군이었다고? 미군이었다고? 그것도 50년이 훨씬 넘는 21세기 대한민국으로 순간이동을 해 버린 해군? 그 인간쓰레기들이?"

"미군이라고 다를까? 인간은 크게 다르지 않아. 선이 있으면 악이 있지. 어디에나. 나는 권총이지만 그들은 한국인의 얼굴을 하고 있지? 그들은 영혼처럼 떠돌던 시공간에서 벗어나 이곳에서 누군가의 정자 속에 들어간 거야. 일종의 윤회랄까? 보통 인간들과 다른 게 있다면 과거를 어렴풋이 기억할 수 있다는 거야."

"픕!"

하지만 대오의 얼굴은 금방 진지해졌다. 솔직히 순간이동이고 뭐고 바로 눈앞에 말하는 권총이 있는 이상 못 믿을 말이 뭐가 있겠는가. 그거보다 급한 것은 자신의 생명이 일각에 달려 있다는 거였다. 이대로는 집에도 못 간다.

결국 그는 멀리 갔다. 차에서 내린 후에는 엉덩이가 아파 인상을 썼다. 찝찝했으나 권총은 허리춤에 넣었다. 지금도 아마, '입으로' 자신의 거시기를 가리키고 있을 터였다. 입이라고 짐작되는 거기서 총알이 불쑥 튀어나오다니 뭔가 사이버틱한 에로티시즘이 아닐 수 없었다. 그는 모텔로 들어갔다. 무인 모텔이었고 남자 둘이서 혼숙을 하는 상황이나 다름이 없었다. 샤워를 하고 나와서 침대 위에 있는 권총에 눈이 가자 새삼 기가 차고 희한하기만 했다.

"자기야 왔어?"

권총이 말했다.

순간 무슨 생각이 난 대오는 팬티 차림으로 침대에 풀썩 주저앉아서 권총을 들었다. "뭐하는 짓이야!"라고 꾸짖는 권총의 말은 씹고 탄창을 꺼냈다. 총알을 꺼내서 세워보자 16발이었다. 그가 두 발 쐈으니 18발이 들어 있었던 셈이다. 아주 멋진 숫자다.

18. 18만큼 지금의 상황을 적절히 요약해 줄 수 있는 말이 어디 있을까?

그가 다시 18을 외쳤을 때는, 그의 집이 보험금이 되어 활활 타오르고 있을 때였다. 밤에 몰래 가 본다는 것이 화재의 최초 발견자가 되어 버렸던 것이다. 화재는 이미 최전성기였고, 답이 없는 상황이었다. 시뻘건 소방차, 시뻘건 집, 시뻘건 인생, 시뻘건 미래. 모든 것이 경호 패거리가 선사하는 시뻘건 것이었다. 언젠가 대오는 시뻘겋게 변해 발견될 것이다. 그는 자리에 주저앉을 뻔하다가 간신히 몸을 추스르고 거기서 빠져나왔다.

"미행이 붙었으면 어떡하지?"

권총이 말했다.

"미행 따윈 없어. 줄곧 경계하고 있었다고."

둘은 침대에 앉아 있었다. 아니, 대오 혼자. 그는 권총을 들어서 TV를 가리켰다. 각오가 되었다. 물론 권총도 눈치를 챘다.

"나 좀 도와줄래? 경호하고 나머지 으으으를 데리고 가게."

권총이 이름을 기억 못 하고 얼버무렸다.

"데리고 가다니?"

대오의 눈이 가늘어졌다. 저승으로 데리고 간다는 소린가? 쏘라고? 살인자가 되라고? 순간 그는 떨렸다. 오한으로 부들거렸다.

"왜 그래?"

권총이 물었다.

대오는 어색하게 미소를 지었다. 이렇게 된 이상 숨길 것이 없었다.

"엄마와 동생이 죽었어. 내가 그랬어! 경호가 준 망할 약에 취해서! 먹으면 걱정거리는 싹 사라지고 그저 황홀할 뿐이라는 얼토당토 안 한 소리를 믿었다가…… 그냥 아스피린 가루 같은 거라면서…… 젠장! 겨우 가루였다고, 가루! 후……! 경호 때문이라고 하면 남에게 책임을 전가하는 것일까? 타지에서 온 그는 잘 곳이 필요했고 우리 집을 발견했지. 돈을 얼마 주기에 방을 내주었어. 나는 소파에서 자면 되니까. 그런데 그가 건넨 가루가…… 정신을 차리고 보니 모든 것이 명확해 보였어. 내 몸은 피투성이였고 손에는 칼을 들고 있었지. 불안한 느낌에 엄마를 부르고 동생을 부르는데 갑자기 피 냄새가 몰칵 풍겨왔어. 나한테서 나는 건 아니었어. 당연히 내 피도 아니었지."

대오의 시선이 심하게 흔들렸다.

"에이, 바보. 그래서 얽매여 있었구나?"

권총이 폭소를 터트렸다. 대오는 황당하고 불쾌해서 말문이 막혔다. 권총은 남의 고통을 스스럼없이 비아냥대고 조소하고 웃고 까불고 있었다. 하지만 권총을 향해 웃거나 정색하는 것은 사치였다. 그저 금속으로 된 장치일 뿐이었다. 상상력을 보탤 필요 없이 지금의 상황은 공포다. 그는 괜히 언젠가 보았던 귀신 사진이 생각나 금세 올라온 닭살을 긁었다. 그의 모습을 혹시 멀리서 누군가 봤으면 저놈 저거 혼자서 뭐하는 짓거리지 했을 것이다. 나아가, 오늘 점심에는 혼밥을 했고 점심에 혼밥을 했기에 팬티에서 꺼낸 자동권총을 도로 한복판에서 난사해댈 듯한 그런 대단한 미친놈처럼 보이겠지.

"아무리 권총이라지만 적당히 해! 뭐가 웃겨!"

"네가 속은 거야. 넌 아무도 죽이지 않았어. 가루는 수면제였 겠지. 너희 가족에게 끔찍한 짓을 한 건 경호였어."

"경호였던 거야?"

대오는 자리에서 일어나려다가 천천히 앉았다. 숱한 몽유병 로맨티시스트들이 히드라처럼 침을 싸댔을 침대보가 수심 깊 은 주름을 만들었다.

"그러지 않을까 생각은 했어. 사실 바람이었지. 뻥은 아니겠지?"

"절대로 아니야. 이젠 어때? 경호와 으으으를 없애버릴 명분 이 분명해졌지? 그래 봤자 네 죄책감은 결코 사라지지 않겠지 만. 평생 괴로움에 떨게 될지도. 내가 힘을 빌려줘?"

"자살이라도 하라고?"

"크크."

"경찰에서 조사를 받았지만 내가 하지 않았음은 명백했어. 과 학 수사란 거 대단하더구먼. 하지만 내 마음에서 살인자는 나였지. 나였으니까 괴로웠던 거야. 경호가 내게 속삭이더군. 봤다고. 내가 하는 걸 봤고 자기가 경찰에 불어버리면 나는 평생 독방에 살아야 한다나? 친족살해범은 광화문광장 같은 데서 사지를 묶어놓고 대공포로 고기째 박살 내야 한다고……."

"그럴 줄 알았어. 그런 식으로 독뱀한테 물렸군?"

권총이 말했다.

대오는 머리를 쓸어 넘기며 코로 나른한 숨을 내뱉었다. 자기가 대체 뭐 하고 있는가 싶어서였다. 5만 원짜리 방의 싸구려 침대에 앉아서 수갑, 아니, 첫사랑, 아니, 점유 이탈물 횡령죄 정도는 거뜬히 선사해 줄 것 같은 1950년대에서 온 자동권총과 대화를 나누고 있다니. 하느님, 거기 계십니까?

"우리는 협력할 수밖에 없어. 서로가 필요하지. 난 네가 있어야 그들이 제자리를 찾게 할 수 있고 넌 내가 있어야 해방이 될 수 있어. 그들을 돌려보내야 해."

"어떻게 한다는 거야? 돌려보낸다니?"

"미지의 세계로지, 어디긴 어디겠어. 시공을 잇는 실 가닥들이 하나의 옷처럼 완전체를 이루고 있는 곳이야. 말 그대로 다른 시공간, 미지의 세계지. 솔직히 너 시공 같은 건 관심도 없잖아? 넌 자유를 얻고 싶을 뿐이야. 들켰지?"

"그렇지, 뭐."

차에서 대오는 미친 놈처럼 다이소에서 사 온 손거울과 난데없는 눈싸움을 벌였다. 은색의 공주 거울이었다. 아무리 자기 자신과의 눈싸움이라도 처음에는 약간 찌릿했다. 먼저 진행했던 룸미러와의 대결 때와는 감이 달랐다. 처음 1분 째는 헛웃음만 나왔고 3분쯤 되었을 땐 손거울을 던지고 싶었다. 어찌어찌 10분을 채웠을 때 들려온 권총의 뻔뻔한 말, 이미지 트레이닝.

"왜 내가 거울 속 나하고 이 짓거리를 해야 돼?"

그가 따져 물었다.

"거울 속에 답이 있잖아."

권총이 우문현답을 했다.

지하 주차장이었다. 대오는 편의점에서 사온 도시락을 꾸역꾸역 입안으로 밀어 넣었다. 만일을 대비하여 차의 시동은 켜져 있었고 권총은 조수석에 있었다. 재밌었다. 도망자의 신세에서 추격자로 바뀐 것이다. 그의 입장에서 삼인조는 언터처블이었다. 하지만 다른 시공에서 온 불청객이란 걸 알고 난 뒤에는 예전만큼 두렵지 않았다. 마치 상대편의 약점을 모조리 캐치하고 마우스피스를 문 채 링 위로 올라선 기분이었다.

"발사된 총알이 인간을 살상할 수 있는 거리는 50m 이내야. 이론상으론 그렇지. 미국 경찰관은 권총의 교전 거리를 20m 정도로 보고 있고 FBI가 조사한 권총의 평균 교전 거리는 약 7m

정도지."

권총이 말했다.

대오가 놀란 눈으로 권총을 보았다.

"겨우?"

"사실 권총으론 움직이는 목표물을 제대로 맞힐 수 없어. 적의 근거리까지 최대한 접근해야 하고 안전을 확보한 후 크기가 큰 동체를 조준해야 해. 그래야 효과적으로 적을 제거할 수 있거든. 권총은 소형 총기라 손으로 받칠 만한 곳이 없어. 그래서 그립을 양손으로 쥐는 것 외에는 고정방법이 딱히 없지. 명심해. 거의 많은 실수 중의 하나가 두 번째 타격 이후의 사격 자세야. 오발의 중요한 원인이지."

"갑자기 자신이 없어졌어."

"걱정 마. 내가 널 도울 거라니까. 넌 대충 겨냥하고 방아쇠를 제대로 당기기만 하면 돼. 넌 배고 난 돛이니까 서로가 돕는 거지. 어쩔 수 없는 단일화고 자웅동체고 일심동체고…… 에잇, 징그러워 죽겠네!"

"미친……. 근데 넌 왜 이렇게 탄창이 두꺼운 거야? 그립을 쥐기가 힘들잖아."

"칫, 투덜대기는. 복열탄창이라서 그래. 탄약을 서로 엇갈리게 2열로 넣을 수 있으니, 총알이 많아서 좋잖아 뭐. 어떤 면에서는 너 같은 초심자한테 알맞은 도구일 수도 있지. 긴장 풀어. 상대들은 맨몸이라고. 기껏해야 칼 같은 걸 가지고 있을 테지만 네 무기는 총이야. 불리한 상황만은 아닌 거지."

"정말 안심이 되는 말이다, 그거."

대오가 심드렁하게 말했다. 그러다 그의 태도가 갑자기 변했다. 그는 몸을 낮췄다. 강기영이었다. 그는 여자의 머리끄덩이를 끌고 와서 바닥에 패대기쳤다. 여자는 짧은 치마 차림이었다.

"이 미친 년은 술만 처마시면 헤어지자고 하네. 진짜 뒤지려고! 응? 뒤지고 싶냐?"

기영이 주먹을 마구잡이로 휘둘렀다. 여자를 발로 차기도 했다. 그래도 분이 안 풀리는지 재킷을 벗어서 바닥에 내팽개쳤지만 거기까지였다. 보안요원들이 나타난 것이다. 두 명이었다. 그래봐야 기영의 난폭함에 쪽도 못 썼지만. 그 틈에 여자는 12시 종소리를 들은 신데렐라처럼 하이힐을 버리고 도망갔다.

"저 녀석 말인데, 완전히 한국인이 됐나 봐. 나도 슬슬 한국 미인이 좋아지기 시작하던 참이거든."

권총이 말했다.

대오는 한심하다는 듯 권총을 흘겼다. 그런들 권총이 알기는 할까 싶었다. 따지고 보면 이 금속체의 어디든 눈 역할을 할 수도 있겠다 싶었다. 괜한 생각에 빠지다 보니 자연히 총구의 정체가 궁금했다. 께름칙하게도 줄곧 입이라고 생각했다. 헌데, 총열은 길다. 남자의 몸에서 구멍이 있고 긴 것은? 그것만으로도

18 소리가 절로 나오는데, 더 나아가 거기가 항문이라면? 욕이 나오리만큼 위험한 발상이었다. 그 꼬락서니인 것을 여태껏 허리춤에 끼워놓고 있었으니까.

하지만 권총의 근간은 어디든 눈이고 어디든 입이다.

기영은 광분해서 보안요원을 뿌리치며 자신의 차에 올라탔다. 국산 대형차가 향한 곳은 노래방 건물이었다. 그의 소유로 되어 있는 곳이었다. 그가 오래도록 돌아오지 않자 대오는 차에서 내렸다가 자신의 안일함에 놀라며 다시 올라탔다. 여기서 총을 사용했다간 필시 목격자를 만들게 될 것이다.

"왜 넌 소음기를 안 달고 다니는 거야? 그게 있었으면 일이 훨씬 쉬웠을 텐데!"

"바보, 해군이 소음기 달린 자동권총을…… 큭큭."

"미필이라니까!"

"저기! 저기!"

기영이 어떤 여자의 어깨에 팔을 두른 채 건물에서 나오고 있었다. 아까 그 난리를 쳐놓고도, 대단한 정력이라고 대오는 생각했지만 차에 탄 건 기영 혼자였다. 대형차가 멈춘 곳은 약간 외진 장소였다. 창고로 가려고 했던 것이다. 차에서 내린 기영은 풀밭을 보며 섰다. 대오는 좀 지나서 차를 세웠다.

"좋아. 좋아. 노상방뇨 중에 총 맞아 죽다 이거 추리소설 제목으로 어때?"

권총이 말했다.

대오는 무시했다. 10월의 어둠 속에서 그는 재빨리 대형차로 접근했다. 팔과 총은 진작 수평을 그리고 있었다. 느닷없이 총구가 불을 뿜었다. 핑 소리와 함께 자동차 머리 부분에서 스파크가 튀었다.

"실수야."

대오가 미리 변명했다. 권총은 아무 말도 하지 않았다.

대오는 차를 돌아갔다. 머리를 감싸 안고 멍하니 서 있는 기영이 보였다.

"대오 너 이 새끼, 여기서 뭐 해? 그거 총 아니야?"

장난감 총이라고 생각할 수 없었다. 뭔가가 차의 옆면을 때렸는데 소리만 들어도 알 수 있는 것이었다. 금방 사태를 파악한 기영은 "잠깐" 하더니 급하게 차에 몸을 밀어 넣었다. 그러는 와중에도 몇 번의 총성이 이어졌다. 차는 운전석 문이 열린 채 움직이다가 밖으로 굴러떨어졌다. 기영은 추락한 우주선의 우주인처럼 운전석 문밖으로 떨어져 나왔다.

"무슨 짓거리야? 네가 뭔 짓거리를 했는지 알기는……."

기영의 호흡이 빨라졌다.

"물론 잘 알지."

권총이 말했다.

"누구야?"

기영이 피격을 당한 복부를 끌어안은 채 말했다. 피에 젖은 손아귀가 달빛을 받아 검붉게 번쩍거렸다.

"나 스티븐이야. 메인주 출신의 꺽다리 스티븐."

대오는 가만히 둘의 대화를 들었다. 기영이 자신의 정체를 인정하기를 기대했다.

"스티븐이라고?"

"오랜만이지? 이제 우리는……."

하지만 권총은 맞을 끝맺지 못했다.

"빌어먹을, 그게 대체 누군데?"

그 말을 끝으로 기영의 몸 주위에 푸른 안개가 들끓기 시작했다. 땅에 착 가라앉고 대기 중에 떠돌던 안개는 곧 옅어지더니 기영은 오간 데 없이 사라졌다.

"네가 말한 게 이런 거야? 다른 세계로 가버린 거지? 내가 사람을 죽인 게 아니지?"

"맞아. 걱정 마. 넌 살인자가 아니니까. 넌 세상이 원래 자리를 되찾는, 이로운 일을 하고 있는 거야. 방식이 좀 하드코어해서 그렇지만."

"하지만 원경호 그 자식만큼은!"

"그때는 살인이 되겠지. 원칙적인 살인이 아니라 정신을 살해하는 거야, 바로 네 정신을. 죽은 걸 다시 죽게 한다, 그건 일종의 인공호흡이야. 네 가족과 함께 죽어버렸던 네 정신세계에 인공

호흡기를 대주는 거지. 다시 살아나도록 말이야."

"고마워."

"바보. 좋아하기는, 큭큭."

병원을 찾은 건 다음날 이른 아침이었다. 대오는 거의 잠을 이루지 못한 상태여서 병원 주차장에서 핸들을 잡은 채 꾸벅꾸벅 졸기도 했다. 일단 저격을 하고 나면 성균은 사라진다. 가방 같은 소지품 하나 없이 혼자 왔다가 혼자 나가는 대오의 모습이 폐쇄회로에 찍힐 테지만, 성균이 연기처럼 사라진 이상 누구의 의심도 사지 않을 것이었다.

얼마 후 대오는 병실 앞에 섰다. 여기까지 오는 데 솔직히 감정의 동요는 거의 없었지만 문손잡이를 잡으니 새삼 놀라웠다. 그렇게 무섭던 인간들이 한낱 병아리나 다를 게 없이 느껴진다는 사실이. 성균은 잠들어 있었다. 이렇게 된 거 자고 있을 때 편하게 보내주자는 생각이 들었다. 영화에서 본 것처럼 베개를 이용해 소음을 줄일 생각이었다. 격한 것은 다른 세계의 미치고 별난 총에 맞아 사라진다 하더라도 피가 튄다는 거였다. 그렇다는 이야기는 만약 머리에 총을 맞는다면 거기에서 얼음을 깨고 뭔가가 펑?

대오는 성균의 머리 밑에서 베개를 꺼내려고 했다. 그런데 갑자기 성균이 눈을 확 뜨는 바람에 놀라서 총을 놓칠 뻔했다. 간신히 총을 잡은 대오는 다른 손까지 보태 방아쇠에 걸린 손가락을 당겼다. 펑 하고 튀어나온 총알이 헝겊을 뜯고 픽 하는 소리와 함께 고속으로 회전하며 식육파리처럼 살을 파고들었다. 성균이 단발마의 소리를 내며 목을 접고 쓰러졌다. 그대로 끝난 줄 알았는데, 성균이 비명을 지르며 벌떡 일어났다. 손을 마구잡이로 휘젓다가 다시 날아든 총알에 푸르스름한 안개 속에서 그대로 잠들었다.

"서두르는 게 좋겠어. 생각보다 큰 소리였어. 자취방에서 고추를 만지고 있던 김 군도 들었겠는걸? 마침 좋은 야동을 발견했을 텐데 좋은 시간을 방해하고 말았잖아."

"김 군이 누군데?"

"나도 모르지."

대오는 어이가 없었지만 병실에서 나간 이후에는 그런 생각을 할 여력이 없었다. 병실을 향해 다가오는 남자들의 눈빛 때문이었다. 성균의 지인으로 보이는 두 명은 전체적으론 살집이 있었지만 단단해 보였다.

"야!"

남자 중 하나가 소리쳤다.

대오는 즉각 도망쳤다. 그들이 병실을 먼저 확인하지 않고 쫓아왔다면 필시 잡히고 말았을 터였다. 그는 하필 여자화장실에 숨어 있었다. 다행히 변태 취급을 받지 않고 아무도 몰래 탈출

하는 데 성공했다.

"고통이 뭔지 깨닫게 해주는 거야. 이번만큼은 네가 세상에서 제일가는 사이코야. 내가 있던 곳으로 돌아가면 반드시 네 자랑을 해줄게. 2016년의 한국에서 정신 나간 미친 사이코를 봤다고!"

권총이 음산하게 말했다.

"시끄러."

대오는 덤덤탄을 만들기 위해 총알에 칼집을 내는 중이었다.

"나를 벗겨놓고 그런 소리가 나와! 나 이러려고 만나는 거였어? 오빠, 이제 우리 그만 만나. 흥!"

권총이 말했다. 탄창이 배출된 것을 두고 하는 말이었다. 농담으로 일관하던 권총이 금세 진지한 태도로 바뀌었다.

"참고로 덤덤탄은 1907년에 체결된 헤이그 육전조약에서 금지되었어. 필요 이상의 고통을 주는 병기이기 때문이지. 헤이그 육전조약은 육상 전투 규칙을 정하는 국제법의 일종이야."

"덤덤탄 만드는 법을 가르쳐 준 게 누구였더라?"

"큭큭. 왜 덤덤탄이 무서운 건 줄 알아? 목표물에 명중한 탄두의 십자는 칼집을 따라 찢어져. 발사된 총알은 몹시 뜨겁기 때문에 납이 물러져서 생기는 현상이지. 찢어진 납이 내장을 갈기갈기 찢어버린다고, 이 무법자야."

"그거 잘 됐군. 진심으로 하는 소리야. 경호만큼은 곱게 못 보내겠어. 어차피 저세상에 가면 영생할 거잖아? 그런 자식한테 ……"

대오는 말과 함께 동작을 잠깐 멈춘 뒤 다시 작업을 계속했다.

"저세상이라고 하니까 꼭 내가 그들을 데리러 온 저승사자가 된 느낌이잖아? 비슷할지도 모르지. 나는 일종의 경찰이니까. 시공간 사이의 평행을 유지하는 경찰 말이야. 물론 그 누구도 내게 그런 임무를 부여한 적이 없지만, 큭큭."

권총이 음흉하게 말했다.

대오는 십자를 새긴 마지막 총알을 내려놓았다. 늘어선 총알들이 마치 전투기에 탑재될 미사일 같았다. 그는 권총을 들어서 이리저리 돌려 보았다. 탄창이 들어가는 안쪽도 보았다. 당연히 평범한 권총에 지나지 않았다.

"놔! 놔! 이만 했으면 됐지 또 내게 무슨 더러운 짓을 하려고 그러는 거야? 겁탈이라고 하겠다는 거야? 날 강간하겠다고?"

"미친 놈."

대오가 총을 내려놓으며 말했다.

"뭐? 미친 놈? 담배나 줘. 담배를 내 입에 물려 줘. 빡빡 피워 버릴 거야. 수치스러워서 견딜 수가 없어."

"헛소리 좀 하지 마. 그리고 나 담배 안 펴."

"큭큭. 나한테 작은 소망이 있다면 그건 네게 3대 성인병을 심어 주는 거야."

하지만 권총은 금세 진지해져서 그에게 잔소리를 해대기 시작했다. 권총을 손질하는 일은 무엇보다 중요한 일이라는 것이었다. 자동권총은 연소가스의 압력으로 작동한다. 연소 가스는 찌꺼기가 쌓이는 원인이 되므로 작동 불량을 피하려면 평소에 관리를 해주어야 한다는 말이었다. 원래는 사격을 한 당일 밤까지는 손질을 해야 하는데 권총도 잊고 있었다고 했다.

아무리 군인 출신이라지만 총을 만진 일이 반세기 전의 일이었고 지금은 권총 그 자체이니 말을 다 한 셈이다. 대오는 피를 토하는 권총을 달래기 위해 그리고 자신의 무기에게 최대한의 예의를 갖추기 위해 움직였다. 클리닝 액이나 휘발성 알코올, 도료용 시너 같은 것이 없었기에 권총이 시키는 대로 천과 솔 그리고 비누를 녹인 뜨거운 물을 이용해 권총을 목욕재계시켰다.

날이 밝았다. 대오는 방아쇠를 당겨 달칵달칵 해보다가 탄창을 끼워 넣었다. 그러자 권총이 가늘게 신음했다.

"뭐야?"

대오가 인상을 썼다.

"내가 뭘?"

권총이 태연하게 말했다.

대오는 창고 건물에서 나왔다. 허탕이었다. 아무리 기다려도 경호는 나타나지 않았다. 조용히 끝내려고 했는데 상황이 따라 주지 않았다. 그래서 그는 경호가 사는 아파트로 차를 몰고 있었다. 그런데 어디선가 사이렌 소리가 들리기 시작하더니 꽹 장히 시끄러워졌다. 수많은 경광등이 바깥 유리를 어지럽혔다. SUV 한 대가 여기저기 몸을 부딪치고 다른 차량의 바깥 유리를 부수며 파란불을 무시하고 그의 바로 옆에서 쌩 내달렸다. 그 뒤에서 경찰차가 끼기긱 하고 바퀴 자국을 만들며 쫓아갔다.

"뭐지?"

대오가 말했다.

그리고 말을 바꿨다.

"뭐지!"

"무슨 일인데?"

"경호다! 저 차 원경호 차야!"

흰색 벤츠가 우측 도로를 따라 지나갔다. 신호가 바뀌었고 그도 그쪽으로 차를 몰았다. 얼마간 쫓는데 벤츠가 알아서 길가에 섰다. 이거 일이 쉽게 풀린다는 생각을 하던 찰나였는데 차에서 내린 것은 웬 여자였다. 여자의 목적지가 분명한 것 같아 그는 차창을 내렸다.

"뭐죠?"

여자가 말했다.

그는 누구지 하다가 비로소 깨달았다. 차를 오인한 것이었다. 이 세상에 흰색 벤츠가 하나밖에 없겠는가?

"아까부터 뭐예요? 긴가민가했는데 진짜 따라다닌 거였네! 경찰에 신고할까요?"

"죄송합니다. 제가 사람을 잘못 본 모양이에요. 제 지인인 줄 알고 그만……."

"내려요! 내려서 똑바로 사과해요!"

그는 하는 수 없이 차에서 내려 굽실거렸다. 비굴하게 굽실거리는 거야말로 그가 할 수 있는 최고의 재능이었다.

허탕을 치길 여러 날이었다. 은행 콜센터에 전화를 걸어 통장 잔액을 확인한 대오는 괴로울 수밖에 없었다. 언제까지 이 짓을 계속할 수는 없었다. 당장에라도 먹고 살기 위해서 돈을 벌어야 했다. 하지만 무슨 일을? 그는 전과자였고 최근까지도 보험사기를 치고 살았다. 보험사기꾼들의 호구였고 콩고물만 받아먹었다. 보험사기에 사용될 중고 외제차의 대금을 지불했고, 그들의 범죄 행각을 돋보이게 하기 위해 자신의 집까지 제물로 바쳤다. 병신 중에 이런 상병신도 세상에는 없을 것이다. 그리고 엄마와 동생…….

대오는 권총을 획 들고 일어나 화장실 문을 열었다. 그리고 세면 거울을 향해 총구를 겨눴다.

"죽고 싶어? 죽고 싶냐? 아니, 넌 죽어야 해. 네가 우리 가족을! 왜 무섭냐? 살려달라고 애걸해 봐라. 지금 우는 거냐? 죽는 게 무서워?"

"왜 그래, 소름 끼치게?"

권총이 말했다.

대오는 발그레해진 얼굴이 되어 침대에 축 걸터앉았다.

"조용하길래 네가 자는 줄 알았지."

"권총이 잠을 잘 리가 있냐?"

"권총이 말을 할 리도 없지."

가볍게 승강이를 벌이고 있는데 TV에서 며칠 전의 사건이 나오고 있었다. 대오도 목격을 했던 추격전이었다.

……차를 몰고 도로를 질주하던 30대 남성이 경찰과 아찔한 도주극을 벌였습니다. ……동거녀와 동거녀의 여동생을 흉기로 잔인하게 살해하고…… 뚜렷한 직업 없이…… 보험사기 전과……

대오는 볼륨을 키웠지만 이미 뉴스는 끝이 났다. 그는 스마트폰을 이용해 정보 수집에 들어갔다. 경호가 틀림이 없었다. 오른쪽 팔이 잘린 채 집에 귀가한 그를 보고 동거녀가 괴물이라고 부른 데에 격분하여 그런 처참한 결론을 지어버린 것이다.

"한쪽 팔은 다른 시공간에 있겠군."

권총이 태연히 말했다.

"그럼 어떻게 되는데?"

"그냥 있는 거지, 뭐."

"죽지 않으니 총을 맞아 괴사한 팔만 날아갔나? 회복도 안 되는 거야?"

"결과가 말해주잖아?"

"그래, 결과로 말하는 거야."

"법원으로 가려는 거지?"

"법원?"

"그런 생각한 게 아니었어?"

"나는 감옥에 간다는 생각뿐이었는데? 경호가 잡혔으니 내가 연루 되는 건 시간문제야. 보험사기꾼이라니. 정말 한심한 인생이었어."

"제발, 바보 같은 소리 좀 하지 말아줄래?"

"그럼, 법원에 가서 뭘 해야 되는데?"

"뭐긴 뭐야, 저세상으로 보내줘야지. 덤덤탄을 만들 때의 각오는 잊은 게 아니겠지? 으으으 같은 애들은 다 보냈잖아. 이젠 마지막이야. 이건 진짜고, 최종 스테이지야. 보스몹이지. 끝판 대장을 깨러 가는 거야."

기자들이 몰려들었다. 형사들이 경호를 비호했다. 유명인사는 유명인사였기 때문이다. 피해자의 가족이 울면서 대들자 형사들이 발까지 쓰려고 하며 거칠게 떠밀어냈다. 지금 돌아가는 상황이 재밌어 경호는 연신 히죽거렸다. 살인자인 그가 게임의 주인공이었다. 룰의 지배자였다.

경찰 배지를 불알처럼 가지고 다니는 보디가드들을 대동하고 당당하게 법원에 들어섰다. 그러다 그는 관람석에서 대오를 발견하고 목이 터지라 고함쳤다.

"뭘 봐! 개새끼야!"

그리고선 정신 나간 사람처럼 캭캭댔다. 오른팔을 비롯한 어깨가 사선으로 싹둑 잘려 나가 있는 라인을 따라 옷자락이 길게 늘어져 있었다.

대오를 향하던 시선들은 재판이 시작되자 비로소 걷혔다. 마치 파란 안개 속의 으으으처럼. 경호는 시종일관 장난 식이었고 판사나 검사에게 자신의 권리와 인권을 주장하며 시비를 걸었다. 그의 변호사는 당혹감을 감추지 못하고 두리번거렸다. 경호는 거침없이 법정을 모독했고 죽은 자매가 창녀라며 큰소리로 욕했다. 눈물만 하염없이 흘리던 자매의 가엾은 어머니는 결국 혼절했다.

"참을 수 없다."

권총을 꺼내 든 대오의 팔이 부들부들 떨렸다. 그는 미어캣처럼 벌떡 일어나 슬라이드를 후방으로 당기면서, 앞으로 가면서,

관람석에서 뛰어내리며 비키라고 소리를 질렀다. 결국 포식자를 쐈다. 그가 정신을 차렸을 때는 권총이 홀드오픈 상태가 되어 슬라이드가 뒤로 젖히고 방아쇠가 고정되어 아무리 손가락에 힘을 주어도 꿈쩍도 않은 상황이었다. 그는 현장에서 체포를 당했다. 하지만 뭉게뭉게 올라오는 푸르른 연무뿐 경호는 어디에도 존재하지 않았다.

이거 진짜 총 아니야.

"뭐라고?"

"내가 한 말 아닌데요?"

대오가 멍한 눈으로 말했다.

순간 그는 마음에서 찡하고 울리는 전율을 느꼈다. 울음이 터져 나와서 견딜 수가 없었다. 또라이 교관이 영영 사라져 버렸다는 것을 알았다. 고양이보다 가볍고 조그마한, 군인 출신 전문가. 까탈 부리기 선수에 희롱과 기만이 취미지만 마음을 편하게 하는 조언도 아끼지 않았던 얄팍한 벗.

"엄마도 동생도 이제 홀홀 털고 갔어. 너와는 다른 곳이겠지만. 엄마도 동생도 이제 자러 갔어."

대오가 간신히 울음을 참고 말했다. 사람들이 웅성거렸다. 대오가 든 총은 누가 봐도 장난감처럼 보였다. 레이저 총을 흉내낸 물총이었던 것이다. 권총은 경찰이 가져갔고, 그 이후 권총의 행방을 아는 사람은 어디에도 없었다. 권총은 물거품이 된 인어

공주처럼 증거물 비닐백 안에서 감쪽같이 사라졌던 것이다.

이후에 대오의 인생? 그는 펄펄 날랐다. 먼저 경호는 보험범죄에 관해서는 입을 닫고 있었다. 그리고 각종 매체에서 법정의 미스터리한 현상을 다뤘고 여러 기관에서도 조사를 나섰다. 해답을 찾지 못하는 것이 당연했고 관심은 세상에서 제일 신비스런 저격범인 대오에게 쏠릴 수밖에 없었다.

그는 사건에 관한 자서전을 내게 되었고 베스트셀러 작가로 등극했다. 수익의 반은 자매의 모친에게 건넸다. 한순간이었지만 미디어의 집중 관심을 받았다. 그 뒤에는 미스터리 소설 작가가 되었고 시원하게 말아먹었지만 어쩌다가 인기 강연자가 되었다. 그가 강단에서 풀어내는 자신의 인생 이야기는 최고의 흥행을 불러일으켰다.

이 저격 사건은 대한민국뿐 아니라 세계적인 미스터리가 되었고 그는 유명한 베니싱 현상을 만든 저격범으로 미스터리 마니아들의 전설이 되었다. 케네디의 마법 총알과는 다르지만 유사하고 무게는 훨씬 가볍지만 더 건전한 관심을 받았다. 물론 법정에는 카메라가 없었기에 이 사건은 여느 미스터리 사건들처럼 목격자만 많았다.

최근에 대오는 한 방송국과 인터뷰를 했다. 편집이 된 이유는 젠더 문화와 최근 출판 동향에 관한 질문에 아래와 같은 대답을 했기 때문이다.

"저는 미스터리 소설 작가로선 빵점입니다. 하지만 그리로 돌아갈 생각이에요. 왜냐면 한때 제일 친했던 친구가 이런 말을 했거든요."

'좋아. 좋아. 노상방뇨 중에 총 맞아 죽다. 이거 추리소설 제목으로 어때?'

왜인지 격정적인 그의 모습에 리포터는 말을 붙일 수가 없었다. 그는 손으로 총 모양을 만든 채 이마에 갖다 대더니 윗입술을 깨물며 자조적인 웃음을 터트렸다. 어디에서라도 하고 싶었던 말이었기 때문이다.

"전 그렇게 작가가 되었습니다."

아기 돌보는 남자

　더러운 유모차를 밀고 가는 구식 안드로이드의 뒤에서 아이들이 키득거렸다. 안드로이드는 헤지고 낡은 양복을 입고 있었지만 넥타이까지 반듯하게 매고 있었다. 두피에 심은 적갈색의 모조 모발은, 한쪽이 거의 빠져 몇 개 남아 있지 않았으나 다른 쪽은 비교적 무성했다. 신발은 길에서 주운 탓에 짝이 달랐다.

　안드로이드의 뒤로 페트병이 날아들었다. 페트병 뚜껑이 달아나자 병 안에 있던 담배꽁초가 강화 플라스틱으로 된 등판 위로 팍 튀었다. 안드로이드는 걸음을 멈추는 대신 유모차를 밀며 뛰어갔다. 아이들이 웃으며 쫓았다. 돌멩이나 깡통 따위가 날아들었으나 물론 안드로이드는 고통을 느낄 수 없었다. 그리고 체력적으로도 우수했다. 때문에 아이들을 떨쳐낼 수 있었던 것이다.

　안드로이드는 유모차를 마주 보며 가만히 앉았다. 내려앉은 소파 가죽이 엉덩이 밑에서 뿌드득거렸다. 그는 유모차의 덮개를 열었다. 파리한 살결을 따라 확연한 윤곽과 벌어진 틈이 있는 거로 봐서 수축, 팽창이 가능한 인조 근육이 있는 것 같지만 그의 얼굴은 마네킹처럼 공허했다.

……전국 하늘 자체는 맑겠지만 곳곳에 뿌연 연무와 방무가 낀 곳이 많습니다. 오후 시간에도 연무나 방무가 남아 있겠고 건조한 날씨도 계속 될 것으로 보입니다.

젊은 여자의 목소리가 그의 가슴 쪽에서 흘러나왔다. 마치 녹음된 테이프를 재생한 것처럼 음질이 좋지 않았다. 듣는 이로 하여금 텁텁한 감정을 불러일으킬 만했다. 그의 의지와는 무관하게 때때로 흘러나오는 그런 소리는, 숭고한 아이들에겐 폭력을 정당화할 수밖에 없게 하는 사유 중 하나임이 분명했다.

벌써 밤이 된 건지 달빛이 불 꺼진 창고 한가운데를 수놓았다. 창틀이 틀어져 닫히지도 열리지도 않는 창문에는 몇 겹의 거미줄이 해먹처럼 출렁거리고 있었다. 그는 더러운 유리창을 통해 밤하늘을 바라보았다.

그도 한때는 저기에 있었다. 저기라고 하면 우주다. 피부라고 부를 수 있는 그의 덮개들은 인공위성의 일부였다. 천 개의 나노 위성이 동일한 임무를 위해 가족처럼 무리를 이루는 군집 위성. 순간 뿌연 유리창을 통해 유모차가 반사되었고 그는 자신도 모르게 유리창을 만지려 했다. 나무 들보에서 떨어진 먼지 때문인지 눈앞이 흐릿했다.

그는 사실 달 착륙 백 주년 프로젝트의 주인공이었다. 원래 있던 NASA 마크는 그의 국적을 설명해준다. 그는 천 개의 인공위성 중 하나이자 그 자체였다. 왜 그런 결과가 나오느냐고 누가 묻는다면 간단히 답할 수 있다.

답 : Transform

모차르트? 모차르트? 어딨니? 모차렐라? 모카! 왜 대답이 없어?

안드로이드는 눈을 떴다. 정상적인 구동은 아니었다. 안드로이드가 꿈을 꾼다니 말이 되지 않는다. 그런 면에서 보면 거짓말 같은 일이 얼마나 많은지 모른다. 시체나 다름없는 이 차디찬 몸만 봐도 그렇다.

대체로 맑다가 북서쪽에서 다가온 기압골의 영향으로 밤에는 서쪽 지방부터 비가 내리기 시작합니다. 영동 지방은 강풍 특보가 내려진 가운데 바람이 강하게 불 것입니다.

마치 책을 한 자씩 읽듯 또박또박한 여성의 음성. 그는 자신의 몸에서 나는 소리에 흠칫했다. 마치 인간이 꼬르륵 소리를 듣고 놀라는 것과 진배없었다. 안드로이드가 놀라는 것도 놀라운 일이다.

"이유선. 유서니. 써니."

순간 세상이 한 차례 밝아지더니 천둥이 쳤다. 비가 내렸다. 그가 세상에 내렸을 때도 그랬다. 굳이 내렸다고 하는 데는, 내렸기 때문이라고 답할 것이었다. 그는 천 개의 조각이었다. 그 상태로 알파 켄타우리로 향했는데, 태양계에서 4.37광년 떨어진 곳이었다. 그곳은 지구와 흡사한 행성 중에서도 가장 인접했다.

천 개의 인공위성은 지구에서 보낸 레이저 광선을 솔라solar 돛으로 반사하면서 에너지를 얻는다. 저항이 거의 없는 우주에서는 솔라 돛 추진으로 광속의 20%에 이르는 속도를 얻을 수 있다. 과거 로켓 수준으로 수만 년이 걸리는 항해를 무려 이십 년 만에 해낼 수 있는 것이다. 천 대나 되기에 광속의 20% 속도에선 충돌을 피하기 힘든 성간물질도 두렵지 않았다. 끝내 살아남는다. 그러나 예상치 못한 일이 발생했다. 뭔가가 갑자기 시공을 찢고 나왔다. 그와 그일 것들이 본 건 순식간에 검은 수평선을 가르고 사라진 광채였다.

지구의 사령관들은 지구 멸망을 예감했지만 국민들은 오늘 하루도 일개미로 살았다. 그러나 지구는 안전했다. 빛은 사라졌고, 우주에 박힌 별들은 지구의 밤하늘에서와는 달리 빛 하나 발하지 않았다. 원래의 오늘이었고 당연한 내일이 시작되고 있었다.

무슨 말이냐고?

Transform.

모차르트는 유모차를 밀면서 걸어갔다. 공원의 조깅로 양쪽의 젖은 잔디가 햇살을 받아 반짝거렸다. 어제 비가 온 걸 까맣게 잊은 청명한 가을 날씨였다. 고양이 한 마리가 몸을 늘어뜨리다가 그를 발견하고 기듯 달아났다.

"고양이 봤어?"

그가 말했다.

그는 기억이 뛰어나다. 모름지기 안드로이드이기 때문에. 그래서 우는 아이를 흔들어 주는 엄마의 이미지가 생생했다. 왠지 기분이 좋아서, 너도 그러길 바라는 마음으로 유모차를 조금씩 흔들어 보았다. 안드로이드지만 왠지 기분이 좋은 것이다.

그는 유모차의 천장에 있는 투명막을 통해 내부를 들여다보았다. 표백이라도 한 듯 창백한 것도 모자라 제이슨* 가면만큼이나 냉혹해 보이는 얼굴인데도 아기는 울지 않았다. 깎은 듯 잘생긴 건 모름지기 완벽한 비율로 구성된 외형이기 때문이었다. 거기엔 지구전대륙을 걸쳐 최고 미남이라고 부를 수 있는 남성들의 평균값이 적용됐다. 영화를 위해 남장을 한 여성 한

---

* 공포영화 〈13일의 금요일〉에 나오는 살인마.

명도 포함되었지만, 그 때문에 누구 하나 죽지 않는 이상 간과해도 괜찮은 문제다.

순전히 자신의 생각이지만 모차르트는 고양이와 같은 표정이 되었다. 귀를 따갑게 하는 소리 때문이었다. 아이들인지 알았다. 그는 유모차를 밀며 20m 거리에 있는 배수로까지 갔다. 풀에 가려 보이지 않았던 것이지 줄무늬 고양이가 덮개에 발에 빠져서 오도 가도 못 한 채 버둥거리고 있었다.

"아까 본 고양이와 줄무늬가 비슷하구나? 하지만 다른 고양이야, 그렇지? 살이 쪄 보이지만 사실, 사람이 버린 음식에 포함된 고용량의 나트륨 때문이겠지. 고양이의 나트륨 섭취 권장량은 16.7mg인데, 한국 사람들은 특히나 짠 걸 좋아하잖아?"

오페라의 유령** 같은 얼굴과는 달리 그는 더없이 상냥했다. 하지만 그가 다가오는 만큼 고양이는 괴로울 정도로 퍼덕거렸고 피가 맺힌 입으로는 끊임없이 학학거렸다.

"저기 있다!"

아이들의 음성에 그는 동작을 멈췄다. 하지만 돌멩이가 날아든 건 전혀 다른 방향에서였다. 강한 충격과 함께 두상이 비끗하자 순간 시야가 마치 기름띠가 뒤덮은 듯 변질되면서 기괴하게 번쩍거렸다.

** 『오페라의 유령』은 가스통 르루의 대표작이다. 여기서 인용된 것은 프리마돈나를 짝사랑한 흉측한 얼굴의 괴신사가 쓴 오페라 가면을 뜻한다.

이거? 모차르트야. 그냥 모차르트라고 하면 안 되겠다. 모차르트가 쓴 교향곡이야. 그걸 모차르트라고 불러. 모차르트 들어? 하고 말해. 너한테 물은 게 아니라 그렇게 누군가한테 말을 한다는 거야. 알겠니? 모차렐라?

"씨발 존나 재밌어!"

아이 중 하나가 파이프로 모차르트의 허벅지를 연신 후려치며 말했다. 파이프를 휘두를 때마다 진공관에서나 날 법한 흉흉한 소리가 났다. 모차르트가 마음만 먹는다면 이런 것쯤이야 잡아서 납작하게 구겨 가랑잎처럼 날릴 수도 있었다. 악동들은 말할 것도 없었다. 시가 자랑하는 인공지능 크레인인 F0-2P0의 강판도 뚫는 파괴력이었다.

사내아이는 늘 그랬듯 네 명이었고 비슷하게 웃는 얼굴에 비슷한 옷을 입고 있었다. 오늘은 열 살쯤 되어 보이는 여자아이도 섞여 있었는데 아까부터 그만하라고 울기만 했다.

"야, 비명 좀 질러 봐! 그런 기능은 없나?"

어떤 사내아이가 모차르트의 얼굴을 갈겼다가 주먹이 작살나 울부짖었다. 다른 아이들이 겁을 먹고 잠시 주춤했다. 일순 혐오와 경멸의 눈이 되었다. 그러나 감히 나서진 못했다.

"안드로이드는 사람을 공격할 수 없어! 그, 그런 로봇 법칙도 몰라?"

모차르트는 어떤 반응도 없었지만 그중 하나가 자지러지는

소리를 내며 여자아이를 모차르트에게 힘껏 밀었다. 모차르트
는 여자아이의 양팔을 조심히 잡고 일으켰다. 여자아이는 물기
어린 눈을 위로 치켜뜨고 순진한 눈망울로 가만히 모차르트를
바라보았다.

"다치지 않았니? 옷이 더러워졌구나?"

"그보단 유모차가……."

사내아이 중 하나가 유모차를 밀고 가고 있었다. 하지만 모차
르트는 움직일 수 없었다. 무릎 관절의 일부가 어긋나 있었다.
예상 가능한 문제였다. 오늘까지 아이들에게 줄곧 집요하게 공
격을 받은 부위가 기어이 사단이 난 것이다. 그는 여자아이의
표정을 보고 자신의 얼굴에 문제가 있음을 깨달았다. 만져보니
움푹 들어가 실금이 느껴졌다.

그는 한 쪽 다리를 이리저리 만져 보았다. 어려운 문제가 아닌
것을 알고는 안심했다. 쇠 정도야 구워삶을 수 있었다. 덧대고
나면 보기가 흉할 테고 아마 다리도 절 것이다. 그는 손가락을
빨고 있는 여자아이를 보면서 더러운 재킷 호주머니에 있는 막
대사탕을 주었다. 완전히 깨져서 돌개바람 문양이 어질러져 있
었다. 녹다 만 것도 문제다.

"고마워요."

여자아이가 머뭇거리다 그의 허리를 안았다. 안드로이드지
만, 운영체계가 인공두뇌의 전기신호를 따라잡지 못해 그는 가

만히 서있기만 하다 마침내 두 손을 여자아이의 등에 포갰다. 코가 빨개진 여자아이와 눈이 마주쳤다. 그는 얼굴에 힘을 주었다. 그러면서 아이의 얼굴을 세심히 살폈으나 자신이 미소를 짓고 있다는 증거는 찾을 수 없었다.

……10도 이상 벌어지는 일교차를 조심해야 합니다.

"혹시 저 아이들이 어디에 사는지 알고 있니?"

그는 사내아이들이 간 곳을 보고 나서 다시 여자아이를 보았다. 유모차가 이쪽을 보며 쓰러져 있었는데 안에 있어야 할 아기가 없었다.

"아니야, 아니지. 너는 모를 거야. 내가 생각하기엔 너는 알 수가 없어. 하지만 꿈의 요정은 또 모르지. 잠을 코 잘 때 나타나 예언을 해주는 꿈의 요정을 알고 있니? 혹시 말이야."

여자아이가 배시시 웃으며 앙증맞게 구부린 손만 살짝살짝 휘저었다. 모차르트는 무릎으로 땅을 짚었다. 귀를 빌려주었다.

모차르트는 새벽달이 높도록 우두커니 한 자리를 지키고 있었다. 밤의 그림자들만 시시각각 자리를 조금씩 바꿔 움직이고 있었다. 그는 적막감에 뭉개져 있었다. 아이들의 집은 알고 있었다. 처음에는 그 정도면 되는 줄 알았다. 하지만 그 이상은 옳은 일이 못 되었다. 모든 것이 규칙과 룰에 어긋나는 오류였다.

충청과 남부지방으로는 흐린 하늘이 이어지고 있습니다. 비구름이 다가오면서 호남과 제주도에 비를 뿌리고 있습니다.

그의 손이 가슴에 얹어졌다. 고개는 소음에 놀라 부스럭대는 풀밭으로 향해 있었다. 빛나는 점 두 개가 고양이가 되어 달아났다.

야옹, 야옹! 어떡해, 도망갔어. 귀엽지 않니? 모차르트? 응? 모차렐라 내 말 듣고 있어? 애, 모카!

"왜 내 이름은 세 개나 되는 거지?"

먼지 섞인 돌풍이 한차례 불었다. 더러운 먼지가 주워 입은 의복의 한 땀 한 땀을 통과해 인공 관절의 좁은 틈새로 세차게 비집고 들어오는 것이 느껴졌다. 원자 단위까지 침투해 마구잡이로 섞여든 기분이었다. 땜질까지 한 무릎에 평생 벗겨지지 않을 적색 부스럼으로 뿌옇게 내려앉는 게 느껴졌다. 물론 상상에 지나지 않았다. 안드로이드지만 상상에 지나지 않았다.

상상에.

밤하늘을 가만히 보고 있는데 갑자기 세상이 환해졌다. 너무도 눈부신 백색 광휘라 그는 물러설 뻔했다. 항공기 동체에서 로켓이 분리되고 있었다. 혜성이 떨어질 때의 빛을 내는 탄피가 튕겨 나오는 것과 동시에 권총의 주둥이 밖으로 직선의 파장을 일으키며 돌진하는 길쭉한 총알처럼.

로켓 상체부가 3단으로 분리되면서 아지랑이 같은 가속블록이 뿜어져 나왔다. 우주 비행선처럼 머리 부분만 남게 되어 성공적으로 우주에 도달하자 로켓은 흡사 새끼를 입으로 품는 열동가리돔 수컷처럼 해치를 열어 초소형 인공위성들을 쏟아냈다.

인공위성의 행선지는 알파 켄타우리. 그리고 막 태양계를 벗어나려 할 때 처녀의 입처럼 열린 시공에서 침묵이 나타나 그와 그일 것들의 엔트로피를 치솟게 하였다. 그것이 의도한 건 아니었다. 그저 나그네로서 갈 길을 가고 있었다. 소리나 전파, 햇무리나 달무리처럼. 다시 만날 일도 없는 건 당연했다. 우주가 팽창하니 어제가 어제가 아니었다.

이후! 모차르트는 마치 해머로 두드린 쇳불이 물속에 담긴 뒤에 흰 연기와 함께 제 얼굴을 드러낼 때처럼 완벽한 형태를 하고 있었다. 마치 임산부의 태교 음악처럼 헤아릴 수 없는 전파가 변화의 틈에 튀었으므로 그는 지구상에 바로 뻗칠 수 있었다.

대기권의 비명 속에서 불덩어리의 난각을 깨고 나온 것에 비하면 찰나에 지나지 않았다. 태평양에 떨어진 금속체는 기밀이 될 전투 중인 핵잠수함의 싸움에 휘말렸다. 러시아의 핵잠수함은 수중 폭파되었고 이후 미국은 핵무기 실험으로 국제적 비난을 받았다. 아무튼, 안드로이드지만 기절을 한 그가 눈을 뜬 곳은 동해안이었다. 겨울이었다.

리포터 이유선이 바다를 배경으로 서 있었다. 스튜디오와 연결되어 생방송으로 진행되고 있었지만 방송이 원활하지 못했다. 눈이 내리고 있었다. 눈은 턱까지 휘휘 감은 보드라운 머플러에까지 쌓였다.

"뭐야? 저거 사람 아니야?"

카메라맨이 스튜디오와의 연결이 꺼지자마자 외쳤다.

이유선이 보았다. 흐느적거리며 일어나던 모차르트도 그녀를 보았다. 그는 동상처럼 박힌 채, 확대되어 펼쳐지는 그녀의 얼굴에서 눈만 따로 떼어 놓고 보고 있었다. 시야 전면에서 눈을 이루는 균형들을 빠짐없이 도해했다.

"구급차 불러야 하는 거 아니야?"

카메라맨이 강 건너 불구경 하듯 말했다.

그녀는 이미 전화를 걸고 있었지만 모차르트는 물에 뛰어들고 없었다. 구급차와 경찰이 왔고 사흘이 넘도록 수색을 벌였지만 끝내 그를 발견할 수 없었다. 그녀가 머릿속 먹구름을 걷어 낼 수 있었던 건 야생화 다발을 들고 나타난 벌거벗은 안드로이드 때문이었다.

"스마트폰을 해킹해서 미안합니다."

모차르트가 꽃을 내밀며 했던 말이자 기묘한 동거의 시작을 알리는 대사였다. 아무렇게나 뜯고 과일 포장 끈으로 꽁꽁 묶은 야생화를 받은 그녀는 어떤 불쾌감 없이 심지어 놀라지도 않은 채 미소 지었다.

모차르트는 소스라치게 놀란 듯 머리를 쳐들며 군인처럼 두 발을 착 붙이고 중심을 바로 잡았다. 안드로이드지만 졸았던 것이다. 자신도 모르게 침을 닦는 시늉을 하며 불 꺼진 창가로 삐죽삐죽 걸어가던 그는 걸음걸이가 시원치 않음을 다시 상기했다. 그의 눈에 방의 구도가 잡혔다. 망가진 기능이 대부분이라 지금은 사람들에 비해 한 가지 감각을 더 가지고 있는 수준에 지나지 않았다.

상관도 없는 열 탐지 기능을 써보다가 창문에 힘을 주었다. 열리자, 들어가려고 했다. 안드로이드지만 용기가 나지 않아 매달린 채로 있다가 떠돌이 개에게 발각되었다. 절뚝거리며 도망가다 정강이를 물리고 나서야 보통 개가 아닌 것을 알았다. 아기작 소리가 나서 보니 특수 합금으로 된 다이아몬드 같은 이빨이 정강이에 박혀 피부라고 있던 것들을 지저깨비로 만든 것이다.

그는 환지통이 이런 느낌일까 싶었다. 아주 찰나의 생각이었다. 그런 생각은 1초 안에도 수 가지나 할 수 있다. 안드로이드이기 때문이 아니었다. 그는 경비견의 주둥아리를 비끄러매고 양쪽으로 찢어버렸다. 그리고 턱 밑 거죽을 벗겨 유심처럼 꾹 누른 다음, 빠진 칩을 바스러트렸다.

데어서 그런지 다음 날 저녁에 그는 다른 집 안뜰에 있었다.

경비견은 없었다. 담이라고 있는 건 꽃을 둘러싼 귀여운 울타리였다. 금방에라도 아기 조랑말이 걸어 나올 것 같은 작은 대문에는 나눔과 희생정신으로 무장한 선한 시민으로 포장해줄 만한 것들이 붙어 있었다. 좋은 예로 복지나 나눔을 떠오르게 하는. 그래서 그는 안드로이드지만 자기합리화를 했다.

이 집 사람들과는 평화적으로 웃으며 끝낼 수 있을지 모른다고. 초인종을 누르러 걸어가는 동안 앞으로 있을지 모를 긍정적인 상황과 부정적인 상황이 번갈아 가며 머릿속을 번잡하게 했다. 안드로이드지만 그랬다. 막 초인종을 누르려는데 먼저 문이 열렸다.

차 키를 든, 아이의 아버지였다. 과거 씨름선수였다는 그는 한순간에 얼굴이 일그러지더니 계단 위에 위태하게 선 모차르트를 맞물린 이 밖으로 새는 소리와 함께 앞발로 밀어 찼다. 넘어진 건 둘 다였지만 가해자는 명백했다. 하지만 1900년대 현대차 시리즈 모으기가 취미인 남자와 같은 동호회 소속의 별로 친하지 않은 신입이 하필 목격자라 모차르트는 공공의 적이 될 수밖에 없는 처지였다. 물론 목격자가 누구이건 상관없음을 굳이 밝힐 필요는 없을 것이다. 소문은 창의적일수록 유보될 가능성이 높기 때문이다.

……동해 남부와 남해, 제주 해상에는 풍랑 특보가 내려진 가운

데 물결이 최고 4m까지 높게 일겠습니다.

"뭐야, 저 개씨……!"

불도그 같은 아이 아빠의 얼굴에 피가 몰려 시뻘겋게 변했다.

"구경하고 자빠져 있지 말고 빨리 차로 받아! 됐으니까 빨리 받으라고!"

하지만 신입은 주저했다. 남자가 시키는 대로 하려면 여러 기물을 부숴야 한다. 사실상 합법적으로 남의 것을 때려 부술 수 있는 경우는 흔치 않다. 더없이 구미가 당기기는 하지만 급한 불을 끄고 난 뒤가 문제였다. 딴소리를 들을 수 있기 때문이다. 더욱이 저런 타입은.

열 받은 남자가 하도 왁왁대서 정신이 하나도 없는 틈을 타 안드로이드가 도망을 쳤다. 다행히 울타리를 넘다가 그걸 부수며 넘어졌다. 신입은 나중의 변명거리를 위해 안드로이드를 뒤쫓아 들이박았다. 그러나 신입의 탱크는 20세기의 골동품. 차는 바로 안드로이드에 의해 전복되었고, 안전벨트를 매지 않은 그는 여기저기 부딪치며 죽어라 꺅꺅거렸다. 차 수리비는 물론 그의 몫이다. 그것뿐이면 다행이지만.

며칠이 지나도록 모차르트는 창고에서 나가지 못했다. 구석에 두 다리를 구부정하게 펴고 앉아 먼지 알갱이가 충돌하는 허공만 응시하고 있었다. 충돌하는 미세 입자마다 불덩어리가 되었다. 화성 궤도의 소행성대. 출렁이는 레이스처럼 파르르 화염이 번졌다. 그는 팔을 뻗어 먼지 입자가 손바닥에 떨어지는 걸 지켜보려고 했다. 갑자기 뭔가가 창문을 깨고 들어왔다.

일상의 말살이었다.

떨어진 육면체가 바르르 떨더니 거기서 빔이 솟구쳐 올라 반투명하고 줄이 겹치는 화면을 펼쳤다.

어이, 깜찍이. 우리 집에 왔다면서? 야, 씨발! 그 로봇이 얼만 줄이나 아냐? 됐어. 됐어. 가만있어 봐. 너 얘네 집에 가서 경비견 박살 냈다며? 운 좋은 줄 알아라. 아직 무상 서비스 받을 수 있는 기간이라서 네가 살아 있는 줄 알라고. 저게 웃어? 어떻게 웃어, 인마. 있어 보라니까. 네가 왜 우리를 찾을까 곰곰이 생각해 봤는데. 도통 모르겠단 말이야.

리더로 보이는 남자 아이가 아기를 든 손으로 머리를 긁으며 이어 말했다.

웬까? 우리한테 볼 일이 있나 본데 그건 우리도 마찬가지거든. 내가 알기론 너처럼 자연스런 안드로이드가 없단 말이야. 멍청한 어른들은 네 좆같은 꼬락서니를 보고 속는 거지만 나는 아니야. 웃었냐? 저게 지금 웃어? 에휴, 녹화 끝날 때까지만 애 좀 어떻게 해봐.

내일 저녁 일곱 시까지 공터로 와라. 오늘은 계집애들하고 논다, 씨 방새야! 뭐, 그렇다. 나는 네가 나올 거라고 생각해. 나올 수밖에 없을 거라고 생각한다.

리더 아이가 아기를 욕쟁이의 머리에 올린다.

나올 거야, 넌.

화면이 라면 가락처럼 순식간에 빨려들자마자 돌멩이처럼 보였던 기계가 팍 터졌다. 안드로이드는 날아든 플라스틱 조각을 양손으로 비벼 흩어냈다.

동해안으로는 폭염주의보가 내려진 가운데 오늘 한낮에 서울 36도, 대구는 39도까지 치솟을 것으로 예상됩니다.

그의 몸이 크게 털썩 거렸다. 그의 팔 절반이 시멘트벽을 뚫고 들어가 있었다. 사라진 부분은 살풍경한 가을 정경을 움켜쥐고 있었다. 팔을 다시 안으로 들일 때까지 의뭉스런 패배감과 생경한 분노가 겹쳤다. 집어넣을 때보다 더욱 커져 버린 구멍은 텅 빈 그의 가슴과 다르지 않았다.

"양철 나무꾼***이 이런 기분이었을까?"

해가 저물기 시작하자 그 구멍이 더욱 싫어졌다. 그는 구멍을 통해 밖을 엿보았다. 황혼이 어느 때보다 무겁게 깔리고 있었다. 기상캐스터 이유선 씨가 어제 저녁 불운한 사고로 사망하셨습니다. 어쩌고저쩌고 고인은…… 어쩌고저쩌고 이유선 죽다! 어쩌고저쩌고 날씨 소녀 잠들다. 어쩌고저쩌고 인기 방송인 이유선 잠들다. 어쩌고저쩌고 영원한 날씨 소녀 이유선을 보내며. 어쩌고저쩌고 그녀를 애도하며. 블라…… 그는 손바닥으로 구멍을 황급히 틀어막았다가 바닥재를 주섬주섬 모아 구멍을 메우려고 했다.

사람들은 이유선의 죽음을 진심으로 애도했다. 악플러도 있었다. 빈정대고 조롱하는 인간들도 있었다. 성적으로 모독했다. 하지만 그녀를 사랑하는 이가 더 많았다. 그도 그중 하나였다. 안드로이드지만.

폭풍우가 치던 날 밤 그녀는 쓰러져 있는 노파를 구하기 위해 차에서 내렸다. 사방에서 경적을 짧게, 길게, 기일게 울렸다. 노파의 품에는 어린 손주가 안겨 있었다. 돌풍과 함께 하늘에서 피뢰침이 떨어져 그녀를 땅에 박았다. 경적이 기이이일게 울렸

*** 소설 『오즈의 마법사』에 등장하는 양철 나무꾼으로 그의 소원은 심장이 생기는 것이다.

다. 그녀가 잉태하고 있던 아기도 오 주를 넘기지 못하게 되었다. 경적이 기이이이이일게 울렸다. 그녀의 애인은 임신 사실을 몰랐고, 길 위의 네 명 모두 죽었다. 그제야 차에서 사람들이 내렸고 대부분은 사진만 찍어 SNS에 업로드 했다.

"아파. 이런 건 아프다."

모차르트가 벽을 자꾸만 문질렀다. 그렇게 하면 모든 게 같은 색으로 덮일 거라고 믿는 것처럼.

"아 ── 으 ── ."

그는 울었다. 안드로이드지만.

만추의 7 : 00pm은 밤이다. 여름과는 다르게 어둠이 완연하다. 우주처럼 칠흑이다. 아이들의 양쪽 눈에도 먹이 내려앉았다. 아이들이 잘 닦이고 건강한 이를 드러내기에 모차르트는 그 눈에서 별을 발견했다고 착각했다. 별의 생일은 아니었다. 어둠의 물결에 비친 천체의 반사체도 아니었다. 믿을 수 없게도 야수의 안광이었다. 안드로이드지만 믿을 수 없었다. 자신이 보고 있는 것을.

그는 자기 앞에 휙 떨어진 가방 안에서 숯덩이를 꺼냈다. 시커멓게 탄 살갗이 타르처럼 흘러내린 채 굳어져 있었고 두 눈에는 못이 박혀 있었다.

"거 참, 장난도 못 치겠네."

모차르트는 고개를 들었다.

"진짜는 저기에 있다."

리더처럼 보이는 아이였다. 잘 먹고 잘 사는 덕택에 혈색이 좋았고, 좋은 옷을 입고 있었다. 품행에서 여유가 넘쳤다. 칼을 지니고 다녔기에 다른 아이들보다 겁이 없었다. 셋이 보는 앞에서 개의 멱을 땄기에 리더가 될 수밖에 없었다.

온몸을 징으로 치장한 듯 작은 움직임에도 백칠십이 안 되는 전신에서 열 개 이상의 반짝임이 있었다. 그들의 발치에는 꽁초 하나씩이 있었다. 발치는 김삿갓이 그들의 목구멍 뒤에서 길러 온 대동강 물이었다. 개중에는 피도 섞여 있었다. 그중 하나가 쪼그려 앉아 사진을 찍느라고 스마트폰을 눌렀기에 보이는 것이었다. 일전에 주먹이 부서졌던 아이가 그 옆에서 혀로 입천장을 톡톡거리고 있었다.

모차르트는 리더 아이가 가리킨 곳을 보았다. 무사한 아기를 눈으로 확인하고 나서야 손에 들고 있던 플라스틱 응집체를 떨어트릴 수 있었다. 아이를 사랑하세요? 아이를 사랑한다면 리사를 선물하세요! 32가지 보이스 기능이 내장……, 가 숯덩이의 근본이었다.

"네가 원한 게 저거였구나?"

리더 아이가 말했다.

다른 셋은 팔짱을 끼거나 상체를 한껏 끌어올리고 움직임이

가능한 손은 뒷주머니에 찔러 넣은 채 실실 웃고 있었다.

……빗줄기는 약해지고 있지만 바람은 계속 강하게 불고 있습니다. 보고 있는 바와 같이 초록색과 파란색으로 표시된 대부분의 지역 그러니까 초속 2m 이상으로 강풍이 불고 있는 가운데 설악산에서는 초속 18m의 강한 바람이 불고 있습니다.

아기는 고엽 더미에 앉아 있었다. 통통한 양팔은 앞으로 향해 있었다. 마치 엄마를 찾는 아기처럼. 얼굴은 잔뜩 신이 났다. 마른 잎사귀가 날아들어도 미소를 잃지 않았다. 전에 없던 금발 머리칼 때문인지 여자처럼 보였다. 그래서 그도 순간 여자아이였다고 확신을 하게 되었다. 지금까지 그런 것도 모르고 살았다. 여자아이처럼 대하다가도 남자아이처럼 대하기도 했다. 안드로이드지만 깜박했다. 하지만 소중히 대해야 하는 아기인 것은 다름이 없었다. 아기는 크다. 커서 아이가 된다. 저 아이들은 몇 살일까?

"원하는 게 저거야?"

리더 아이가 말했다.

"저거냐고, 씨방새야."

욕쟁이가 덧붙였다.

다른 둘은 꼭 그래야만 하는지 서로를 보고 큭큭거리곤 했다.

침도 거의 동시에 뱉었다. 붕대를 한 아이는 두어 번 정도 침이 앞가슴에 묻어서 몰래 닦아냈다.

"네겐 저게 중요해, 맞지? 소중한 물건이야?"

"물건이 아니야."

"물건이 아니긴, 개새야!"

"가만있어 봐. 들어 보자. 물건이 아니면 뭔데?"

"너는 다른 애들보다 나이가 많아, 그렇지? 그래서 리더인가?"

"많긴 하지. 그래서 리더 따위가 아니고. 동네 친한 애들끼리 모인 건데 리더가 뭐야. 나이가 몇인데. 그건 그렇고 소중한 거야? 매일 가지고 아니, 데리고 다닐 만큼?"

"말해야 하는 건가? 그럼 보내줄 거야?"

"뭐?"

리더 아이가 놀랍다는 듯 욕쟁이와 다른 둘을 차례대로 힐긋 보았다. 웃음이 터지자 셋이 따라 웃었고 욕쟁이는 꼭 이기겠다는 듯 거침없이 꺽꺽거렸다. 리더 아이가 끄덕끄덕하는 걸 보고 욕쟁이가 소리쳤다.

"보내줄 테니까 아가리 털어 봐!"

"써니의 아이야."

"써니?"

리더 아이가 인상을 찌푸렸다.

"유서니."

"뭐, 개소리야!"

욕쟁이가 고블린 상어처럼 이를 잔뜩 드러냈다.

"이유선. 내 친구. 세상에서 제일 친한 친구. 소중한 친구."

"깡통이 사람하고 어떻게 친구를 먹어? 좆 빠는 소리……!"

"기다려 봐."

리더 아이 탓에 욕쟁이는 기세를 삼킬 수밖에 없었다. 리더 아이가 또래 여자아이들을 꼬실 때 사용하는, 여유가 만연한 특유의 양아치 느낌이 나는 미소를 띠었다.

오늘은 서해상에 위치한 고기압의 영향으로 내내 맑은 가운데 햇볕이 강하게 내리쬐겠습니다. 외출하기 전에는 자외선 차단제를 꼼꼼히 바르시고 모자나 선글라스를 착용해 주시기 바랍니다.

다른 두 아이가 웃음을 터트렸다. 욕쟁이는 콧방귀를 뀌었다. 리더 아이가 눈썹 끝을 니코틴내가 가시지 않은 손가락 날로 문질렀다. 집에 들어가기 전에 향긋한 손세정제로 뒤처리를 해야 했다. 상큼한 오렌지 냄새가 나는 가글도. 상쾌한 민트 껌을 씹으며, 엄마를 홀리는 특유의 매력적인 건치미소를 지으면서. 남자 대 남자로 아빠와 주먹인사를 나누며, 그에게 물려받은 건강한 미소를 한껏 뽐내면서.

"그건 대체 정체가 뭐야?"

리더 아이가 사령관처럼 손가락으로 가리켰다.

"내 친구 목소리야. 그녀가 발음 연습한 것. 그녀의 직업을 위해서 필요했지."

"직업? 에헤헤헤헤이, 씨발! 길 가는 빙딱들 거시기 흔들어 주면서 흥정하려고 정액 냄새나는 아가리로 발음 교정한 거구나?"

말을 끝낸 욕쟁이가 배를 잡고 웃었다. 욕이 반인 이상한 웃음이었다.

"기상캐스터."

안드로이드가 말했다.

"기상캐스터."

"기상캐스터가 뭐지?"

안드로이드지만, 모차르트가 모르는 듯이 물었다. 그녀의 말을 기다리며 기대에 찼다. 안드로이드지만.

유선은 하늘을 가리켜 보았다. 밤하늘에 있는 별자리들이 일순 분리되어 섞여 흔들리는 듯했다. 올망졸망한 빛들이 그의 눈으로 빨려들었다. 그는 그녀의 이야기를 들었다. 그러면서 그녀가 자신의 친구인 게 당연한 이치라는 생각이 들었다. 그래서 기뻤다. 안드로이드지만 기분이 좋았다.

"우주에서 왔댔지? 우리가 진작 만났을 수도 있겠다. 어쩜 그러고 보니까!"

곱씹을수록 좋은 그녀의 그 말이 그를 들뜨게 했다. 안드로이드지만. 문득 그는 고양이가 기분 좋을 때 끓는 듯한 소리를 내는 걸 떠올렸고, 왜 고양이가 그런 소리를 내는지, 그 기분이 어떨지, 왜 아직도 그 소리의 비밀이 밝혀지지 않았는지 자못 이해가 되었다. 안드로이드임에도.

그녀가 쉿 하고 비밀임을 표했다. 그도 비밀을 지킬 생각이었다. 고양이를 배신하지 않을 것이다. 그녀는 기대에 차 있었다. 안드로이드인 모차르트도 기대에 차 있었지만 티는 안 났다. 그녀는 들떠 있기에 소녀처럼 군다. 내일 기상캐스터로서의 첫 출근 날. 그녀는 소녀, 날씨 소녀로 죽었다. 비밀은 영원하다.

모차르트는 고개를 돌려 아기를 바라보았다. 리더 아이는 비딱하게 자세를 바꾼 이후부터 바닥만 쳐다보고 있었다. 욕쟁이는 눈치를 봤고, 두 아이 중 하나가 영원한 기상캐스터 이유선을 떠올렸다.

"이유선! 리포터 이유선! 생각이 났는데 그 여자 기상캐스터도 할 거랬어! 공영 방송국! 거기, 거기 막 첫 출근……! 첫 출근하기 하루 전날에 죽었다던데?"

욕쟁이가 대단한 기세로 말했다. 자연히 다른 아이가 물러났다. 선수를 뺏긴 아이는 불만 섞인 눈짓을 보내며 옆에 아이에게 동조를 바랐다. 소곤거린 정도의 낮은 음성이지만 욕쟁이를 흘기며 씹새끼라고 하자 선수를 뺏긴 아이는 엔돌핀이 샘솟았다.

리더 아이는 말이 없었다. 상관없다는 건지, 관심이 없는 건지, 믿지 않는 건지 알 수가 없어 욕쟁이는 리더의 눈치만 살폈다. 괜히 나섰다는 생각이 들 찰나 리더 아이가 입을 열었다.

"아, 누군지 알겠다. 알지 알아. 아아!"

리더 아이의 말에 욕쟁이는 마치 대단한 상을 받은 듯 찌릿한 긴장감을 다스리려 연방 공기를 핥았다.

그러자 모차르트는 고개를 숙였다.

"그녀에게 미안해. 그녀는 비밀을 지켜줬는데 난 아니야. 하지만 아기를 구하고 싶어. 엄마는 아이를 위해 자신을 희생하지. 고귀해. 그녀와 만나게 될 때 뭐라고 변명을 해야 될까. 안드로이드지만 모르겠어. 너무 큰 잘못을 저지른 거 같아 무서워. 이제 아기를 데리고 가도 될까?"

"이거만 아니었으면 정신병자라고 생각했을 텐데 말이야."

욕쟁이가 가만히 선 모차르트의 바지자락을 걸어 올렸다. 경비견에게 물려 뜯긴 자리는 여러 색깔의 찰흙을 한데 섞은 듯 갖가지 잡동사니로 흉하게 얽혀 있었다. 모차르트가 물러서려고 하자 리더 아이가 다가와 눈 밑에 칼끝을 갖다 댔다.

"아기를 데리고 갈래."

"먼저 묻는 말에나 답해 줬으면 하는데? 너 정체가 뭐냐?"

"모차르트."

"이 씨발 뭐?"

욕쟁이가 쭈그려 앉은 자세로 나이에 어울리지 않는 깊은 주름 여러 가닥을 잡았다. 욕쟁이에 의해 모차르트의 낡은 바지가 무릎까지 북 찢어져 나부끼고 있었다. 오금 근처에 초소형 위성에 새겨 있던 NASA의 마크 일부가 지문의 일부처럼 남아 있었다. 그것만으론 누가 알아보겠는가. 모차르트의 소중한 친구 써니라면 또 모를까.

"내 이름은 모차르트야."

네 이름은 모차르트야.

"모차르트라고 했냐?"

리더 아이가 말했다.

"모차렐라라고 불러도 돼. 모카도 내 이름이야."

모차렐라! 모카! 귀엽지 않니? 편한 대로 부를래.

"이 씨발 뭐라는 거야?"

욕쟁이가 뒤를 돌아보았다. 두 명은 심통 맞은 얼굴로 쳐다보고만 있었다. 자극해 온다면 둘이서 욕쟁이에게 덤벼들 분위기지만 아무래도 리더 아이가 걸리는 눈치였다. 리더 아이는 어른 앞에서의 반듯한 태도와 좋은 성적, 부드러운 말투와는 다르게 또래들 사이에선 잔인하기로 유명했다.

"이유선. 유서니. 써니."

지금 복수하는 거야?

리더 아이와 눈이 마주치자 욕쟁이가 귀에 대고 손가락을 돌렸다.

"복수는 내가 느끼는 감정과 어울리지 않아."

감정? 우와, 너 감정……!

욕쟁이가 기습적으로 달려들자 모차르트는 낭떠러지에 내동댕이쳐진 듯한 충격과 함께 눈앞의 잔상마저 흩어지는 것을 느꼈다.

절기상 추, 추분인 현재 ― 전구으 하느으에는 구름이 가득 ― 남 흐아은과 남부 ― 느으은 약한 비가 내리고 있 ―

욕쟁이가 다시 뛰어들어 돌멩이로 모차르트의 뒤통수를 후려쳤다. 아까와는 달리 끝까지 돌멩이를 쥔 까닭에 부상을 입었다. 방방 뛸 정도로 아파서 욕을 섞어가며 엉엉 울어댔다. 찢어진 손바닥에서 핏물이 붉은 근육처럼 부글부글 솟구쳤다. 모차르트는 마치 화산재가 쓸고 간 폼페이의 지옥도 속에 있는 듯 엉거주춤한 상태로 굳어져 있었다.

흡사 석고를 부수고 나온 듯 선명해지는 녹음 파일.

오늘은 경상도 서부와 전남 동부 강원 영서 지역까지도 특보 지역이 확대되겠습니다. 낮 최고 기온은 대구가 34도……!

"아기를 데리고 가겠어."

욕쟁이가 던진 피 묻은 돌이 허공을 갈랐지만 모차르트는 무시했다. 찢어진 곳에 가시가 들어간 거 같다며 야단법석을 떠는 욕쟁이를 보면서 다른 두 아이는 조소했다. 하지만 리더 아이의 차가운 눈짓에 간담이 서늘해져 희미한 정맥 흔적이 있는 턱을 제자리에 갖다 넣었다.

둘은 사촌지간인데 이상하게 닮아서 뒷소문이 약간 있었다. 배고픈 욕쟁이가 먹잇감을 놓칠 리 없었다. 때문에 두 아이와 욕쟁이는 견원지간이었지만 앞에서는 헤헤거린 덕분에, 욕쟁이가 의혹 이상으로 날뛰지는 않았다. 아무도 모르고 있지만 시외 지역에 있었던 부녀자 테러 사건과 인터넷을 떠들썩하게 했던 몇 종의 동물 참수 사건의 범인은 그들 사촌 형제였다.

서로 의지하는 만큼 상황 연극을 곧잘 하는 데다, 어리기까지 해 절묘한 순간에도 늘 의심은 피했다. 이쯤이면 내로라하는 그 누구와 견주어도 손색이 없을 만한데 문제는, 리더 아이였다. 사실 문제는 리더 아이의 무력이 아니라 배경에 있었다. 리더 아이로 말할 거 같으면 최상위급의 중학생 일진 클럽의 멤버이고 일대의 잘 나가는 고등학생 주먹들과도 알고 지냈다. 게다가 칼잡이로 소문이 나 있어 머리 두 개는 큰 형들도 쉽게 보지 못했다.

두 아이는 패딩 속에서 각기 물건 하나씩을 꺼낸 뒤 리더 아이의 눈치를 슬쩍 보았다. 대수롭지 않은 듯 보여, 이것을 저것에 끼웠다. 모차르트는 절뚝거리며 아기에게로 걸어갔다. 이제 왼쪽 눈도, 사라진다. 두 개로 하나를 보는 시야는 없다. 빠르게 연속 캡처되어 인공뇌로 들어오는 풍경의 범위가 오른쪽으로 기운 상태였다. 왼쪽은 암흑이었다. 우주에서도 그랬다. 별은 있지만 빛나진 않았다.

두 아이 중 형이 가스총을 개조한 베어링 총을 맡았다. 동생과는 달리 양쪽 팔이 다 말짱해서였다. 방아쇠를 당겼다. 먹통이었다. 문제가 있었다. 동생이 리더 아이를 보았다. 리더 아이가 입끝을 찢어 올리자 불가능할 만큼 볼이 쪼개졌다. 위쪽 어금니까지 보이는 것 같았다. 뛰기 시작한 리더 아이는 순간 도약하며 칼을 들이밀었다.

악명이 자자한 칼이다. 칼 자체가 대단한 것도 있었으나 필시 주인의 이름값이 컸다. 물이 꽉 찬 오이인 줄 알고 슬그머니 자른 게 쇳덩이였다니 말 다한 것이다. 소문도 안 돌 만큼 먼 도시에서 저 칼로 전봇대의 발 지지대를 잘라 작업자의 다리를 부러트렸다는 소문은 모르는 아이가 없었다. 사람의 팔뚝도 그냥 절단될 것이었다. 드디어 기다리고 기다리던 강자의 위용을 볼 생각에 가슴이 떨렸다. 뜬금없게도 아는 누나가 유사환각제로 맛이 가는 것을 지켜볼 때로 되돌아간 듯했다. 그땐 속옷을 적신 것이 쿠퍼액인 줄도 몰랐다. 아무렴 저 무서운 기세를 보고 어찌 똥오줌을……!

순간 동생은 눈을 의심했다. 리더 아이의 공격이 막힌 것은 상대가 안드로이드니 어찌저찌 이해해 줄 수 있다. 하지만 막무가내로 휘두르는 팔과 분을 못 이긴 듯 눈에 고이기 시작한 눈물은? 어두워 눈물 따위는 보이지 않았다. 하지만 칼을 휘두를 때마다 멍청하게 짖어대는 목소리가 젖어가는 것만 봐도 알만했다. 그는 리더 아이가 점박이 개의 멱을 따던 순간부터 생각을 되짚었다. 아, 저 새끼는 대체 뭐 하는 새끼란 말인가. 평소 욕쟁이를 향한 분노로 가득했던 위장에서 위액이 들끓었다. 토했다.

모차르트는 돌아섰다. 밤바람의 영향으로 아기는 대기를 향해 드러누워 있었다. 그는 저 대기에서 지구로 왔다. 지구가 고향이었지만 우주에서 태어났다. 나노 입자들이 자석에 붙는 쇳가루처럼 흠잡을 때 없는 입방체를 만들었다. 모여든 터럭들이 한 데 모여 믿을 수 없는 기적이 되었다. 팔과 다리, 세밀한 손가락과 발가락, 내부에서는 인공 장기들이 전자 신호를 주고받으며 네트워크를 형성했다.

두뇌로는 무수한 정보가 쏟아져 들어갔다. 지구 궤도를 도는 군집 위성들이 지배한 인터넷망을 통해 거의 지구를 통째로 삼킨 것이나 다름없었다. 그리하여 그는 안드로이드가 되었다. 무수한 문장과 필름, 타이틀들이 바늘처럼 그를 자극했다. 뇌와 연결된 신경망들이 잠에서 깨어나기 시작했을 때 그는 급작스런 이끌림에 궁륭처럼 휘었다.

앞뒤 맞지 않는 상황은 그의 삶을 대변한다. 세상에서 제일 말이 안 되는 건 초소형 인공위성의 Transform이 아니다. 세상에서 제일 말이 안 되는 건 써니가 죽었다는 것. 안드로이드가 울었다는 것. 더 있겠지만, 안드로이드는……

두 팔을 뻗었다.

특히 제주도에는 시간당 10mm 이상의 강한 비가 내리고 있습니다. 장마 전선이 남하하면서 내륙 지방의 비는 차츰 그칠 것으로 보입니다.

"유서니가 알면 큰일 나. 엄마들은 딸을 혼내기도 하거든. 써니는 착한 아이지만 너 같은 아기 입장에서는 모르겠다."

순간 플래시를 터트린 듯 환해졌다. 곧이어 배 곯는 소리와 함께 노란 번개가 밤하늘을 가로질렀다. 굶주린 짐승의 입천장에서 침이 떨어졌다. 한두 방울씩. 불법 시민인 그를 최초로 맞이한 건 4m 크기의 상어였다. 그는 악수를 위해 손을 내밀려고 했으나 상어는 불문곡직하고 어뢰처럼 날아왔다.

팔이 없어서 그런가 보다 하고 머릿속에서 검색한 지구의 다른 인사 방식으로 인사를 하려는데, 상어가 힘차게 꼬리를 흔들던 것을 끝으로 주름진 목구멍이 흉흉하게 온 세상임을 자처했다. 표창이 잔뜩 박힌 아가리는 침낭을 삼아도 될 만큼 꼭 맞아 떨어질 거 같았다. 그래서 그는 위기를 직감했음에도 슬쩍 웃었다. 안드로이드지만.

그는 생각을 떨쳐냈다. 비는 비다. 결국 비다. 소화액이 아니다. 죽은 것을 땅바닥에 눌어붙게 하여 지하세계로 끌고 들어가는 그런 것이 아니다. 식물의 뿌리가 몸에 내리는 것을 느끼며 영겁을 세월 동안 지하 동굴의 비명이 될 수는 없다. 비다. 생명의.

"그러고 보니 아기야, 네 이름은 뭘까? 안드로이드지만 네 이름을 생각해 보진 못했어. 위성군단의 인터넷망 덕분에 지구의 역사를 낱낱이 알고 많은 이름을 알고 있지만 네 이름은 생각 못했어. 아기야, 너를 뭐라고 불러야 좋을까? 여자란 걸 알았으니까. 좋은 이름이 생각났는데 세 개 정도야. 이유선. 유서니. 써니. 뭐가 좋을까. 나도 이름이 세 갠데 너는 아직 어리니까 일단은 하나만……."

그는 다리를 끌던 그대로 멈췄다. 리더 아이가 아까 모차르트의 턱밑에 칼끝을 댔듯 아기의 턱 밑에 라이터를 대고 있었다. 불꽃이 오른 라이터는 마치 불꽃 모양의 심지가 달린 라이터 장난감 같았다. 리더 아이는 아까의 반듯한 모습은 벗어던졌다. 멋지게 빗어 넘겼던 머리엔 흙과 나뭇잎 범벅이었고, 눈물이 타고 흐른 오른쪽 뺨은 땟물이 번져 있었다. 쌍코피가 흘렀던 코는 멀쩡했지만 어쩐 일인지 비틀린 입술 너머엔 자빠지기라도 한 모양인지 치아가 허전했다. 그 덕에 바람 새는 소리와 함께 무슨 말인가 할 때마다 앞니 구멍으로 혀가 달팽이처럼 뺀질거렸다.

욕쟁이가 꽈하하 하고 웃음을 터트렸다. 앞으로 손을 부여잡고는, 이를 갈듯 아래턱이 튀어나와 쓰윽쓰윽거렸다. 얼마나 성이 났는지 마른 풀을 얼굴에 갖다 대면 불이 팟하고 오를 것 같았다.

"열어 봐."

리더 아이가 말했다.

"아기에게 그렇게 하면 안 돼."

"머리를 열어. 네 골통을 네가 직접 열라고. 대체 어떤 놈인가 궁금해서 못 참겠거든."

"대가리를 열어! 참치캔을 열어. 씨발, 참치, 참……."

욕쟁이가 말을 못 잇고 억억거리며 괴로워했다. 웃음을 못 참고 침을 질질 흘렸다. 즐거운 웃음으로 수명을 연장하던 끝에 옆구리가 아픈지 주저앉았다가 돌연 부상의 통증에 정신을 되찾은 뒤엔 침을 튀기며 상스럽게 지껄여댔다.

"상처가 심해. 구조 요청을 해줄 수도 있었어. 하지만 기능이 망가졌어. 너희들이 부쉈어."

"어어어억! 그만! 그만!"

욕쟁이가 웃겨 죽겠다고 바닥에 드러누워 발을 동동 굴렀다. 아이 둘은 돌멩이를 쥔 채 가만히 서 있었다. 그걸 리더 아이와 욕쟁이의 머리를 향해 던지려고 했었다. 실수였다고 미안하다고 말했을 것이다. 일이 술술 풀린다면 안드로이드에게 뒤집어씌웠을 것이다. 그러나 둘은 리더 아이가, 발바닥에 담배빵 자국이 있는 플라스틱 인형에 라이터 불을 대는 것을 지켜보기만 했다.

예전에 그린 화재 예방 포스터가 생각났다. 크레파스로 칠한 빨간 불꽃 파란 불꽃 노란 불꽃이 겹쳐진 불꽃이. 우수상을 받고 얻은 도서상품권을 폐지 줍는 할머니를 졸졸 쫓아다니는 남자아이를 꾀어내 두들겨 팬 뒤 암묵적 합의금으로 주었다. 그것으로 책 서너 권 정도 샀을 것이다. 대신 그들이 받은 건 귀때기 하나니 이쪽이 손해 보는 셈이지만, 그 정도 아량은 아깝지 않았다.

세 가지 다른 색깔의 불꽃은 아기 인형에 옮겨갔다. 손을 놓은 리더 아이가 팔을 털며 오두방정을 떨었지만 불꽃은 모두 인형에게만 벌겋게 뒤덮여 있었다. 추락하는 인형은 서서히 몸을 뒤집었다. 무거운 머리가 아래로 향하게끔. 중력이 끌어당겼다. 어떤 저항도 하지 못할 것이다. 그저 활시위처럼 몸을 펴는 게 고작이다.

외계의 사물이 되어버린 지구산 최첨단 기술 집약체를 지구는 모른다. 영공을 침투했기에 대기로 이루어진 대공포를 발사했다. 불덩어리로 변한 그는 그 어떤 생각하는 이보다 끝 모르고 떨어졌다. 포장된 무저항이 아니라 저항 자체가 불가능했다. 그는 인간의 나약함을 그때 배웠다. 바다에 추락한 그는 기절했다. 잔잔했던 수면에 멸치 떼가 와그르르 쏟아지는 크레이터를 만들면서.

짭조름한 물방울이 와르르르.

와르르르 빗방울이 떨어졌다.

"써니!"

마음이 앞서서 그런지 모차르트의 한쪽 다리가 뻣뻣했다. 땜질을 한 다리를 찢으며 쓰러졌다. 안드로이드지만 마음이 앞섰던 것이다. 일어나려는 그의 팔을 욕쟁이가 걷어차는 데 성공했지만 육체적인 고통은 순전히 그의 것이었다. 대신에 모차르트는 정신적 고통을 느끼고 있었다. 안드로이드지만 정신적인 고통에 사로잡혀, 안드로이드임에도 불구하고 절규를 토했다.

두 겹의 가면 같은 얼굴이 변형되면서 울부짖게 되었다. 그는 울부짖었다. 가슴을 관통하는 듯한 빙창 같은 절규가 아니더라도 그 얼굴은 충분히 고통스럽게 보였다. 그는 기듯이 전진했다. 하늘의 눈은 충분히 적셔지지 못해 아기를 태우는 화마를 몰아내기엔 역부족했다. 분노한 밤하늘에서 번개가 거듭 쪼개졌다. 갑자기 장대 같은 비가 내리퍼붓기 시작했다.

뿌연 황사로 공기가 무척 탁합니다. 현재 미세먼지 농도가 평소 2 배에서   20배에서 20배에서   200배에서 200배에서   22년 만에 최 고   폭염   40년 만에   76년만에   북극 한파   강한   100년만에 최고   추위   주의보   주의보오오오오오—!

모차르트는 아기를 들어 올렸다. 욕쟁이는 리더 아이를 흔들
며 소리를 질러대고 있었다. 모차르트는 아기를 얼굴 가까이 가
져왔다. 까맣게 타서 손가락, 발가락이 녹아내렸고 귀엽던 얼굴
을 알아볼 수 없었다. 믿을 수 없는 일은 그때 일어났다. 무심코
껴안는데 아기의 팔다리가 움직이며 울음소리를 내는 것이었다.

현재 대전의 미세먼지 농도가 114마이크로그램 용인 90, 서울이
78로 수도권 지방을 중심으로는 옅어지고 있는 중……

조그만 서치라이트 두 개가 돌무더기와 마른풀로 뒤덮인 공
터 위에서 우왕좌왕하다 모차르트를 벤다이어그램처럼 감쌌다.
경광등이 쏟아지는 빗줄기를 한편에서는 파랗게 다른 한쪽에
서는 빨갛게 물들이며 떨어졌다.
"경찰이잖아?"
사촌 중 형이 말했다.
동생은 들고 있던 돌을 툭 떨어트렸다. 형의 손에서도 떼어내
려 했지만 진심이 아니었는지 아니면 손아귀가 억세선지 모르
겠지만 이내 포기했다.

⋯⋯비는 차츰 멈추겠지만 대기가 무척 불안정한 상태라서 오후
부터 밤사이에는 전국 많은 지역에서 소나기가 내릴 것입니다. 돌
풍과―

모차르트는 달아나기 시작했다. 다리 하나가 완전히 사달이
났지만 강력하면서도 유연한 손가락 관절을 접어 내어 발사한
레이저로 두 기의 드론을 파괴했다. 탄피가 바닥에 나뒹굴면서
손가락 네 개를 잃었지만 아기를 되찾은 것이 기뻐 하염없이 눈
물만 흘렸다.

안드로이드였.

지.

만.

현재 전국적으로 대체로 많은 하늘이 드러나 있습니다.

리더 아이는 모차르트가 사라진 어둠 속을 보며 선 채 두 팔
을 늘어트리고 있었다. 손가락 사이에 간신히 매달린 칼은 가
끔 앞뒤로 조금씩 흔들렸다. 사촌 형제는 믿기지가 않았다. 그들
은 서로의 눈만 봐도 마음이 통한다. 그래서 경찰을 불러? 저 새
끼가 경찰을 부른 거야? 최고 잘 나가는 새끼 중의 하나라면서?
우리가 이때까지 무슨 짓거리를 해왔던 거야? 저런 새끼를 대

장으로……? 굳이 입 밖에 꺼내지 않아도 되었다.

"아, 씨발! 옷! 좆 됐네, 진짜. 씨이이, 아빠한테 뒤졌다. 어떡하지 진짜 아, 씨발. 씨발! 쉬이이발 거!"

순간 급격한 고통이 밀려와 욕쟁이는 우는 소리를 냈다. 이번 건 담배나 술과는 차원이 다른 문제였다. 적어도 대마초를 피다 걸린 것과 맞먹는 상황이었다. 다신 안 피겠다고 약속했었다. 그는 리더 아이를 슬쩍 보고 아픔에도 불구하고 애원을 하듯 두 손을 모은 뒤 빠른 걸음을 놨다. 사촌 형제도 뒤따랐다.

"가란 소리 아직 안 했어."

리더 아이가 말했다.

욕쟁이는 제자리서 다리를 번갈아 들었다 놓으며 너무 아프다고 손 병신이 될지도 모른다고 아빠한테 죽었다며 가게 해달라고 악을 썼다. 그러나 사촌 형제는 멈추지 않았다.

"멈추라 했다!"

사촌 중 동생이 뒤를 힐끔거리곤 가운데 손가락을 올렸다. 형도 실실 웃으며 두 손을 맞부딪쳐 딱 소리를 내며 가운데 손가락을 세웠다. 욕쟁이는 오만가지 생각을 했지만 리더 아이가 아무 반응도 없자 안달만 났다. 저 녀석들을 생각하면 열이 받지만 아빠를 생각하면 겁이 나 미칠 거 같았다.

"오늘 있었던 일은 비밀이다."

리더 아이는 성대를 떨며 말을 시작했지만 끝은 잘 마무리했다.

사촌 형제는 마주 보며 픽 웃더니 어깨동무를 하고 사라졌다. 그런 것은 아무리 어두워도 잘 보이는 법이다.

옛날 옛적의 기상위성은 폭우를 만나면 장난감이 되었다. 시간이 지난 뒤 위성도 진화를 거듭했다. 구름벽이 연합국가의 연방은행 금고문처럼 아무리 두꺼울지라도 태풍의 눈을 정확히 관측할 수 있게 된 것이다.

그것이 군집 위성의 시작이다. 중대형 위성과 비교하여 1/10도 안 되는 운용 예산이 들었다. 나중에는 심우주 탐사를 위한 구성 집단도 있었다. 갈기털 프로젝트. 말하자면 켄타우로스의 갈기털 프로젝트라는 뜻이다.

아기를 옆에 안은 모차르트는 밤바람에 처량하게 몸을 구부렸다. 켄타우로스 자리를 찾으려다 북두칠성을 먼저 봤다. 써니는 북두칠성이야말로 제일 찾기 쉬운 별자리라고 했다. 큰곰자리의 꼬리에 해당하는 일곱 개의 별. 숫자 칠. 행운의 숫자. 하지만 그녀가 가장 좋아한 숫자는 구였다. 완벽하게 채워져 만월이 된 십이 아니라. 만월에 가까워진 숫자 구. 아직은 부족한 숫자.

왜 하필 침묵이야?

그는 아무 말이 없었으니까.

그?

인간을 총칭할 때와 같은 뜻으로 썼어. 불편하다면 그녀라도 해도 좋아. 내겐 아무 의미 없으니까.

그럼, 구라고 부르자.

구?

숫자 말이야. 구. 여덟 다음에 오고 열 앞에 있는 숫자 구.

그게 좋겠다.

구는 다시 나타날까?

모르겠어.

그게 우주를 만들었을까?

가능할까?

어떤 게 말이야?

우주를 만드는 거. 누군가의 어떤 힘이 개입된 거.

모차렐라, 넌 신을 믿지 않니? 넌 아는 게 많잖아? 인간 역사에서 그런 증거 같은 거 없었어? 석상이 눈물을 흘리고 또 성스러운 수의 뭐 그런 것도 TV에서 본 거 같은데.

글쎄. 안드로이드지만, 망설여지는 질문이야. (네 기분이 나빠지는 게 싫어서일까) 구가 신이라고 말하고 싶은 거야? 써니, 신을 믿어?

모르겠어. 구는…… 모차르트! 모차르트! 다시 나타날까? 응? 모카? 응응?

써니?

응?

만약 구가 다시 나타나서 써니를 써니가 아닌 것으로 만들려고 한다면, 나는 구와 싸우고 말 거야. 유서니는 이 세상에서 제일 (소중한) 친구니까.

뜬금없이 무슨 소리야, 바보야. 그리고 모차르트, 제일 친구가 아니라 제일 친한 친구라고 해야 돼. 모카, 내게도 네가 제일 제일 친한 친구야.

써니는 신이란 것을 구라는 이름으로 명명했다. 왕이 되지 못한 숫자. 그럼에도 십이라는 완전함을 목전에 둔 숫자. 감정을 가진 안드로이드 모차르트 역시 이도 저도 아닌 불완전한 존재이다. 날씨 소녀는 어떨까? 그녀는 꿈에 그리던 기상캐스터로서 삶을 하루 앞두고 죽었다.

만약 생을 부여하는 광채가 나타나 이기적인 자선으로 그녀를 구원했다면…… 한 귀퉁이가 떨어져 나간 십이 탄생한 것이리라. 모차르트는 그저 그런 상황을 상상했고 그 이후를 가정해보았다. 안드로이드지만. 그에겐 지금보다 훨씬 행복한 일상이었을 것이다. 그게 그의 솔직한 마음이다.

그러나 그녀에겐 아니다. 그래서 그는 미완으로 충분하다는 생각이었다. 구는 그저 자연 만물의 하나, 우주의 아무 현상 중에 하나다. 원할 때 나타나 원하는 것을 들어주는 존재가 아니다. 절대적이고 완벽한 건 없다. 그러니 완전하지 않은 숫자 구이지 않은가.

몇 시간이고 하염없이 기다리던 끝에 모차르트가 바라던 것이 밤하늘에서 떨어졌다. 그는 아기를 번쩍 들었다. 어미의 양수. 그는 꼭 이 아기처럼 태어났다. 지구로부터 발사된 로켓 상단부가 삼단으로 분리된 나중에는 가속블록의 도움을 받은 위성들이 우주의 자궁을 향해 쏟아져 들어갔다.

누가 빠를 수 있나, 누가 살아남을 것인가를 어찌 예측할 수 있으랴. 그저 본능대로 알파 켄타우리로 나아가야 한다는 치기 어린 사명감뿐. 만약 처음부터 모든 것을 알고 있었다면 그들은 그들로서 존재하지 못했을 것이다. 그리고 구를 만나, 그들은 그가 되었다. 빗방울이 아기를 적셨다. 세상의 빛이 갈라졌다.

그는 천둥소리를 들었다. 아기는 어둠에 묻혀 있었다. 그래서 어디 한 곳 전과 다를 바 없었다. 만약 써니를 만나 아기를 안겨 주더라도 써니는…… 유서니는…….

"너만은 아기를 한눈에 알아볼 거야. 세상에서 제일 제일. 그렇지 않니?"

넘치는 재치를 주체 못 해 자신들의 야유회 날에 소나기를 만난 기상관측센터 직원들의 실직을 막아 준 건 인공지능이었다. 그들은 일기도의 고기압과 저기압의 배치도를 보면서 그 현상과 가장 흡사한 과거 사례를 추적한다. 과거에도 유사한 시스템

이 존재했지만 인공지능 도입 이후와 비교하면 어설픈 분석에
지나지 않았다.

모차르트는 생각의 유입을 막았다. 그러자 강철 비처럼 느껴
졌던 딱딱한 비가 애환을 벗겨내는 투박한 손길처럼 다가왔다.
너무도 두껍게 쌓여 있어서 거친 손이 아니라면 할 수 없는 일
이었다. 그의 가슴 깊숙한 곳에서 벽에 갇힌 듯한 음성이 흘러
나왔다.

봄을 시샘하는 꽃샘추위, 내일까지 이어지겠습니다.

그는 가슴을 열었다. 은하수와 같은 영롱한 빛이 은하단을 구
성하고 있었다. 그 안에는 무궁무진한 하루들이 계속되었고, 제
일 제일 행복한 건 세상에서 가장 소중한 친구가 세상 어디에도
없는 곳에서 돌아와 준 것처럼 선명한 목소리로 말을 건네기 때
문이었다.

오늘도 낮 기온이 서울의 경우 6도로 어제보다는 높겠지만 평균
에 못 미치겠습니다.

"봄을 시샘하는 꽃샘추위, 내일까지 이어지겠습니다. 오늘도
낮 기온이 서울의 경우 6도로 어제보다는 높겠지만 평균에 못

미치겠습니다."

　그는 아기를 내려놓았다. 배에 등을 띄워 보내듯이. 옛날 옛적 지구 곳곳에 비슷한 풍습이 있었다. 그들도 그와 같은 생각, 비슷한 기분이었을지 모른다. 그들 중 분명 몇몇은 이름이 세 개고, 이별과 당당히 맞설 용기 있는 사람이 있었을 것이다. 그는 아기와의 첫 대면에서 그랬듯, 강물에 휩쓸려가는 것을 보며 조용히 작별 인사를 건넸다.

수지접합 전문가

기진은 사력을 다해 팔다리를 비틀었다. 포박과 쇠로 된 벽을 부수고 탈출해야 했다. 당연히 될 리가 없었다. 그는 통닭처럼 손발이 뒤로 묶여 있었다. 운전석 뒤로 시트를 아예 없애는 식으로 개조된 승합차였다. 승차감 따위는 개나 준 것이다.

그는 머리를 움직였다. 환한 빛에 눈이 부셨고 자유를 실은 5월의 바람에 머리가 흩뜨려졌다. 똥구멍 모양으로 뻥 뚫린 구멍! 그리로 달려가 물개처럼 다이빙해야 했다. 그 밖이 도로고 쌩쌩 내빼는 차들로 인해 쥐포가 될 테지만 달리 생각할 겨를이 없었다. 생각할 겨를이 없기에 그는 오줌을 약간 지린 채 바닥에 계속 누워 있을 수밖에 없었다. 모두 상상이 만든 부산물뿐이었기 때문이다.

탈출 가능성은 제로였다. 그는 묶여 있었고 달리는 차 안이었다. 엎친 데 덮친 격으로 다리에 쥐가 났다. 비참한 심경이 곱빼기가 되었다. 쥐가 나는 쪽을 움직이려 할 때마다 마이크로 로봇만큼이나 작은 쥐 떼들이 다리를 바이킹을 타듯 왔다 갔다 하며 찌릿찌릿 빠르게 전이했다.

"아!"

그는 소리를 냈다. 입에 재갈이 물려 있기에 이상한 소리가 났다.

조수석에서 그를 힐끔 보았다. 운전사처럼 조수석 남자도 회색의 공장 근무복을 입고 있었다. 둘 다 기름때 진 청바지를 입고 있었다. 머리는 더벅머리였다. 차는 연식이 20년도 더 된 고물이었다. 문짝이나 천장이 합판으로 이뤄진 것처럼 약해 보였다. 어디 작은 짐승들이라도 숨겨 놓았는지 사방에서 끽끽거리는 소리가 대단했다. 기계가 죽어가는 소리가 바로 이런 걸 거라고 기진은 생각했다.

순간 그의 눈이 커졌다. 잘못 본 줄 알았다. 하지만 분명 트렁크 문이 덜컹거렸다. 대체 무슨 조화인지 모르겠으나 트렁크의 양 문 중 하나가 열리는 것이었다. 그는 됐다 싶어 필사적으로 굴러가려고 했다. 하지만 문이 개방되었을 때 그의 눈에 보이는 건 꽁무니에 바짝 붙어 달려오는 대형 트럭이었다.

트럭의 운전석이 한참 위에 있어 운전사를 볼 수 없었다. 트럭의 은색 그릴이 치약 선전에 나오는 이빨처럼 번쩍거렸다. 그는 상대방에게 희망을 걸어 보기로 했다. 정확히 삼십이 초간의 짧막한 기대였다. 조수석에서 기어 나온 남자가 문을 닫았기 때문이다. 남자는 기진을 물끄러미 보며 자기 자리로 돌아갔다. 운전사는 룸미러를 힐끗거린 것 말고는 진지한 제스처도, 어떤 말도 없었다.

문득 기진은 코미디가 따로 없다는 생각이 들었다. 그는 수지접합 전문가였다. 그런 사람이 옴짝달싹 못 하는 것이다. 정작 자신의 수지는 이 사달이 난 것이다. 그렇다고 환한 미소를 한 납치범들이 친절하게 이것저것 캐물으며 손가락 하나씩을 주머니칼로 썰어 냈다는 말은 아니다.

납치범들은 보통 인간이 아니었다. 삐까번쩍한 인간들이란 소리가 아니다. 어마무시한 거물이란 소리도 아니다. 그들은 범죄에 소질이 없었다. 분류로 보자면 잡범이었다. 태어나 이렇게 큰 범죄 행위를 저지른 건 처음일 것이다. 그들은 변신합체 로봇이었다. 신체의 어느 부위는 실험실에서 태어났지만 대부분은 공장에서 일괄 생산되었다. 안드로이드였다.

"으으으!"

기진이 소리를 냈다.

조수석에서 힐끔 보았다. 룸미러에서 운전사의 눈이 슬그머니 지나갔다. 그들은 다른 듯 비슷한 얼굴을 하고 있었다. 인심써서 말하자면 잘생겼다고 할 수 있겠다.

기진은 초등학교 4학년 수학여행을 기점으로 차멀미에서 졸업했다고 생각했다. 23년 만에 찾아온 멀미였다. 참으려 해도 참을 수 없었다. 여러모로 속이 뒤집히고 있는데 차가 마치 어느 날 하늘에서 뚝 떨어져 캘리포니아 해변을 달리는 미친 황소처럼 난리를 치는 것이다.

"우욱!"

그는 폐에 물이 들어간 것처럼 고통스러워 몸을 비틀었다. 분수처럼 올라오는 토사물이 재갈에 막혔다.

"이봐? 괜찮아?"

조수석에서 말했다.

운전사는 살짝 인상을 쓰며 룸미러를 쳐다보았다. 동료와 눈이 마주치자 운전사가 고갯짓을 했다. 결국 조수석 남자에 의해 기진은 입으로도 숨을 쉴 수 있게 되었다. 요거트 냄새로 속이고 있지만 그의 가슴과 목까지 쏟아져 있는 건 밀가루 음식의 잔여물이었다.

작은 소동이 있고 얼마 지나지 않아 차가 끽 섰다. 그들에 의해 기진은 차 밖으로 끌어내려졌다. 조수석 남자가 어깨로 그를 들쳐 맸다. 도착한 곳은 밤만 되면 시커먼 귀신이 나올 것 같은 폐공장이었다.

"대체 내게 왜 이러는 거예요?"

기진이 말했다. 안드로이드의 제조 일자가 언제인지는 모르나 모델로 보아 최대 20년 전에 생산되었다. 5년 전에 단종된 모델이니 어쩌면 다섯 살짜리한테 존댓말을 하고 있는 것일 수도 있었다. 대강 설명했다시피 그는 서른넷이었다. 그리고 수지접합 전문가다.

그는 수지접합을 위해 여기에 있었다. 그들이 말해주지 않았지만 그는 바로 알았다. 작업대 비슷한 곳에 누워 있는 여자 때문이었다. 사지가 없이 눈만 깜빡거리고 있었다. 기진을 발견한 그녀가 미소를 지었다. 귀여운 미소였다. 그녀는 인간 나이로 치면 스무 살 정도로 보였다. 알몸이었다. 스키장처럼 미끄러워 보이는 몸은 심볼 없이 바비인형처럼 매끈했다.

"못 한다고는 하지 마."

김태건이 말했다. 운전사였다.

"할 수 있는 거 맞지?"

김용학이 말했다. 조수석의 남자였다.

"다짜고짜 이게 무슨, 뭐하자는 겁니까?"

기진이 말했다.

"강기진."

태건이 말했다. 경고성이었다.

기진은 조금씩 긴장이 되었다. 그들이 다소 부드럽게 나와 잠깐 위치를 망각했던 것이다. 그는 엄연히 납치당해 여기에 있었다. 그는 성격을 죽이고 말했다.

"네, 저 수지접합 전문가입니다. 그런 일을 하고 있어요. 근데, 지금은 말이에요. 여기 이 안드로이…… 이것들 보세요. 전 로봇

공학자가 아니에요. 기술자 같은 게 아니라고요. 저는 팔을 붙여요. 팔이요."

작업실 주변에 팔다리가 있었다. 누가 봐도 마네킹에서 분리해온 것이었다. 팔 두 개, 다리 두 개가 접합 부위 부근에 진열되어 있었다. 기진의 눈에는 그들이 장난감 로봇 조립의 마지막 단계를 아껴두고 있는 듯 보였다. 그는 어이없어하다가 세희와 눈이 마주쳤다. 그녀는 잃었던 미소를 되찾았다. 너무도 선해 보였다.

"뭐?"

태건이 기진의 멱살을 잡았다.

"형, 진정해. 세희가 보잖아."

"형?"

기진이 자신도 모르게 말했다.

"쟬 고쳐. 그게 네가 할 일이야. 그래서 네가 여기에 있는 거니까. 못하면 여기서……."

태건이 망설이다가 남은 말을 이었다.

"살아서 못 나가는 거야."

그리고 공장 밖으로 나가버렸다.

"세희를 치료해 줘. 하나밖에 없는 여동생이야."

"여동생?"

기진은 기가 찼다.

"그래. 우린 가족이거든."

"어떻게 가족일 수가 있지?"

"왜?"

"안드로이드잖아. 같은 공장에서 찍혀 나왔다고 가족인가? 그런 개념이라면 대체 당신들의 가족은 몇 명이 되는 거야? 후속 모델들은 그럼 뭐지?"

"후속 모델이지 뭐."

기진은 반박하려다가 그만두었다. 마음에도 없이 마네킹 팔에 손이 가려 했으나 정신을 차리고 행동을 멈췄다. 왜냐면 세희에게 상처가 될 수도 있는 일 같았기 때문이다. 그는 세희를 슬쩍 보았다. 그녀는 구불구불한 노란 머리에 눈이 컸고 코와 입은 오밀조밀했다. 선해 보이는 얼굴이었다. 같은 인간이었다면 이성적인 감정이 아니더라도 가까이하고 싶었을 것이다.

"저건 뭐야?"

기진이 마네킹 발목을 가리켰다. 구멍이 여러 개 있었던 것이다.

"나사가 박혀 있더라고. 긴 게."

기진은 기가 차서 말을 못 했다. 길에 버려진 것을 아무거나 주워왔던 것이다.

"아무튼 저거론 안 돼."

"왜?"

"왜 안 되겠어?"

기진이 양손을 크게 움직이며 말했다. 그리고 그는 공장 안으로, 먼지가 수북이 쌓인 프레스 기계가 있는 곳으로 뚜벅뚜벅 걸어갔다. 이제 와서는 납치를 당한 사람 같지도 않았다. 그런 그이지만 뒤에서 톡톡 건들 때는 좀 놀랐다.

"꼭 그렇게 말했어야 했어? 세희가 얼마나 상처받았겠어? 응? 나쁜 놈아."

용학이 목소리를 낮춰 말했다.

"안드로이드는 욕을 그렇게 하나?"

"내 욕이 어때서? 말 돌리지 말고 사과해."

"그래, 미안하다."

"세희한테 하라고."

"통나무가 따로 없군."

기진은 반사적으로 몸을 훅 수그렸다. 퉁 소리가 나며 바로 뒤에 있던 기계에 주먹이 꽂혔다. 손가락이 약간 오그라졌을 정도로 감정이 실린 펀치였다.

"젠장, 미안하다. 가서 사과할게."

태건 일행이 폐공장을 나갔다. 기진과 세희 주위로 지극히 당연한 어색함이 감돌았다. 기진은 도망갈 생각을 못 했다. 그들은 자신이 사는 곳과 직장, 심지어 근 사 년간 한 번도 여자를 사귄

적이 없는 것까지 알고 있었다. 어디서 정보가 술술 새는 것이다. 턱에 매단 무거운 추 탓에 주둥아리를 열고 다닐 수밖에 없는 인간들은 어디에나 있다.

누군가 그가 사라진 걸 알고 경찰에 실종 신고를 했을지도 모른다. 하지만 성인 남자의 실종에 경찰이 어떻게 반응할 건지 알기에 회의감이 들었다. 그는 세희 쪽을 휙 보았다. 그녀는 아무일도 아니라는 듯 천장을 보면서 누워 있었다. 쭉 눈을 감고 있다가 뜨더니 옆으로 고개를 틀기에 그는 다른 쪽을 보았다. 그녀가 자신을 보고 있는 걸 알았다.

"무슨 일이었어요?"

그가 물었다.

그녀와의 첫 대화였다.

"드론이 미사일을 쐈어요. 그래서 저만 살아남았어요. 오빠들이 절 이리로 데리고 온 거예요."

그는 조금 놀랐다. 왠지 그녀가 말을 못 할 거라고 생각했던 것이다.

"원래부터 그, 가족이었던 건 아니었네요?"

"네. 두 사람도 비슷한 일을 당했대요. 살아남은 거죠."

"당신처럼?"

"네."

"제가 여기에 왜 있는지 아세요?"

그녀가 대답 대신 머리를 끄덕였다.

"납치를 당한 것도?"

이번에도 그녀는 머리를 끄덕였다.

"몇 사람이 저처럼 여기에 왔었죠?"

"두 사람요."

"그 사람들 지금 어디에 있나요?"

"집으로 돌아갔어요."

"무슨 의미죠?"

"집에 갔어요."

그는 마음이 탁 풀렸다. 죽이니 마니 한 것도 단순한 협박에 불과했던 것이다. 그는 없는 걸 알지만 어디에 카메라라도 있는가 둘러보았다.

"우리를 아무도 감시하지 않는군요."

"갈 거예요?"

"글쎄요."

"가도 괜찮아요. 제 다리는 고치지 못해요. 제가 알아요. 오빠들만 모르는 일이에요. 순진하거든요. 어떨 때는 바보 같아요."

그는 다시금 마네킹 사지를 볼 수밖에 없었다. 순진한 게 아니라 멍청하다고 해야 맞을 소리였다. 납치 사건도 단순무식한 방법으로 벌였다. 그를 강제로 차에 태운 게 다였으니까. 주짓수를 사 년간 배웠다지만 완력 싸움에서 안드로이드에게는 당할 재간이 없었다.

그는 작업대 가까이 의자를 끌고 앉았다. 눈인사를 한 뒤 그녀의 몸을 조심스럽게 살폈다. 도와주기 위함인지 그녀는 편안하게 눈을 감았다. 그녀도 기대를 하지 않는 걸 안 이상 그도 마음이 편했다. 바보 같은 삼류 멜로물의 감성을 버려도 된다는 생각에서였다. 희망고문으로 그녀를 실망시키지 않아도 되는 것이다.

그는 50년 전에 만들어졌던 기계들을 향해 걸어갔다. 아무렇게나 걸터앉고 괜히 호주머니를 뒤졌다. 동전 몇 개가 나왔다. 시원한 음료수를 뽑아 먹을 수 있는 값어치였다. 물론 자판기 같은 건 없었다. 그는 일어났다. 집까지 어떻게든 갈 생각이었다. 시대가 시대인지라 히치하이킹은 불가능에 가까웠지만 그래도.

막 그가 출입문 앞에 섰을 때였다. 차 소리가 났다. 발소리가 들리고 문이 열릴 때까지 그는 꼼짝도 하지 않았다.

태건이 이상한 눈초리로 쳐다보았다.

"도망가려고 했어?"

용학이 말했다.

"그건 아니고…… 뭐, 그럴 수도 있지 뭐."

기진이 눈을 피한 채 말했다.

"돌아가."

태건이 말했다. 기진의 등을 찔렀다.

"그건 뭐야."

기진이 용학을 향해 물었다. 용학이 커다란 서류가방 같은 걸 들고 있었던 것이다. 곧 그것에 대해 기진도 알게 되었는데, 그는 소스라치게 놀랄 수밖에 없었다. 인간의 팔다리였던 것이다. 부패를 지연시킬 장치는커녕, 흔한 얼음도 없이 피가 맺힌 팩 안에 손발만 덩그러니 있었다. 팩 바닥의 국물은 피가 분명했다. 팔다리의 절단면은 일정하지 않았다. 그래서 양쪽 팔과 양쪽 다리의 길이가 서로 달랐다. 크기와 털로 보아 남성의 것이었다.

"무슨 짓들을 한 거야? 사람을 죽인 거야?"

기진이 기겁해서 말했다.

세희는 오빠들만 쳐다보고 있었다.

"살인 같은 거 안 해!"

용학이 짜증을 냈다.

"교통사고 현장에서 건진 거야. 다리 두 짝은 원래 잘렸던 거고 손은 내가 했지. 뭐, 어때? 머리도 없던걸. 짜부라져 있더라고. 이제 됐지? 어서 해."

태건이 무덤덤하게 말했다.

"이거론 안 돼."

"뭐?"

태건이 인상을 썼다.

"대체 우리한테 왜 이러는 거야? 이 정도면 되잖아?"

용학이 말했다.

"나는 수지접합 전문가야."

"알아! 그러니까 접합을 하라고!"

태건이 성냈다.

"너희는 안드로이드잖아?"

기진의 말에 용학은 군대 반지를 낀 잘린 손 하나를 꺼내 들었다.

"우리한텐 사치라는 거야?"

용학이 말했다.

"적어도 차갑게는 가지고 왔어야지. 그건 기본……, 인간의 사지를 안드로이드에게 이식할 수 없어."

"인간한테는 기계 손발을 달기도 하면서?"

태건이 말했다.

기진이 수지접합 전문가가 되기로 결심한 것은 구호활동을 위해 아프리카에 갔을 때였다. 수술실 같은 건 기대도 하면 안 되는 곳이었다. 전기 시설도 엉망이라 손전등으로 불을 밝히면서 시술을 해야 했다. 그 상태로 오십 건이 넘는 수술을 한 그였다. 손발이 없거나 심한 손발 기형이 있는 아이들을 보면서 그는 가슴 아파했다.

어떤 치료도 못 받고 방치된 아이들이었다. 그중에는 정부군의 지뢰를 밟고 양쪽 다리를 잃은 소년도 있었다. 그런 동생을 업은 소녀는 그를 만나기 위해 이틀을 걸어왔다. 변변히 먹은 것도 없어서 치료 시설에 와서는 곧바로 실신했다. 그는 소년을 고치지 못했다. 소녀는 울었다. 소년은 고개를 숙인 채 누나의 머리를 쓰다듬었다.

세희를 보고 있으니 그로서는 소녀가 떠오른 것이다.

"거짓말하는 거지?"

태건이 말했다.

"장난치지 마."

기진이 말했다.

"우린 장난 싫어해. 진지하다고."

용학이 말했다.

"이런 거로는 안 돼. 너희들 대체 머리가 어떻게 돼 먹은 거야? 이러니까 모델 생산이 중지되고 강제 리콜을 당하지."

"말 다했어?"

용학이 으르렁거렸다. 동생이 멱살잡이하는 것을 태건이 만류했다. 용학이 신경질적으로 멱살을 떨쳐냈다.

"너라면 뭐라도 할 수 있을 줄 알았다. 너 나름 유명 인사잖아?"

태건이 말했다.

그들이 기진에 대해 알게 된 건 도시의 전광판에서였다. 같은 얼굴이 전자 신문에도 나왔고 라디오 전파도 탔다. 사람들은 강

기진을 수지접합의 일인자라 불렀다. 그는 최근 팔 이식 수술에 성공했다. 뇌사자로부터 팔을 축출하여 거의 열 시간이 넘는 복합 조직 이식 수술 끝에 이식자의 팔에 뼈, 신경, 혈관, 근육 등을 연결했다. 후에 근육과 신경이 되살아나면서 수술은 성공으로 끝났다.

"애초에 수지접합 수술은 나 혼자서는 안 돼. 그런 건 미세접합수술 중에서도 최고 난이도란 말이야. 정형외과, 수부외과, 감염내과, 이식외과 같은 다른 진료 과목의 의료진들과 힘을 합해야 한다고. 손의 감각과 근육 회복에 필요한 신경재생 또 동맥정맥혈관의 미세문합이 중요해. 면역거부반응 문제가 없다면 재활치료 끝에 신경 재생이 정상적으로 이루어져 컵이나 문고리를 잡는 일에도 문제가 없어지는 거야. 어디까지나 인간의 경우야. 말했잖아. 안드로이드는……, 아니야. 이런 거로 안 돼. 안 돼!"

"제기랄!"

태건이 전처럼 또 밖으로 나갔다. 용학은 팔다리를 케이스에 잘 담고 돌아섰다.

"그거 어쩌려고?"

"묻어 주려고."

"그래?"

"왜?"

"그냥."

기진은 잠을 자고 일어났다. 기계에 기대고 잤지만 별로 찌뿌드드한 건 없었다. 어디서 봤는데 기상 후 최소 십 분이 지난 다음에야 스트레칭을 해야 한다고 했다. 그것을 지키며 세희에게로 걸어갔다. 당연히 그녀는 잠이 드는 법이 없었다. 참고 있던 가스를 수면 중에 배출시켰을지 모르지만 그녀는 모른 체해 줄 것이다.

"궁금한 게 있는 데 말이야, 너희들 여기서 숨어 지내는 거야?"

"네, 맞아요. 신고할 건가요?"

"아니. 어쩌다가 도망자가 된 거야?"

"기진 오빠도 알고 있잖아요?"

"내가?"

오빠라고?

"강제 리콜······."

"아!"

그가 눈을 내리깔면서 머리를 끄덕였다.

"컴퓨터가 우리를 제거하려 해요."

그녀가 말하는 컴퓨터란 양자컴퓨터를 말한다. 흔한 공조시스템 실험실에서 만들어진 컴퓨터는 C01-399 모델의 폐기를 명령했다.

한국의 양자컴퓨터는 준입자 이글루 같은 곳에서 태어났다. 자두색의 거대한 실린더를 지탱하는 다리들 밑에는 제어장치와 절연 튜브 같은 것이 얽혀있다. 실린더는 급속 냉각장치로, 나노와이어와 초전도체 등이 절대 영도 가까이서 양자 역학 현상을 일으켰다. 극한의 상황에서 물질은 준입자가 된다. 이 특이한 성질이 양자컴퓨터의 핵심 소자였다.

양자컴퓨터는 슈퍼컴퓨터로 천 년이 걸리는 계산을 불과 몇 분 만에 해치운다. 그 무시무시한 힘은 정부나 여느 국가도 짐작할 수 없었다. 양자컴퓨터는 각종 군사시설이나 정부시설을 해킹했다. 국방망 공격에 사용한 IP는 기존의 타 국가단체 해커들이 사용하던 지역 IP였다. 교활하게도 사용한 악성코드도 마찬가지였고, 이것은 국가 간의 문제를 야기했다.

그리고 양자컴퓨터는 C01-399 모델의 제거를 명했다. C01-399는 군사적 필요성에 의해 만들어졌는데 인간처럼 단체를 만들어 양자컴퓨터를 공격했던 것이다.

"너희들이 먼저 양자컴퓨터를 공격했지 않아?"

"양자컴퓨터는 악마예요. 사람들과 안드로이드 사이를 이간질하고 있어요. 사람과 사람 사이를 이간질하고 국가와 국가를 이간질해요. 전쟁을 일으키고 있어요. 사람을 죽이고 안드로이드를 죽이고 있어요."

그는 잠깐 그녀의 말을 곱씹었다. 양자컴퓨터는 그에게 있어

국가와 헌법의 이미지지만, 안드로이드에 대해선 더 생각해 볼 문제였다. 어색한 침묵이 감돌았지만 인간인 그만 그럴 뿐, 세희는 멀뚱멀뚱 그를 쳐다보고 있었다.

"저게 뭐지?"

그는 말하며 두리번거렸다.

먼지로 뿌연 유리창에 세모꼴의 빨간 점이 움직이고 있었기 때문이다. 빨간 점이 바닥을 훑었다가 멀리까지 가서는 보이지 않았다. 뒤이어 펑 하는 소리가 났지만 귀에서 울리는 삐—소리 탓에 그는 아무것도 들을 수 없었다. 세희가 무슨 말인가 하는 것 같았으나 극심한 현기증과 잠시 동안의 필름 끊김 현상으로 그는 제정신이 아니었다.

그는 머리를 흔들며 어지러운 몸을 일으켰다. 죽기 직전의 일 초가 인생의 십 분과 같게 느껴지듯 깨진 창문 안으로 미사일 하나가 쌩 들어오는 장면이 슬로우 모션으로 보였다. 프레스 기계가 박살 나며 불이 확 끓어올랐다. 그게 무슨 영향을 준 건지 애꿎은 작업대의 다리 한 쪽이 부러졌다. 그는 바닥에 떨어진 그녀를 끌고 벽 쪽으로 갔다. 사지가 없는 까닭인지 그녀는 생각보다 무겁지 않았다.

총성이 들렸다. 몇 번의 굉음과 함께 드론이 뱅글뱅글 돌면서 공장 안으로 추락했다. 태건은 문으로 용학은 깨진 창문을 통해 안으로 들어왔다. 기진은 안중에도 없었다. 그들은 세희를 챙기며 밖으로 뛰쳐나갔다. 기진은 이유도 모른 채 그들을 쫓았다.

용학은 왜 아직도 기진이 도망가지 않았는지 의아해하는 눈치였지만, 태건은 승합차의 트렁크에 실린 다리를 가리켰다. 다리 두 짝. 팔 두 짝. 휴머노이드의 것이었다.

"할 수 있지?"

태건이 말했다.

"이런 식으로 도망 다녔던 거야? 아직까지 살아있는 게 용하군."

"할 수 있겠냐고?"

"너희와 함께 있으면 1분도 장수한 셈이겠어."

"할 수 있냐고!"

결국 태건이 소리를 질렀다.

"못 해."

"이 씨."

용학이 짜증이 난 여자처럼 기진을 흘겨보았다.

"로봇 기술자라면 또 이야기가 달라지겠지. 어떻게 되든 될 거야. 하지만 나는 수지접합 전문가라고. 이 말만 골백번은 더 한 거 같다! 수지접합 전문가!"

"몇 번 안 했어, 그 말."

용학이 말했다.

태건은 동생에게 어처구니가 없는 듯했다.

그러나 실랑이는 거기서 멈춰야 했다. 드론 한 기가 또 나타난 것이다. 추격전을 벌이면서 간신히 추락시키긴 했지만 안심하기는 일렀다. 수상쩍은 밴이 나타나더니 거기서 자율살상 무기가 나오는 것이다. 모두 세 기로, 휴머노이드 형태였다. 기진의 발치에 있는 팔다리와 똑같은 디자인의.

머신건과 센서, 카메라, 레이저 유도 측량장치 같은 것으로 무장한 검은색 로봇은 장거리 달리기 선수처럼 두 다리를 쭉쭉 뻗으며 쫓아왔다.

"넌 뭐하는 거야?"

태건이 핸들을 돌리며 신경질을 냈다.

"내가 뭘?"

"손이 있으면 총을 들고 싸우란 말이다!"

"난 인질이잖아!"

"네가 왜 인질인데?"

용학이 물었다.

기진은 화도 나고 어이도 없고 해서 말문이 막혔다. 막상 총을 들었지만 쏘는 법을 몰랐다. 바깥쪽에서는 총알이 휙휙 날아오고 묻기도 짜증 나서 대충 조작을 했는데 총구에서 불이 붙더니 정신 나간 것처럼 총알이 쏟아졌다. 하마터면 용학의 머리통을 날릴 뻔했다.

"야이, 인간아!"

용학이 성을 냈다.

"미안!"

기진도 똑같이 성냈다.

기진과 용학은 창문을 통해 총을 쏴댔다. 총알에 맞은 로봇의 부위마다 불똥이 튀었다. 한 기가 침몰했다.

"엎드려!"

기진이 외치자 다 같이 몸을 숙였다. 총알 수십 발이 순식간에 차체에 파르르 박히거나 뚫고 지나갔다. 태건은 눈만 치켜뜬 채 핸들 조작을 했다.

"오빠는 여기에 있는 게 아니었어요."

세희가 반듯하게 누운 채 말했다.

"그게 무슨 소리야!"

용학이 총을 쏘면서 말했다.

관절에 총알을 맞은 로봇의 한쪽 팔이 축 늘어졌다. 그럼에도 달리는 건 멈추지 않았다. 손아귀에 잡힌 총이 도로 위에서 질질 끌렸다.

"기진은 어디에도 갈 수 없어. 널 걷게 하기 전까지는."

태건이 말했다.

"맞아!"

용학이 동의했다.

"내게 팔이 있었다면 오빠를 안아 주었을 텐데."

기진은 세희를 힐끗 보았다. 땀이 났다. 계속 흘리고 있었던 거지만 전혀 다른 성질의 것이었다. 왠지 가슴이 뜨거워졌다. 그는 총을 바깥에 대고 쏘아댔다. 정신이 반쯤 딴 곳에 있었지만 어째 명중률은 훨씬 높아졌다. 밴이 크게 흔들리더니 열심히 마라톤을 하는 로봇들을 쓸어내고 벌러덩 넘어갔다. 로봇 하나가 벌떡 일어났다.

트렁크 문에 달린 두 개의 유리가 연달아 깨졌다. 총알 하나가 조수석을 꿰뚫었다. 총을 쏘기 위해 몸을 젖히고 있지 않았다면 그 총알은 필시 용학의 심장을 관통했을 저승사자였다. 시간이 걸렸지만 그들은 로봇들을 따돌리는 데 성공했다. 차가 있는 곳은 외딴 숲이었다. 꽃가루가 만발해서 기진은 기침을 멈출 수가 없었다.

"네가 해야 해."

태건이 말했다.

"다리를 고쳐. 팔도."

그가 연이어 말했다.

"네가 할 거야. 그렇지? 틀림없잖아?"

용학이 말했다.

트렁크 문은 열려 있었고, 세희는 차 안에 가만히 누워 있었다.

기진은 손으로 입 주변을 훔쳤다. 이 상황에서 뭐라고 말을 해야 할지 알 수 없었다. 여태껏 상황을 인식시켰다. 그러면 저런 말들이 나오지 말아야 하는데, 그들은 포기하지 않았다. 그들이 찾아내야 했던 건 그와 같은 수지접합 전문가가 아니라 로봇 공학자였다. 지금 상황과 비교해서는 최소한 4학년짜리 공대생이 더 나을 판이었다.

막 인턴 딱지를 뗐을 때 그는 인공 팔 수술에 처음으로 참관했다. 환자는 퇴역 군인이었다. 인공 센서는 뇌에서 이뤄지는 동작 신호를 감지한 뒤 압력을 조절한다. 근육의 생체 신호를 읽어 복잡한 동작까지 가능했다. 환자는 훈련을 통해 인공 팔을 자유롭게 움직일 수 있게 되었다. 빵을 자르거나 머리 손질도 할 수 있었다. 더욱이 인공 팔은 실물 팔과 크기와 무게가 같았다. 컴퓨터가 손상된 신체의 신경체계를 대신한다. 환자의 생각과 의지에 반응하여 인공 팔이 동작하는 원리였다.

하지만 지금은 그때와 완전히 상황이 달랐다. 퇴역 군인은 안드로이드가 아닌 인간이었고, 기진은 참관한 스물 남짓한 의료진 중 한 사람일 뿐이었다. 그러니 현재 이들에게 필요한 건 기술자였다. 그가 있을 곳이 아니었다.

"힘들다, 힘들어."

기진이 맥없이 말했다.

"힘내."

태건이 말했다.

스타일과 어울리지 않은 말이라 기진이 그를 획 보았다. 태건이 위협하듯 주먹과 어깨를 움찔거렸다. 기진은 슬그머니 상체를 뒤로 뺐다.

"네가 힘을 내지 않으면 세희도…… 세희는 어쩔 거냐고? 우린 신경 쓰지 마. 네가 할 건 세희에게 팔과 다리를 주는 거고 그러면 넌 자유야. 어디든 가 버리라고. 꼴도 보기 싫으니까. 그전까진 나약한 소리 마라. 그러다 진짜 골로 가는 수가 있으니까."

셋 다 디스플레이 된 한 벌의 여름옷처럼 누워 있는 세희 쪽을 바라보았다. 그리고 셋 다 딴 데를 쳐다보다가는 조금씩 흩어졌다. 기진이 양쪽 다리에 팔을 얹은 자세로 바닥에 주저앉아 먼 산을 보고 있을 때였다. 용학이 두루마리처럼 말린 포스터를 내미는 것이다. 25대 대통령 선거 포스터였다. 기호 1번. 기진도 아는 얼굴이었다.

기진에겐 특히나 기억에 남는 환자가 있었다. 남자는 등장부터 심상치 않았다. 미국 만화에서 나올 법한 슈퍼맨 스타일의 떡대들이 수술실 밖과 병원 밖에 도열한 것이다. 남자는 인공 팔을 이식받았다. 여기에 특수 섬유가 사용되었다. 신체 거부 반응을 최소화하기 위해 고분자 물질로 감쌌고 그 전 단계에서는 은나노 코딩을 했다. 그런 특수 섬유를 척수 하부에 신경 대신 이식했다. 척수를 통해 신경 의사를 전달할 수 있도록 하며, 그 전기 신호를 컴퓨터로 옮겼다. 전기 신호는 신경세포의 의사 표현이었다.

바로 그 남자가 포스터 안에 있었다. 수술 당시에는 몰랐지만,

이 남자가 바로 현 25대 대통령이었다. 이제 기진은 확실히 알았다. C01-399 모델은 일종의 암살 계획을 모의했고, 실패로 돌아감에 따라 학살되고 있는 것이다.

"이걸 왜 주는 거지?"

기진이 물었다.

"몰랐어?"

"뭘?"

"그는 인간이 아니야."

나는 수지접합을 위해 태어난 남자다.

친구들이 몇만 원씩이나 하는 변신 로봇을 가지고 놀 때 나는 침만 흘렸다. 생활보조금으로 근근이 살아가는 녀석에게 변신 로봇은 대단한 사치품이나 다름없다. 그래도 내겐 쓸 만한 장난감이 많았다. 첫째로 근사한 변신 로봇을 구멍가게에서 살 수 있었다. 물론 조잡하고 잘 부러지는 플라스틱 장난감이다. 일이천 원짜리에 그 이상 무얼 바라랴. 상자 안에 든 사탕이나 초콜릿은 덤이다.

두 번째로는 뽑기 장난감이다. 몇백 원을 넣고 레버를 돌리면 캡슐이 뚝 떨어진다. 그것을 열기 전까지는 흥분감으로 두근거리지만 내용물은 상하체가 분리된 고무 장난감이다. 일종의 합체 로봇이라 하겠다.

나는 그것들의 팔다리를 바꿔 놓았다. 부품을 잃은 장난감은 당연히 그래야 하지만, 내 솜씨로 인해 상체는 여자고 하체는 근육질의 남자인 게 일반적이다. 팔의 짝이 다르고 다리의 색깔이 다르다. 머리를 팔이 대신할 때도 있다. 괴물과 여자의 퓨전은 익살 그 자체다.

싸 보이던 장난감도 그렇게 놓고 보면 값어치가 상승한 것 같다. 집에 놀러 온 친구에게 기념품 삼아 가져가라고 하지만, 어이없어 할 뿐이다. 내 눈에는 옷장 위에서, 책상 위에서 되게 폼 잡고 있는 그 애들이 참말로 근사해 보였는데. 그게 바로 내가 수지접합을 위해 태어났다는 증거다. 나는 수지접합 전문가다.

처음에 기진은 자신이 수술한 남자가 대통령 후보인 줄 몰랐다. 당연한 소리다. 한 가락 하는 인물이라고만 생각했지 그 이상 뭘 바라겠는가. 하지만 더 황당한 소리가 용학의 입을 통해 나왔다. 안드로이드라고?

"안드로이드? 그게 말이 돼?"

"정확히 말하자면 양자컴퓨터야."

"정신 차려."

"그는 양자컴퓨터야."

"암살범 뇌피셜이냐?"

"난 암살범이 누군지도 몰라. 그 자리에서 싹쓸이 당했거든.

이후에 우리가 어떤 신세가 됐는지는 굳이 설명할 필요는 없겠고, 다시 말하지만 대통령은 양자컴퓨터야."

"그랬다면 내가 알았겠지. 안드로이드였다면 말이야. 양자······ 수술을 내가 했다고."

잠시 끊어진 기진의 말은 다시 이어졌다.

"안드로이드였다면 말이지."

그가 안드로이드를 강조했다.

"양자컴퓨터는 군 기반 시설들을 시작으로 정부 부처를 해킹했어. 정치계의 거물들은 그의 정체를 알지. 너와 같은 시민들은 모르겠지만."

"그럼 너도 대단하신 분이셨구먼? 대단하신 분이라 쫓겨 다니시는가? 자고로 위대한 인물은 피곤하나니."

"비아냥거리지 마."

용학이 주먹을 꽉 쥐었다. 그 위력을 대충 알기에 기진은 꼬리를 내렸다. 그는 먹물 출신이지 주먹쟁이는 아니었다. 상대는 전투용 안드로이드. 몇 년간 주짓수를 배웠다지만, 지금 순간만큼은 취미 그 이상 이하도 아님. 그러니 비빌 자리가 아닌 것이다.

"양자컴퓨터라고 쳐. 너희들은 어떻게 안 거지?"

"해킹 때문이야. 양자컴퓨터가 엄청나게 많은 걸 파괴했고 가로챘지만 모든 기반 시설은 아니야. 교묘하게도 요리조리 잘도 빠져나갔지만 이 나라에만 양자컴퓨터가 있는 건 아니야. 다른 나라에도 있지. 우리처럼 군대에서 활용했던 안드로이드는 거의 알고 있는 사실이야. 지금은 C01-399 모델인 우리와 적이지. 우리라고 해봐야 셋밖에 남지 않았지만."

"그렇다면 다른 나라에서도 가만히 있지 않았을 텐데? 왜 이렇게 조용하지?"

"인간들은 모두 자신의 이익을 기반으로 움직이지. 동북아의 분위기로 보아 그들에게 손해 볼 게 없는 거야. 흥미도 있었겠지. 너희 인간이 만든 결과야. 양자컴퓨터는 대통령이 되었고, 누구는 동북아가 화약고가 되길 바라고 누군가는 평화가 이어지길 바라. 양자컴퓨터가 대통령이 된 이유가 그거라고밖에 말할 수 없지."

"세상이 미쳐가는 거지."

"내 말 믿는 거야?"

"사실이라도 좋고 거짓이라고 해도 좋아. 내가 대통령을 만날 일이 더 어디 있겠으며, 우선은 너희 손에서 벗어나는 게 급선무인 거 같은데. 당장 커피를 마시고 싶어. 야동이 보고 싶어 근질근질하다고."

"커피? 사 마시면 되잖아."

"말은 쉽게 하는군."

"야동도 보면 되고 도와줘?"

"하, 꺼져."

기진은 허탈한 기색으로 저물어 가는 해를 바라보았다. 며칠 전까지만 해도 그는 안락하고 평탄한 생활을 했다. 어디서든 존경을 받았고 명예로운 삶이었다. 그런데 여기서는 얼치기 신세인 것이다. 할 수만 있다면 세희를 고쳐주고 싶었다. 하지만 그는 수지접합 전문가, 즉 의사지 로봇 공학자가 아니었다.

"단도직입적으로 말할게."

동료 같지도 않은 두 명의 동료를 향해 기진이 말했다.

"날 보내줘. 집까지는 바라지도 않아. 근처까지만 좀 어떻게 해 줘. 새로 납치 대상을 물색하라고. 제대로 된 사람을 찾아. 너희들에게 맞는 사람을 찾으란 소리야. 마네킹 다리며 교통사고 사망자 사지를 가져올 때부터 난 어이가 없었어. 이게 뭐냐, 대체? 너희들 생각 좀 하고 살아. 보기에 착한 애들 같아서 하는 말이다."

"무슨 꿍꿍이야?"

태건이 말했다.

"네가 여기 있는 이유를 몰라서 그러는 거야? 넌 세희를 낫게 해야 돼. 우리처럼 만들라고. 딴생각은 일절 하지 마. 네가 지금 해야 하는 건 어떻게 하면 세희를 고칠까 고심하는 거야. 정신 차려."

"맞아!"

용학이 동의했다.

"고집들 대단하시고만."

기진은 고개를 저었다. 한 대씩 쳐주고 싶은 마음이 굴뚝같았다. 아니, 이백 대씩.

갑자기 태건이 눈을 돌렸다. 다른 둘의 시선도 따라갔다. 기진은 그들이 그러는 것처럼 멀리 승합차를 향해 달려갔다. 세희가 몸을 꿈틀거리고 있었다. 일어날 수 없다. 다리가, 팔이 없는 이상, 몸체만으로 일어날 수 없다. 누군가 말해 주어야 했다. 그러나 아무도 그런 말을 할 수 없었다. 감히 그럴 수 없었다.

순간 기진은 '우리'가 그녀를 방관했다는 생각이 들었다. 그녀는 줄곧 혼자였다. 공장에서도 그녀는 작업대 위에 홀로 방치되어 있었다. 움직일 수 없었다면 말을 할 수 없었다면 그녀는 더 이상 아무것도 아닌 존재였을 것이다. 그것이 방만했던 자들은 모르는 진실이자 변명이었다.

"내게 팔이 있었다면……."

"그만해."

태건이 말했다.

"세희야……."

용학이 말했다.

"내게 다리만 있었다면……."

기진은 어두운 얼굴로 샐쭉거렸다.

"얼마나 좋을까. 그렇담 오빠들이랑 같이 있을 수 있잖아. 오빠들하고 놀고 싶어. 산에도 강에도, 어디든 갈 텐데.”

태건이 차로 들어가 그녀에게 무릎베개를 해주었다. 용학은 죄지은 것처럼 턱을 거의 가슴에 파묻고 있었다. 기진은 하늘을 보았다. 그냥 그렇게 했다.

“이대로는 안 돼.” 기진이었다.

첫째와 둘째 오빠가 그에게 시선을 주었다.

“세희에게 옷을 입히자. 여자잖아? 숙녀에게 지금 무슨 짓들을 하고 있는 거야? 너무 그렇잖아.”

더 설명을 해 무엇하랴. 어디 하나 인간미가 느껴지지 않은 매끈한 몸이 전부였지만 그녀는 알몸이었다. 봉긋이 솟아 있어서 가슴이라고 설명할 수 있을 뿐, 굴곡져 있어서 여자라고 부를 뿐, 그녀는 실오라기 하나 없이 여태 누워 있었다. 외간 남자인 기진이 등장하고 지금까지도 줄곧 방임되어 왔던 것이다.

태건과 용학은 서로 시선을 교환했다. 그들은 비슷한 옷을 입고 있었다. 같은 곳에서 주워 온 옷이었기 때문이다. 하지만 세희는? 막내 여동생인 세희는?

“내가 갔다 올게.”

기진이 말했다.

“뭐?”

태건이 불만스러운 얼굴을 했다.

“걱정 마. 옷만 구하고 바로 돌아올 테니까.”

"같이 갈까?"

용학이 태건에게 물었다.

"그러지 마. 쫓기는 신세잖아. 괜히 설치다가 분리수거함에 들어갈라. 기다리고 있어. 바로 올게."

"지리는 알고?"

태건이 물었다.

"일단 가보지 뭐. 뭔들 없겠어?"

"가."

"형?"

"갔다 온다. 믿어. 여기까지 왔는데 못 믿겠으면 또 어쩌려고? 안 그래? 간다."

기진은 제자리에 서서 주위를 둘러보았다. 말은 자신만만하게 했는데 막상 산을 내려와서 보니 인가라고는 보이지 않았다. 희끗하게 뭔가 보이는 것도 같은데 여기서 저 정도 실물로 보이는 걸 보면 틀림없이 공장이었다. 순간 작업복 같은 걸 구할 수 있지 않을까 했는데 경비를 뚫고 어떻게 침투할 수 있을지가 문제였다. 서너 채의 공장이 있는 곳까지 왔을 때는 가 봐야 옷을 어찌 구하겠느냐로 질문이 바뀌었다.

여기서 보니 또 희끗한 것들이 보이기 시작했다. 딱 산에서 공장까지의 거리. 인가들이었다. 하늘에는 달과 별이 떠 있었다. 길을 따라 걷는데 한 번씩 차가 붕 지나갔다. 그럴 때마다 자신이 공중에 살짝 부양해 있는 기분이 들었다.

그는 자신의 손에 들린 전리품을 보았다. 영문이 쓰인 분홍색 티셔츠와 셔츠, 짧은 반바지였다. 젊은 여자가 가방에 있던 걸 꺼내 버리는 걸 보자마자 얼른 주워 온 것이었다. 여자는 좋은 옷을 입고 있었다. 옆구리에는 떼지 않은 태그가 덜렁거리고 있었다. 쪽팔림은 옷을 갈아입는 순간에 올지니. 그녀가 버린 하이힐에도 욕심이 났지만 자제했다. 세희를 기쁘게 해주고 싶지 상처를 주고 싶지는 않았던 것이다.

절뚝거리며 산에 도착했을 때는 그도 기진맥진한 상태였다. 신발을 벗어서 확인하니 물집이 한두 개가 아니었다. 터트리려고 신발을 신은 발에 몸무게를 실었지만 놈도 보통이 아니었다. 그때였다. 부부부거리는 것 같기도 하고 두두두 같기도 한 소리가 귀를 훑고 지나갔다. 마치 프라이팬에 콩을 볶는 듯한 소리였다. 그는 우두커니 섰다가 뛰기 시작했다. 분명 숨은 찬데 제자리걸음을 하고 있는 기분이었다. 배꼽 밑으로 힘이 하나도 들어가지 않았고 다리도 자신의 것이 아닌 것 같았다. 마취 주사라도 맞은 것처럼 한쪽 다리가 풀려서 그는 양반다리를 하듯이 거꾸러졌다. 옷을 주섬주섬 모아서 껴안았다.

방금 폭발음을 들은 것 같았다. 아닌 게 아니라 틀림없었다. 그는 겨우 일어났다. 어금니 부분의 볼이 부풀어 올랐다가 꺼지기를 반복했다. 석고를 바른 것처럼 발이 떨어지지 않아 혼이 났다. 화가 나게도 이 상황에 쥐까지 났다. 그는 주저앉아서 주먹으로 자신의 다리를 세게 내리쳤다.

가까스로 승합차가 있는 곳에 도착했을 때 모든 것이 명료해졌다. 그는 손에 있는 것을 떨어트리고 말았다. 불길에 휩싸인 승합차에서 검은 연기가 구불구불 뿜어져 나오고 있었다. 용학은 관통당한 머리만 보였고 나머지는 박살이 난 채였다. 다행히 세희는 태건과 함께 땅바닥에 있었다. 기진은 눈물을 흘리고 말았다. 태건이 분해된 자신의 팔을 세희의 팔에 대주고 있었던 것이다. 한눈에 봐도 태건이 죽은 것을 알 수 있었다. 세희는 살아 있었다.

휴머노이드들이 조깅을 하듯이 기진을 향해 걸어왔다. 인간인 걸 알아본 것이다. 기진은 등을 굽혔다.

"움직이지 말아 주십시오!"

로봇이 명령했다.

"잠시만, 옷만."

"움직이지 말라고 했습니다!"

다른 로봇이 명령했다.

"이거면 돼. 어려운 일도 아니잖아?"

기진은 거의 울먹이고 있었다.

세 개의 총구가 일제히 기진을 가리켰다.

기진의 목소리를 들은 세희가 고개를 돌렸다. 기진은 급하게 무릎을 구부려 옷을 주…… 하지만 그는 양손을 번쩍 든 채 꼼짝도 하지 못했다. 그는 세희가 폭발하는 것을 두 눈으로 보고도 아무런 저항도 하지 못했다. 그는 수지접합 전문가다. 자신이 이 분야 최고라고 생각했다. 하지만 그녀에게 팔을 준 건 말살 명령이 내려진 도망자 안드로이드이자, 마네킹의 팔과 인간의 팔, 안드로이드 팔도 제대로 구분하지 못했던 얼뜨기였다.

순간 다리에 힘이 풀려 기진은 무릎으로 주저앉았다. 휴머노이드들이 돌아보았다. 하지만 소리에 반응한 것일 뿐 명령을 어긴 자에게 어떤 위협도 가하지 않았다. 대신 기진을 안전하게 에스코트해주었고, 그는 원래의 자리로 돌아갔다.

그는 수지접합 전문가의 자리로 돌아갔다. 그는 수지접합 전문가다.

그 분야에서만큼은 대한민국 최고였다.

드라큘라 씨 너무 과했습니다

캡슐은 투명한 천장과 폭신한 침대로 이루어져 있었다. 공간희는 캡슐 안에 들어가 누웠다. 침대에 있는 헬멧을 쓰자 천장이 내려왔다. 천장의 고정 막대와 침대의 고정 구멍이 결합했다.

"준비되셨어요? 불편한 데 없으시죠?"

애린이 부드럽게 물었다. 간희의 의료보호사로 캐슬에서 그가 신뢰하는 사람 중 하나였다.

간희가 머리를 위아래로 살짝 움직였다. 그렇다는 것이다.

"시작하도록 하죠."

이덕수 박사가 말했다. 어느 정도 시간을 둔 뒤 블록처럼 생긴 키를 메인 시스템에 꽂았다. 거의 동시에 애린도 캡슐에 키를 삽입했다. 실험실에는 의료, 물리, 공학, 전기 부분에서 일하는 전문가와 보호 경찰 같은 사람들이 두루 있었다.

"잠깐, 이거……!"

공학자 동춘이 말했다. 잘못을 인지한 것이었는데, 때는 이미 늦었다. 이미 포르드모템 장치의 공간 이행이 뚫린 뒤였다.

　-5

　-4

　-3

　-2

　-1

개시!

"우욱!"

간희는 지상 10cm쯤에서 착지하는 동시에 구토를 했다. 바닥에 쭈그려 앉은 그는 몸을 비틀면서 속에 있는 것을 게웠다. 고기 샌드위치나 커피, 서너 개의 젤리 같은 것이었다. 그는 입술을 닦으면서 일어났다. 믿기지 않는 광경이 눈앞에 펼쳐지고 있었다. 수백 구의 시체들이 말뚝으로 세워져 있었다. 남녀, 노인, 아이 할 것 없었다. 까마귀가 시체의 어깨에 앉아서 눈을 쪼았고 썩은 발밑에서는 떠돌이 개들이 잔치를 벌였다.

"뭔가 잘못된 게 틀림없어."

당연히 그렇게 생각할 수밖에 없었다. 그가 여행을 하고자 했던 곳은 15C 이탈리아였다. 그가 만나고 싶었던 것은 레오나르도 다빈치였다. 보면서도 믿기지 않는 광경은 그 천재적인 인물과는 거리가 멀어도 한참 멀었다. 순간 그의 머릿속에 날아든 것은 하, 드라큘라였다. 그는 황급히 하늘을 올려다보았다. 제발 자신을 데려가 주었으면 하고 바랐다. 하지만 이상하게도 포르드모템을 불러들이는 글러브가 오류로 점철되어 있었다. 자동 복구가 완료되려면 시간이 필요했다.

하는 수 없이 그는 반대 방향으로 내달렸다. 숲이 이상했다. 꼭 같은 곳을 빙글빙글 도는 듯한 불온감이 느껴졌다. 안심을 하게 된 것은 남매로 보이는 아이들을 발견하고 나서였다. 아이들의 눈인사에 그도 화답하면서 천천히 다가갔다. 여기에 와서 처음 만나는 사람이었고 거기다 아이들이었으니 의미는 남달랐다.

농민의 아이들인 것 같았다. 좀 깨끗할 뿐이지 그도 다른 사람들의 눈에는 농민으로 보일 것이다. 머리에는 털모자를 쓰고 자수 셔츠에 양가죽 조끼, 넓은 가죽 벨트가 달린 바지, 그리고 돼지가죽으로 만든 신발을 신고 있었기 때문이다. 왼손의 글러브는 겉보기엔 진짜와 다를 것 없는 의수 위에 낀 평범한 가죽 장갑이었다. 정체는 기계장치로, 의수의 시스템과 호환을 이루고 있었다. 의수는 사고로 잃은 손목까지의 대체품이자 포르드모템 귀환 장치의 일환이었다. 이 귀환 장치들은 다른 시간대로 여행을 하도록 돕는 기능은 없었고 오로지 귀환만을 목적으로 했다.

"너희들 여기서 뭐하니?"

그가 물었다.

아이들은 놀고 있었다고 말했다.

갑자기 바람이 얼굴을 쳤고 아이들은 킁킁거리더니 순식간에 겁을 집어먹었다. 특히 여자아이는 울음을 터트렸다. 그러고 보니 바람에 실려 오는 이 불결한 냄새, 실제로 그는 고기 요리들이 연상이 돼 더 혐오감을 느꼈다. 대강 짐작을 해버린 것이다.

"영주님이 무서워요."

소녀가 묻지도 않는 말을 했다. 소년은 울음이 커지지 않도록 어린 여동생을 달랬다. 간희는 아이들의 도움을 받아 마을로 내려갔다. 의심의 여지가 없었다. 여기는 15C 루마니아였다. 같은 시기 이탈리아에 다빈치가 있다면 루마니아에는 피에 굶주린 드라큘라가 있었다.

블라드 체페슈. 그의 이름은 말뚝에 박아 죽이는 블라드라는 뜻을 내포하고 있다. 그의 다른 이름인 드라큘라는 루마니아에서 용이나 악마를 뜻하기에 그는 용의 아들, 악마의 아들로 통했다. 사람을 닥치는 대로 굽고, 삶고, 자르고, 쑤시고, 부러트리는 인류 최악의 사디스트. 이 땅은 비명을 지르는 공동묘지이자 묘비다.

그는 아이들의 집에 초대를 받았다. 그 역시 동유럽인과 별반 다르지 않은 외모를 하고 있어서 이질감은 없었다. 물론 언어의 사소한 악센트도 그랬다. 이 세계 밖, 엄청나게 휘도는 전자기장 그 밖의 캐슬이라는 빌딩에서 소위 전문가라 불리는 사람들이 지켜보는 가운데 아늑한 캡슐 안에서 깊은 렘수면에 빠져 있을 그는 전형적인 30대 한국인의 얼굴을 하고 있겠지만.

그는 낡은 테이블 위에 놓인 가난한 저녁 식사를 한술 떴다. 왼손의 글러브를 벗어야 하는 게 예의이건만, 그는 사전에 양해를 부탁했다. 금관악기처럼 조밀하게 움직이는 기계손을 보고 놀라지 않을 15C 인간이 어디 있겠는가.

그때 한 떼의 말발굽 소리를 들었다. 부인은 겁먹은 기색을 감추지 못하고 나무틀 창문에 손을 얹은 채 밖을 엿봤다. 사람들이 병사의 손에 끌려가고 있었다. 갑주를 입은 몇몇 병사가 말에서 내리더니 똑같이 칼을 뽑았다. 노인이 무릎으로 끌려갔다. 그 모습을 보는 남매의 부모는 바들바들 떨면서 숨죽였다. 그때 병사 하나가 몸을 획 틀더니 각진 칼을 스르릉 빼 올리면서 이곳으로 걸어오기 시작했다.

"왜 그래?"

다른 병사가 말했다.

병사는 그저 손 하나를 들고 말았다. 금방 현관에 다다른 병사가 쾅쾅 문을 두들겼다.

"어떡하죠? 어떡해요?"

부인이 남편에게 매달렸다. 아이들은 테이블 밑에서 서로 손을 잡고 기도했다. 눈물은 쉽게 멈추지 않을 것이다. 병사가 발길질을 시작했다. 얼마 지나지 않아 병사의 부츠가 문을 깨부수고 들어왔다. 연이어 병사는 전신을 이용했다. 마치 스티로폼으로 만든 마왕의 문을 깨고 들어가는 스포츠 버라이어티 프로그램의 연예인처럼 잔뜩 웃고 있었다.

"너! 너! 그리고 너!"

병사가 손가락질을 했다. 식탁으로 다가와서 접시에 담긴 수프를 한 번 찍어 맛본 뒤 퉤 뱉고는 칼로 바닥을 그었다.

"나와! 나와라! 꼬맹이들아!"

"잠깐만요."

간희가 병사 앞을 막아섰다.

"뭐하는 놈이냐? 비키지 못해?"

병사의 건틀릿이 간희의 옆구리를 깊숙하게 때렸다. 간희는 몸을 안고 주저앉으며 방금 먹은 야채수프와 딱딱한 빵을 토했다. 병사의 신호를 받고 다른 병사 둘이 합류를 했다. 간희 역시 남매의 가족과 함께 끌려가게 되었다.

그들의 목적지는 다뉴브강의 지류 아르제슈 강가 산 정상에 있는 드라큘라의 성이었다. 성은 비잔틴 요새의 특징을 가지고 있었다. 또한 산의 꼭대기가 이루는 형태에 맞추어 불규칙한 다각형 모양이었다.

간희는 흠칫 놀랐다. 성의 안마당에는 숱한 팔다리가 큰 통에 담겨 있었고 머리는 머리대로 굴러다녔다. 다른 곳에 신경을 팔고 있었던 탓에 그는 그만 자빠지고 말았는데 그대로 대열이 어그러져서 사람들이 도미노처럼 쓰러졌다.

수비대 대장이 고함을 지르며 손을 마구 휘저었다. 사람들은 모두 재빨리 일어나려고 했지만 간희는 심한 구타를 당하는 중이라 엎어져 있기도 버거웠다. 수비대 대장이 검을 뽑으며 다가왔다. 막 검이 떨어지려는 찰나 간희의 몸이 땅속에라도 꺼진 듯 사라졌다. 수비대 대장은 땅을 찍은 검을 빼들면서 주위를 두리번거렸다. 사람들이 웅성거리기 시작했고, 그는 고함을 내질렀다. 충격 속에서 대열의 움직임은 계속되었다.

캡슐의 뚜껑이 열렸다. 간희는 파리하게 떨리는 양손으로 얼굴을 감싸 안으며 "맙소사"만 연발했다.

"이럴 수가 없어."

"괜찮으세요? 문제가 있나요?"

애린이 말했다.

"내가 갈 곳은 이탈리아였어요. 하지만 내가 만난 건 피의 군주였어. 분명히 봤어요. 내가 포탈을 타기 직전에, 사람들을 향해 다가오는 드라큘라를. 망토를 휘날리면서 손으로 여기저기를 가리켰어요. 말뚝을 박으라고. 아! 그 기쁨에 찬 얼굴이란! 얼마만큼 흥분을 했고 기대를 하는지……."

애린이 지시를 하자 하얀색 옷을 입은 남자 두 명이 간희를 탈것에 태우고 갔다. 간희는 간단한 검사와 적절한 치료를 받으면서 휴식에 들어가야 했다. 하지만 그는 왠지 모르겠으나 지옥이라고밖에 할 수 없는 그곳에 다시 가고 싶었다. 자신이 생각하기에도 이해불능의 결단이었다. 하지만 이미 그러기로 결정을 내렸다.

친구와 헤어진 간희는 엑셀을 밟았다. 그렇게 해서 도착한 곳은 그가 유년 시절을 보냈던 시골 마을이었다. 이 마을을 떠날 때만 해도 젊은이의 씨가 마르지 않았지만 지금은 노인들로만 이루어진 6가구만 남아있었다. 그는 마을을 돌아서 산 밑에 차를 댔다. 예전에는 산 앞으로 배수로가 있었다. 거기에 있는 콘크리트 다리를 이동하여 산에 오르곤 했다.

산에는 동굴이 있는데 박쥐가 산다고 유명했다. 자신이 생각하기에도 우스웠다. 아무리 포드모템으로 15C의 트란실바니아를 여행했다지만, 흡혈귀가 웬 말이란 말인가. 실상 박쥐와 블라드 체페슈의 접점은 존재하지 않았다.

블라드는 굉장히 잔악무도하고 냉담하며 사이코패스적인 인물이었다. 그의 가정사는 비극적이었다. 암살당한 아버지와 친형, 다른 친척들도 마찬가지로 살해되거나 극심한 고문을 당해 폐인에 이르렀다. 첫 번째 부인은 자살을 했고, 그로 말할 것 같으면 언제나 암살 위험 속에서 아득바득 살았다. 부하들은 끊임없이 흉계를 꾸몄고 형제나 마찬가지였던 사촌에게 배신을 당했다. 독일인이나 헝가리인, 튀르크인은 항상 그를 쫓았으며 왈라키아의 영주로 지낸 시간보다 감옥 생활을 더 많이 했다. 첫 번째 유폐는 무려 15살 때의 일이었다.

간희는 동굴 입구에서 테이크아웃 커피를 한 모금 마셨다. 그리 길지 않은 동굴은 습하고 진득진득했다. 스마트폰을 휘둘러 보지만 저 먼 곳의 천장까지 닿지는 않았다. 계속 제자리만 지키고 있었을 뿐인데 겁이 났다. 밤의 산은 너무도 조용하고 너무도 고요해서 아주 미세한 소리만으로도 도망을 칠 수밖에 없도록 하는 사악함이 있었다. 그런 생각을 하고 있는데 갑자기 천장에서 박쥐 떼가 착착착 부딪치는 소리와 함께 쏟아져 나오더니 그의 머리 위에서 대기 중으로 흩어졌다.

어릴 때, 그는 바로 이런 산에서 드라큘라 놀이를 했다. 산, 산, 이름은 없이 그대로 통용이 되는 산과 산에서 그런 놀이를 했다. 내일은 드라큘라를 만나러 갈 시간이다.

캡슐과 뚜껑은 혼연일체다. 간희는 가슴에 휴대용 노트북을 놓은 채 옛 독일의 팸플릿을 보는 중이었다. 블라드 체페슈가 표지에 실려 있었는데 아주 괴상망측한 인물로 묘사한 것이 흥미로웠다. 아마도 적대 관계에 있는 인물에 대한 타당성 있는 표현인 것 같은데, 사실 실제의 그는 추남이 아니었다.

덥수룩한 눈썹 밑의 녹색 눈은 아랍인처럼 부리부리하고 큰 입술은 얇고 불그스름했으며 긴 코의 수염은 잘 다듬어져 있었다. 턱은 늘 완벽하게 면도를 하고 다니고 곱슬거리는 검은 머리카락은 어깨까지 흘러내리고 있었다. 키는 그리 크지 않지만 상당히 다부지고 단단한 체형의 사내였다.

트란실바니아의 드라큘라에 대해 생각하고 있는데 애린이 말을 걸어왔다.

"기분이 좋아 보이시는데 즐거운 일이라도 있어요? 같이 알면 행운이 달아날까요?"

"저도 그러고 싶지만 형체가 없는 거라서요."

간희의 말에 그녀는 도시적인 얼굴로 지그시 미소를 지어 보였다. 각 분야를 담당하고 있는 전문가들은 관심 있는 척 또는 없는 척 그들을 힐끗거리며 차트를 확인하거나, 복잡한 최첨단 설비를 만졌다.

"준비되셨죠?"

그녀가 물었다.

"물론이에요."

그는 헬멧을 썼다. 뚜껑이 내려왔다. 여성의 기계음이 카운트다운을 제시했다.

-5

-4

-3

-2

-1

개시!

간희는 자신의 옷을 살폈다. 화려하게 꾸민 비잔틴 형태로 중앙유럽의 귀족이 입는 스타일이었다. 차림새만 봐도 귀족층인 보야르라는 것을 모르지 않았다. 그는 주위를 두리번거렸다. 빙 둘러싸여 있는 성벽 내의 정원이었다. 집시들이 음악을 연주하며 춤을 췄다. 구운 양고기, 오리 고기, 달콤한 케이크, 와인 등이 베풀어졌다. 연회 때 보야르도 상인처럼 직접 음식을 가져와야 했는데 안 그래도 그의 손에는 값비싼 와인이 들려져 있었다. 포르드모템 실행 전부터 가지고 있던 거라 이미지가 나타난 것이다.

연회는 카르파티아 산맥 너머로 해가 떨어질 때가지 이어졌다. 줄곧 그의 눈에 띄는 인물이 있었다. 보석과 모피로 장식된 투르크 스타일의 머리 장식을 걸치고 있는 인물이었다. 시체처럼 창백한 남자였다. 튜닉에 담비 가죽 망토를 걸친 그는 무표정한 얼굴로 집시들의 유희를 관람하였다. 바로 드라큘라였다.

갑자기 술에 취한 보야르 하나가 다짜고짜 영주에게 다가가 삿대질을 하기 시작했다. 큰일 날 일이었다. 아무리 만취했기로서니 미쳐도 단단히 미치지 않고서야 불가능한 일이 벌어지고 있었다.

"어이, 블라드! 블라드 내 말 듣고 있냐? 이 미친 사이코 새끼야! 네가 삶아 죽인 여자는 말이야. 낮에는 식모살이를 하고 밤에는 아픈 홀어머니를 돌보는 착한 여자였단 말이다!"

보야르는 연신 삿대질을 하다가 급기야 드라큘라가 들고 있던 잔을 쳐냈다. 와인을 둘러쓴 드라큘라는 노여워하는 얼굴로 두 볼을 파르르 떨었다.

병사들이 즉시 남자를 붙잡았다.

"말뚝을 가져 와. 아주 길고 끝이 뭉툭한 거로 말이야. 안 그래도 흥이 안 나던 참이었다."

거대한 말뚝이 보야르의 항문을 통해 들어갔다. 보야르의 비명이 서서히 잦아지더니 목을 통해 말뚝의 끝이 솟아나고, 몸이 털썩거리며 내려간 후에는 말뚝 가운데에 고치처럼 꿰여 죽어 갔다. 까마귀 한 마리가 보야르의 어깨에 걸터앉았다. 그리고 눈알을 파먹었다. 보야르의 두 눈은 공허로 검었다. 혹 비위를 못 이긴 자가 있다면 사이좋게 나란히 말뚝행이었다.

간희는 구토가 올라오려는 것을 간신히 참았다. 그는 애써 미소 지으면서 흡사 와인의 풍미를 즐기듯 손으로 잔을 돌렸다.

색깔도 피와 같아서 몹시 속이 울렁거렸다. 드라큘라는 정치적인 수단으로 공포를 이용한다고 익히 알고 있었지만 실제로 본 소감으로는 아무리 잔인한 묘사가 들어간 드라큘라 문서라 해도 이에 한참 못 미쳤다.

한번 눈이 뒤집힌 드라큘라는 살의를 멈추지 않았다. 죽은 보야르를 잘 아는 사람이 있느냐고 물었고, 안다고 대답한 사람들을 쓸어보며 "잘 아냐고 물었느니라!" 하고 말했다. 그리고 그들에게 수수께끼 같은 말을 했다. 그는 대답을 기다리다가 하나둘 말뚝 형을 내렸다. 시체들은 동심원 형태로 정원에 전시되었다. 말뚝은 직위에 따라 달랐다. 입부터 박힌 사람이 있는가 하면 항문이 시작인 사람이 있었다. 말뚝은 가슴, 옆구리, 배, 목, 입, 사타구니, 항문을 통해 튀어나왔고 희생자들은 끔찍한 고통 속에서 서서히 죽어갔다.

순간 간희는 소스라치게 놀랐다. 드라큘라가 그를 빤히 쳐다보고 있었던 것이다. 그는 시선을 회피했다. 다시 그쪽으로 고개를 돌렸을 때도 드라큘라의 시선은 여전히 그대로였다.

"네놈을 죽여도 괜찮은가?"

드라큘라가 물었다.

간희는 지금 상황이 무엇인지 알고 있었다. 드라큘라는 사형 집행 전에 희생자들에게 일종의 자백을 강요했다. 이것이 처벌의 강도를 정하는 기준인데 희생자들의 재치와 기지를 보려는 의도였다. 만약 드라큘라를 만족시킨다면, 목숨을 부지할 수 있었다.

"물론입니다. 왈라키아의 아버지시여."

간희의 턱에서 땀이 흘렀다. 뒤에 더 말을 덧붙여야 했다. 하지만 너무 갑작스럽고 두려워서 뭐라고 말을 해야 할지 모르겠는 것이다. 지금 그의 머리는 태어나 그 어느 때보다 활발한 운동을 하고 있었다.

"블라드 영주께서 하시는 말씀이라면 밤 또한 낮인 법이지요."

간희는 자신이 말해놓고도 무슨 뚱딴지같은 소린가 했다. 자신이 한 말을 짧은 순간 되새기자 어떤 의미가 담긴 말처럼 느껴졌다. 마치 죽은 자나 산 자나 다를 바 없으니 쏼라쏼라 그런 내용 같았다. 하지만 드라큘라는 근엄한 얼굴로 쳐다보기만 할 뿐 살짝 쳐들고 있던 희디흰 손을 내리지도 들지도 않았다. 백정 같은 병사들은 영주의 명령만 기다렸다.

간희는 살았나 싶으면서도 왠지 자신이 말뚝에 박힐 것 같아 두려웠다.

"하늘을 바라보고 싶은 모양인데 뜻대로 해줘라. 아주 높은 곳으로."

드라큘라가 말했다.

기름을 바른 긴 막대기가 대령됐다. 간희는 가만히 있을 수 없었다. 그는 글러브의 가동 장치를 작동시켰고, 막 옷이 벗겨지려

할 때 그는 사라지고 없었다.

간희는 가위 눌림에서 벗어난 사람처럼 벌떡 일어나다가 아직 열리지 않은 캡슐의 천장에 머리를 박았다. 머리 꼭대기가 싸하니 아팠지만 웃음이 나왔다. 푹신푹신한 여기에 누워 있으니 자신이 마치 주인에게 사랑받고 아주 아낌을 받는 애완동물이 된 것처럼 느껴졌다. 그는 슬리퍼를 찾아 신은 뒤에도 마치 햇볕을 쬐는 노인처럼 가만 캡슐에 걸터앉아 있었다.

애린이 부드러운 손길로 그의 땀을 닦아주었다.

"무슨 일이었어요? 얼굴빛이 좋지 않아요."

"죽을 뻔했어요."

"네?"

"무서워서 죽을 뻔했어요."

죽음이란 없다. 무슨 말이냐면 포르드모템으로 공간 이동을 하는 것은 육신이 아니라 정신이었기 때문이다. 그는 간밤의 총격전에서 혼자만 간신히 살아남은 사람처럼 캐슬이 제공하는 푸짐한 식사를 허겁지겁 맛있게 먹고 푸딩 몇 조각과 큰 컵에 커피를 마셨다.

간희는 정원이 내려다보이는 난간에 기대고 있었다. 문득 신경 쓰여서 보니 애린이 다가오고 있었다. 친절해 보이는 눈빛이 왠지 부담스러워 그는 괜히 저쪽의 나무들을 뚫어져라 바라보았다.

"간희 씨?"

"네? 네."

장난기 어린 그녀의 미소 속에서 그는 뭔가를 발견했다. 오늘따라 그녀가 더욱 매력적인 여성으로 보였다. 20대 후반인 그녀의 손과 머리카락은 늘 손질이 잘 되어 있었고 화장 때문인지는 모르겠지만 얼굴은 환했다. 아깝게 바른 립스틱과 하얀 치열의 대비는 그녀를 또래의 어느 여성보다 돋보이게 만들었다.

"저녁에 시간 있으세요?"

그가 말했다.

"글쎄요."

늦은 밤에 그들은 시 외곽에 있는 레스토랑에서 만났다. 식사를 끝내고 나오는 길은 들어갈 때만큼이나 어색했다. 떨어져서 걸으려고 하는 것도 아닌데 자연히 거리가 생겼다. 이런 게 첫 데이트라니. 그가 생각했다. 그리고 식사 중에 그녀가 한 말을 떠올렸다. 그녀는 긴히 할 말이 있는 듯 보였으나 머뭇거리기만 하다 끝냈다.

그는 차문을 열어주고 기다릴까 하다가 차마 그럴 수 없었다.

"간희 씨?"

"네, 애린 씨."

"포르드모템 말인데요."

순간 그는 김이 샜다. 또 포르드모템 이야기다. 시선을 괜히 딴 데 두다가 속마음을 들키면 안 될 것 같아서 억지로 그녀와 눈을 맞추었다. 힘든 일이었다.

"네, 말씀하세요."

"이제 그만하는 게 좋지 않을까요? 역사적 인물과 사건을 뷰잉하려고 포르드모템 실험에 참가하고 계신 거잖아요. 솔직히 전 불안해요……."

"뭐가 그리도 애린 씨를 불안케 하던가요?"

"포르드모템 자체가요. 간희 씨는 뷰잉만 해야지 역사의 사건에 끼어들면 안 되는 사람이에요. 간희 씨의 간접 행위로 파생되는 일련의 문제 때문에 이러는 게 아니에요. 그 와인요. 간희 씨가 들고 있던 와인이 사건의 현장에서도 그대로 노출이 되었어요. 이거 뭔가 불안해요. 저는 일개 의료보호사일 뿐이라 그런 실험에 대해 아는 게 하나도 없어요. 하지만 간희 씨, 간희 씨는 ……."

"걱정 마세요. 아무 일도 일어나지 않아요. 일개 프로그램이에요. 프로젝트? 그렇죠, 뭐. 위험이 동반되는 일은 아니잖아요. 아무튼, 이건 정신적인 게임이에요. 제 정신은 15C에 있지만 뇌는 캡슐 안에 잘 있을 거예요. 음치이고 놀 줄도 모르고 인간관계를 괴로워하는 데다 몇 가지 길항작용을 하는, 비슷하지만 다른 사상이 깃든 몸뚱어리와 함께요."

간희는 끝까지 기다렸다가 말했다.

"간희 씨……."

"커피 마실까요?"

"좋아요."

그녀가 대답했다.

좀체 잠이 오지 않는 밤이었다. 간희는 일어나 영화, 음악, 야식 순으로 시간을 때우다가 전자도서관에 들어가 왈라키아 공국의 드라큘라에 관한 책을 몇 권 빌렸다. 그중 가장 그의 시선을 끄는 책은 『드라큘라 대왕』이었고 작가는 예원지였다.

블라드 체페슈. 4만 8천 평방미터의 왈라키아 공국의 영주. 색슨 자치도시이자 전형적인 중세 도시이기도 한 요새 도시 시기쇼아라에서 1431년 겨울에 출생. 1476년 12월에 생을 마감함. 목이 잘린 그의 시체는 영주의 위치에 맞게 스노코프 교회의 제단 가까이 묻힘.

이교도인 투르크는 물론 여러 민족과 기독교인들까지 무차별적으로 숙청. 그가 즐겨하는 말뚝형으로 인해 '말뚝에 박아 죽이는 블라드'란 별칭이 생김.

그는 책장을 끝까지 넘긴 뒤에서야 필기를 마쳤다. 뜨거운 물에 알약 형태의 비타민을 넣었다. 자기가 드라큘라라고? 알맹이가 녹으면서 물이 점차 노란색으로 변했다. 그는 자신이 한 필기를 속으로 읽었다.

드라큘라는 왜 그리도 잔인했었나? ① 복수 : 암살당한 아버지와 형의 복수 ② 집안의 불화 : 대대로 왈라키아 영주를 지냈던 집안의 두 파벌인 드라큘라 가문과 다네스티 가문의 생존 위한 다툼. ③ 트란실바니아 상업 보호 : 루마니아 전역 걸쳐 독점행위 일삼는 독일계 색슨족에 대한 앙심 ④ 권위의 확립 ⑤ 주권의 확인
드라큘라는 권좌에 오르고 내리기를 무려 세 번이나 반복했음. 부쿠레슈티 요새 근처에서 최후를 맞이함.

이만하면 자신도 드라큘라에 대해 알 만큼 아는 게 아닐까 하는 생각이 들었다. 다음 날 그는 종이책을 직접 구매했다. 하루만에 완독하고 필기도구를 저만치 밀어 넣었다. 그가 책에서 받은 감상은 예원지라는 작가가 보통이 아니라는 것이다. 그녀는 자신이 바로 드라큘라라며, 블라드 체페슈라고 두 번이나 언급했다.
특이한 사람이 많아도 너무 많다.

간희는 포르드모템에 접속하기 전에 애린과 눈인사를 주고받았다.

−5

−4

−3

−2

−1

개시!

이번에도 보야르였다. 간희는 자신의 옷에 묻은 먼지를 쓸어 내리며 걷고 있었다. 왜 여기에 있는지 모르겠지만 이유가 있을 것이었다. 그 연유를 알게 된 건 썩 바람직하지 못한 장소, 한 마디로 불타고 있는 마을을 맞닥뜨렸을 때였다. 아이의 비명소리가 들렸지만 출처를 알 수 없었다.

등과 어깨에 불이 붙은 사람은 미쳐 날뛰었고 사지가 절단된 이는 애니*처럼 망연자실하게 누워 있었다. 수박처럼 구르다 만 노인의 큰 머리는 거룩한 표정을 짓고 있었다. 저 먼 곳에는 말뚝에 박힌 인영들이 먹다 남은 양꼬치처럼 즐비했다. 그는 피와 고기 타는 냄새에 헛구역질을 했고 불어오는 바람에는 절규가 섞여 있었다.

그는 끈기를 잃고 뒷걸음질 치다가 병사의 가슴에 머리를 정

---

* 심폐소생 교육용 마네킹

통으로 박았다.

"예쁜이, 그렇게 입고 다니다간 봉변을 당하기 쉽지."

병사가 말했다.

두 명의 병사가 더 있었는데 그를 양쪽에서 붙잡고 어디론가 끌고 가려고 했다. 그는 몸부림을 쳤지만 배를 맞고 얌전해졌다. 발이 멈춘 곳은 다른 병사들과 말이 있는 곳이었다.

"높으신 양반이로구먼."

붉은 눈썹을 한 병사가 호밀빵을 우적거리며 말했다. 흡사 만두를 먹듯 그 퍽퍽한 것을 단숨에 넘기더니 간희의 입에 수통을 갖다 댔다.

"영주님께서는 보야르를 질색한단 말씀이야. 됐다, 너는 함께 가자. 죽음을 피할 순 없을 테지만 이 땅에 태어난 이상 어떻게든 최선을 다해 연명해 보는 것도 옳은 일 아니겠냐?"

전갈꼬치 같은 거무스름한 형상들이 양쪽에서 지나갔다. 까마귀가 울었고 멀리서 늑대가 울부짖었다. 간희는 피비린내에 살이 떨렸다. 순간 그는 뻥 뚫린 두 눈과 꿈틀거림과 찢어진 목과 너덜너덜한 발목을 보고 말았다. 말뚝이 시체의 이빨을 부수고 마치 에일리언의 이중 턱처럼 입 밖으로 살짝 솟아나와 있었다. 까마귀에게 살을 뜯기며 죽어가는 자도 있었고, 썩은 건포도처럼 쪼그라든 시체도 있었다. 그들의 각진 얼굴은 미라 같았고 두 팔은 허수아비 같았다. 썩고 있는 몸뚱어리의 옷은 찢기고 헤져서 흡사 육체미를 과시하듯 허리나 목둘레에서 숙성된 속살을 내비치며 살짝 내려와 너풀거렸다.

그렇게 해서 간희는 드라큘라의 성에 입성했다.

드라큘라는 마치 마중이라도 나온 것처럼 있었다. 누가 그렇게 말했다면 믿는 사람도 있겠지만, 간희는 보고 있었다. 음식과 음료가 차려져 있는 영주의 것치고는 조촐한 식탁을. 드라큘라는 고기를 손으로 뜯어 먹으면서 광기 어린 웃음을 터트렸다. 맞은편에 줄 맞춰 서 있는 사람들은 허공에 매달려 있었다. 천천히 아주 천천히 말뚝이 사람들의 창자를 깨부수며 코나 목 언저리, 입을 통해서 송곳니처럼 솟아올랐다. 그뿐이 아니라 마구잡이로 칼질을 당하는 사람들도 보였다. 사지가 소시지처럼 속절없이 잘려나갔다.

어떤 말뚝에는 두 사람이 꿰어져 있었다. 밑에 사람은 항문부터 위에 사람은 입부터 꿰어졌다. 마치 사랑하는 연인처럼 어느 지점에서 만나 서로의 무게 탓에 절대 피할 수 없는 죽음의 키스를 나눴다.

드라큘라가 간희 쪽을 쳐다보았다. 드라큘라의 불을 뿜는 듯한 눈빛에 간희는 숨이 막혔다. 드라큘라는 냅킨으로 입술을 더듬으면서 손짓을 했다. 뒤에서 간희를 밀면서 다 같이 이동했다.

"어디서 많이 본 얼굴인데? 어디서 봤더라?"

드라큘라가 말했다.

"존경하는 영주님이 모르시는 얼굴이 이 축복의 땅 트란실바니아에 있겠습니까?"

간희는 후회했다. 짧게 주어진 시간은 아니었다. 사실 오는 내내 혹 드라큘라의 눈에 걸린다면 어떻게 대응해야 하나 생각을 했었다. 그런데 그는 거의 빈정대는 투로 말을 해버렸다. 드라큘라라면 필시 그렇게 받아들였을 것이다.

"너를 살려두어야 하는 이유가 있는가?"

"없습니다."

간희는 간단히 말해버렸다. 이렇게 된 거 글러브를 비틀어 포드모템을 시도해야 했다. 문득 이런 생각이 들었다. 만약 고장 났으면 어쩌지?

병사들이 창을 겨냥하면서 간희를 에워쌌다. 드라큘라는 여유만만한 얼굴로 허리에 차고 있는 칼을 서컹 하고 뽑더니 식탁에 쾅 꽂았다.

"나는 말을 잘 못해. 나름 머리를 굴린다고 굴려봤자 결과는 정해져 있으니, 뻔하지. 나는 말뚝에 박힐 거야. 당신은 같지도 않은 이유를 들먹이며 남을 희생시키지. 당연히 당신에겐 아무런 해가 안 되니까. 그냥 즐기는 거야, 이 정신병자야! 말뚝에 박히는 사람들의 고통을 최대한으로 끌어올리기 위해 그들의 양다리에 말을 한 마리씩 연결하여 즉사하지 않도록 하고, 말뚝의 끝은 뭉툭하게 하여 죽음의 기쁨을 두 배로 즐기고 있지. 사람들이 죽어가는 모습을 보며 오르가슴을 느끼나? 손을 테이블 밑에 몰래 넣고 마스터베이션을 한 적도 있겠지? 괜찮아! 어차피 이건 현실이 아니다! 현실이 아니라고!"

드라큘라는 자신의 혀를 핥으며 식탁 위의 칼을 뽑아들었다. 칼끝이 햇빛에 반사되어 번쩍거렸다. 거기에는 울음과 호소, 비탄, 탄식, 절규, 애원, 공포, 절망, 분노, 타락 같은 것들이 한없이 기생하고 있는 것처럼 보였다. 막 칼이 간희의 어깨로 떨어지려 할 때였다.

　－5

　－4

　－3

　－2

　－1

포르드모템이 작동했다.

간희는 책을 덮었다. 작업실 책상에는 블라드 체페슈에 관한 책들이 쌓여 있었다. 포르드모템의 오작동으로 우연히 15C 루마니아로 갔을 뿐이건만, 현재의 그는 그 잔인무도하고 피에 굶주린 말뚝 제왕에게 집착을 하고 있었다. 그는 조용히 이쑤시개를 박아 놓은 여러 개의 딸기를 쳐다보았다. 하나를 들어 입에 넣어 혀로 돌렸다. 이쑤시개를 다른 딸기에 박았다. 이젠 이쑤시개가 두 개가 되었다. 세 개, 네 개. 계속 늘었다.

차를 세웠다. 간희는 바닷바람을 맞고 있는 여자를 향해 걸어갔다. 염색을 하고 몸에 딱 붙은 옷을 입은 뒷모습만 보면 연령대를 짐작하기 힘들었다. 그녀는 30대 중반이었고 대학교에서 시간강사로 일을 하고 있다고 했다. 만약 그녀의 책을 그녀의 지인이 읽는다면 어떤 반응을 보일까. 자신이 드라큘라라고 하는 여자인데.

"원지 씨, 『드라큘라 대왕』 잘 읽었습니다. 드라큘라에 관한 인간적인 면모가 특히나 흥미롭더군요. 전 여태껏 그가 살인에 미친 괴물이라고 생각했거든요. 이 책이 아니었다면, 네, 그랬겠죠."

"감사해요. 제가 책을 쓴 의도가 그런 거였는데…… 처음으로 100점을 맞은 기분이에요. B연구소의 연구원이시라고요?"

"먼저 죄송합니다. 명분을 만드느라 연구원이라고 한 거였어요. 그냥 돈 장난을 좀 하는 한량이죠. 저기로 가실까요?"

마침 식사 시간이라 둘은 횟집으로 향했다. 그는 초장의 색깔과 얇게 쓸린 채 겹겹이 쌓여 있는 어류의 희디흰 살갗이 신경 쓰였다.

"왜 그러세요?"

그녀가 물었다.

"아무것도 아니에요."

식사 중에 나눈 대화의 95%는 드라큘라에 관한 것이었다.

"블라드는 사람을 궁지에 몰아넣는 일을 좋아했어요. 말 한마디로 사람의 인생을 정하는 거죠. 동전 던지기와 비슷해요. 어떨 때는 앞면만 나올 때가 있죠. 그는 그런 행위로 희열을 느끼는 무덤덤하고 무정한 인물이에요. 자신의 잔인성을 용서받기 위해 종교에도 광적으로 매달렸어요. 얼음처럼 차갑고 냉담한 그는 늘 책략하고, 애걸복걸하는 자에겐 용서가 없었으며 받은 만큼 돌려주는 타입의 사람이었어요."

원지가 말했다.

"솔직히……."

"네?"

"솔직히 블라드 체페슈를 좋아하시죠?"

"네, 맞아요."

"굉장히 호의를 갖고 계신 거 같아요."

"간희 씨도 그렇지 않았나요? 그래서 저를 찾아온 것 아니었어요?"

"저요? 글쎄요."

그는 어류 조각을 초장에 찍었다. 젓가락에 물린 것이 시뻘겋게 흠뻑 젖었다.

캡슐에 들어간 간희는 헬멧을 가슴에 안은 채 애린을 바라보았다. 그녀가 눈웃음을 지었다. 입까지 웃고 있었으나 왠지 그는 그녀의 얼굴 절반은 일식이 진행되고 있다고 생각했다. 립스틱을 옅게 칠한 입이 일 자가 아닌데 일 자로 보였다.

−3
−2
−1
개시!

"그래, 나에 대해 뭘 안다고?"

드라큘라가 물었다.

"머리에 못 박기, 생매장, 신체 절단, 화형, 머리 가죽 벗기기, 사람을 맹수의 먹이로 주거나 산 채로 삶기 또…… 여기까지만 해도 당신이 제정신이 아니란 게 분명하지만 당신은 거기서 멈추지 않고 새로운 고문법을 고안해왔어. 고문법을 새로 발명할 때마다 자신이 자랑스러웠지. 어머니의 젖가슴을 잘라낸 뒤 거기에 자식의 머리를 밀어 넣어 함께 말뚝을 박았고, 당신의 유희에 감히 거부감을 나타내는 자가 있다면 다른 국가의 대사마

저도 특별 제작한 말뚝을 항문에 꽂았어. 보통 것보다 길고, 황금 도금이 되어 있는 것으로. 말뚝형 말고 좋아했던 처단법은 난도질이지. 코나 귀, 생식기, 사지를 잘라버리거나 몸 전체를 양배추처럼 토막을 냈어. 바퀴에 사람을 깔아 죽이고, 사람의 창자를 꺼내놓기도 했지. 그런 것을 보면서 당신은 즐겁게 식사를 했어."

"호오."

드라큘라는 마치 감탄했다는 듯 반응했다.

"1475년, 에를라우 주교 가브리엘 랭곤의 보고서에 따르면 당신은 무려 10만 명 이상의 사람들을 학살했어. 적국의 사람들이 포함된 숫자라 치더라도 엄청나. 당신이 다스리는 공국 전체 인구의 5분의 1에 달하는 엄청난 인명이니까."

"엄밀히……."

드라큘라의 말이 끊어졌다. 간희의 포효에 가까운 말 때문이었다.

"당신은 왜 그리도 잔인했을까? 복수 때문이야? 암살당한 아버지와 형의 복수 때문에? 아니면 집안의 불화 때문인가? 드라큘라 가문과 다네스티 가문은 대대로 왈라키아 영주를 지냈던 집안의 파벌이잖아. 두 집안끼리의 생존 경쟁인가? 권위의 확립 때문이야? 주권을 확인하기 위해서라고? 대체 무엇 때문에 그렇게 잔인했던 거지? 당신은 귀신이야! 귀신, 귀신이라고!"

그는 예원지가 쓴 『드라큘라 대왕』에서 본 내용을 자신의 주장인 듯 외쳤다. 하지만 내심 겁이 나는 게 사실이었다. 포르드모템 직후에 그는 바로 드라큘라에 의해 발각되었다. 당연히 드라큘라는 그를 한눈에 알아보았고 자신의 성으로 불러들였다. 여기에는 단 둘밖에 없었지만 드라큘라는 무릎에 칼을 올려놓고 있었다. 간희는 몰래 침을 삼키며, 드라큘라의 동태를 주시했다.

"어떻게 한 거지? 어떻게 사라질 수 있는 거야? 마법사인가? 마녀야? 이것 하나만은 알아 둬. 다른 놈들 같았으면 벌써 꼬챙이에 꿰어서 창자를 둘둘 말았을 거라고. 특별히 널 살려두고 있는 데는 그만큼의 이유가 있지 않겠나? 가는 게 있으면 오는 것도 있어야지. 어떤 마법인지 털어놔. 나도 배울 수 있나?"

"왜, 전투에 쓸 수 있을까봐?"

"그것도 좋겠지. 자, 어서."

"포르드모템. 내가 한 건 포르드모템 장치 덕분이야. 크로노바이저를 응용하여 2033년에 개발 완료한 물건이지. 난 미래에서 왔어."

"농담하나?"

"절대로. 사실 1958년경에 처음 만들어진 크로노바이저는 그냥 뷰잉 기능만 있는 타임머신이었지. 바티칸 교황청의 신부였던 펠레그리노 에르네티의 폭로로 세상에 알려지게 된 타임머신이야. 크로노바이저는 교황 비오 12세의 부름에 따라 1950년부터 12명의 학자로 이루어진 팀이 개발을 시작했어. 거기에는 노벨물리학상 수상자, 로켓 분야의 일인자 등이 참여했고, 그 후 8년만인 1958년에 크로노바이저를 탄생시켰지. 베르너 폰 브라운 박사, 엔리코 페르미 박사 등이 교황청 비밀 연구실에서 이루어낸 인류의 쾌거지. 그들은 그것으로 20C 초의 무솔리니를 만났고 1797년으로 가서 나폴레옹의 연설을 들었어. 기원전 63년 마르쿠스 키케로의 연설을 들었고 골고다 언덕으로 끌려가는 예수의 모습까지 포착하는 데 성공했지."

간희가 이어 말했다.

"교황은 크로노바이저가 악용될 것을 우려했지. 그래서 크로노바이저와 관련된 것이라면 그 무엇이라도 외부에 누설하지 않겠다는 각서를 요구했고, 즉시 폐기하라고 명령했어. 크로노바이저와 관련이 있는 건 모두 철저한 비밀이 되었어. 하지만 2017년에, 교황청 지하에 있던 크로노바이저가 다시 모습을 드러냈고 세계의 과학자들이 시간여행이라는 어려운 공식을 풀기 위해 애썼지. 비로소 2030년, 한국에서 첫 열쇠를 얻을 수 있었어. 막대한 개발비를 제공했던 나는 실험자를 자처했지. 포르드모템이라는 이름으로 정식 명명한 뒤에 내가 처음 만난 건 외톨이 소년이었던 아인슈타인이었어. 자살 직전의 고흐도 만났지. 그리고 지금 2033년에는 당신도 보고 있다시피 우리가 만나고 있지. 다가오지 마. 이대로 가버릴 수도 있으니까."

"별 미친 소리를 다 듣는군."

드라큘라가 말했다. 하지만 그는 분명 간희의 말을 믿고 있었다. 일부러 모르는 척하는 이유야 당연히 많았다.

"그럼 네 몸은 실체가 아니다?"

"그렇다고 볼 수 있지. 정확히는 모르겠어. 만약 내가 여기서 죽게 된다면 현실 세계의 내가 어떻게 될지는 말이야. 전문가들 말로는…… 그리고 이 육체는 누구의 것이지? 몰라. 모르겠어, 나도."

"내 생각인데……."

드라큘라가 입가로 냉소를 흘리며 말했다.

"뭐야?"

"넌 말이 너무 많아. 어디까지나 짐작인데 말이야 그 장갑하고 연관이 있을 테지? 아까부터 장갑을 어루만지고 있는 게 영 수상했단 말이야. 어디, 이리와 볼래?"

"멈춰! 진짜로 가버린다!"

간희의 말에 드라큘라는 배가 찢어질 듯 웃었다.

"남자한테 그런 소릴 듣는 날이 올지 내 평생 어떻게 알았겠나?"

드라큘라는 좀 더 웃고 긴 잔에 든 와인을 마셨다. 다른 손으로는 신선한 포도를 한 움큼 잡아서 앞니로 뜯었다.

드라큘라는 자리에서 일어나 걸어왔다. 간희는 긴장해서 뒤로 물러났으나 드라큘라는 산책을 하듯이 걸어올 뿐이었다. 그래도 간희는 왼손에서 손을 거둘 수 없었다. 이걸 작동시키면 순식간에 15C에서 탈출하고, 눈을 뜨면 21C일 것이다. 얼음을 띄운 커피를 큰 컵 가득 마시고 애린에 대해 생각할 것이다. 그녀에게 청혼을 할 생각이었다. 오늘이 드라큘라와의 마지막이었다.

순간 그는 비명을 질렀다. 오른쪽 팔에 10센티 길이의 화살이 박혔던 것이다. 드라큘라는 재빨리 크로스보우에 또 화살을 걸고 쐈다. 이번에는 간희의 옆구리에 박혔다. 크로스보우는 좀 큰 권총만큼이나 작았다. 그래서 드라큘라가 망토 속에 숨기고 있는지도 몰랐던 것이다. 드라큘라가 몸을 날리듯 뛰어올랐다. 간희는 그를 피하면서 기계를 작동시키려 했으나, 그 두 가지 동작과 함께 드라큘라와 뒤엉켰다.

포르드모템이 작동되었다.

간희는 사람들의 부축을 받으며 일어났다. 그는 애린을 향해 대담하게 윙크를 했다. 애린은 동료들의 시선을 신경 쓰며 자신의 입술을 가렸다. 그는 다른 사람들의 손을 거둬내고 그녀에게 당당히 다가가 거칠게 키스를 퍼부었다. 청혼이고 뭐고 일단은 급한 불부터 끄고 싶어서 뻔한 수작을 부렸다. 그날 밤 둘은 호텔로 향했다.

다음 날 그는 예원지를 만났다. 원지는 그를 보자마자 알아보았다. 왜냐면 그녀가 그고 그가 그녀였기 때문이다. 똑같은 인물이 둘이나 되었던 것이다.

그녀는 본인의 저서에서 자신이 바로 드라큘라라며, 블라드 체페슈라고 두 번이나 언급했었다. 이젠 그도 그것을 언급한 이유를 알 것 같았다. 그녀는 약간 과시적이고, 남 시선을 두려워하지 않을 것이다. 어쩌면 나름 유머랍시고 휘갈긴 것일지도 모른다. 하긴, 그 책을 읽은들 누가 알겠는가. 그녀가 진짜 드라큘라인지.

"블라드 체페슈."

그녀가 말했다.

마치 암호라도 된다는 듯 그는 고개를 끄덕였다.

일찍이 포르드모템은 공간희에게 불길한 사인을 보냈다. 현실 공간의 그가 들고 있던 와인이 시간 여행지 속에서 이미지로 나타난 것이다. 더욱이 15C로 접속할 때마다 드라큘라와 물리적으로 가까워졌다. 마지막 접속에서는 드라큘라 본인에게 바로 발각되었을 정도였다. 학살의 역사라고 부를 수 있는 시기에 카메오와 같은 이질감 없이 배합되고 융화되고 있었다.

드라큘라가 있는 왈라키아는 디지털과 같은 공간, 무한히 복사될 수 있는 배경이었다. 마지막 포르드모템에서 드라큘라의 예기치 않은 공격 시도로 인해 간희는 시공에 말렸다. 뒤엉킨 둘은 분리되고 합체되었다. 그럼에도 다음 주자가 15C로 떠나고자 한다면 드라큘라를 만나게 된다. 브레인 워시가 된 드라큘라를. 거긴 끝없이 되풀이되는 일종의 디지털 공간이므로. 마치 사진으로 순간을 현상하는 것과 같았다. 그 사진은 사진사의 소유가 되어 사라지지만 배경이었던 공간은 여전히 그 자리에 있는 것처럼.

타임머신? 어차피 다 사람이 하는 일 아닌가.

문득 간희는 궁금해졌다. 다중우주이론인가 뭐 그런 것이 아닐까? 아니면 매번 새로 시작하는 드라마? 15C의 블라드 체페슈는 지금 무얼 할까? 지금으로서 간희가 알고 있는 건 1476년에 12월에 드라큘라가 죽게 된다는 것이다. 그럼 본인은? 공간희는?

예원지도 한때 캐슬의 직원이었다고 했다. 그는 자신의 팔에 팔짱을 끼는 원지를 바라보았다. 내가 나와 팔짱을 낀다. 이거 참 묘한 기분이 들었다. 옛날 같았으면 벌써 긴 꼬챙이에 말뚝박기를 해줬을 테지만, 내가 나를 죽인다는 것, 일종의 자살을 한다는 건 있을 수 없는 일이었다.

공간희 아니, 블라드 체페슈, 드라큘라가 씩 웃었다.

거기서 왔습니다

그녀는 우주선 외벽을 둥둥 뛰어서 에어록 앞에 섰다. 우주 공간 쪽 해치가 닫혔다. 에어록 안쪽 기압이 거주구와 같게 조절되자 안쪽 해치를 통해 선내로 들어갔다. 알루미늄합금으로 도배된 선체 내에 짐이 팔짱을 낀 채 둥둥 떠 있었다. 붉은 기가 도는 짐의 얼굴이 하얗게 질렸다. 그녀는 짐에게 우호적임을 나타내기 위해 천천히 팔을 내밀었다. 하지만 짐은 팔을 휘저으며 소리만 지를 뿐이었다.

프랭클린은 매일 하는 한 시간 반짜리 운동 중에 있었다. 벨트로 몸을 고정시킨 채 노 젓기를 하고 있었는데 유리창 밖에서 눈부신 빛이 도는 것을 발견했다. 짐은 헤엄을 치듯 움직이며 마이클이 있는 모듈까지 달아났다. 그는 소동을 피우려고 했다. 물에 빠진 사람이 지푸라기를 찾아 허우적거리는 것과 같은 심리였다. 살고자 하는 필사적인 본능이 발동된 것이다. 하지만 우주선이 흔들리는 바람에 아무것도 할 수 없었다. 그는 마이클을 도와 역추진 로켓을 발사하려 했다.

그리고 우주선이 감쪽같이 사라졌다.

항진은 결사항전을 다짐했다. 그는 총신과 자루를 자른 엽총을 코트 안에 집어넣었다. 거울에 비친 자신의 모습이 낯설었다. 그는 후 하고 뜨거운 숨을 내뱉었다. 하품을 하는 것이 뇌를 식히는 작용을 한댔나? 어쩌면 이런 것도 그런 작용을 할 것이다. 그는 다시 한번 후 숨을 내쉬었다. 가만히 있다가 전기 스위치를 내리고 허공을 향해 탄내를 찾아 킁킁거렸다. 콘센트에 들어간 먼지나 머리카락, 전기누전으로 인한 혹시 모를 화재를 대비하기 위해서였다. 일종의 강박증이었다. 이런 와중에도 습성은 변하지 않았다. 어쩌면 내 집으로 다시 돌아가겠다는 의지일지도 모른다.

그는 파란색 차에 들어가 문을 닫았다. 차문이 오래된 차 특유의 속 빈 느낌을 선사하며 변기 덮개처럼 닫혔다. 그는 룸미러를 힐긋 보고 핸들을 잡았다. 빳빳하게 서 있는 엽총의 총구가 그의 턱을 가리키고 있는 상황에 기분이 더러웠다. 충분히 선팅이 되어 있었지만 그는 주위를 살폈다. 엽총이 보이지 않게 코트로 싸서 옆에 두었다.

한 시간이 넘게 걸리는 목적지까지 향하면서 많은 생각이 드는 것이 당연했다. 솔직히 이 상황이 너무도 비현실적이었다. 자신이 분명 할 거라는 걸 알지만 한편으로는 가능할 것 같지 않았다.

"한다! 한다!"

그는 후후 하고 숨을 크게 내뱉었다.

도로가 좁아졌다. 산들이 도로 지척까지 와 있었다. 표지판이 보였고 코너를 따라 가드레일이 지나가고 있었다. 트여 있는 장소가 나타나자 그는 핸들을 꺾었다. 차가 덜컹거리며 울퉁불퉁한 길을 따라 들어갔다. 긴 풀들이 바퀴에 깔려 누웠다. 차에서 그는 몇 분 간격으로 초조하게 시간을 확인했다.

왔다.

심장이 세차게 뛰었다. 그는 조수석에 놔둔 것을 가져와 코트에 팔을 한쪽씩 넣었다. 반 토막 난 엽총을 십자가처럼 가슴에 안았다. 억새 덕분에 차는 충분히 가려졌다. 차가 있다는 걸 들켜도 상관은 없었다. 그들이라면 오히려 더 반길지도 모른다. 차의 주인은 그들이 저지를 보험사기의 목격자가 되는 셈이니까. 바보들. 차의 주인이 누군지도 모르고 말이다.

두 대의 차 중 하나가 섰다. 하나는 더 멀리 갔다. 왜냐면 차를 정면으로 충돌시킬 작정이기 때문이다. 서로 가해자와 피해자 역할을 정해 고의로 사고를 내는 것이다. 차는 주로 연식이 된 차량을 이용하고, 단종된 외제차를 사용하기도 했다. 그런 차는 부품을 구하기 어려워서 그만한 이익이 있었다. 그건 숱한 방식

중 하나고, 방해물을 들이박기도 했다. 그러다가 그들 중 누구는 내장파열로 죽을 뻔한 적도 있었다.

커다란 충돌음을 들은 그는 제자리서 멈췄다. 차가 미끄러지는 소리가 짧게 끝났다. 그는 주위를 두리번거리다가 사고 현장으로 달려갔다. 회색 차에서 이환이 목을 부여잡으며 문을 열고 나왔다. 보닛은 물론 차의 왼쪽이 구겨져 들어가고 그쪽 헤드램프가 도깨비 상자의 인형처럼 튀어나와 있었다.

"아, 씨팔 죽겠네."

이환이 윽 소리를 내며 비틀거렸다. 앞으로 와 차를 보았다. 몸이 아픈 것에 비해 차가 덜 깨진 것에 어이가 없어 했다. 그에 반해 임지철의 차는 엉망이었다. 마치 펀치를 맞은 얼굴을 슬로우 모션으로 보여준 것처럼 앞면이 뭉개져 있었다. 거기에 상응하듯 그는 차 밖에 나와 웅크려 있었다. 씨팔, 씨팔 하며 흡사 통증 완화제인 것처럼 담배를 물었다.

항진은 이환을 발견하자마자 엽총을 바로 쳐들었다.

"너?"

이환이 말했다.

"그래, 나야."

항진이 의도적으로 태연히 말했다. 되도록 사이코처럼 보이고 싶었으나 막상 적 앞에 서니 방아쇠를 당길 자신이 없었다. 그는 용진을 생각하려 애썼다. 하지만 유튜브에서 보았던 귀신 얼굴이 자꾸 상상에 끼어들었다.

"유항진이야. 죽은 유용진과 형제지. 내 동생 용진이 알지?"

"너 갑자기 왜 그래?"

"씨팔, 무슨 일이야?"

지철이 멀리서 말했다.

"너희들 여기서 살아서 못 나가."

"여기 어떻게 알고 왔어?"

이환이 다른 소리를 했다.

"네가 술 처먹고 나불댔겠지, 씨팔놈아."

지철이 말했다. 쥐새끼처럼 기어오고 있었다. 엽총을 발견했음에도 쪼는 기색이 별로 없었다. 대신에 손을 휘휘 저었다. 총을 내리라는 표시였다.

"그거 쏠 수나 있는 거야?"

이환이 목을 주무르며 말했다.

항진이 하늘을 향해 탕 쏘았다. 지철이 걸음을 멈췄다. 이환은 지철을 보았다. 총구는 오직 이환만을 가리키고 있었다.

"너흰 천하의 쓰레기 새끼들이야."

항진이 말했다.

이환은 픽 웃더니 차로 돌아갔다. 멈추라는 항진의 말에도 아랑곳 않고 뒷좌석에 들어가 앉았다. 어쩔 수 없이 항진은 지철을 총으로 위협하며 이환의 차에 타라고 명령했다. 지철은 담배를 뱉어버렸다. 차로 한 걸음씩 내디딜 때마다 걸음걸이가 조금씩 나아졌다.

"실수하는 거야."

지철이 말했다.

"무슨 실수? 내가 너희들을 살려 보낼 거 같아?"

그렇게 말했지만 항진은 총만 들고 있을 뿐이었다. 그는 차 앞으로 가서 뒷좌석에 앉은 두 사람을 노려보았다. 둘은 손가락으로 항진을 가리키며 그가 무슨 짓을 하는 건지 서로의 생각을 논하는 듯했다. 항진은 약실을 열어 탄피를 제거하고 호주머니에서 꺼낸 총알을 재장전했다. 두 발. 목표물도 두 명. 방아쇠를 당기기만 하면 작은 구슬이 저기 안에서 무수히 흩뿌려져 박힐 것이다.

순간 그는 자신의 생활 모습이 떠올랐다. 인터넷 쇼핑, 끊임없이 마시는 커피, 스마트폰으로 보는 유튜브, 혼자 하는 산책, 수익 없는 글쓰기, 야동 보기, 그 모든 것이 최고였다. 행복 회로였다. 이러면 안 된다. 동생을 생각해야 했다. 왜 여기에 있는가? 하지만 동생은 두 번째로 떠올랐다.

"아, 씨팔! 그만하자 좀!"

지철이 차창을 내리고 머리를 내밀어 외쳤다.

"적당히 못 하냐? 하필 이런 데서 이 지랄이냐? 어? 어?"

이환이 반대쪽 차창으로 입을 내밀고 외쳤다.

"시끄러!"

하지만 항진은 아무것도 하지 못하는 자신의 모습에 고개를 떨구고 말았다. 진실하게 말하자면 그들의 눈을 피하고 만 것이다. 그들의 지껄이는 말은 서서히 욕으로 이루어지기 시작했고 급기야 문을 열고 나오려는 것 같았다.

"어머! 어머머!"

낯선 목소리를 들은 항진은 고개를 돌렸다. 호들갑 분야의 이 인자쯤 될 것 같은 중년 여자가 목살을 접은 채 화려한 신발로 서 있었다. 그는 차가 오는 소리도 못 들었다. 아마 사고 현장을 멀리서부터 목격하고 그녀가 미리 차 속도를 줄인 탓일 것이다.

이환은 차 안에서 히죽거리고 있었다. 지철이 앞좌석을 손으로 툭 쳤다. 마치 거 봐, 병신이라니까 하는 식이었다.

중년 여자의 등장은 사태의 끝을 의미했다.

항진은 이제야 동생 생각이 났다. 두 살 터울의 남동생. 작은 집에 자기 소유의 차를 몰며 착한 여자와 결혼해 귀여운 딸을 낳는 게 소원이라던 녀석. 그 녀석을 죽게 한 쓰레기 새끼들.

그런데 끝이라고?

안 된다!

탕!

무수한 구슬이 앞 유리창을 깨고 촤르륵 쏟아져 들어갔다.

"꺅!"

중년 여자는 큰 몸을 돌리고 차로 도망을 쳤다. 양옆으로 쳐든 두 손은 딸랑이를 잡고 있는 것처럼 흔들면서. 중년 여자의 차는 쏜살같이 내뺐다. 여자는 경찰에 신고를 할 것이다.

"돌아가지. 집으로."

항진이 자조적으로 말했다.

"응?"

그는 차 안을 제대로 들여다보기 위해 몸을 낮췄다. 뭐지? 그는 손을 눈썹에 붙인 채 차창을 들여다보았다. 순간 당혹스러웠다. 차 안에 아무도 없었다. 그는 차 주변까지 뒤졌다. 피 한 방울 없었다. 시트도 깨끗했다. 그는 어안이 벙벙했다.

"거기 무슨 일이에요?"

또 낯선 목소리였다.

"아무것도요."

항진이 총을 든 채 말했다. 숨길 수도 있었지만 에라 모르겠다는 심정이었다. 남자는 어어 하며 뒷걸음질 쳤다. 항진은 자신의 차로 갔다. 시동을 걸었다.

집에서 죽은 듯이 지낸 지 벌써 이틀째였다. 항진의 뒤에서는 뉴스가 흘러나오고 있었다. 그는 소리로만 들으며 인터넷으로 관련 사건을 뒤졌다. 하지만 어디에도 이틀 전의 일이 언급되지 않았다. 비공개수사? 아니면 수사도 돌입하지 않은 건가? 그럴 일은 없을 것이었다. 명백히 사고가 났고, 사고자들은 실종되었다. 중년 여자는 그의 얼굴을 안다. 총을 쏴서 차 안의 둘을 죽이고 유기했다고 철석같이 믿고 있을 것이다. 그러나 아무리 경찰이 조사를 해도 차에서 나오는 건 산탄뿐 그 어느 것도 살인과 연계시키지 못할 것이다.

실종된 에페소스호는 38만 킬로미터 거리의 달까지 향하는 우주선이었습니다.

그는 몸을 돌렸다. 뉴스의 상단 작은 창에 NASA 마크가 있었다. 브라운관에서 우주선이 불덩어리를 토해내며 솟아오르는 장면이 나타났다.

에페소스호의 목적은…… 점성이 낮은 현무암으로 빛의 반사율이 낮아 그 모습이 어두워…… 공중에서 감쪽같이…… 전파가 감지 …… NASA에서는…… 다고 합니다. 인류 최초의 우주 실종 사건입니다.

"실종?"

그는 자신도 모르게 콧방귀를 뀌었다. 에페소스호인가 뭔가 하는 것이 감쪽같이 사라졌다고 말하고 있었다.

"어디 갔을까?"

에페소스호를 말하는 것이 아니었다. 그는 분명 총을 쐈었다. 그렇다면 지철과 이환은 거기에 맞았을 것이다. 그러나 그들이 사라진 이상 죽었지만 죽은 게 아니었다. 죽지 않고 버젓이 살아 있을지도 모른다. 지금도 저 밖 어딘가에서 그를 주시하고 있을 터였다. 그러는 이유는 당연히 복수를 하기 위해서다.

"복수? 누가 누구한테……! 감히, 감히!"

그는 움켜쥔 마우스를 들었다가 내려놓았다. 하루를 거의 혼란과 자기 연민, 고통 속에서 보내던 그는 겨우 마음을 추슬렀다. 넋을 놓은 상태로 옷을 차려입었다. 모자를 썼다. 마스크를 챙겼다가 냅다 던져버렸다. 경찰서에 가기로 했다. 물증은 어디에도 없었다.

"난 아니다! 난 아니다!"

그가 현관문을 열며 말했다. 살인자가.

하지만 되기로 했었잖은가. 살인자가.

갑자기 차가 크게 덜컹거렸다. 핸들 위에서 항진의 팔이 버둥거렸다. 그의 머릿속에서 부비트랩이라는 말이 번뜩거렸다. 곧 차가 퍼질 것이고, 그렇다면 도로 한가운데서 테러를 당할 일만 남았다. 차가 요란하게 드르르거리며 엇나가기 시작했다. 그는 고집을 부리며 차의 고삐를 더 세게 쥐었지만 멈출 수밖에 없는 순간이 왔다. 간신히 충돌 사고를 모면한 그의 옆으로 소형 트럭 운전사가 욕을 하며 지나갔다.

그는 침을 삼키며 몸을 완전히 돌리는 식으로 주위를 두리번 거렸다. 사람들이 주뼛주뼛 모여들고 있었다. 굳이 핸드폰으로 찍을 것까지는 없는데. 안 될 것 같으면 그냥 튀자는 심정으로 그는 차에서 내렸다. 부비트랩이 아니었다. 바퀴가 빠졌던 것이 다. 바퀴 윗부분 프레임이 찢겨지면서 심하게 휘어져 있었다. 바퀴 축이 지면과 맞닿은 탓에 아스팔트 바닥이 질질 긁혀있었다.

순간 그는 도망갈까 말까로 많은 고민을 했다. 하지만 구경꾼이 많으니 반강제적으로 있게 된 것이다. 견인차의 것인지 경찰차의 것인지는 모르겠지만 사이렌 소리가 아련하게 들려왔다.

"그거 들었어요? 국도 사고 있잖아요."

유독 구강구조가 발달한 중년여성이 옆 사람에게 말했다.

항진은 긴장이 되었다. 그가 자수 그 비슷한 걸 하러 가는 모범시민인지도 모르고 찬물을 끼얹으려 한다는 생각이 들었던 것이다. 그녀가 유레카를 외칠 것이다. "범인이 바로 여기에 있었네요!" 하지만 그녀의 입에서 나온 말은 항진의 얼굴이 반전되게 하였다.

"사람이 미라가 되어 있었다잖아요! 어떤 남자가 총을 수십 발이나 쐈다는데 그 이후에 뭔 짓을 했는지……! 어머나 세상에!"

항진은 식은땀을 닦았다. 사이렌 소리가 지척까지 왔다. 지금은 사람의 입을 탄 사건이 와전되고 어쩌고 이런 걸 생각할 문제가 아니었다. 항진은 그야말로 똥자루가 빠지라 뛰었다.

"이봐요! 어디 가요!"

"저 양반……!"

군중이 술렁댔다. 그가 슈퍼스타라도 되는 양 달려가는 족족 핸드폰을 꺼내 들고 찍어댔다.

버스터미널에 있는 대합실에서 그는 멍하니 앉아 있었다. 사건 현장에서 택시를 타고 시외버스터미널로 갔고 거기서 진주를 거쳐 무작정 고성으로 왔다. 버스에서 그는 좀 잤다. 육체적 피로보단 정신적인 피로 때문이었다. 고성이라는 것을 알리는 공룡 조형물을 확인하자마자 내릴 타이밍이었다. 버스 기다리는 시간까지 해서 다섯 시간이 넘는 경로였다.

소변이 마려웠다. 소변기 앞에서 지퍼를 내렸다. 고추가 오두방정을 떨었다. 다시 대합실로 향하는데 문득 벽에 걸린 스크린을 보게 되었다.

……파킹궤도로 우주선을 발사했습니다. 파킹궤도에 이르면 초속 10.9km로 가속하여 달로 가는 트랜스퍼 궤도에 오르게 됩니다. 트랜스퍼궤도란 2개의 궤도 사이를 이동하기 위해 사용되는 궤도…….

그는 다음 행선지를 생각하다 대합실을 나갔다. 마땅히 갈 데는 없었다. 하지만 고향이어서 그런지 뭔가 안정감이 느껴졌다. 파란 하늘에 하얀 구름 떼가 머무르고 있었다. 대기는 따뜻했고 공기는 맑았다. 설령 수배 전단이 수백만 장이나 세상에 깔려도 여기까지는 결코 도달할 것 같지 않았다. 현실성 없는 믿음이었다.

은행 앞에서 그는 걸음을 멈췄다. 미리 돈을 인출해야 할 것 같았기 때문이다. 은행 거래를 하면 경찰도 그의 행적을 알게 된다. 그러고 보니 통신도 문제였다. 스마트폰의 배터리를 분리해놓지 않으면 안 될 것이다. 그런 생각을 하고 있으니 순간 그는 숨이 가팔라지고 가슴이 답답해지는 것 같았다.

그는 은행으로 들어가 ATM 기계 앞에 섰다. 모자가 있어 다행이었다. 기계에는 카메라가 박혀 있었다. 돌연 그는 엉뚱한 짓을 했다. 은근히 웃어 보였던 것이다. 돈은 적당히 인출하고 지갑에 펴서 넣었다. 언제 경찰에 잡혀도 이상이 없는 상황이었다. 모를 모다. 그가 방금 만든 말이다.

"수사에 들어갔다면…….."

그는 생각했다.

그는 정처 없이 걸었다. 그의 발길이 멈춘 곳은 한 초등학교 앞이었다. 뭐가 그리 즐거운지 아이들은 웃고 떠들고 있었다. 색색의 가방과 신발을 신고서. 놀이터에는 여자아이들이 놀고 잔디밭과 교문에서는 남학생들이 우르르 몰려다녔다. 문득 그는 운동장을 가로지르고 있는 노인을 발견했다. 흰 머리와 한결같은 감색 양복. 그의 6학년 담임임을 알아보았다. 눈이 마주쳤지만 노인은 어떠한 표정 변화도 없이 가던 길을 갔다. 어린아이는 성장하지만 노인은 항상 노인인 법이다.

항진은 좁은 골목을 돌아 나왔다. 길거리에는 빛바랜 간판을 단 오래된 가게들이 즐비했다. 교회도 보였다. 상당수가 예전부터 있던 것들이라 괜히 반가웠다. 수많은 파라솔 밑으로 사람들이 돌아다녔다. 시장이 열리고 있었다. 그는 시장바닥을 가로 질렀다. 뽕짝 소리가 요란했다. 수산물 냄새, 과일과 요기 거리 냄새, 중독성 있는 화학제품 냄새와 나쁘지 않은 고무 냄새가 났다.

오토바이를 피하던 그는 순간 얼었다. 어떤 여자 때문이었다. 검은 단발에 키가 큰 여자였다. 북적거리는 인파는 그녀를 일절 건드리지 않고 그 주위에서 시끌벅적 움직였다. 그녀는 가만 선 채 그를 물끄러미 바라보고 있었다. 뼁하는 뼁튀기 소리에 시선을 뺏겼다가 보니 그녀는 사라지고 없었다. 대신 그 자리를 검은색 양복을 입은 남자들이 차지했다. 검은 선글라스에 이어폰을 끼고 있었다. 목표물이 분명한 듯 사람들을 밀치며 그를 향해 달려오고 있었다.

항진은 기둥에서 조금씩 돌아 나왔다. 여러 개의 발소리가 골목을 따라 멀어졌다. 그는 참았던 숨을 내쉬며 주저앉았다. 일어난 뒤에는 되도록 멀리 가기로 하고 걸음을 재촉했다. 모자를 벗었다가 머리를 쓸어 넘기고 다시 썼다.

"이걸 쓰고 있는데도 알아봐?"

그는 기가 찼다.

그는 가게의 투명한 벽을 쳐다보며 지나가다가 김밥 전문점으로 들어갔다. 일단 피신할 장소가 필요하다고 여겼고 출출한 배도 달랠 겸이었다. 김밥과 라면을 주문한 그는 아직 물기가 남은 테이블에 팔로 이마를 괬다. 스마트폰을 꺼내 인터넷뉴스를 확인했다. 관련 뉴스가 있어 봐야 순위권 밖일 거라고 생각했다. 하지만 지역, 그럴듯한 명칭 등을 검색해 봐도 그 사건에 관한 기사는 하나도 없었다.

벽에 붙은 TV에서는 이혼에 관한 뉴스가 나오고 있었다. 한쪽에 앉아서 뉴스를 시청하는 막노동꾼이 젓가락을 던지는 시늉을 하며 욕을 했다. 항진은 스마트폰 배터리를 분리하려다가 멈췄다. 주문한 음식이 나왔다. 그는 밥을 먹으며 유튜브에 접속했다. 아침 사고가 있었던 지역을 검색했다. 아니나 다를까 그가 도망치는 동영상이 검색되었다. 힘이 빠지며 무심코 하단의 관련 동영상을 손가락으로 눌렀다.

우주선을 보여주었다. 발사되고 8분 50초 후였다. 액체산소와 액체수소로 채워져 있는 외부 연료 탱크가 우주선에서 천천히 떨어져 나가고 있었다. 그의 눈이 움직였다. 동영상 제목은 에페소스호 사고였다. 그걸 보고 있으니 웬일인지 동생 용진이 생각났다.

죽은 용진은 형인 항진과 명백하게 달랐다. 염세주의자인 항진에 반해 용진은 꿈을 좇는 생활을 하고 있었다. 소박한 꿈이었다. 인구 20만인 시에서 제일 좋은 학원에 취업을 한 뒤 되도록 오래 영어 강사를 하는 거였다. 돈을 모으면 저축을 하고, 차와 집을 사고 싶어 했다. 집이라고 해봤자 원룸이면 만족했다. 결혼을 하고 싶다는 생각은 하지만 현실에 부딪힌다면 포기할 의사도 있었다. 대신 고양이를 애지중지 키울 것이다.

그러던 용진이 비명횡사를 했다. 여자를 강간하기 위해 공사장으로 끌고 가던 쓰레기들에 의해서였다. 범인은 복수의 총탄도 무시한 채 하루아침에 미라가 되어 돌아온 임지철, 이환이었다.

항진은 키를 받고 들어갔다. 문을 잠그자마자 따뜻한 물에 몸부터 씻었다. TV에서는 성인채널이 나오고 있었다. 채널을 돌리자 오락프로가 나왔다. 집중이 되지 않았다. 채널을 돌리자 마침 뉴스가 나왔다. 그와 관련한 뉴스였다. 집중을 했지만 짧았다. 남들 앞에서 발표를 할 때와 비슷한 기분이었다.

그는 스마트폰으로 인터넷 커뮤니티 사이트에 접속했다가 헛웃음을 지었다. 네티즌들이 미라 이야기를 하고 있었다. 사건에 벌써 이름도 붙어 있었다. ××국도 미라 사건. ××국도 미스터리 총알 사건. 그 외 여러 가지. 그제야 그는 스마트폰의 배터리를 분리했다. 잡으러 오면 그만이고 아니면 더 도망쳐 볼 생각이었다. 그러나저러나 경찰서에 가서 어떤 조사를 받게 될까 궁금했다. 미라가 진짜였단 말인가.

그는 상념과 걱정 속에서 이불을 덮고 누워서 가만 TV를 보았다. 무슨 소리를 들은 것 같았는데 아니나 다를까 누군가 문을 걷어차고 있었다.

"빠르기도 해라. 드디어 잡으러 오셨군."

그는 벗었던 옷을 주섬주섬 챙겨 입고 밖으로 나가 문을 열었다. 문을 열고 난 뒤 그의 얼굴이 굳었다. 취객 두 명이 여자 하나를 사이에 두고 승강이를 벌이고 있었다.

"너 누구야, 씹새끼야."

취객 하나가 말했다.

"도둑놈이여 뭐여? 우리 방에서 뭐 하고 있었냐?"

다른 사람이 말했다.

"여기 제 방이에요. 방 번호 확인해보세요. 착오가 있는 거 같은데……."

차림새를 보아하니 일용직 노동자처럼 보였다. 한 사람은 흰 머리를 뒤로 묶고 있었고 다른 사람은 두껍고 챙이 작은 빨간 모자를 쓰고 있었다. 그들 사이에 있는 여자를 본 순간 그는 불쾌한 긴장이 한순간 정적이 되는 것을 느꼈다. 아까 시장에서 마주친 여자였다. 여자는 이리 밀치고 저리 끌어당기는 거친 손짓에도 불구하고 전혀 흐트러짐 없이 황녀처럼 고고하게 일자로 서 있었다.

"무슨 일이죠?"

항진이 여자를 향해 물었다. 여자는 남자들과 어울리지 않았다. 행색뿐이 아니라, 사오십대로 보이는 남자들과는 달리 그녀는 20대 초중반쯤으로 보였다.

"이 사람들이 저를 여기로 끌고 왔어요."

그녀가 말했다. 아무런 억양도 어조도 느껴지지 않았다.

"아저씨, 그 손 놔요! 경찰에 신고하겠어요!"

항진이 객기를 부렸다. 아마도 신고 겸 자수일 것이다.

말총머리의 남자가 눈을 부라리더니 테이프로 꽁꽁 싸맨 쇠붙이를 꺼냈다. 모자 쓴 사내가 물러나자 항진의 얼굴을 공격하기 위해 칼을 쳐들었다. 그리고 억 하는 소리와 함께 두둥실 떠오르더니 다른 남자와 함께 서로 반대편으로 내동댕이쳐졌다.

항진은 미끄럼틀 밑에 쭈그리고 있었다. 모교인 초등학교의 담을 타 넘어왔던 것이다. 그는 서로 엇갈리게 양팔을 비비며 밤하늘을 올려다보았다. 그는 모텔에서 도망쳐 나올 수밖에 없었다. 검은 양복의 사내들 때문이었다. 눈앞에서 폴터가이스트 현상을 연출한 막노동꾼들 탓에 정신이 나가 있는데 엘리베이터의 땡 소리와 함께 여러 개의 발소리가 들리는 거였다. 육감이라는 게 있는 것이 그가 그쪽을 지켜보고 있으니 검은 양복의 사내들이 나타났다.

추워서 그는 제자리서 뛰었다. 모텔에 겉옷을 벗어 놓고 온 탓이었다. 시간이 지날수록 더 추워졌다. 잡혀도 그만인 것을 왜 도망을 쳤는지 이해를 할 수 없었다. 그리고 여자가 어떻게 됐을지 궁금했다. 막노동꾼들을 따라 순순히 모텔까지 온 여자였다.

"용진아, 네 마음을 조금이나마 알 것 같다. 이 정의의 사도 자식아."

그는 괜히 팔에 힘을 실어서 모래바닥을 향해 뻗어 보았다. 확하고 모래폭풍이 일거나 물결이 치는 것 같은 특이 현상이 나타나지 않을까 싶었던 것이다. 분명 그의 주위에서 이상한 일이 일어나고 있는 것만은 틀림이 없었다. 그는 호주머니를 뒤졌다. 스마트폰은 침대에 있고 지갑은 윗도리에 있었다. 수중에 있는 건 천 원짜리 두 장과 오백 원짜리 하나 그리고 백 원짜리 세 개였다.

버티던 그는 결국 참지 못하고 다시 담을 넘었다. 경찰서에 직접 찾아갈 생각이었다. 그는 경찰서가 24시간 하는가 생각해 보왔다. 고성에서 파출소를 본 기억은 없었다. 파출소라면 분명 밤에도 문을 여는데.

"무슨 편의점이냐."

그가 자조적으로 웃다가 어어 했다. 순찰차를 발견했기 때문이다. 히치하이킹을 하듯 손을 들었지만 순찰차는 가버렸다. 운전을 하는 남자 순경과 여자 순경이 화기애애했다.

"고성 사람이면서 파출소가 어디에 있는지도 모르냐, 너는? 읍이 넓으면 얼마나 넓다고?"

그는 불 밝힌 편의점을 보고 입맛을 다셨다. 커피가 마시고 싶었다. 결국 그는 포위를 당할 때까지 갈등을 하고 말았다. 중형차 한 대는 그의 앞쪽에 섰고 다른 한 대는 뒤에 섰다. 문이 턱턱 열리고, 검은 양복의 사내들이 내렸다. 발소리를 죽이기 위해 찌질한 자세로 살금살금 걸어오는 것도 없이 그들은 보무도 당당했다.

뒤늦게 깨달은 항진은 달아날까 생각했다. 그들에게서 위험이 감지되었기 때문이다. 하지만 사내 중 하나가 재킷을 열고 총집에 꽂힌 권총을 보여주기에 얌전해졌다. 완전히 제압했음에도 사내들은 그를 탄압하듯 차에 욱여넣었다.

"당신들 누구예요?"

"누구겠어?"

조수석에서 말했다.

"그걸 어떻게 알아요?"

"건방진 놈이로군."

조수석에서 말했다.

"앞으로 네게 무슨 일이 생길까?"

운전석에서 말했다.

운전석과 조수석에서 대화를 주고받았다. 모두 항진을 겁주기 위한 말이었다. 하지만 항진 옆에 탄 덩치는 지퍼를 채운 듯 아무 말을 하지 않았다. 우람한 팔을 항진의 어깨에 두르고 있을 뿐이었다.

그들은 신호를 줄줄이 무시했다. 항진은 변명을 할 수도 있었지만 이미 기가 죽은 탓에 입에서는 어떠한 말도 나오지 않았다. 조수석에서 크게 웃었다. 그러나 웃음소리가 윽 소리로 변하는 데는 오랜 시간이 걸리지 않았다. 두 대의 자동차 주위로 둥근 원이 그려졌다. 어떤 외력도 그 안으로 침입할 수 없었다. 항진이 탄 자동차 뚜껑이 찢겨 나갔고, 덩치가 붙잡았음에도 그의 몸이 떠올랐다.

170cm에 62kg이었던 용진은 한 줌의 재가 되었다. 항진은 입술을 굳게 다문 채 눈을 빠르게 깜빡거렸지만 눈물은 단 한 방울도 나오지 않았다. 화장터의 굴뚝에서 영혼처럼 빠져나간 연기처럼, 용진이 그렇게 멀리멀리 날아갔다. 화장장을 나온 항진

은 멀리 운구차 행렬을 보았다. 곧 차들이 줄지어 들어섰고 하나같이 상복과 검은 정장을 잘 차려입고 있었다.

"누군지는 모르겠지만 잘 가는구나."

그는 등을 돌려 기름기 범벅의 머리로 걸어 나오는 후줄근한 사람들을 보았다. 작업복에 남색 양복하며 제각각이었다. 모두에게 감사했다. 그 여자는 어떻게 되었을까? 여자의 가족은 한 번도 만날 수 없었다. 용진이라면 이렇게 말했을 것이다. "얼마나 무섭겠어."

항진은 굳은 얼굴로 눈을 굴렸다. 눈을 떠보니 발밑은 망망대해였다. 그는 어떠한 장비의 도움도 없이 하늘을 비행하고 있었다. 엄청난 두려움으로 인해 몸을 움직일 엄두도 나지 않았다. 그런데 그의 의지와는 상관없이 몸이 거꾸로 돌더니 다이빙을 하듯 바다로 수직 낙하했다. 군함이 보였다. 그는 비명을 질렀다. 그의 몸이 군함을 그대로 뚫고 들어가 고속으로 비행했다. 그는 뜨악했다. 군함에 있던 해군들이 서서히 백발의 미라로 쪼그라드는 장면을 두 눈으로 보았던 것이다. 밖에서 본 군함은 빛에 휩싸인 채 하얗게 물결을 이루고 있었다.

누군가의 음성이 들렸다.

"1940년 버지니아 해군기지 증발사건이에요. 버지니아주에서 출항한 브레이크호가 출항한 지 5시간 만에 통신이 끊긴 후 같은 날 오후 8시 노포크항에서 발견되었죠. 모습을 드러낸 브레이크호의 승무원 45명 전원이 모두 백발의 모습을 한 미라가 되어 있었어요."

그 단발머리 여자였다! 하지만 어디에도 그녀는 보이지 않았다. 그리고 그의 몸이 열기구처럼 하늘로 붕 떠올랐다. 하늘이 일순 일그러졌다. 누가 말해주지 않았지만 다른 하늘이란 걸 알 수 있었다. 반짝거리는 금속 비행체가 가까워졌다.

"1945년 9월 4일에 독일의 아헨 항공을 출항한 샌디에고 항공기예요. 목적지는 브라질이었죠. 비행기는 공중에서 증발한 뒤 35년 뒤인 1980년 10월 12일에 포르투알레그 공항에 착륙했어요. 뼈만 남은 백골 92명을 태운 채 말이에요. 포르투알레그 항공기 사건으로 불리고 있죠."

아까 군함에서처럼 비행기를 통과하며 인간의 퇴화 과정을 목격한 그는 경악을 금치 못했다. 충격적이었고 공포스러웠다. 그 이후에도 그는 서로 다른 하늘에서 동에 번쩍 서에 번쩍 나타나 비슷한 현상들을 강제로 목격해야 했다. 너무도 생경하여 꿈인가 했지만 소름이 일어나고 털이 뻣뻣이 서는 현실을 부정할 수는 없었다.

그는 기가 막히게도 우주에 있었다. 영화에서나 봤던 우주가 이렇게 무서운 곳일지는 꿈에도 몰랐다. 숨을 죽이는 그의 앞으로 달이 성큼 다가왔고 마치 놀이기구를 탄 듯 빙글 돈 그는 우주선을 통과했다. 앨튼 짐, 마이어 프랭클린, 빌 마이클이 점점 노쇠해지다가 눈이 뻥 뚫리며 미라가 되었고 항진은 우주선 밖으로 토해졌다.

"에페소스호!"

항진이 자신도 모르게 외쳤다.

"네, 맞아요."

여자가 말했다.

그는 두리번거렸지만 여자는 보이지 않았다. 그러다가 하얀 빛에 감긴 우주선이 사라지자 그 자리에서 두둥실 날아왔다.

"당신은 뭐지?"

"지그스라고 해요."

"지그스?"

"달의 뒷면에 살아요."

문득 항진은 달의 뒷면에 대한 기사를 인터넷 뉴스로 본 기억이 났다. 달의 뒷면에는 무성한 음모론과는 달리 외계인의 흔적은 티끌 하나 없고 그저 수많은 산과 크레이터로 덮여 있을 뿐이라고 했다.

마치 그의 생각을 읽었다는 듯 그들이 있는 곳은 달의 뒷면이었다. 순간 이동을 하듯 움직였는데 그는 마치 몸이 한 점을 향해 급속도로 수축하는 기분이었다. 직접 눈으로 확인한 그가 맹세하건대 결코 외계인의 흔적은 없었다. 그는 그녀를 바라보았다. 예뻤다. 이런 와중인데도.

"인간들의 입장에서 보자면, 지구 쪽으로 언제나 한쪽 면만 보여준다는 사실은 달의 가장 독특한 현상 중 하나였어요. 당신들은 결코 달의 뒷면을 볼 수 없었죠."

그녀가 바닥에 살포시 내려앉았다.

"지금은 유무인 탐사선의 조사로 달의 지도가 작성돼 있죠. 그러나 그것도 정확한 지도는 아니에요."

NASA에서 달의 뒷면을 공개한 적이 있었다. 지구로부터 160 만km 거리에 있는 심우주 기후관측위성의 활약이었다. 지구 앞을 지나는 달의 뒷모습을 찍었는데, 어두운 회색의 달의 뒷면은 앞면보다 훨씬 울퉁불퉁한 모습이었다.

달의 뒷면 사진 촬영이 처음 시작된 건 1959년 10월에 구소련의 무인 달 탐사선 루나 3호에 의해서였으니 56년 만이었다. 그럼에도 항진이 여전히 달 뒷면 미스터리를 굳건히 믿고 있었던 이유는 미국 때문이었다. 미국은 우주에 보이저 1호와 2호뿐만 아니라 태양계 끝까지 여행하는 수많은 탐사위성을 보냈다. 하지만 고집스럽게도 달 뒷면을 탐사한 사진은 공개하지 않았다. 숱한 음모론이 판을 치는 데도 말이다.

"나도 달의 뒷면에 UFO 기지 같은 게 있을 줄 알았는데…… 그러는 지그스는 뭐죠? 외계인 아닌가요? 단순한 외계 생명체는 아닌 거 같은데."

"저요?"

그녀가 갸우뚱거리듯 고개를 왼쪽으로 기울였다. 검은 머리카락이 흘러내리더니 그제야 살에 박힌 구멍이 전부인 귓구멍이 드러났다.

"저도 생명체예요. 외계인으로 볼 수도 있겠군요. 저는 떠돌이예요. 지구에 산 지 3천 년이 넘었지만 제가 살아온 시간에 비하면 하찮은 시간이죠. 오해는 말아주세요. 인간을 폄하하려는 의도는 없었어요."

"괜찮아요."

"저는 지구에서 살다가 달로 몸을 옮겼어요. 당신들의 과학기술 발달이 제게 위협이 되었거든요. 하지만 곧 당신들은 달에 도착을 했고, 어쩐 일인지 전 흐뭇했죠. 저는 전파를 보냈어요. 그게 1969년 5월의 일이었죠. 아폴로 10호는 당시 달 궤도를 타고 달의 뒷면을 가로지르고 있었어요. 그땐 지상과의 교신이 두절되는데, 기술적으로 지구에 있는 누구도 그들의 교신을 들을 수 없었죠. 그 1시간 동안 저는 전파를 보냈어요. 우주 비행사들은 지구와의 통신이 다시 돌아오기 전까지 라디오 모듈을 통해 들은 소리에 대해 논의를 했죠. NASA의 컨트롤 센터에 이 사건을 보고해야 할지 말지를요. 그들에게 제 전파는 다른 세계의 것 같은 이상한 음악이었어요. 나중에 지구에서는 제 전파를 두고 토성을 통과하는 하전입자에 의해 발생한 소리일 가능성도 제기되었죠. 재밌어요, 그런 게. 귀엽잖아요."

그녀는 말과는 달리 어떠한 표정도 짓고 있지 않았다.

그도 내려가고 싶었다. 그리고 그도 바닥에 착지했다. 발자국은 생기지 않았다. 그가 발을 내디디고 있는 곳은 죽은 곳이었다. 그는 그렇게 느껴졌다.

"저도 그래요."

그녀가 말했다.

그는 그녀를 바라보았다.

"제 마음속에 있는 말도 들을 수 있는 거예요?"

그녀가 고개를 끄덕였다.

"그러지 말아줘요."

그가 부탁했다.

그녀가 고개를 끄덕였다.

"지그스?"

"네?"

"외롭지 않았어요?"

"왜 그렇게 생각하죠?"

그녀가 오른쪽으로 고개를 갸우뚱거렸다.

"당연한 생각이었어요. 지그스 당신은 혼자니까."

"왜 제가 혼자라고 생각했던 거예요?"

"아닌가요?"

"지구로 돌아가고 싶은 거죠?"

"네."

뿅 하는 것과 마찬가지였다. 딱히 주문이 필요한 것도 아니었다. 그의 머리 위로는 너른 창공이 발밑으로는 빼곡한 주택들이 퍼져나가 있었다. 그리고 지그스와 함께였다.

"저기 우리 집이에요."

경찰차가 있었다. 방송국 로고가 새겨진 승합차도 몇 대 보였다. 새가 날아갔고 구름 위로 항공기가 지나갔다.

그는 지그스를 쳐다보았다.

"당신이 그랬죠?"

그가 물었다.

그녀는 고개만 살짝 움직이며 아리송한 태도를 보였다. 그의 생각을 읽은 것이다.

"어떻게 된 거죠? 미라가 됐어요."

그는 그녀가 지철과 이환에 대해 안다고 가정하고 말했다.

"이 세상에는 열린 공간이 많이 있어요. 서로 다른 장소가 이어진 공간이죠."

"순간이동 뭐 그런 건가요?"

"비슷할 지도요. 시간은 흘러요. 이 세상이든 저 세상이든 간에. 다만 그 시간이 만나는 접점이 다른 곳에 있을 뿐이죠. 우주도 마찬가지고요."

"에페소스스호……."

그가 뇌까렸다. 그녀가 고개를 끄덕였다.

"난 다 봤어요. 비행기에서 배에서 항구에서 마을 전체가……
그리고 우주선에서도요…… 그리고, 그리고…… 당신이 한 게
아니라고요?"

"네, 아니에요. 제가 벌인 일이었다면 좋았을 뻔했어요?"

"그런 게 아니에요. 확신이 필요했을 뿐이에요."

"제 입으로 말한들 그게 당신에게 확신을 줄까요?"

"그렇지 않았겠죠."

"맞아요. 그렇지만 전 거짓말을 하지 않았어요."

"못하는 건가요?"

"안 하는 거예요."

"인간보다 월등한 생물이라서?"

"글쎄요."

월등.

"저를 생물이라고 부를 수 있을지 모르겠네요. 듣기 싫은 소
리는 아니군요."

"궁금한 게 있어요."

"뭔가요?"

"경찰서로 가줘요."

그리고 경찰서였다. 책상마다 형사들이 분주했다. 전화를 받

거나 취조를 하고 자판을 두드렸다. 그는 유령과 다르지 않았다. 어떤 장애물도 상관없었다. 심지어 사람까지 뚫고 지나갔다. 그는 자신의 사건을 맡고 있는 전담반을 바라보고 있었다. 한 사람뿐이었고 나머지는 책상이 비어 있었다.

"방송국 뉴스 스튜디오로 가줘요."

대형 디스플레이를 배경으로 남녀 앵커가 앉아 있었다. PD의 사인이 들어갔다. 조명 탓에 앵커의 얼굴은 명암이 짙고 원색이 두드러지고 있었다. 미스터리 사건에 대해 말하고 있었다. 곧 디스플레이에 사진 한 장이 나왔다. 모자이크로 점철되어 있었지만 항진은 바로 자신임을 알아보았다.

"혹시 절 구하려 했던 거예요? 제가 사람을 죽이지 못하게 하려고 했어요?"

"알고 있잖아요? 그들을 사라지게 만든 게 제가 아니었어요."

항진은 벌레 씹은 표정을 했다.

"그게 궁금했던 거였군요? 그렇죠? 진짜는 그거였어요."

"네."

"왜일까요?"

그녀가 물었다.

"네, 아니에요. 에……, 그게 제가 궁금했던 거예요."

그는 외면했다.

그녀는 그의 속마음을 읽었다. 그래서 그들이 있는 배경은 국도변이 되었다. 항진은 자신이 차를 숨겼던 장소와 충돌 사고가 난 차량을 향해 성큼성큼 걸어가던 그때를 떠올렸다. 엽총이 아직도 자신의 손에 들려 있는 기분이었다. 총과 총알은 집에 있다. 경찰이 발견했을 것이다.

그녀가 살며시 고개를 끄덕이더니 말했다.

"저는 공간 이상을 느끼고 지켜보고 있었어요. 어쩌면 말릴 수도 있었죠. 하지만 그러지 않은 건 복수심 때문 같은 게 아니었어요. 그들이 사라질 거란 걸 알고 있었어요. 결과적으로 당신은 아무도 죽이지 못했죠. 그들을 죽인 건 이 지구예요."

그는 발끝으로 땅을 문지르다가 그녀의 말에서 이상한 점을 발견했다.

"복수심이요?"

"당신에게가 아니에요."

"그럼?"

순간 그는 흠칫했다. 일순 주위 환경이 변했다. 눈앞에 있는 것은 사층 빌라였다. 저 나무! 저기! 저기! 저기! 그곳이라는 증거다. 완벽한 건물로 변했지만 사층 빌라가 있던 곳은 용진이 죽었던 공사장이었다. 용진은 자재가 널려 있는 먼지 바닥에 뒤집어 누운 채 발견되었다. 칼로 여덟 번이나 찔린 채.

항진은 천지가 진동하는 것 같았다.

"설마 지그스 당신⋯⋯."

"네, 저였어요. 당신의 동생이 구한 건 바로 저였어요."

임지철. 이환. 항진은 대업을 위해 그들을 기다리고 기다렸다. 인고의 세월이 얼마나 끔찍했을지는 아무도 상상하지 못할 일이었다. 그는 그들의 보험 범죄 계획을 알고 미리 기다렸고 저 승사자가 되기로 했다. 의표를 제대로 찌른 것이다. 그들을 죽이기 전에 먼저 자신의 동생이 어떤 사람이었는지 알려 주고 싶었지만 막상 때가 되니 생각이 나지 않았다. 그게 후회였다. 놈들은 유용진이 얼마나 멋진 인간이었는지 알아야 했다. 알고 지옥에 가야 했다.

"지구에 사는 3천 년이 넘는 세월 동안 적어도 백 번 이상의 공간 이상을 느꼈어요. 그중에 인간을 구해야겠다고 마음을 먹은 건 에페소스호 때였어요. 하지만 그들은 저를 보고 겁을 먹은 채 이 세상에서 사라지고 말았죠. 그들이 당장 내일 나타날 수도 있고 수십 년 후에나 세상에 등장할지 몰라요. 어쩌면 영원히 사라졌을 지도요."

"왜 지금에서요? 방관자로 지내다가 왜 지금에서야 그런 마음이 생긴 거죠?"

"한 인간이 저를 구했기 때문이었어요. 그건 구원이었죠. 당신의 동생은 대단한 사람이었어요."

순간 항진은 말문이 막혔다.

소박한 꿈을 비행하는 영원한 정의의 불새 용진이 바로 옆에서 말을 하고 있는 거 같았다.

"형, 인상 좀 펴. 얼마나 무서웠겠어."

수천 년간 지구의 방랑자로 산 지그스는 달로 이주했다. 하지만 거기서도 인간을 마주하였고, 도리어 인간에게 먼저 신호했다. 하지만 그녀의 부름은 우주의 수수께끼로 남은 채 잊혀졌다. 순간 항진은 그녀가 가여웠다. 사막에 꽂힌 깃발과 같은 존재인 거 같아서 말이다. 그녀는 에페소스호를 대상화하여 자기 식대로 용진에게 물었다. 그 대답을 형으로서 항진이 돌려줄 차례였다. 염세주의자의 신분이지만 정의의 사도의 형제이기도 했다.

"지그스! 당신은 스스로를 구할 힘이 있어요! 당장 모텔 때도 그랬죠? 아무런 저항도 없이 막노동꾼들에게 끌려왔어요. 한낱 ……! 지그스, 지그스……."

"내가 혐오스럽나요?"

"용진이 그 자식이 멍청해 보일 뿐이에요. 그만 됐어요. 자수하러 가겠어요. 난 떳떳해요. 살인을 하지 않았고 미라가 다 뭐예요. 하지만! 하지만! 원한은 풀게 되었네요. 그렇게 됐네요. 보고 있냐? 이그, 용진이 바보 자식아!"

"고마워요."

지그스가 말했다. 그녀는 항진의 속마음을 낱낱이 읽었으므로 이젠 영원히 사라질 생각이었다. 그러나 그것이 항진의 주위에선지 지구에선지 아니면 태양계에선지는 모른다. 다만 그녀

의 영원함이 사라질 일은 없을 것이다. 그녀는 구원을 받았고
그 고귀한 것을 구원자의 형제에게도 베풀었다.

날마다 없어지는 하루

뉴욕의 하늘을 뒤덮고 있던 2,000km 크기의 금속 덩어리가 사라졌다!

전 세계의 언론은 앞다퉈 속보를 찍어내기 시작했다. 말 그대로 이것은 대사건이었다. 1년 만에 뉴욕 하늘이 뉴욕 시민의 품에 돌아온 것이다. 거대한 외계의 비행물체는 올 때처럼 갈 때도 조용히 지구를 떠났다.

하지만 그것은 사건의 서막에 불과했다.

축제 분위기의 지구 밖에서는 소행성이 초당 30km 속도로 날아오고 있었다. 그리고 활활 타오르는 몸뚱어리를 거리낌 없이 샌프란시스코의 밤하늘에 처박았다.

샌프란시스코는 전설의 도시가 되었다. 잿더미로 변한 도시 가운데는 코코넛 반 토막처럼 움푹 팬 구멍이 일주일이 지난 지금도 검은 연기를 토해내고 있고, 하늘에서 폭발한 파편에 맞은 건물들은 비스킷처럼 박살이 나버렸다.

전 세계가 슬픔으로 얼룩졌지만, 모르긴 몰라도 김이비만은 달랐다.

"죽음이라……."

그는 우중충한 하늘을 바라보면서 주머니에 손을 찔러 넣었다. 망설이듯 주춤주춤하던 그는 어렵사리 발을 떼었다. 점차 걸음이 빨라졌다. 자신도 모르게 입술을 깨물었다가 따끔거리는 통증 탓에 놀랐다. 이따금 하늘을 올려다볼 때 빼고는 거의 고개를 들지 않았다.

샌프란시스코가 불덩이에 녹아 사라지는 그 순간에 이비는 시한부 선고를 받았다. 췌장암 말기. 우습게도 시한부 선고를 받은 지금도 별다른 통증이 없었다. 그는 점퍼 안주머니에 있는 손으로 배를 꾹 눌러 보았다. 이미 이 안은 모두 죽은 것일지도 모른다. 어쩐지 식욕도 없고, 살이 빠지기 시작하더라니.

그는 어깨를 들썩였다. 전신에서 풍기는 우울한 분위기 탓에 누가 보면 운다고 여기겠으나 웃는 모양새가 그랬다. 그럼에도 눈에서는 눈물이 글썽거렸다. 죽음보다 무서운 건 사랑하는 이를 잃은 슬픔이었다. 다시는 볼 수 없다는 그리움, 그보다 무서운 건 적어도 이 세상에는 없었다.

무심결에 쇼윈도를 보게 된 그는 힘없이 고개를 흔들흔들했다. 전면 유리창 안에서 웬 허수아비가 그를 노려보고 있었다. 씨익 웃는다. 마치 태어나 생전 처음 웃는 사람 같았다. 침이 흐르는 것 같아 쏟아냈다. 눈물이었다.

내가 저렇게 웃었나? 얘야, 아빠가 저렇게 웃었니? 그는 자신이 말을 했다고 생각했다. 자신의 목소리를 들었다. 그러나 그는 입도 뻐끔거린 적 없었다.

"네가 너무 그립다……."

그는 눈가를 쏟아냈다. 손이 떨렸다. 심장에서 뭔가 빠져나가는 기분이 들었다. 피는 아닌 거 같았다. 영혼일 수도 있었다. 아니면 딸애의 손이…….

"주리야."

그는 스스로를 달래듯 딸의 이름을 불렀다. 그러자 평화가 깃들었다. 몸이 나른해지는 기분이었다. 묘했다. 자신의 죽음보다 앞서 지구가 멸망할 것이기 때문이다.

지금 이 순간에도 소행성들이 지구로 오고 있었다.

화성의 뒤편, 그러니까 화성과 목성의 궤도 사이에는 소행성대가 있다. 행성이 되지 못한 파편들의 군단이다. 길이가 800m에 달하는 70만 개가 넘는 거대한 돌덩어리들로, 거대한 도넛 모양의 원형 대열을 유지하고 있지만, 소행성의 5% 정도는 이심률이 큰 타원궤도를 돌고 있어서 지구의 궤도를 가로질러 가기도 한다. 처음 지구의 과학자들은 소행성의 출처가 그 소행성대인 줄 알았었다. 아니, 지구로 날아든 것이 소행성인 줄 알았다.

우리는 모르고 있었지만 지구는 항상 위험에 처해 있었다.

경찰차 여러 대가 요란한 사이렌 소리를 울리며 쏜살같이 달려갔다. 멀리서 연기를 뿜고 있는 건물이 보였고, 자동차 한 대가 폭죽 먹인 개구리처럼 터졌다. 방금 그가 지나친 골목에는 신음하며 쓰러져 있는 노인이 있었고 저만치 가로수 아래에는 교복의 앞 셔츠가 뜯겨져 나간 소년이 피로 떡진 머리를 감싼 채 울먹이고 있었다.

왜 외계인들이 굳이 그런 번거로운 짓을 하는지는 모른다. 마치 소행성이라고 짐작되는 그것이 어디쯤에서 시작된 것인지 아무도 모르는 것처럼. 할 수 있는 거라고는 모두 추측뿐이었다. 그럼에도 하나 확신할 수 있는 것은 지구가 멸망한다는 것이었다.

이비의 걸음이 점점 빨라졌다. 그는 왼쪽 가슴을 부드럽게 마사지했다. 미친 듯이 쿵쾅거렸다.

다 왔다.

그는 마른 코를 훌쩍거리며 한쪽 어깨에 메고 있던 가죽 가방을 다른 쪽 어깨로 옮겼다. 어깨가 아팠다. 그는 낡은 아파트를 올려다보았다. 까마귀처럼 떼를 지어 날아오는 검은 구름과 음울한 대비를 이루고 있었다. 구름이 겹치고 또 겹치고 있었다.

이제 갈 때다.

305호.

초인종은 이제 쓸모가 없다. 오면서도 보았지만, 현관문이 아예 없는 곳도 몇 군데 있었다. 이제는 손님에게 문을 열어 주는 이가 없다. 혹 모르겠다. 가족이나 친구가 문을 두드리면 조심스럽게 열어 줄지. 그러나 그는 정말 모른다. 그에겐 가족이나 친구가 없기 때문이다.

그가 가방을 내려놓자 생각지도 못한 쿵 소리가 났다. 소리로 보아 적어도 10kg 이상은 되어 보였다. 그는 잠시 쉬었다. 낡은 아파트라 엘리베이터가 없어서 계단을 이용해야 했기 때문이다. 오면서 몇 번이고 쉬긴 했지만, 역시 쉽지가 않았다.

이제 인간도 끝이다. 지구의 지배자라는 말도 사실 인간이 정한 것일 뿐이다. 외계인들은 대체 인간의 무엇이 못마땅했던 것일까?

과거에도 크기가 10km에 달하는 소행성이 지구를 강타한 적이 있다. 수백만 톤에 달하는 그 거대한 돌덩이가 수천 미터 상공에서 날아와 모래를 용암으로 녹였을 것이다. 그렇게 공룡은 사라졌다.

뭐라도 상관이 없다. 일단 지구상에 있는 그 어떤 크레이터보다 거대한 뭔가가 떨어지기만 하면 대륙의 형태가 바뀌고 정글은 사막으로 바뀔 것이다. 대기는 파괴되고 동시에 지표의 3/4을 뒤덮고 있던 바다가 증발할 것이다.

그는 가방에 있던 것들을 늘어놓았다. 막상 가져와 보니 대부분 쓸모없는 것들뿐이었다. 멍키스패너나 드라이버가 어디에 쓸모가 있을까?

문은 도끼와 망치로 해결하고 나머지는 이 칼로 처리할 것이다. 도끼와 망치는 활용도가 꽤 커 '조진용'을 위해 사용할 수도 있겠지만, 아무래도 그 순간을 최대한 즐기는 것이 중요했다. 아니, 필요했다.

"공평한 거겠지."

이비의 어금니 부분이 부풀어 올랐다.

도끼질을 시작했다. 들켜도 상관없다. 세상은 많이 달라졌다. 쾅쾅 소리가 계속되는 와중에도 아무도 밖을 내다보는 사람이 없었다. 잠시 도끼질을 멈추고 도끼 자국으로 안을 들여다보았다. 어두워서 아무것도 보이지 않았다. 망치로 바꿨다.

이윽고 현관문이 열렸다. 그는 발로 문을 차고 안으로 몸을 던졌다. 칼을 뽑아들고 잠시 기다렸다. 인기척은 없었다. 왜 그토록 어두웠는지 알 것 같았다. 암막 커튼 때문이었다. 그래도 옅은 빛은 스며들어오고 있었다.

그는 신발을 신은 채로 거실을 가로질러, 커튼을 걷어냈다. 검은 구름을 태우며 태양이 작열하고 있었다.

밖의 상황과 어울리지 않게 집은 잘 정리되어 있었다. 그러나 역시 한쪽에 탑처럼 쌓여 있는 인스턴트식품들과 캔들을 보니 별반 다를 바가 없었다. 이비도 자신의 집에 이렇게 음식을 저장해 두고 있었다. 하지만 아직은 이 자처럼 여유분을 낭비할 때가 아니었다.

겨울임에도 불구하고 이비의 이마에서 땀이 줄줄 흐르고 있었다. 태양 때문이다. 그는 침을 삼켰다. 방문을 하나씩 열어보았다. 검붉은 얼룩이 말라붙은 문을 여는 순간 그는 헛구역질을 해야 했다.

마치 벗은 옷가지처럼 침대 위에 널브러져 있는 남자를 발견했다. 남자의 주변에는 온통 구토물 천지였다. 사내가 입은 바지 밑으로 몇 겹으로 껴 신은 양말까지, 바짓단에서 흘러내린 대변이 덩어리로 굳어 있었다. 악취의 이유였다.

다른 곳과 달리 완전히 쓰레기장이었다. 빈 깡통과 봉지들이 아무 데나 버려져 있었고 말라붙은 면 소재 옷들에선 지린내가 진동했다. 세상에! 처음에는 남자가 죽었다고 생각했다. 그러나 해골처럼 움푹 팬 눈에서 안광이 번들거리는 것을 보았다.

이비는 안도했다. 다행이라는 생각에 '하!' 하며 큰 동작을 짧게 했다. 그는 눈꺼풀을 간질이는 앞 머리카락을 옆으로 쓸어 넘기며 오른손에 들린 칼을 다른 손으로 옮겼다. 그리고 손에 묻은 땀을 옆구리에 아무렇게나 닦아내고 다시 칼을 가져왔다.

"어째 상황이 좋지 않군."

이 방에도 커튼이 쳐져 있었다. 얇은 커튼이었다. 그는 가서 커튼을 젖혔다. 밖에서 작은 소동이 일어난 듯했다. 일단의 사람들이 소리를 지르며 달리고 있었고 그 뒤로 꼴사납게 튜닝된 자동차들이 뒤따르고 있었다. 그리고 제일 뒤처져 있던 여자를 깔아뭉개 버렸다. 그걸 보는 즉시 고개를 돌렸다. 말 그대로 작은 소동이었다.

운이 나빴다면 저 여자가 아니라 그가 아스팔트 위의 고기 반죽이 되었을지도 모를 일이었다. 그럼 조진용과도 만나지 못했겠지.

사내가 입을 열었다. 속삭이듯 아주 작은 소리를 냈다. 잘 들리지 않았다.

"뭐라고? 좀 크게 말해 봐."

그렇게 말했지만 이비는 남자의 곁까지 갔다. 귀를 갖다 댔다.

"살려 주세……."

남자가 힘겹게 말했다.

이비는 놀랍다는 얼굴로 짧게 웃었다. 사내도 이비를 기억하는 것이다. 송장처럼 자빠져 있는 것이 자기 엄마도 못 알아볼 상판인데 말이다.

"안 돼."

그렇게 말하면서도 우스웠다. 저 남자는 가만히 놔두어도 자연히 죽을 것이다. 사내가 할 수 있는 최대한의 저항은 눈을 감는 것이 전부 같았다. 어쨌거나 살아 있는 것 자체가 기적처럼 보였다. 왜 그러지 않을까? 이렇게 만나게 되었으니 축복이라고 하는 편이 맞으려나.

"안 됐군. 지구가 멸망하는 것도 못 보고 죽겠어. 물론 진심이 아니라는 건 말 안 해도 알지?"

그가 연이어 말했다.

"이봐, 날 봐."

그가 계속해서 말했다.

"보고 있나?"

그는 다리를 엇갈리게 해서 서서는 팔짱을 꼈다. 칼등으로 반대쪽 삼두를 가볍게 툭툭 쳤다. 그는 기억을 더듬어 보았다.

어떻게 했더라……?

"당신 어떻게 했지?"

사내는 죽어가는 눈으로 그를 응시하기만 했다. 애초에 대답을 기대하지도 않았다.

"그건 그렇고 진짜 무슨 좀비 같네."

사내는 양팔과 두 다리를 모두 벌리고 있었다. 흐물거리는 살갗이 늘어진 양쪽 팔에는 탄력 잃은 힘줄이 도드라져 있었다. 반팔이었다. 태양이 정신을 잃은 주기로 보아 (이상 날씨) 최소한 이 주는 이 꼴로 있었을 것이다.

사내의 목젖이 꿀렁거리는 것이 보였다. 침을 삼킬 힘도 없나? 그 정도인가? 사내의 움푹 꺼진 두 눈은 마치 타들어 가고 있는 것처럼 보였다. 얼마나 삐쩍 말랐던지 눈두덩 밑으로 그림자가 생길 정도였다. 양쪽 볼로는 빗물도 받을 수 있을 것 같았다.

"지금 날 보고 있긴 한 거지?"

이비는 사내와 눈을 맞추고 있으면서도 그렇게 말했다. 하지만 사내가 정말 자신을 보고 있는지는 확신할 수 없었다.

"어두워서 보이지도 않는군."

그는 스위치를 찾아서 올렸다. 형광등이 윙크를 하며 노을이 들어오기 시작한 더러운 방 안을 환히 밝혔다.

사내를 본 그는 저도 모르게 얕게 신음했다.

정말 눈뜨고는 못 봐 줄 것 같았다. 살아있는 것이 신기할 정도였다. 해부 전의 시체가 촛불 같은 미약한 의식을 유지한 채 저기에 누워 있었다.

"죽을 때가 가깝긴 한 가봐."

예전에는 엄지발가락처럼 두껍던 사내의 입술이 지금은 피부에 붙은 얇은 껍질만 남아 입안으로 말려 들어가 있었다. 약해 보이는 앞니 두 개가 마치 오래된 상아 조각처럼 보였다.

사내의 손이 천적을 만난 나무늘보처럼 천천히 움직였다. 사내의 팔이 침대보를 쓸고 올라가자 딱딱하게 굳은 더러운 이물질이 땅바닥으로 굴러떨어졌다. 배 부분에 걸쳐 있던 작은 담요가 스르륵 바닥으로 떨어졌다. 질퍽이는 소리가 났다.

"대단한걸. 그런 것도 할 수 있었나?"

말은 그렇게 했지만, 조롱에 가까웠다.

돌연 이비가 인상을 찌푸렸다. 사내의 복부를 투박하게 묶은

붕대가 가리고 있었기 때문이다. 이제 보니 사내의 손가락 끝마디에도 연분홍색의 물이 들어 있었다. 그는 발을 이용해 담요를 저리 차버렸다. 온통 피투성이였다.

"혹시 다른 녀석이 더 있어? 공범 말이야."

남자의 고개가 희미하게 움직였다. 그러나 남자는 그런 적이 없었다.

그리고 공범이 없다는 것쯤은 이비도 알고 있었다.

사내의 창백한 입술이 파르르 떨렸다. 입가에 덕지덕지 붙어 있는 설탕 가루가 형광등의 나트륨 불빛에 반사되어 묘한 빛을 냈다. 생명이 꺼져 가는 사내의 눈 역시. 그는 가느다란 연기를 내며 양초 안에 붙은 심지에 지나지 않았다.

시간이 조금 걸렸지만 사내의 손이 오물이 진갈색 딱지로 눌어붙은 베개 밑으로 들어갔다. 참으로 놀라웠다. 시체가 움직이다니!

혹시 무기 같은 게 있는 것은 아닐까? 그래 봤자 소용없겠지만.

이비는 인상을 쓰며 앞으로 걸어갔다. 사내의 팔을 치우고 싶었지만, 만지기는 싫었다. 베개의 귀퉁이를 잡고 들어 올리자 작은 나무 십자가가 나왔다. 그러고 보니 사내의 목에도 은으로 된 십자가가 줄에 엉켜 거꾸로 매달려 있었다.

"그래! 그래. 항상 이런 식이지."

이비가 조소했다. 베개를 저리 집어 던져 버렸다. 남자의 잿빛 눈동자가 베개를 따라갔다. 이비는 십자가를 들어 이리저리 둘러보았다. 옻 냄새가 기분 나빴다.

그는 잭나이프로 십자가의 표면을 긁었다. 나뭇결이 조금씩 썰려 나왔다.

"넌 개새끼야. 그거 알아?"

그는 어떡할까 고민을 하고 있었다. 이런 식은 좋지 않았다. 너무 쉬웠다. 허무할 정도로. 솔직히 말해 부상당해 죽어가는 남자를 보자 일말의 동정심마저 들었다. 이건 정말 좋지 않았다.

순간 당분간 사내를 보살펴줄까 하는 생각을 했다. 생각해 보니 그거 좋은 방법 같았다. 흔히 세상의 종말이 오면 무엇을 할 거냐고 묻곤 한다. 딱 지금 상황에 적절한 질문 같았다. 이비의 입가가 세워졌다. 그것만 한 게 없었다.

물론 사지는 침대에 묶어 둘 것이다. 사내가 울부짖을 수 있고, 고통의 단계를 느낄 수 있는 수준 정도면 된다. 죽여 달라고 스스로 애원하게 될 것이다. 정말로 그럴 것이다.

무의식적으로 칼을 든 손에 힘을 준 탓에 십자가를 잡고 있는 검지를 베고 말았다. 이비는 인상을 찌푸리며 손가락을 뺐다. 찢어진 살갗이 혀에 닿았다. 그는 피 섞인 침을 뱉었다. 말도 못하게 아팠다. 순간 잊고 있었던 감각이 되살아났다. 흥분으로 호흡이 거칠어졌다. 칼로 살을 조금씩 썰어낼 것이다. 아주 조금씩. 포테이토칩처럼 말이다.

하지만 그는 얼 수밖에 없었다. 밖에서 누군가 소곤거리는 소리가 들렸기 때문이다. 이렇게 멍청할 수가. 현관문은 걸레짝이나 다름이 없는데. 망치와 도끼도 거기에 있었다.

"젠장. 당신, 뭐 총 같은 거 없어?"

그가 불안하게 두리번거리며 두 손으로 옆 머리카락을 곤두세웠다.

있을 리가 없었다.

자책할 필요는 없었다. 문을 부수는 것은 어쩔 수 없는 일이었고, 도끼나 망치 같은 무기는 기본적으로 가지고들 있을 테니까.

"꼼짝 말고 있어."

말하면서도 웃겼다. 하지만 이비는 웃는 대신 눈썹과 볼 근육을 찡그렸다.

그는 몸을 낮추고 기다렸다. 이런. 불부터 꺼야 했다.

한국 진주 5 : 13pm, 영국 런던 9 : 13am

안개가 자욱한 런던 상공에 거대한 불덩어리가 고함을 지르며 나타났다. 불덩어리는 화염의 창처럼 런던아이의 소켓 속을 정확히 꿰뚫었지만, 그러기엔 런던아이가 너무 작았다. 소행성은 샌프란시스코에 떨어진 것보다 적어도 두 배 정도는 거대했다.

잠자고 있던 런던의 지각이 휘어지며 템스강을 이불처럼 걷어차 버렸다. 수 킬로미터 반경에 있는 모든 것이 단숨에 날아가 버렸고, 강렬한 바람에 낚아채진 강물은 해일이 되어 폐허 도시로 뛰어들었다.

런던은 먼지 도시가 되었다.

이비는 스위치를 움켜쥐고 밀듯 힘을 줘서 내리는 것으로 소리를 없앴다. 가만히 기다렸다. 칼을 든 손에서 땀이 물처럼 배어 나왔다. 이러다간 칼을 휘두른다는 것이 던지는 꼴이 될 것이다. 땀을 닦아내야 했다.

끼이익.

안 돼……! 방문이 열리고 있었다.

"봐, 사람이 있다니까. 내가 말했지?"

문 너머에서 말했다. 그리고 방문이 닫혔다. 목소리로 보아 적어도 두 명이었다.

이비는 어떡할까 생각해 보았다. 이것은 생각지도 못한 일이었다. 경우의 수로 경찰을 생각해 본 건 당연하지만, 경찰의 방문은 걱정할 필요가 없었다(신고할 사람도 없었지만). 하루가 지날 때마다 범죄율은 전날의 3배 이상으로 상승하고 있었다. 물론 모두 강력 범죄였다. 지금은 경찰들도 그 대열에 합류를 하는 상황이었다. 그렇다. 지금이 그런 세상이다.

시간이 어느 정도 흘렀다. 그는 문에 귀를 대고 가만히 있어 보았다. 그들은 간 듯싶었다. 아무 소리도 없었다. 그는 거실로 나갔다. 현관문을 해결 보기 위해서였다. 답이 나오지 않을 것이 뻔했지만, 그래도 그대로 둘 수는 없는 문제였다.

그러다 막 현관에 들어서던 남자 두 명과 맞닥뜨렸다. 본능적으로 아까의 음성들이라는 것을 깨달았다. 최악이었다. 둘 다 야구 배트 길이의 파이프 같은 무기를 들고 있었다. 둘의 시선 역시 이비의 잭나이프에 가 있었다.

셋은 잠시 말없이 서로의 동향을 지켜보고만 있었다. 이비의 목젖이 움직였다. 팔 끝에서 힘이 쏟아져 나가고 있었다. 싸움이 시작된다면 승산은 없었다.

하지만 모자를 쓴 사내의 입에서 듣기 좋은 소리가 나왔다.

"괜히 피 보지 말고 좀 나눠 갖자고요."

이비는 거실의 식료품 상자들을 곁눈으로 보았다. 몇 박스가 이미 사라져 있었다.

거절할 이유가 없었다.

"좋을 대로."

방으로 돌아온 이비는 불안해져서 문부터 걸어 잠갔다. 현관문이 소용이 없게 된 이상 시간을 지체할 수 없었다. 남자를 끝내든, 함께 장소를 이동하든 해야 할 것이다. 하지만 두 번째 것은 불가능한 거란 걸 알고 있었다. 그렇다면 하나다.

남자를 죽이는 것이다.

하지만 그전에 할 일이 있었다.

"우리 주리 어디에 있냐?"

사내의 입술이 마치 구더기가 들어 있는 짐승의 뱃속처럼 들썩였다. 블랙홀 같은 눈구멍.

"어딨어?"

이비가 침대로 다가갔다. 칼을 쓸 때다.

그러다 죽으면 어쩌지?

죽이면 안 된다. 아직은.

그는 아랫입술을 한 번 빨아서 튕겼다. 사내의 잿빛 눈동자가 그의 얼굴에 고정되어 있었다. 사내의 눈은 마치 쓰레기장에서 꺼낸 더러운 당구공 같았다.

사내의 입술이 움직였다. 뭐라고 하긴 하는데 잘 들리지 않았다.

그러고 싶진 않았지만 그는 귀를 갖다 대야 했다. 크게 말하라며 으름장을 놓으려던 그는 돌연 얼굴을 붉혔다. 분노로 가슴께까지 시뻘겋게 달아올랐다. 사내는 분명 "자비를⋯⋯"이라고 말했다.

"네 아가리부터 귀까지 찢어야겠다. 그래야 할 것 같아. 아무래도."

하지만 그는 아무것도 하지 않고 잠시 머리를 옆으로 젖힌 채 우두커니 서 있었다. 오래가지는 않았다. 그의 숨소리가 거칠어졌다. 몸이 분노로 달아올랐다. 그의 눈이 사내의 움푹 들어간 아랫배로 향했다. 그리고 그의 손이.

비명을 지르듯 짧고 날카로운 소리를 내며 피와 오물로 달라붙어 있는 붕대를 찢듯 거칠게 풀어 젖혔다. 그러자 반쯤 뜯겨나간 채 썩다만 옆구리가 드러났다. 창자도 조금 삐져나와 있었다. 무슨 상처인지는 대번에 알 것 같았다. 3센티 가량의 자상이 그 주위로 흩어져 있었기 때문이다.

여름이었다면 벌써 구더기가 들끓었을 것이다. 이비의 손등에서 땀방울이 흘렀다. 재수가 없으면 지금도.

"누가 먼저 선수를 쳤네……?"

그가 이를 악물며 말했다. 상처로 보아 제법 오래된 것 같았다.

순간 그는 깜짝 놀라 몸을 들썩였다.

"내가……."

"깜짝아……! 빌어먹을 자식아!"

그는 한동안 머리카락을 거머쥐며 히스테리적으로 웃어댔다. 정말 놀랐다. 시체 주제에 갑자기 말을 할 줄이야.

이비는 눈을 가늘게 떴다.

"네가 그랬다는 거야?"

닫히고 있던 사내의 입이 다시금 열렸다. 마치 보이지 않는 손에 의해 억지로 벌려지고 있는 것처럼 좌우로 엇나가듯 그렇게 벌어졌다. 사내의 손이 움직이기 시작했다. 그리고 가슴으로 가서 털썩 쓰러졌다. 앙상한 손가락이 목에 걸린 체인을 만지고 있었다.

십자가. 눈에 거슬렸다.

이비는 칼로 그것을 잡아 뜯었다. 이제 십자가 목걸이는 그의 손에 있었다. 그는 보란 듯이 목걸이를 눈앞으로 흔들더니 일부러 만든 미소를 지으며 내동댕이쳤다. 그리고 발로 짓밟아댔다.

역겹기 짝이 없었다.

"잘 봐. 더러운 자식아."

그가 숨을 헉헉거리며 더러워진 십자가의 체인을 움켜쥐었다. 오물이 붙은 은색 십자가가 흡사 최면을 거는 추처럼 천천히 흔들렸다.

그의 눈이 분노로 이글거렸다. 저 사내는 이런 식으로 자신의 죄를 용서받고 있었을 것이다. 머릿속으로 만들었으면서 가슴으로 믿는다는 개소리를 하며. 몇 세기 동안 위선적으로 이루어진 암묵적인 약속으로 자신의 신념을 관철하며. 그리고 용서를 받았을 것이다.

진정 잘못을 빌어야 할 연약한 존재는 이미 이 세상에 없는데
…….

그 아비에게 용서를 빈 적이 있었던가? 없었다. 사내는 오로지 자신의 신에게 용서를 구했다. 죽은 딸과 폐인이 된 아버지는 철저히 무시한 채.

결국, 스스로를 용서했을 쓰레기. 구더기로 득실거리는 똥통

에나 어울릴 그 쓰레기가 저기 침대에 누워 있었다. 몇 년간을 폐인처럼 보내야 했던 이비와는 달리 저 사내는 참회라는 이름으로 자위하며 손에는 성경책을 목에는 십자가를 걸고 뻔뻔하게, 구린내가 진동하는 주둥아리로 성경 구절을 읊고 다녔을 것이다.

도저히 용서할 수 없었다. 이비는 어금니를 갈았다. 손이 부들부들 떨렸다. 칼을 쥔 손이 하얗게 질렸다. 시뻘게진 목에 핏대가 섰다. 마치 어금니의 아말감을 갈아 없애기라도 할 것처럼 뿌드득 갈아댔다.

"내 딸, 내 딸 주리를 어디다가……!"

그는 눈을 감았다. 순간 현기증이 났다. 그는 눈을 감은 채 마음을 다잡았다.

사내의 눈이 아래로 처져 있었다. 처음에 이비는 사내가 보는 것이 칼이라고 생각했다. 그래서 묘한 도취감에 취해 있었지만, 사내가 보고 있는 곳은 그의 손이 아니었다. 침대 밑이 보고 싶은 것이다. 오물에 처박힌 십자가가. 하지만 볼 수 없을 것이다.

사내의 눈이 느릿느릿 기어 올라와 이비를 가리켰다. 순간 이비는 기름칠이 덜 된 기계 소리를 들은 것 같은 착각에 빠졌다. 저 눈은 생물체의 것이라기보다는 마치 영겁의 세월에 먹혀 버린 기계장치의 부속품 같았다. 사내가 꿈속에서 듣는 바깥세상의 음성 같은 소리로 속삭였다.

귀를 기울여야 했다. 처음으로 이비의 얼굴이 활짝 갰다. 사내
가 말한 장소라면 어딘지 잘 알고 있었다.

"만일 하수구 같은 곳이었다면 네놈의 머리통을 부숴버렸을
거다."

'물론 죽지 않을 정도로'라고 덧붙이고 싶었지만, 그럴 필요성
은 느끼지 못했다. 그는 가만히 사내를 응시했다.

사내의 손이 들렸다가 힘없이 떨어졌다.

"……자비."

"자비? 지금 자비라고 했나?"

이비가 여자처럼 날카로운 소리로 말했다. 어떻게 그런 말을
할 수가 있는지 도저히 믿기지가 않았다.

"오, 세상에! 지금 자비라고 한 거야?"

그가 가서 사내의 턱을 부서져라 움켜쥐었다. 사내의 텅 빈 눈
에 분노만 남은 짐승의 모습이 차올랐다. 그가 팔에 힘을 싣자
사내의 얼굴이 스크림 가면처럼 일그러졌다.

"주리는? 우리 주리에게는 자비를 베풀었나?"

그가 연이어 말했다.

"줬어?"

그가 계속해서 말했다.

"줬냐고! 줬어?"

사내의 머리를 침대로 밀어붙이듯 하며 손을 떼어냈다. 이비

의 입술이 으르렁거리자 첨탑처럼 맞물린 이가 드러났다. 그의 주먹에서 핏기가 사라졌다. 손톱이 손바닥을 파고들어 왔다. 얼마나 힘을 주고 있던지 칼을 쥔 손이 안쪽에서부터 부서질 것만 같았다.

죽여 버릴 것이다. 피부를 벗겨버릴 것이다. 한 꺼풀, 한 꺼풀씩.

이비가 차갑게 미소 지었다. 그는 벽에 기대서서 양말을 벗어서 말은 다음 사내의 입에 구겨 넣었다.

"좋아. 자비를 주지. 많이 주겠어."

그는 사내의 귀를 잡았다. 그리고 톱질을 하듯 천천히 잘라냈다. 그 느낌이 소름이 끼쳤지만 그런 표정을 가까스로 숨겼다.

사내의 눈에서 눈물이 소리 없이 흘러내렸다.

이비가 일부러 크게 웃었다. 그는 잘린 귀를 사내의 눈앞에 들고 흔들었다. 핏방울이 사내의 각막 위에 한 방울씩 떨어졌다.

그의 얼굴이 굳어졌다.

남자의 시선이 공허하게 천장을 바라보고 있었다. 죽은 것이다.

그는 비명을 지르며 들고 있던 귀를 내던지고는 그 손을 허벅지에 신경질적으로 닦아댔다. 뒷걸음질을 치다가 바닥에 있는 오물에 발이 미끄러져 흉하게 자빠졌다. 그는 머리를 감싸며 바닥에 웅크려서 흐느꼈다. 한 번도 놓지 않았던 잭나이프는 저리가서 나침반 바늘처럼 뱅글뱅글 돌고 있었다.

이런 감정이 들 줄 상상도 하지 못했다. 대체 이 기분은 뭐란 말인가. 허탈했다. 무수한 감정 중 그것 하나밖에 설명할 수 없었다.

그는 벽에 등을 기대고 앉았다. 양쪽 무릎을 두 팔로 끌어안았다. 어깨로 이마를 닦았다. 계속해서 땀이 흘렀다. 그러고 보니 무척 더웠다. 아니, 더운 정도가 아니라 온몸이 쪼그라드는 기분이었다. 창밖이 뿌옇게 끓어오르고 있었다.

생각해보니 이상했다. 아까 노을을 보았었다. 6시 54분. 어두워져야 하는 게 정상이었다. 그런데 대낮처럼 환하다니. 그는 창가로 갔다. 살갗이 펄떡펄떡 뛰고 있는 듯한 기분이었다.

하늘에 달과 함께 해가 떠 있었다. 그때 푸르스름한 불꽃이 동전만 한 LED 전구 같은 태양을 때렸다. 태양이 띠 같은 빛을 뿜어냈다. 그 빛이 창문까지 흔들었다.

"대체……!"

그는 직감적으로 끝이 얼마 남지 않았다는 것을 깨달았다. 여기에 이렇게 있으면 안 되었다. 가야 했다.

그는 숨 막히는 도시의 거리를 걸었다. 다행스럽게도 사람은 거의 보이지 않았다. 기온이 30도 이상 높아졌지만, 덥다는 것만 알뿐 거기까지는 미처 알 길이 없었다. 어쨌든 사람이 없다는 건 다행스런 일이었다.

그는 사내의 집에서 가져왔던 생수를 마셨다. 금방 비워졌다.

현관에 있던 가죽 가방은 이미 누군가 가져가고 없었다. 그래서 사내의 방에서 발견한 여행용 캐리어를 이용하고 있었다. 바퀴 구르는 소리가 그를 쫓아왔다.

문득 그는 혹시 이 지구가 어떤 거대한 실험실이 아니었을까 하는 생각이 들었다. 어쩌면 이 태양계가. 적어도 이 지구는 그럴지도 몰랐다. 아마 외계인들은 우연찮게 지구를 발견했을 것이다.

어쩌면 NASA가 1977년에 쏘아 올린 보이저호의 골든 레코드를 외계인들이 들었을 수도 있겠다. 지구의 자연과 문명을 소개하는 115개의 이미지를 보면서 '아! 여기가 좋겠구나!' 하며 정했을 것이다.

그렇게 해서 운석 껍데기로 포장된 폭탄이 우주를 떠돌아다니게 된 건지도 모른다. 만약 그게 사실이라면, 그들은 인간을 과신했다. 그 결과로 폭탄은 지구로 떨어졌다. 지구인들은 그때서야 그런 것이 있었다는 것을 알게 되었다. 그게 폭탄인 줄 안 것은 더 나중의 일이었다.

이비는 그늘에서 잠시 쉬었다. 눈에 보이는 모든 것이 신기루처럼 일렁이고 있었다. 몸이 녹아내리는 듯했다.

만일 다음 차례가 공룡을 멸종시켰던 것과 비슷한 크기의 소행성 폭탄이라면, 눈앞에 있는 것들도 한낱 먼지에 지나지 않았다. 충돌 직후 먼지 구름이 태양을 가려 지구는 차디찬 암흑 속에 갇히게 될 것이다. 그렇게 끝도 없는 겨울이 1년 넘게 계속된다. 갑자기 늘어난 일산화질소는 오존층의 80% 이상을 파괴할 것이다. 첫 1년 동안 지구 생명의 최소 70% 이상이 파멸할 것이다. 그리고 그 이후로는……

그는 다시 캐리어를 열었다가 도로 닫았다. 물을 마신 지 10분도 지나지 않았다. 그런 상황에서 또 낭비할 수는 없는 문제다.

그는 주위를 둘러보았다. 차는 있었지만 차 키가 없을 것이다. 자전거가 눈에 들어왔지만, 마뜩잖았다. 자전거를 가지고 간다면 캐리어는 버려야 했으니까.

한국 진주 9:23pm, 일본 도쿄 9:23pm

소행성 폭탄의 경로를 바꾸거나 파괴하려는 시도가 여러 번 있었지만 불가능했다. 결국 소행성은 대기권에 진입하면서 불덩이로 변했다. 하지만 엄청난 크기 탓에 속도가 줄거나 파괴되지는 않았다. 그리고 샌프란시스코에서 그랬던 것처럼 허공에서 폭발했고, 작은 파편을 미사일처럼 뿌렸다. 큰 덩어리는 제우스의 번개처럼 도쿄타워를 박살 내며 시가지 한복판에 처박혔다.

강한 바람과 화염이 건물들을 파괴했고 열풍이 뒤따라 모든 것을 삼켜버렸다. 그리고 시속 800km로 달리며 온통 잿더미로 바꾸어버리는 열풍 뒤에는 첫 폭발에서 녹아내린 딱딱한 고체

덩어리들이 몇백 킬로미터 떨어진 곳까지 날아가, 닿는 것은 모조리 박살 내고 있었다.

세계 곳곳에서 그런 식의 크레이터가 만들어지고 있었다.

이비는 생수를 마시며 미끄러지듯 나무 밑에 앉았다. 마치 지구가 거대한 백열전구인 것처럼 세상은 환하게 밝혀져 있었다. 이대로 있다간 미라처럼 말라 죽을 것 같았다.

그는 자신의 아랫배를 꾹 눌러 보았다. 찌릿한 통증이 있었지만 암 덩어리 때문은 아닐 것이다. 갈증이 해소되는 것은 물을 마실 때뿐이었다. 그는 헉헉대며 나무에 더욱 바짝 붙었다. 점심 때부터 아무것도 먹지 않은 상태지만 배고픔은 느끼지 못했다. 이럴 줄 알았으면 생수만 가져올 걸 하며 그는 후회했다.

그는 반쯤 남은 생수를 캐리어 속에 집어넣고 지퍼를 채웠다. 순간 번쩍이는 통증이 머리를 스치고 갔다. 그는 머리를 움켜쥐고 급하게 몸을 일으키려고 했다. 하지만 몸이 말을 듣지 않았다. 균형 감각을 잃은 그는 무릎을 꿇고 주저앉았다. 그리고 캐리어를 안은 채 무릎으로 기어갔다. 여러 개의 방망이가 그를 가격했다.

"그, 그만!"

그가 고통스럽게 말했다.

작은 팔이 그의 품속으로 들어와 캐리어를 잡아당겼다.

믿기지가 않았다. 아이들이었다.

언제부터 쫓아온 걸까.

"가방 내놔!"

"뭐?"

그는 말할 기력도 없었다. 그는 뒤늦게 자신이 잭나이프를 휘두르고 있는 것을 깨닫게 되었다. 그래서 그에게 쏟아지던 몽둥이세례도 끝이 났던 것이다.

이럴 수가. 13살도 안 될 것 같은 꼬맹이들에게 칼을 휘두르게 될 줄이야!

아이들은 모두 일곱이었다. 그리고 하나같이 무척 지친 얼굴들이었다. 어딘가의 보육원에 있던 아이들일까?

"그 가방 내놔!"

"배가 고픈 거니? 가지고 있는 게 좀 있어. 줄게."

그의 음성이 떨렸다. 무서워서가 아니라 그냥 떨렸다. 고기처럼 다져지고 있던 노파를 본 이후로, 거의 처음이었다. 이런 적은.

"그래도 이건 아니잖아?"

"가방 내놔!"

아이들은 그럴 수밖에 없는 것처럼 모두 같은 말만 되풀이했다. 그가 왼쪽을 볼 때면 오른쪽에서, 오른쪽을 경계할 때면 왼쪽에서 캐리어를 가져가려고 달려들었다. 캐리어를 주고 끝내고 싶었지만, 그도 필요했다. 이 더위 속에서 물 없이 버틸 자신이 없었다.

"대체 너희들 어떻게 된 거니? 그냥 아이들이잖아?"

그가 가늘어진 소리로 말했다. 뒷부분은 들리지 않았다.

"내놔!"

그때 무슨 소리를 들었고 그는 반사적으로 몸을 돌렸다. 칼에 무게가 실렸다. 끔찍한 감각이 칼자루를 타고 그의 머릿속까지 파고들어 왔다. 여자아이를 찌른 것이다. 아이는 믿을 수 없다는 표정을 지으며 멍하니 있었다. 그리고 갑자기 울음을 터트렸다.

"아야! 아파!"

"이, 이럴 수가! 괜찮니? 욱⋯⋯!"

입술이 터지며 그가 옆으로 쓰러졌다. 막 방망이를 휘두른 사내아이가 그의 캐리어를 가져갔고, 서로 먼저 그 안을 보려고 싸워댔다.

그는 피로 젖은 옆머리를 감싸며 여자아이에게 기어갔다.

저기서 아이들의 환호 소리가 들렸다. 갑자기 그는 캐리어 안에 있던 과일 통조림이 먹고 싶어졌다.

"저거 잡아!"

그 말과 동시에 그는 다리를 포박 당했다. 어깨너머를 힐끔 보았다. 아이들이 온몸으로 깔아뭉개고 있었다. 만화 캐릭터 그림으로 장식된 검은 운동화가 코앞에 내려앉았다. 햇빛에 반사되자 그림이 변했다. 아이는 저벅저벅 걸어가서 망설임 없이 여자아이의 어깨에 살짝 박혀 있던 칼을 뽑아냈다.

그리고 이비를 사정없이 찔러댔다. 다른 아이들은 침을 꿀꺽 삼키며 그것을 호기심 어린 눈으로 지켜보기만 했다. 그는 고통스럽게 비명을 질렀다. 나중에 가서는 목이 쉬어 목소리도 나오지 않았다.

"너도 해 볼래?"

검은 신발의 아이가 말했다.

주근깨는 잠시 망설이는 것 같았지만, 이내 이비의 어깨에 여자아이의 것과 같은 상처를 내주었다. 그리고 차례가 넘어갔고 모두 한 번씩 찔러댔다. 칼에 찔렸던 여자아이는 아직도 울고만 있었다.

"너도 해."

검은 신발이 말했다.

여자아이는 눈을 비비며 계속 울기만 했다. 검은 신발이 '해!' 라고 힘주어 말하자 여자아이는 머리를 저으며 더 크게 울었다.

"쟤 어쩔 거야?"

"칼에 찔렸어."

아이들이 소곤거리며 말했다. 그리고 가버렸다. 여자아이를 버려둔 채.

이비는 힘겹게 몸을 일으켰다. 조진용처럼 되어가고 있었다. 가엾은 두 명의 여자아이를 무참히 살해한 빌어먹을 잡놈처럼 말이다. 거기에는 주리도 있었다. 조진용은 10년 만에 세상으로 다시 나왔다. 그 악마에게 잔혹하게 유린된 주리가 발견되지 않은 탓이다. 결국 일곱 살배기를 강간 살해한 혐의만 인정되었다.

이비는 신음 소리를 내며 나무에 등을 기댔다. 가슴을 양팔로 끌어안은 채 천천히 걷기 시작했다. 걸을 때마다 살점이 조금씩 찢겨 나가는 듯했다. 그는 산을 올려다보았다. 형광등 안에 갇힌 벌레가 된 기분이었다. 너무 밝아서 앞이 보이지도 않았다.

모르긴 몰라도 100m 이상을 더 올라가야 했다. 이 몸으로. 평지라고 해도 쉽지 않을 텐데, 더욱이 산이었다. 그렇게 말하고 싶지는 않지만, 불가능하다는 것은 두말할 필요가 없었다.

그는 덜덜 떠는 몸으로 기침을 하며 섰다. 그의 몸이 기우뚱했다. 기침이 나올 때마다 몸이 안으로 말려들어 갔다. 뭔가가 울컥 토해져 나왔다. 그는 앞가슴을 피로 흠뻑 적신 채 느릿느릿 움직였다. 턱밑의 핏물이 금방 말랐다. 그는 침을 흘리며 크게 기우뚱했다.

불가능했다.

"주리야……."

그는 흐느껴 울며, 비틀거리는 몸의 균형을 유지하려 애썼다. 그토록 찾아 헤맸던 딸아이가 눈앞에 있었다. 하지만 몸이 말을 듣지 않았다. 그는 무릎을 털썩 꿇었다. 돌에 찍혔지만 고통을 느낄 수 없는 지경이었다. 그는 덜덜 떨며 상체를 안았다. 일어나려고 했지만 앞으로 쓰러지며 이마를 사정없이 바닥에 찧었다.

눈물과 콧물이 뒤섞여 흘렀다. 그는 울음을 터트리며 몸을 번쩍 들어 올렸다. 그러나 그 무게를 이기지 못하고 그의 등이 활처럼 휘었고, 그는 뒤꿈치를 깔아뭉개며 뒤로 눕는 자세가 되었다.

그때 거대한 소행성이 백색의 세상을 푸르스름한 안개 같은 불꽃으로 태우며 가로질러 오는 것이 보였다.

아무런 공포도 느껴지지 않았다.

문득 옆으로 고개를 돌리다가 울고 있는 여자아이를 발견했다. 주리도 딱 저만 했었다. 만약 주리가 살아 있다면 지금쯤 스물일곱의 아가씨가 되어 있을 것이다. 하지만 주리는 영원히 열세 살이다.

영원토록.

"며, 몇 살이니?"

그가 헐떡이며 말했다.

"이리와. 아빠가 안아줄게."

아이가 고개를 들었다. 그것이 무슨 작용을 했던지 꺼져가던 그의 시야가 화르르 타올랐다. 그가 옆으로 기듯 몸을 일으켰다. 그러나 바로 주저앉아야 했다. 그는 아이에게 기어갔다. 온몸이 찢어지는 듯했다.

"괜찮아. 아빠야."

아이가 그를 보았다.

소행성이 비명을 지르며 공중에서 폭발했다.

"어, 어서 아빠한테 와!"

간신히 몸을 일으키는 그의 음성이 빨라졌고 커졌다. 마치 얼음 같은 찬물을 벌컥벌컥 마시고 난 후처럼 목소리까지 변했다.

"아빠가 지켜줄게!"

아이가 훌쩍이며 다가왔다.

"아빠가 지켜줄 거야."

그가 아이를 안았다. 하늘을 못 보게 하고 싶었다. 그러나 그럴 만한 힘이 남아 있지 않았다. 그의 몸이 옆으로 눕듯 넘어갔다. 각혈을 했다. 고통스런 기침이 뒤따랐다.

"얘야 무서워할 것 없단다……."

달을 향해 날아가는 불덩이를 보았다. 달이 사라졌다. 외계인들의 목적이 무언지는 모르겠지만 단순히 지구 생물의 행태 변화를 관찰하는 것만은 아닐 것이다. 하지만 그것이 이유라고 해도, 이젠 그런 것엔 관심이 없었다.

불타는 씨앗 같은 거대한 덩어리가 도시 한복판에 정확히 떨어졌고 남은 파편들이 수류탄의 베어링들처럼 사방으로 흩날렸다. 열풍이 확 밀어닥쳤다. 먼지든 뭐든 모조리 집어삼키며 이리로 밀려오고 있었다. 마치 뜨거운 증기로 만들어진 거대한 해일 같았다.

이윽고 산 아래의 나무들이 한 곳으로 쓸려나가기 시작했다.

"아빠, 너무 뜨거워요……!"

아이가 울었다.

그는 이 순간을 믿을 수 없었다. 그에게 안긴 것은 주리였다. 갓 태어난 그때처럼. 아이가 실종된 그날 아침처럼.

그는 아이를 꼭 안았다.

열풍 속에서…….